杨跃庭戏剧文学集

杨跃庭/著

中国戏剧出版社
CHINA THEATRE PRESS

图书在版编目（CIP）数据

杨跃庭戏剧文学集 / 杨跃庭著. — 北京 : 中国戏
剧出版社, 2020.2
ISBN 978-7-104-04913-5

Ⅰ. ①杨… Ⅱ. ①杨… Ⅲ. ①戏剧文学一作品综合集
一中国一当代 Ⅳ. ① I230

中国版本图书馆 CIP 数据核字（2020）第 005303 号

杨跃庭戏剧文学集

责任编辑：齐　钰　杨　娟
责任印制：冯志强

出版发行：中国戏剧出版社
出 版 人：樊国宾
社　　址：北京市西城区天宁寺前街 2 号国家音乐产业基地 L 座
邮　　编：100055
网　　址：www.theatrebook.cn
电　　话：010-63385980（总编室）
传　　真：010-63383910（发行部）

读者服务：010-63381560
邮购地址：北京市西城区天宁寺前街 2 号国家音乐产业基地 L 座

印　　刷：鑫海达（天津）印务有限公司
开　　本：787mm×1092mm　1/16
印　　张：27.75
字　　数：483 千
版　　次：2020 年 2 月　北京第 1 版第 1 次印刷
书　　号：978-7-104-04913-5
定　　价：108.00 元

作者生活照

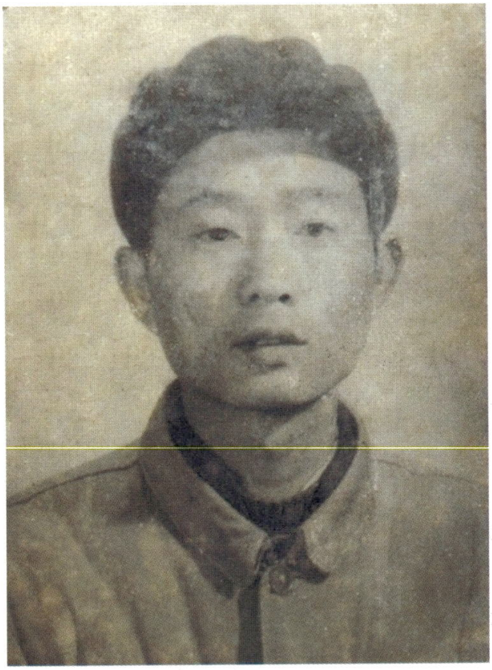

1973 年工作证件照

艰难岁月

工作照

左为剧作家程劲枫先生

威海留影

二十世纪末“宣城戏派”同仁相聚九华山会议

右为国家一级编剧张亚先生

“宣城戏派”柏砚山创作会议（2001.8.）

宣城市局领导看望《送瓜苗》编导

《春嫂》为中国共产党第十二次全国代表大会代表献演后合影

全国中青年戏曲作者读书会留影

全国中青年戏曲作者孔府大门合影（1983.3）

渤海之滨

安徽首届戏剧节评议团在马鞍山

与王邦荣先生于北京留影

与程劲枫先生、解宗来先生九华山留影

九华天台小憩

长城留影

挥笔桃花潭

1982 年，皖南花鼓戏《春嫂》晋京为中国共产党第十二次全国代表大会代表献演
（表演者：国家一级演员王维平、徐建华）

2008 年《送瓜苗》获第 11 届中国曹禺戏剧奖全国小戏小品大赛一等奖
（表演者：王维平、杨玉屏、汪阿萍）

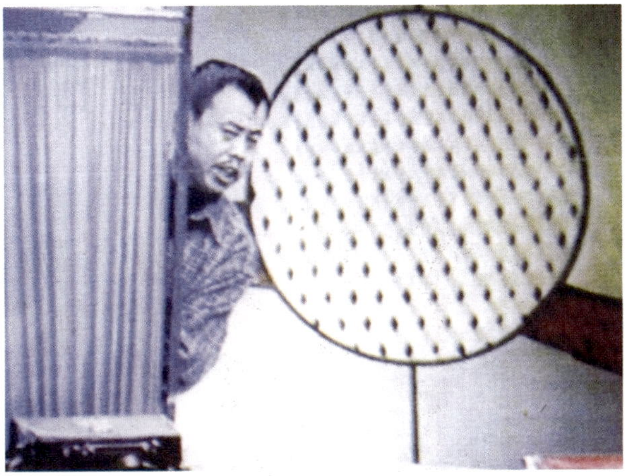

1996 年创作的小品《钱哪里去了》获省大赛一等奖，中央电视台 134 期综艺大观播出，著名演员潘长江、高亚麟、刘艺主演

1992 年创作的小品《一杯碧螺春》获省大赛一等奖，著名演员张忠信、朱通主演

2009 年参加电视剧《文房四宝》的创作（合作，担任统稿），张铁林担当总导演并领衔主演。

部分书法作品

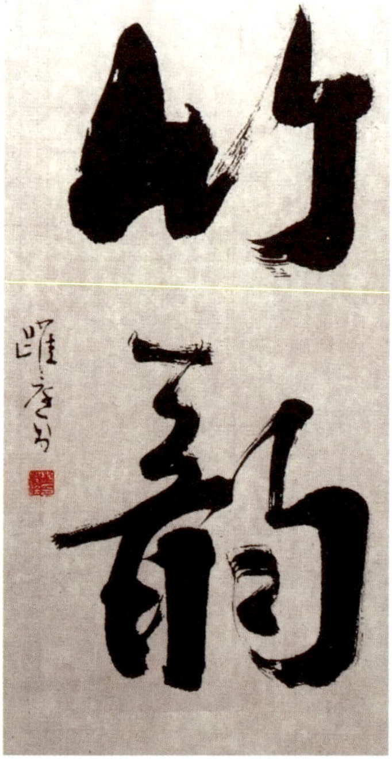

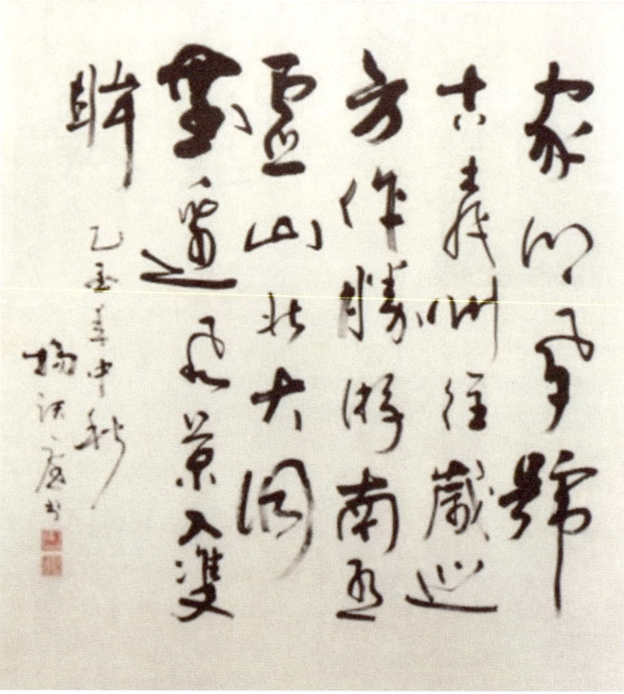

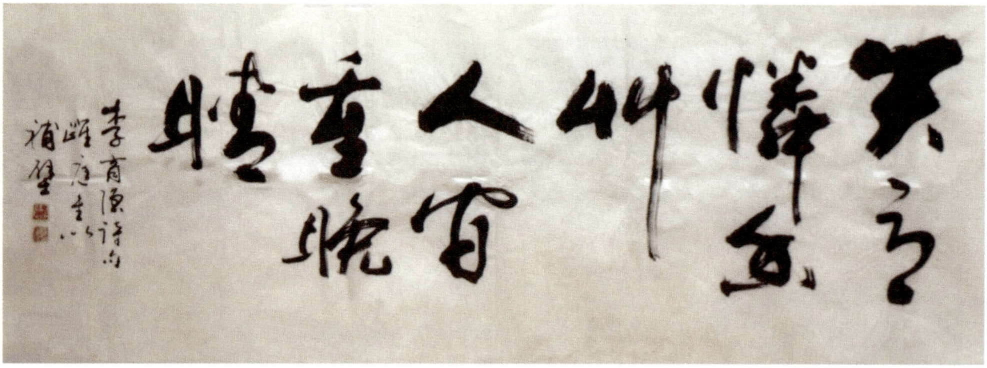

序

黄德宽

2018 年 7 月底，我收到故乡杨跃庭先生子女转来的信函和材料，知道他们为了纪念和缅怀父亲，要编一部《杨跃庭戏剧文学集》，希望我能为这部作品写个序。

这一次联系，唤醒了我沉睡已久的记忆，跃庭先生当年的形象与一些往事重新浮现在我的眼前。我与跃庭先生的相识，大约在 1973 年前后。当时，我在广德县邱村公社前路大队一所小学带帽初中的学校担任民办教师，与下放在那儿的知青们组建了一支业余宣传队。宣传队除配合形势编写快板书、对口词、简单的歌舞等小节目外，还将现代京剧样板戏《智取威虎山》《沙家浜》《红灯记》等移植为皖南花鼓戏演出。1973 年，县里组织了一次文艺会演，我为宣传队创作了反映知识青年下放农村生活的一折小戏，演出后颇受好评。县文化局为了参加芜湖地区的文艺会演，将我创作的小戏作为重点，请县文化馆的程劲枫、杨跃庭先生辅导我修改剧本。从那时起，我有幸得到两位先生的指导和帮助。“文化大革命”期间的文艺创作，基本上是“假大空”那一套，但两位先生结合自身的学识和戏剧修养，却给了我很好的正面引导。此后的几年，我受到他们文学创作的启迪和影响，对文学创作尤其是戏剧创作产生了浓厚的兴趣。1977 年恢复高考，我毫不犹豫地选择了中国语言文学系，立志成为一名戏剧家。如愿考上安徽大学中文系后，邱村文化站的王敬忠先生还邀约县文化馆的几位先生为我举行了一次送行聚会，当时先生们殷切寄语的场景，令人难忘。

当阅读杨跃庭先生子女带来的材料时，方知先生已于 2017 年作古，不胜唏嘘！我上大学之后，知道程劲枫、杨跃庭先生在改革开放的新时代，都迎来了戏剧文学创作的黄金期，发表了不少很有影响的作品。前几年，程劲枫先生的戏剧文学作品集出版，我有幸受其子女之邀，为其作品集写序，有机会了解了程先生的创作成就。现在，跃庭先生的子女又给了我这样一个机会，我虽不敏，岂能推脱！深感歉意的是，因为承担的研究任务和其他工作较多，快一年过去了，我却无暇抽出时间来认真读一读先生的全部作品，因此，写序也就迟至现在方才动笔。

20 世纪 80 年代初，杨跃庭先生编剧的现代小戏《春嫂》曾作为党的十二大晋京献演作品，演出后产生了较大的社会影响。因为忙于学业和后来学术发展方向的缘故，我对跃庭先生的整体创作情况并不了解。及至打开这部《杨跃庭戏剧文学集》，我才对改革开放以来先生的戏剧文学创作有了整体的认识。从 1978 年以来，跃庭先生创作现代戏曲（小戏、多幕大戏）、戏剧小品近 20 部，还发表了中短篇小说、散文、戏剧理论和创作随笔多篇，取得了很高的成就，其影响不仅在安徽，也饮誉全国戏剧界。这个时期，他的戏剧作品主要有：大型戏曲《木瓜红枣的故事》《青竹溪》《僧尼泪》《水香》《甜水村》《无风三尺浪》和新编历史剧《桐川第一官》《天子误》（上下集）等；小戏和戏剧小品有:《春嫂》《赵老八看山》《送瓜苗》《一杯碧螺春》《心狱》《尊严》《钱哪里去了》《牌中自有黄金屋》《夏天的故事》《走出迷宫》等。这些作品大多公开上演，有些作品上演后反响热烈，如《春嫂》不仅于 1982 年晋京为党的十二大献演，中央电视台还录制了电视剧，中国唱片社灌制了唱片，《剧本》月刊发表了该剧剧本。跃庭先生 1995 年创作的戏剧小品《一杯碧螺春》获安徽省首届艺术节编剧一等奖，1996 年参加全国小品大赛获文化部颁发的三等奖;《钱哪里去了》1996 年参加省小品大赛获一等奖，后由著名笑星潘长江主演，在中央电视台 134 期综艺大观播出；2004 年创作的皖南花鼓戏《送瓜苗》，获第 11 届“中国曹禺戏剧奖”一等奖。由于他的创作成就，跃庭先生成为身处基层的戏剧家，是“中国戏剧家协会会员”“安徽作家协会会员”“国家一级编剧”，2008 年被省文联授予“安徽省首届老作家文学贡献奖”。这些都是任何一位戏剧家所足以引为自豪的成就和荣誉。

跃庭先生还尝试过电视剧创作，他与人合作创作的 30 集电视连续剧《文房四宝》，由八一电影制片厂拍摄、安徽电视台“影视频道”播出后，也产生了很好的反响。他还创作了不少小说、散文和书法作品。这些创作使他的文学艺术生命蔚然充沛，熠熠生辉！眼前这部作品集，主要收录的是作者改革开放以来的戏剧文学作品，尽管不是跃庭先生作品的全部，依然可以让我们领略先生的创作成就和艺术贡献。

跃庭先生在戏剧文学创作方面能取得引人注目的成就不是偶然的，他的人生经历和创作道路、厚实的生活积累以及对戏剧美学的自觉理性追求，是他之所以能创作出这么多优秀的戏剧文学作品的最好诠释。从这部作品集提供的材料，我们也大体可以得出这样的看法。

跃庭先生早在中学生时代就喜欢文学，开始创作诗歌。从1957年起作为基层文化工作者，他深入乡下，结合演出活动，有了编剧实践。1961年，他调入县文化馆，此后就主要从事戏剧创作、皮影戏剧本的编纂和整理等工作。这些经历使他有机会浸润于基层戏剧文化的氛围之中，不自觉地养成对戏剧文化传统的热爱，建立起与基层大众密切的情感联系。在“大跃进”“文化大革命”期间他的创作失败经历，使他领悟到文学创作不能脱离生活实际的真谛。改革开放大背景下，他迎来创作爆发期，形成自身的创作高峰，与这些经历和历练是分不开的。

跃庭先生长期以来生活在基层，早在1987年他在《业务自传》中就明确说过：“我熟悉农村，热爱农村，乐于农村题材的创作。这条路我将永远走到底。”这几句话令我印象深刻！这是他对自己创作的很好注脚，也是他的创作宣言。跃庭先生的作品，主要写现代农村题材。作品再现了改革开放以来农村、农民生活和观念的变革，是新时期农村发展的珍贵记录。从故事情节、语言风格到审美情趣，这些作品都散发着皖南山乡泥土的芬芳。跃庭先生厚实的生活积累，对现实生活的敏锐观察，使他的作品蕴含着朴实醇厚的艺术韵味。在当前农村题材作品创作比较薄弱情况下，跃庭先生的这些作品有它存在的独特价值。

跃庭先生的戏剧创作不仅立足于生活实际，也体现了他自身的戏剧审美追求。这些追求主要表现在他的作品中，但也集中体现在他的《回顾与思考》《戏曲现代戏也应该是“剧诗”》等关于创作总结的文字中。比如他所说的下面这些话：

戏曲是“诗”的戏曲化；或者说是戏曲化的诗。

我觉得戏剧质量并不完全决定于形式……关键问题还是要写人、写情，只要能写出真实的人，生动感人的情，戏剧创作不会没有出路。当然，在写人和情的时候，作者的观念必须是新的。

作者写作的根本任务是为了观众，而观众对作者的要求则是从生活出发，写出真实可信有血有肉的人，从而在欣赏和娱乐中，得到启迪和升华，一旦观众对舞台上发生的事情，表现的人物关系不相信，对所描写的人物没有认同感，没有情感共鸣，其戏剧艺术的审美价值、认识价值从何谈起？

生活是现代的，形式是戏曲的。为了充分发挥戏曲特别是皖南花鼓戏的表演特长，我在人物设计和情节安排上，尽力做到简练突出和内涵丰富，以情感的流动和性格的差异展开冲突。……我认为恰当地选择题材，准确地把握戏曲表现形式，并加以改造。戏曲这种形式，仍然大有作为。当然，戏剧的生命就是时代感，在选材上，既要注意戏曲表现形式，也应让人感到强烈的时代气息。

跃庭先生的这些经验之谈，虽不是长篇大论的戏剧美学理论文章，其蕴含的美学思想却是深刻的。正是基于自觉的理论思考和美学追求，跃庭先生才可能创造出这么多优秀的作品。

为了写序，我匆匆浏览了跃庭先生的这部作品集，写了以上一些感想。这些文字并不能恰如其分地评价跃庭先生的戏剧文学创作成就，只是聊表我对曾经的师长和乡贤的一份缅怀之情和崇敬之意！

黄德宽
2019年荷月于清华园新斋

目录

现代小戏

大型戏曲

戏剧小品

文　论

小说、散文

附　录

附录一

附录二

现代小戏

春　嫂

时　间　现代。
地　点　皖南农村。
人　物　春　嫂——30岁，寡妇。
王小波——32岁，社员。

［春嫂的家。屋内陈设简陋，但收拾得干干净净，井井有条。台左边有一个小鸡窝，旁边有一堆砖。台右有窗，远处桃花正红，窗前绿柳掩映（写意景也可）。

［音乐声中幕启：春嫂轻快地将最后两块砖搬至砖堆上，拿毛巾抹桌椅，忙罢，推开窗户。

春　嫂　（高兴地，唱）
三月桃花红似火，
风舞杨柳燕穿梭。
人道是，草木无言知春意，
春嫂我，心潮滚滚波连波。
丈夫去世五年整，
撇下我，孤寡一人过生活，
进门一盏灯，
出门一把锁。
现如今，实行了生产责任制，
家家户户心里乐。
虽说我，日子过得也不错，
总不如，别人家里暖火火。
别人收工就吃饭，

春嫂我，进门却是冰冷的锅。
前天娘家带口信，
要给我重新找婆婆。
听说男方在城里，
家庭条件很不错。
怎奈我，山里的麻雀恋旧林，
舍不得，生我养我的老巢窝。
有心在本村找一个——
谁知话还没说出口啊——

（接唱）

门槛踢开个大缺豁。
今天介绍王老四，
明天又说李大哥。
特别是本家赵二婶，
硬要我，嫁给她那个又奸又猾，
好吃懒做的小金河。

（生气地）哼！

（接唱）

我春嫂也不是烂柿子，
任人随意来凑合。
宁可三餐吃生米，
也不要那些烂柴火！

当然啰，我春嫂也不是天上的仙女，能要多高的条件？我只要那忠忠实实的一颗心，勤勤恳恳的一双手，稳稳当当的一个人！

（唱）

左思右想细琢磨。
只看中，村头那个王小波。
几次想把真情讲，
话到嘴边不好说，
昨天想出个好主意，
请他代我垒鸡窝。

单等他到我家来，
真情实话对他说，
但愿小波能同意，
端午节里把家合。
到那时，孤燕归进燕群里，
欢欢喜喜，和和睦睦，亲亲热热，唱着歌儿过生活。

（看天）哎呀，时间不早了，他咋还没有来呀？莫非他是骗我的！不不不，小波这人说话算数，他一定要来的！（想起小波要来，心里感到高兴，但又紧张）哎呀，你我看，蓬头散发，他来了，见我这邋遢样子，多难看啊！我要打扮打扮啰！（拿梳子梳头，唱）

不插花，不戴朵，
香脂不擦粉不抹。
随身衣服拍干净，
散乱的头发往后束。
手拿镜子用目看，哎哟哟，
这这这，镜中的人儿可是我？

［伴唱：

春嫂啊，
你今年虽说三十岁，
看上去，顶多不过二十多。
越照越看越高兴，
好比月宫舞嫦娥。

（舞罢，又忧虑地，唱）

常言道，初开的芙蓉多鲜艳，
霜打的菊花褪了色。
倘若小波不同意，
岂不是井中捞月空自乐！

（气馁地倒坐在椅子上）唉！

［幕内传来王小波的山歌声。

春　嫂　（惊喜地）啊，他，他来了！（激动得不知所措）我，我快去给他准备点吃的哟！（入内，下）

［王小波背工具袋上。

王小波　（唱）绕过竹林跨小河，
　　大路上走来我王小波。
　　今年整整三十二，
　　光棍一条过生活。
　　前些年，大呼隆生产收入少，
　　哪有条件娶老婆。
　　当婚的年龄已错过。
　　再找对象难得多。
　　有人也曾将我劝。
　　他叫我，马马虎虎娶一个。
哼！笑话！
（接唱）
　　我一不瞎，二不跛，
　　油盐柴米都不缺，
　　世上难道有规定，
　　不娶老婆就不准活？
话虽这么说，可是讲个内心话，一个光棍过生活，心里总好像有点那个……
（接唱）
　　常言道，一个巴掌拍不响，
　　两股绳子才好搓。
　　真正要有合适的——
　　小波也想娶一个。
　　正好昨天放晚工，
　　春嫂请我坐鸡窝，
　　当面虽说没推脱，
　　回家一夜没睡着。
到了。

春　嫂　（惊喜地自屋内出）啊，小波，你到底来了？

王小波　（憨笑）嘿嘿！春嫂，早上村里的抽水机坏了，我去帮忙修了一下，所以来迟了，你不怪吧？

春　嫂　　哪里，哪里啊！这样耽误你的工夫，我真过意不去哩！

王小波　　春嫂，也不能这么说，帮你垒个鸡窝，芝麻大点事，不要客气！

春　嫂　　对我来说，可是大事啊！屋里坐。

（进屋，搬凳，递烟）来，吸烟！

王小波　　（忙拦）我不会！

春　嫂　　（递茶）喝茶。

王小波　　（忙拦）不会——啊，不不不，我在家已经喝好了。（见鸡窝）春嫂，你这鸡窝不是好的嘛，怎么还要垒呢？

春　嫂　　小波，你还不晓得呀，如今落实了农村经济政策，实行了生产责任制，家禽家畜都发展起来了。不瞒你说，去年我粮食收了一千多斤，家禽和鸡蛋又卖了一百多元，还得到供销社的表扬。今年我还想多喂些，原来的鸡窝小了，已经蹲不下了。

王小波　　（看鸡窝）嗯，是小了点。春嫂，泥巴和砖头都准备好了吗？

春　嫂　　准备好了，你看，砖头在这里，泥巴在后门口。

王小波　　好，我去提泥巴。我们就垒起来吧！

春　嫂　　小波，你先擦擦汗，我去提泥巴。

（递过手帕，下）

王小波　　（接过手帕，心情激动地唱）

我与春嫂住一村，
很少进过她家门。
今日虽说入门来，
心里嗵嗵跳不停。
手抚方巾情难禁——

（环视四周）

春嫂真是能干人。
大仓小囤齐整整，
桌椅抹得照见人。
里里外外一把手，
这样的妇女我少闻。
春嫂啊，
听说你马上改嫁到城里，

可是我，光棍生活何日停。

（走至一旁面墙而思）

（春嫂提泥上）

春　嫂　（见状，唱）

手提泥桶堂前进，

只见他，两眼发愣定了神，

难道说，春意融融不觉暖？

莫非他，另有隐情藏在心？

（春嫂故意大咳一声）咳！

王小波　（猛醒，尴尬地）啊，春嫂，提泥来了？

春　嫂　（故作严肃地）你在想么事？

王小波　（心虚，搪塞地）我，嘿嘿，我看你这墙……好像也该粉刷粉刷了。

春　嫂　（偷笑）嘻嘻，我这房子春上才粉刷的，雪白干净，还要粉刷么事啊？

王小波　（语塞）这……春嫂，我们垒鸡窝吧！

（提起泥桶，蹲下垒鸡窝）

春　嫂　（唱）只见他满面飞红把窝砌，

岂知我也有话儿藏心底。

王小波　春嫂，递砖来。

春　嫂　哎。（递砖，接唱）

（唱）眼见得鸡窝垒了一圈圈，

可是我半句话儿还未提。

心急只恨时间快——

王小波　春嫂，砖，快点。

春　嫂　哎，（慌忙中，手指被砖头砸破）哎哟！

王小波　怎么啦？

春　嫂　（接唱）手指砸破鲜血滴。

王小波　（难堪地）这……啊？（用汗巾胆怯地为春嫂包手）

春　嫂　哎哟……

[王小波硬着头皮，不敢正视，胡乱包手。

春　嫂　哎呀，你把我五个手指都包在一起了！

［王小波抬头与春嫂目光相遇，慌乱地躲避。

春　嫂　（背唱）你看他七尺男子还怕羞。

王小波　（背唱）碰到她的手，好像通电流。

春　嫂　（背唱）这样的忠实人天下少有。

王小波　（背唱）脸发烧，心发跳，大汗满头。

春嫂，你休息，我一人来干吧。

春　嫂　不，要休息，都休息！

王小波　不，垒好鸡窝，我还要回家烧中饭哩！

春　嫂　你以为我管不起你的饭？

王小波　不，我一个人吃饱了，还有那双目失明的母亲怎么办？

春　嫂　等饭好了，我去把她接来嘛！

王小波　（语塞）这……

春　嫂　（爽利地）别这呀那的！（搬椅，命令地）来，你坐着。（进屋，端汤复上）

小波，你累了半天，春嫂也没有好的招待你，这碗鸡汤，你先填填肚子吧。

王小波　春嫂！（急拦）你可不要客气吵。

春　嫂　（微嗔）哎哟，你别像个大姑娘似的！

王小波　（着急地指肚皮）春嫂，我实在一点不饿。

春　嫂　（不高兴地）你嫌春嫂脏？

王小波　不，不是！

春　嫂　你当春嫂假？

王小波　哪里，哪里！

春　嫂　不嫌脏，不当假，难道这里面有毒药？

王小波　（语塞）这……好好好，我喝，我喝！（端汤欲喝，见春嫂在场，又不好意思张口）

春　嫂　（对王小波）我去提泥巴，你慢慢吃。

（退至屋内偷看）

王小波　（见春嫂已走，闻了闻鸡汤）好香的汤啊！

（唱）一碗鸡汤捧在手，

春嫂对我情意厚。

吹一口来喝一口，

股股暖流涌心头。

（用筷子搅汤，惊）咦，这里面怎么还有两个鸡爪，抓住个鸡心呢？

（唱）一对大鸡爪，
抓住个大鸡心。
小波没见过，
不明其中因。

（沉思自语）一对鸡爪，抓住个鸡心，抓——心。莫非春嫂她对我……不不不，不能胡思乱想，人家是已经找好对象的人了。不过，这碗汤是什么意思呢？

（唱）手捧抓心汤，
心里急得慌。
倘若喝下去，
未免太鲁莽。
倘若要不喝，
负她热心肠。
真叫我，左右难，
心中无主张。

春　嫂　（旁唱）一旁来偷看，
疑虑涌心房。
他不吃又不喝，
两眼愣前方。
莫非不明意？
莫非嫌我狂？
真叫我进退难，
心里跳得慌。

小波，你咋不吃嘛？

王小波　（内疚地）春嫂，谢谢你，我实在吃不下。

春　嫂　（扫兴地接碗）吃不下我也不勉强，就算我是假心假意！（放碗）

王小波　（十分窘迫，唱）一见春嫂把气生，
想必是，怪我小波不知情。
她借着鸡汤表心意，

我何不，趁此机会探分明。

［鸡跳上桌子啄汤。王小波、春嫂忙赶鸡，鸡汤被打泼。

春　嫂　多好的一碗汤，让鸡给打泼了，多可惜啊！

王小波　（搭讪地）是啊，嘿嘿，鸡喂多了，就是这样的。

春　嫂　哪家鸡也不像我家鸡，整天在屋里转来转去，烦死人！——不过，也难怪，尽是母鸡，要是有个公鸡就好了。

（自觉失口，羞涩地走至一边）

王小波　（搭讪地）是的，要有个带头的公鸡领到外面放放，也肯长些。

（也觉失口，羞怯地走至一边）

［春嫂、王小波目光相遇，各自羞涩地低下头。

春　嫂
王小波　（重唱）无意之中把真情露，

又是喜来又是羞。

我不如打开窗子说亮话。

看看他葫芦里装的什么酒。

春　嫂　小波，你坐下，我有句话想问问你。

王小波　么话？

春　嫂　不过，你要保证不生气。

王小波　保证不生气。

春　嫂　（勇敢地）你当真打一辈子光棍吗？

王小波　（惊喜，羞怯地）春嫂，你……么事不好问，偏偏问这个？

春　嫂　咋不能问，俗话说，男婚女嫁，光明正大，这有什么不好意思的？

王小波　（向观众）这叫我……怎么说呢？春嫂啊！

（唱）我的身世你清楚，

何必如此来追究？

前些年，吃喝穿用都发愁，

想找对象难开口。

如今生活虽好转，

却有个老母病床头。

行走要人扶，

吃饭递上手。

一年三百六十天，
谁肯来我家找苦受？
更何况，如今条件要求高，
结婚好比摘星球。
鸟儿都往高枝飞，
谁个要我这个小老头？

春　嫂　（唱）锣鼓听音话听由，
他分明满腹心思满腹愁。
小波啊，莫把自己来看轻，
有个人，时刻把你放心头。

王小波　莫瞎说，哪个还看得起我吵？

春　嫂　真的，这个人就在我们村上。

王小波　村上？她是……

春　嫂　（情不自禁）我……

王小波　（喜出望外）你？……

春　嫂　（掩饰地）我……我给你当个介绍人？

王小波　（气馁、失望地）你，当介绍人……

春　嫂　小波，你听我说嘛！
（唱）这人今年三十整，
长相不美也不丑，
初中文化不算高，
却有热爱劳动一双手。
三年前，她就对你有心意，
只因为，生活困难，又怕给你添烦愁。
她事到如今仍单居。
任凭岁月似水流。
年年望啊，天天盼，
终于盼来，大地回春满枝绿。
如今党的政策好，
只要勤劳样样有，
芝麻开花节节高，
美好的日子在后头。

爱情不在穷和富，
主要是，情投意合人忠厚。
几次托我对你讲，
都因为，你见面总是躲着走。

王小波　（背唱）听她音来细推敲，
不由心里起波涛。
村上的妇女我知道，
有谁具备这几条？
她讲的分明是自己，
借口别人将我话儿讨。
倘若真是这回事，
那真是，梦中得个大仙桃！
春嫂，你讲的这个人我已猜到几分。

春　嫂　真的？

王小波　不过，听说这个人马上就要飞了。

春　嫂　往哪飞？

王小波　听说她在城里找了对象，还是一个干部哩！

春　嫂　她本人没同意！

王小波　没同意？真的！

春　嫂　哪个还哄你呀！
（唱）山里的麻雀山里的鸟，
住惯了树林和旧巢。
山高有好水，
树多有柴烧。
茶叶绿满坡，
四季有芳草。
遍地稻谷香，
果树压弯腰。
清溪绕村走，
鹅鸭戏水叫。
她爱农村山和水，
更爱家乡人情好。

自从心中有了你，
决心扎根深山坳。

王小波　（惊喜地）春嫂，她真的不走了？

春　嫂　八吨的拖拉机也拖不走！

王小波　（高兴地，背唱）听她把话讲，
心里喜洋洋。
有心上前去表态，
心跳口难张。

春　嫂　（背唱）见他喜洋洋，
我却心发慌。
有心去把实话讲，
只觉脸发烫。

王小波　（背唱）人说谈恋爱，
如同吃蜜糖。

春　嫂　（背唱）我说谈恋爱，
比糖还要香。

王小波　（背唱）机会不能错，

春　嫂　（背唱）错了难补偿。

春　嫂
王小波　（合唱）一定要想办法，
搞通这堵墙！

王小波　春嫂，你讲的这个人，我晓得。

春　嫂　你晓得，她是谁？

王小波　她就是……嘿嘿，我不敢讲。

春　嫂　怕么事嘛？

王小波　（鼓起勇气，欲讲又止）嘿嘿，我还是不敢讲。

春　嫂　你不讲，我讲！（鼓起勇气准备讲，又羞涩地蒙面）我，我也不敢讲。

［停顿。王小波、春嫂背立。

［春嫂脉脉含情地将手帕搭在小波肩上。

［王小波、春嫂激动地转过身来，四目相对，又羞怯地躲开。

春　嫂　（惊喜地）你明白了？

王小波　（激动地将手帕与毛巾打起一个“同心结”）明白啦！

春　嫂　　同意啦？

王小波　　早就同意了！

［春光明媚，喜鹊高唱。

［幕后合唱：

春风吹开花万朵，
喜鹊枝头唱新歌。
一曲更比一曲甜，
一曲更比一曲乐。
今天来把鸡窝垒，
明天就把两家合。

［闭幕，剧终。

（此剧1982年晋京为党的十二大献演，中央电视台录制了电视剧，中国唱片社灌制了唱片，《剧本》月刊发表了剧本。1983年安徽人民出版社出版《春嫂》单行本。1989年收入《安徽优秀剧本选》）

附 《春嫂》专题评论与赏析文稿（选段）

安徽省戏曲现代戏赴京汇报演出团演出的皖南花鼓戏《春嫂》，以新颖的构思，朴实的演技，浓郁的乡土气息受到首都观众的好评。

作者通过这一对青年恋爱的小小插曲，讴歌了三中全会以后，党的农村经济政策给农民的精神面貌带来的深刻变化，生动地刻画了新时期农民那种热爱生活，热爱劳动，追求幸福，不断进取的美好心灵。《春嫂》较好地发挥了皖南花鼓戏这种唱、做见长的特点，在舞台形象的完整和谐、现代戏戏曲化方面做出了可喜的尝试。

——摘自《饶有新意的〈春嫂〉》，作者：亦楷
（载《人民日报》1982 年 9 月 5 日）

在这次戏曲现代戏观摩演出中，宣城地区代表队演出的皖南花鼓戏《春嫂》，选材精巧，情趣盎然，是反映农村现实生活的好戏。

党的三中全会像春风雨露一样，抚慰和滋润着八亿农民的心 。在物质生活和精神生活提高之后，孀居五年的春嫂从生活的窗口窥见了自己美好的未来，她有了重建家庭的愿望。作者通过简单的情节，展示了农村欣欣向荣的景象，唱出了农民喜气洋洋的心声。

作者在戏中成功地塑造了春嫂和王小波两个人物。春嫂温柔聪明，性格开朗；王小波诚实勤劳，心格内向。导演和演员在体现剧本，塑造角色时，又有新的创造。

在戏曲现代化和现代戏戏曲化问题上，《春嫂》也做了大胆尝试。如戏中以一种道具代替多种实物，扩大了演员的表演范围，丰富了观众的想象力。

——摘自《色彩鲜明　情趣盎然——喜看皖南花鼓戏〈春嫂〉》
（原载 1981 年 11 月 8 日《安徽日报》，作者吴元骥，安徽省文化厅对外文化联络处副处长，副研究员，中国戏剧家协会会员）

最近，皖南花鼓戏《春嫂》在京在肥演出都受到欢迎。试析，有三条原因：

第一，曲而不直…… 第二，深而不晦。爱情题材，古已有之。但是《春嫂》既不是写恋爱观，也不是批判不合理的婚姻制度；而是把重点放在歌颂三中全会路线，放在歌颂农业生产责任制这个大主题上……他们的相爱就不是一般的爱情戏，而是有其深厚的社会内涵，值得一嚼。

第三，藏而不露。近年来，歌颂三中全会路线、歌颂农业生产责任制的好戏有；但平庸之作也有。有的戏幕还没有拉开，就先来一段“三中全会放光芒”之类的合唱，捧出主题，生怕人家看不明白。而《春嫂》的政治倾向，不是靠人物说出来，而是“从场面和情节自然而然地流露出来”（恩格斯语），因而，看后不给人以生硬说教的感觉。

直、浅、露是写戏的大忌；而曲、深、藏则是我们应该追求的。

——摘自《〈春嫂〉赏析》

（原载 1982 年 11 月 7 日《安徽文化报》，

作者刘云程系中国戏剧文学学会副会长，著名剧作家）

与文化部看戏小组合影（1982 年 7 月）

在 1981 年我省戏曲现代戏调研第一论节目中，宣城地区的《春嫂》（皖南花鼓戏）以其鲜明的人物形象、生动的表现手法和强烈的生活气息，赢得了一致的称赞，并被定为下一轮调演的复演节目。它的作者就是广德县的杨跃庭同志。

三中全会以后，由于实行了生产责任制，推动了生产，广大农民从生活到思想感情都发生了明显的变化。经常接触农民的小杨，深深感受到这一点，发而为文，写成了《春嫂》，集中塑造了一个热爱生活、执着的追求爱情和幸福的农村妇女形象。

这个戏，角色只有两个，情节也很简单，没有什么大开大合。但能以情动人，以人物形象动人。作者善于把笔触深入到春嫂的心灵深处，借助于典型的生活细节，将她性格的各个侧面和瞬息之间的情绪变化，准确而细致的描绘出来，使人感到丰满生动，可近可亲。

春嫂的格调清新明快，语言也流畅生动，富有地方色彩。从中可以看出，作者杨跃庭同志在创作上已经逐步走向成熟。这是他一贯勤奋好学、勇于探索的结果。

——摘自《破土的春笋》

（载 1981 年安徽省剧协会刊，作者詹硕夫，安徽省戏剧家协会常务理事，宣城地区戏剧家协会主席，国家一级编剧）

赵老八看山

时　间　现代。
地　点　皖南竹乡。
人　物　赵老八　50多岁，山区社员。
皮大夸　40多岁，食品公司山区食品组屠工。
叶书记　40多岁，大队书记。

[清明时节，竹林深处。
[皮大夸无精打采地上。

皮大夸　（唱）人倒霉，运不佳，
烧香尽遇鬼打岔。
实指望，赌场里面捞一把，
没料到，输了手表还欠一百八。
赌账不还心不宁，
只好到处求菩萨。

（白）唉！人若倒霉，万事不顺。本想撒个谎，以家庭盖房子为由，请叶书记批五百斤毛竹，卖钱还赌账，谁知他进城开会不在家，刚才我又去找队长，他却说："对不起，如今实行了责任制，管理分到户，我们不好插手了！"唉，跑了半天。一根毛竹没捞到，这叫我咋办呢？

（唱）想当年，我在镇上把猪杀，
好比那，九华山中大菩萨，
书记见我点头笑，
社员见我把烟撒。
只要我老皮一开口，

竹木柴炭送到家。

没想到，斗转星移天色变，

我成了，罢园的茄子大减价。

唉……（欲坐下休息）

［幕内突然传来赵老八吆喝声：喂——放牛的小朋友，当心踩着笋尖子呃！

皮大夸　（惊喜地）咦！是赵老八？有了。

（唱）天不灭人终有路。

此地碰到赵老八。

他忠厚老实没文化，

胆小如鼠最怕吓。

那一年，他到镇上卖西瓜，

碰到剃头的大老查，

老查买瓜嫌价贵，

冒充个，市管干部批“自发”，

吓得老八浑身汗，

乖乖献出一担瓜。

就凭我这三寸舌，

不比剃头师傅差。

走，找赵老八试试。（下）

［赵老八，脚蹬山袜，手提收录机，怡然洒脱地上。

赵老八　（唱）太阳出来笑哈哈，

竹林里走出我赵老八，

只因我，没有文化脑子差，

人家说啥就信啥。

上月进城卖木耳，

买回这个小铁匣。

又能录，又能唱，

胜过我这木脑瓜。

有了它，人住深山知天下。

爬山涉水唧格里格唧不知乏。

［将收录机放至石墩上。正准备收听音乐，幕内传来皮大夸的喊

声：赵老八。

赵老八　（惊疑地）是谁？

皮大夸　（上）老八同志，您好啊！（亲切地握手）

赵老八　老皮同志，你怎么上山来了？

皮大夸　打总没见面，今天来看看你啊！（环视竹山）老八，这就是你看管的责任山？

赵老八　是啊！

皮大夸　哎，怪不得大家都夸你这个哩！（伸出拇指）

（唱）真不愧，看山护林的老行家。

毛竹青青密匝匝，

根根通天直又大，

棵棵都能把房搭。

秋后召开评模会，

（白）我一定在书记面前美言几句。

（唱）保你要戴光荣花。

赵老八　老皮同志。你就别夸了，自己的责任山能不管好吗？

皮大夸　对对对。（打量着老八，不无妒忌地）老八，你比以前发福多了。

赵老八　是吗？老皮同志，不瞒你说，如今政策一对头，大家过着称心如意的日子，我是不愁吃来不愁穿，咋不心宽体胖呢！这铁匣子还天天传来好消息，让我听着心里甜丝丝的。

皮大夸　（见收录机，惊异地）咦！你还买了收录机？多少钱？

赵老八　不贵，才二百多元。一人守山，有点孤单，买来听听，解解闷，做做伴。

皮大夸　真没想到，你如今变得这样阔气，就差没穿喇叭裤了。

赵老八　什么喇叭裤？

皮大夸　裤脚像喇叭一样。再戴上盲公镜，就是归国华侨了。

赵老八　老皮同志，你莫开玩笑。

皮大夸　不是开玩笑，这高级家伙你会摆弄吗？

赵老八　一、二、三，扳开关的事，请人教教不就会了吗？

皮大夸　（似乎很关心地）老八，摆弄这家伙可要当心啊？

赵老八　当什么心？

皮大夸　你在收音时，千万不能滑到敌台上去了哦！

赵老八　　敌台？

皮大夸　　是啊！（威吓地）滑到敌台就是现行反革命嘞！

赵老八　　这我可没想到。

皮大夸　　不能不想啊！

（唱）我村有个教书的，
那年买了个收音机，
上山砍柴带听戏，
不知被谁告了密，
说他是，偷听敌台又发报，
坐大牢，身上蜕了二层皮。

赵老八　　（背唱）说什么，偷听敌台人告密，
听人说，告密就是他老皮，
他就靠，捕风捉影上捧下欺，
才混得，农转非当上一个杀猪的。
不知他，上山来为了何事。
我定要，多留神不能麻痹！

老皮同志，你今天辛辛苦苦，爬上山来，为了哪件公事啊？

皮大夸　　老八，嘿嘿，没什么公事，一来看看你，二来请你帮帮忙。

赵老八　　找我帮忙？

皮大夸　　对。

赵老八　　帮你挑水？

皮大夸　　不是。

赵老八　　帮你收猪？

皮大夸　　不是。

赵老八　　帮你杀猪？

皮大夸　　哈哈，你完全猜错了。

赵老八　　除了这，我还能帮你什么忙呢？

皮大夸　　老八，昨天我爱人打来电话，说是家里盖房子需要五百斤毛竹。

赵老八　　毛竹？

皮大夸　　是啊？老八。

（唱）别人山上竹子小，
弯弯曲曲质量差。

今天特地上山来，
请你帮我把竹伐。

皮大夸　（背唱）果然不出我所料，
来的老鹰要叨鸭。
想当年，山林管理大呼隆，
竹木柴炭任他拉。
社员们，见他与书记关系好，
满腹意见不敢发。
今天他又上山来，
岂能让他再搜刮？

赵老八　老皮同志，这怕不好办！

皮大夸　怎么不好办？

赵老八　责任山我只有管理的责任，没有私自乱砍滥伐的权力。

皮大夸　（撒谎）老八，我是经过叶书记同意的。

赵老八　书记同意也不行。

皮大夸　为什么？

赵老八　因为现在正是修竹养山的季节，一棵也不能砍！

皮犬夸　一棵也不能砍？

赵老八　这是制度。

皮大夸　制度？哈哈哈，如今实行责任制，刀把子在你手里，砍不砍还不由着你？

赵老八　老皮同志，我这刀把子不像你的刀把子，想砍就砍，想不砍就不砍！我要按制度办事！

皮大夸　（背白）咦！这赵老八还学硬了哩！
（唱）是谁给他壮胆药，
肉包子也想充秤砣。
自古麻雀本姓吓，
你不举枪他不落。
老八，我劝你莫把话说过了头哦！

赵老八　此话怎讲？

皮大夸　路走过头能转回，话讲过头可不好收啊！

赵老八　我不懂你的意思。

皮大夸　实话告诉你，我来砍竹，是书记批准的，现在你不同意，岂不抹了他的面子？你今后还求不求他办事呢？

赵老八　我……

皮大夸　老八啊！不瞒你说。

（唱）群众纷纷提意见，
说你发家想冒尖。
不务正业养木耳，
自由主义编竹篮。
大队正在作调查，
老八啊，
难道你不怕被批判？

赵老八　哈哈哈，老皮同志，你别吓唬我，“发家冒尖”是广播上提倡的，我怕么事撒！

皮大夸　老八啊！你还蒙在鼓里呢！（吹嘘地）

（唱）昨夜晚，叶书记请我去吃饭，
酒席上给我看了一文件。
说的是，责任制度害处大，
举国上下有意见，
如不赶快来纠正，
资本主义要泛滥。
中央已经做决定，
马上改变责任山！

赵老八　（惊）啊？有这种事？

皮大夸　这还有假？文件上还说，实行了责任制，有的人，根本不把干部放在眼里，想咋办就咋办！不改变还行？

赵老八　我这收录机怎么没播？

皮大夸　（故弄玄虚）内部文件，不到时候不传达。

老八啊！

（唱）正因为，把你当作自己人，
才把这，内部消息对你谈，
如今世道变化大，
决不能火烧眉毛顾眼前。

有道是，多个朋友多条路，
我劝你，考虑问题要周全！

赵老八　（疑惑地）
（背唱）听了老皮一番话，
不由心里起疑团。
昨夜晚收录机里播新闻，
还强调责任制度永不变。
难道说一夜之间起风雨，
万里晴空又变天？
（沉思）不对！
（唱）听人说，老皮爱开撒谎店，
十有八句非真言。
我不如，将他话儿录一遍，（暗地打开录音机）
弄清事实再作打算，
老皮同志，你当真看到文件了？

皮大夸　（不耐烦地）哎呀，我不是说过了吗？

赵老八　只怪我脑子笨，记性差，那内部文件究竟是么样讲的？

皮大夸　么样讲？文件上说，如今实行责任制，大搞发家致富，是复辟资本主义，举国上下，意见纷纷，中央已经决定改变责任制，清算冒尖户，再晓得了吗？

赵老八　（关收录机）晓得了，晓得了！老皮同志，这样的内部消息，不是你透露，我连边也沾不上啊！

皮夫夸　（得意地背唱）
到底是，山里的麻雀芝麻胆，
枪声一响魂魄散。
（假意关心地）
叫声老八别害怕，
老皮我，上上下下有靠山。
县长喜欢吃腰花，
我每天送到他家里面。
叶书记和我更交好，
就像那，一母同胞心相连。

到那时，农村清算冒尖户，

（白）老八，只要我在书记面前给你打打圆场，

（唱）保证你，福星高照免祸端。

赵老八　那真太感谢你了。

皮大夸　有福同享，有祸同当嘛！比方说，今天我不也要找你帮忙吗？——老八，关于竹子……

赵老八　你放心，我一定给你砍！

皮大夸　那好，我去请人帮忙运输，你先砍吧！我马上就来运！（下）

赵老八　（望着老皮背影，气愤地）呸！我给你砍，你等着！

（唱）你做梦吃糖想得甜，

赵老八，不是当年棉花团。

你有书记作红伞，

我有这铁匣子作靠山。

责任制究竟变不变，

打听虚实再把竹砍！

时间还早，我不如带上收录机，上公社去问问政策究竟变不变。对，就是这个主意。（提收录机下）

［叶书记上。

叶书记　（唱）穿竹林，跨山涧，

寻访老八到深山。

多年没走山里路，

浑身汗水湿衣衫。

想当初，我担心责任制，会把山林乱，

看今朝，人变山变换新颜。

实践结出丰硕果，

我定要，重踏新途扬风帆。

（见木牌，念："赵老八责任片"）到了。（喊）老八——

赵老八　（暗上）咦！叶书记怎么来了？

（唱）他多年不上山里来，

今天到此为哪般？

莫非是，催我快把竹子砍？

莫非是，找我老八搞清算？

抓紧时间下山去——

（欲从另一侧溜下山，不料已被叶书记发现）

叶书记　　老八！

（接唱）你慌慌张张往哪钻？

赵老八　　我？（搪塞地）……到山那边看看。

叶书记　　（风趣地）刚才我嗓子都喊破了，你没听见？

赵老八　　（搪塞地）对不起，这两天我耳朵有点背气。

叶书记　　啊！（关心地）你没到医院看看？

赵老八　　我……嘿嘿，老毛病，过两天就会好的。——叶书记，你怎么有工夫上山来呢？

叶书记　　老八，你可别笑话！

（唱）过去我工作有缺点。

一年四季少上山。

不知你们饱，

不问你们寒。

今天当面来道歉，

还请你——

赵老八　　请我？

叶书记　　（接唱）请你介绍看山护林，

发家致富的好经验。

赵老八　　叶书记，你莫开玩笑！

叶书记　　是真的。

（唱）我虽少上山，

你美名早知全。

山林管理好，

制度坚持严，

工余搞副业，

存款万把万。

大队召开劳模会，

请你去发言。

赵老八　　（背唱）说得真好听，

要我去发言。

分明是，铁丝钩上拴香饵，

钓我这大黄鳝。

叫声叶书记，

说话莫打弯，

你的来意我知道，

不要对我瞒！

叶书记　老八，你这是么话？

赵老八　么话，你心里有数！

叶书记　老八，你大概又听到什么小道消息了吧？

赵老八　不是小道消息，是内部文件！

叶书记　还有内部文件？你听谁说的？

赵老八　叶书记，你先别问我，我先问你，责任制究竟变不变？

叶书记　老八，你怎么还不放心呢？十二大文件规定得清清楚楚，要巩固各种形式的责任制，不信我拿文件给你看。（掏文件）

赵老八　我不认得字。

叶书记　我读你听，（读文件）胡耀邦书记说："近几年在农村建立的多种形式的责任制，进一步解放了生产力……必须长期坚持下去，决不能违背群众的意愿轻率变动……"再放心了吧？

赵老八　我早就在收录机里听到了，可有人硬说要变。

叶书记　谁？

赵老八　皮大夸。

叶书记　皮大夸，他在哪里？

［幕后传来皮大夸的喊声：老八——

赵老八　啊！你听，他已经来了。叶书记，不相信，你亲自问问他。（藏在石后）

皮大夸　（兴致勃勃地上）老八——（见叶书记在场，立刻愣住）唔！叶书记，你怎么也来了？

叶书记　我是专门来找你的。

皮大夸　找我？（以为是割肉）啊，我知道了，

（唱）听说你夫人要过生，

定有不少贵客临。

纵有山珍和海味，

离了猪肉席不成。
我马上下山走一趟，
如数给你送上门。

叶书记　谢谢你。

皮大夸　自己人，谢么事？

叶书记　老皮呀，往后你不要来这一套了！

皮大夸　（惊疑地）你这是……

叶书记　（唱）中央文件讲得清，
党的作风要整顿。
过去你我都有错，
今后定要重做人！

皮大夸　（唱）一句话，好比凉水浇头顶，
浑身上下打寒噤。
眼望书记靠不住，
不如趁早快脱身。
你在这儿，我走了，再见！

叶书记　别走！你不是找老八吗？

皮大夸　他不在，我走了！（欲溜）

赵老八　（上）老皮同志，我在这儿，运竹子的人请好了吗？我这就给你砍！

叶书记　什么，你是来砍竹子的？

皮大夸　（支唔地）不不不……（对老八小声地）老八，算了，竹子我不要了。

赵老八　（大声地）你不要不要紧，可我得把话讲清楚。（对叶）叶书记，是你批准皮同志来砍竹的，现在是他不要，可不要说我目无领导！

叶书记　（气愤地对皮）什么，我批准你来砍竹子？

皮大夸　不不不，是老八开玩笑。（转对老八小声乞求地）老八哥，别提砍竹子的事了。

赵老八　（仍旧大声地）你怎么啦？书记不是和你一母同胞的好兄弟吗？

皮大夸　（无地自容地）你……

叶书记　老皮呀，你说责任制要变，是从哪儿听来的？

皮大夸　我？叶书记，我没说。（企图狡辩）

赵老八　你没说？你刚才还对我说，昨晚书记请你喝酒，当面给你看了一个内部文件。

皮大夸　（恼羞成怒地）你血口喷人！（转对叶书记）叶书记，我实话告诉你吧：（倒打一耙地）

（唱）赵老八，私卖毛竹，无销路，
硬要我，帮助他去，找熟人，
说什么，只要竹子，能卖掉，
人民币，我们二人，如数分。
拒腐蚀，我一再，不敢从命，
当你面，寻报复，血口喷人！

赵老八　（气愤地）我血口喷人？我有证据！

皮大夸　（得意地）哈哈哈，证据？谁给你证据？土地老爷？

赵老八　（拿出收录机）土地老爷我请不来，这收录机会来作证，你听着！

皮大夸　（见状惊）啊！

［收录机里传出皮大夸原话。

皮大夸　（像泄气的皮球）叶书记，我有罪，老八哥，我对不起你！

叶书记　我马上告诉食品站，从明天起停职检查，听候处理！

皮大夸　是。（狼狈地下）

赵老八　叶书记，我错怪了你。

叶书记　我过去也有错嘛！——老八，你对政策再放心了吧？

赵老八　我早就放心了。

叶书记　参加劳模会发言的事……

赵老八　我已经找好代表。

叶书记　谁？

赵老八　你看。（示收录机）

叶书记　（不解地）它作代表？

赵老八　我这人见不得大场面，到时候我把话讲在铁匣子里，你拎去一放不就行了吗？

叶书记　哈哈哈，老八，真有你的。

［剧终。

（原载《江淮文艺》1983年第8期）

送 瓜 苗

时 间　现代。
地 点　皖南某农村。
人 物　吕东民　30 多岁，村主任。
秋 玲　30 多岁，主任妻。
李秀芬　30 多岁，寡妇。

［东民家。
［东民上。

吕东民　（唱）都说我东民眼光准，
讨个老婆有才能，
引进技术种吊瓜，
三年致富脱了贫。
要说老婆样样好，
只有一点伤脑筋。
她心地狭窄爱吃醋，
强行规定“三不准”。
（白）你们知道是哪“三不准”吗？
（唱）一见女人眼要正，（白）不准眉来眼去；
二见女人话要省，（白）不准多言多语；
三见女人身要稳，（白）中间距离呀！
不准少于三尺三寸零三分。
（白）你们听听，这哪是“三不准”啊！简直是不平等条约嘛！但半老夫妻也不能天天吵嘴啊！只好由着她。前年，她从外地引进吊瓜种的时候，我想给寡妇李秀芬也分一点，她不仅不同意，还说，你怎么对一个寡妇这么有感情？你听，这话说得有多难听？不行，我作为村长不能因为老婆的醋性而放弃自己的责任，“狗肉炖不烂，多加两把火”，相信没有解决不了的问题。不过，必要的感情投资还是少不了的。（从包里拿出一个纸盒，向内喊）秋玲秋玲，请你出来一下。

秋　玲　（上）搞么事呢，喊得这么亲热？

吕东民　（举纸盒）今天进城开会，给你带了一样好东西！

秋　玲　么事好东西，这么神秘？

吕东民　（递纸盒）你看看。

秋　玲　（打开纸盒）鞋！

吕东民　你最喜欢的样式。

秋　玲　还是康奈名牌！

吕东民　试试看。

秋　玲　（试鞋）不大不小，刚刚好，多少钱一双？

吕东民　不贵，二百五。

秋　玲　（惊讶地）乖乖，这么多钱还说不贵！我怕你也是个二百五啊！

吕东民　谁叫你是我们家大功臣呢！

秋　玲　那也不假！

（唱）自从进了你家门，
哪样不是我操心？
引进技术种吊瓜，
大棚种植上水平。
三年甩掉贫穷帽，
致富成了带头人。
不是我全力来配合，
你哪能远近都闻名，
不是我热心来相助，
你哪能当上村主任？

吕东民　（接唱）
你的功劳实在大，
笔笔写在我的心。

别说只是一双鞋，
你要星星我上天庭！

秋　玲　（高兴地在东民脸上吻了一口）算你还有良心。

吕东民　没良心还叫人吗？（亲切地）秋玲，今天想给你商量件事。

秋　玲　么事？

吕东民　还是关于李秀芬买吊瓜苗的事。

秋　玲　你怎么对她总是念念不忘呢？

吕东民　村民们都种了，就她没种，也许没钱买。

秋　玲　你不是因为她长得漂亮吧？

吕东民　说话又离谱了。只要是村民，美的丑的都要关心。

秋　玲　你拉倒吧！

（唱）花香容易把蝶引，
你身上也没装“避色针”，
主任纱帽头上戴，
自有媚眼献殷勤。
防醉莫与酒接近，
防膻要远离羊的身。

吕东民　（接唱）感谢老婆常提醒——（白）那送瓜苗的事？

秋　玲　别的事我都支持，唯独这件事嘛！

（接唱）不能给你开绿灯！（收拾欲下）

吕东民　（气馁地背白）她还是不同意。（见秋玲要走）你上哪儿？

秋　玲　二表哥从镇江回来了，还给我带回一坛醋，二表嫂叫我去拿。顺便陪他们耍两把！

吕东民　（背白）她都快被“醋”淹死了，还要买醋。

秋　玲　你说么事？

吕东民　（搪塞地）我是说二表哥真不错，大老远的还给我们买醋。你去陪他打两把牌还不是应该的吗？

秋　玲　这还像话——我走了。

吕东民　慢，外面天黑，把手电带上。另外，多带点钱，顺便在路上买点东西接他家小孩。（掏钱给秋玲）

秋　玲　还是你想得周到。

吕东民　去吧去吧，抓紧时间！

秋　玲　　拜拜！（下场）

吕东民　　机会总算来了！

（唱）铁铸的葫芦难开瓢，
磨破嘴皮不见效。
何不趁她出门去，
抓紧机会送瓜苗。
不是我东民胆子小，
避免矛盾是高招！（从屋内扛出备好的瓜苗下）

［转场，李秀芬的家。

秀　芬　　（唱）手捧瓜苗心高兴，
根粗苗壮真喜人。
前几年，我要瓜苗人不给，
现如今，二代瓜苗已育成。
倘若全村来推广，
经济效益成倍增。
有心去找吕村长，
想起秋玲我冷冰冰。
她心胸狭窄醋性重，
弄不好，美意反惹是非生。
左思右想难决定，

吕东民　　（背瓜苗上）
（接唱）急匆匆，走来我吕东民。

［东民在门外犹豫时，恰逢秀芬倒水，溅了他一裤。

秀　芬　　（发觉）哎哟，是村长？对不起，对不起！

吕东民　　（抖抖裤子）没事没事——

秀　芬　　快，进屋我给你揩揩。

吕东民　　这——不——

秀　芬　　（推）进去嘛！我正要找你有事呢！

［东民进屋，秀芬用毛巾给东民揩水，东民忐忑不安躲躲闪闪。

秀　芬　　村长，你这一袋瓜苗往哪背呢？

吕东民　　是送给你的。

秀　芬　　送给我？

吕东民　是的。那一年分瓜苗时，就你没分到，作为村长，我一直感到有愧。今天是一送瓜苗二检讨的。

秀　芬　你把瓜苗送给我，秋玲知道吗？

吕东民　（谎称地）知道。其实秋玲人不坏，就是心眼窄了点，以前有对不住你的地方请你不要往心里去。

秀　芬　你放心，秋玲姐的性格我知道，我不会计较的，不过，你送的瓜苗我是不需要了。

吕东民　你不需要了？

秀　芬　因为我已经有了更好的品种。

吕东民　更好的品种，在哪儿？

秀　芬　在这儿。（拿出）你看。

吕东民　（看瓜苗）“皖丰一号”，根粗苗壮，从哪儿弄来的？

秀　芬　是我未来的丈夫培育的，当然，我给他当后勤也有不小的功劳。

吕东民　你未来的丈夫？他在哪儿？

秀　芬　在省农大当教师，是专门研究种植吊瓜的。

吕东民　专门研究种植吊瓜？

秀　芬　对。我们培育的新一代吊瓜品种“皖丰一号”产量比你们的品种高出一倍多。

吕东民　（惊）高出一倍多？这么好的品种能不能先在我们村推广？

秀　芬　我正是为此事要找你商量呢！

吕东民　（欣喜地）是吗？秀芬，这叫我怎么感谢你呢？（欲上前握手，想起“三不准”，又连忙缩回）我们——研究研究吧。

秀　芬　好的。（二人伏案研究计划）

［秋玲抱醋坛上。

秋　玲　（唱）串门不安心，
说话常走神，
提前把家回，
看看啥动静。

［刚走到秀芬门外，正巧听见东民与秀芬的讲话声。

秋　玲　咦！听声音好像是东民！（静听）

吕东民　（指点计划）哎呀，我们想到一块去了！哈哈哈——

秋　玲　（推门而入，假咳一声）嗯哼，笑得还真怪开心的呢！

[吕、秀连忙惊起。

秀　芬　（高兴地）是秋玲姐来了？

吕东民　咦！你怎么回来这么快？牌就打好了？

秋　玲　莫非你要我打到天亮？

吕东民　（语塞）这……

（背唱）出口的话儿像弹头，
看来今晚有战斗。

秀　芬　（背唱）她满脸阴云堆得厚，
山（酸）雨欲来风满楼。

秋　玲　（背唱）自封诸葛算计好，
还是大意失荆州。

秀　芬　秋玲，站着干啥，快坐啊？

秋　玲　不坐！

秀　芬　（倒茶）你喝茶！

秋　玲　不喝！

秀　芬　（尴尬地）这，秋玲，你是咋啦？

秋　玲　不咋啦！

吕东民　（微愠地）秋玲，你干吗这样，有话我们回去说，走！

秋　玲　回去，没那么容易。我说今天太阳怎么从西边出来了呢！听说我要串门，又是递电筒又是拿钞票，巴不得我早点走，原来是趁我不在家赴约来了。

秀　芬　秋玲姐，你说话可要文明些。

秋　玲　文明？事情没临到你，要是临到你，你文明得起来吗？

秀　芬　临到我也没啥了不起，村长关心老百姓，正大光明，怕么事？

秋　玲　你不怕我怕！

秀　芬　你怕么事？

秋　玲　我一怕丢了吊瓜，二怕丢了老公！

吕东民　（一把捂住秋嘴巴）你轻声点好不好？

秋　玲　你也怕了？

吕东民　我怕啥？

秋　玲　深更半夜往秀芬家跑，你这是爱秀芬呢还是害秀芬呢？

吕东民　这——这不是你逼的吗？

秋　玲　我逼的?

吕东民　就是嘛!

（唱）只因你有了“三不准”，
逼得我处处难做人。
女人的事情不敢管，
女人的困苦不敢问。
身为村长心有愧，
对不起乡亲和乡邻。
夜送瓜苗实无奈，
十分差错你九分。

秋　玲　嗐! 你还把责任推到我身上来了呢!

吕东民　今天晚上幸亏来了，要不然，

秋　玲　不然咋啦?

吕东民　损失可大啦。

秋　玲　什么损失? 你别吓唬人!

吕东民　我吓唬你搞么事? （搬出“皖丰一号”）你看，这是秀芬刚从外地引进的新一代吊瓜品种“皖丰一号”，比我们的产量高出一倍多!

秋　玲　（捧瓜苗）这——她是从哪儿弄来的?

吕东民　她未来丈夫那儿。

秋　玲　她未来丈夫? 我怎么不知道?

吕东民　搞么事要让你知道? 她未来丈夫是农大教师，专门研究吊瓜种植，这“皖丰一号”就是他培育的，马上要打入市场。

秋　玲　它一打入市场，我们的吊瓜不就——

吕东民　面临淘汰的危险!

秋　玲　这——怎么办? 能不能给秀芬说说，首先在我们村推广?

吕东民　你定的“三不准”不要了?

秋　玲　都到什么时侯了，你还同我憋气!

吕东民　我是不去的啊!

秋　玲　你不去我去，（走到秀芬面前）秀芬妹，恭喜你啊，听说找了个好妹夫。秀芬妹，请你同妹夫说说，他培育的新品种能不能先在我们这儿推广?

秀　芬　（揶揄地）秋玲姐，这事你也想管吗？

秋　玲　（被噎住）这——秀芬妹，你还生我的气呢！

（唱）怪我秋玲文化浅，

怀抱醋坛心眼偏。

妹妹有志胸襟广，

别与姐姐一般见。

千错万错是我错，

你打我骂我都情愿。

［上前抓住秀芬的手往自己身上打。

秀　芬　（慌乱地缩手）秋玲姐，你这是搞么事？你，你是我姐姐，我怎好打你骂你呢！

秋　玲　（惊愕地）我是你姐姐？你还认我这个姐姐？

吕东民　人家可不像你，针鼻大的心眼。

秋　玲　那刚才——

秀　芬　刚才是同你开玩笑的。

秋　玲　开玩笑？那新品种同意先在我们这儿推广了？

吕东民　看把你乐的，别忘了自己姓啥了！

秋　玲　你这该死的！（笑着追打）

吕东民　说正经的，你那"三不准"是不是得改一改？

秋　玲　改改改，你说怎么改？

吕东民　这一，本村长今后和女的讲话不准打听；这二，本村长为女的办事不准偷听；这三嘛——

秀　芬　算了算了，姐，别听他胡扯，走，我们去研究种吊瓜的事吧！

（三人欲下）

吕东民　（发现地上的醋坛）秋玲，这醋坛不要了？

秋　玲　不要了不要了，留给秀芬吧！

秀　芬　我才不要哩，我也不喜欢吃醋。

秋　玲　收下收下，是难得的镇江老醋咧！

（二人推让醋坛落地打得粉碎）

秋　玲　（可惜地）多好的醋啊！真可惜！

吕东民　（双关地）摔得好，摔得好啊！

（众笑）哈哈哈——

（合唱）一段故事送瓜苗，
　　　　献给观众细咀嚼。
　　　　世上本无扰人事，
　　　　只因仍有人自扰。

［剧终。

（此剧2004年获全国第11届“中国曹禺戏剧奖”剧目一等奖）

附　与《送瓜苗》相关的新闻报道选段

在本次曹禺戏剧奖小戏小品大赛中。皖南花鼓戏第一次亮相全国性比赛。由安徽宣城市文化局选送的皖南花鼓戏《送瓜苗》在比赛中得到了全国各地演员和观众的认可。

戏曲的多样化一直是曹禺戏剧奖所提倡的，皖南花鼓这些富有地方特色的民间戏曲能够在预赛脱颖而出，说明只要有老百姓的支持和喜爱，再稀少的剧种都可以在民间扎下根来，并会在舞台上得到更多观众的认可。

——摘自《皖南花鼓戏首次亮相第 11 届曹禺戏剧小戏小品赛》
（广西新闻网 - 当代生活　2004 年 10 月 13 日）

为了迎接全国百优小品小戏在我市举办，我市从去年下半年开始就精心准备作品的创作，经过多次的筛选，最后，由广德杨跃庭创作的、展现农村共同富裕主题思想的《送瓜苗》在全市 60 多部作品中脱颖而出，并由花鼓剧团正式投排。花鼓戏剧团刚刚拍好戏后，还没有正式彩排，就直接参加了今年 7 月份省文化厅举办的 2004 年全省现代小戏、折子戏调演比赛，在比赛中，《送瓜苗》以其很好的立意、巧妙的构思、精彩的演出，获得了演出第一名。

——摘自《我市花鼓戏：得分 9.93 分》
（载《宣城日报》丁樱　2004 年 10 月 16 日）

“前十届全国百优小品大赛，小戏是弱项，这次做到了小戏小品并翼双飞。宣城市选送的现代皖南花鼓戏《送瓜苗》因生活气息浓、民间气息浓、现代气息浓，获得 9.93 的高分。这一成功，就是源于生活，源于群众。皖南花鼓戏是深受当地群众喜爱的剧种，宣城又是文房四宝之乡，文化底蕴深厚，应该对这一艺术形式加以扶持和光大。”

——摘自《文艺之花应深植于群众基础中——访中国戏剧家协会副主席何孝充》
（《宣城日报》李森　2004 年 10 月 16 日）

大型戏曲

木瓜红枣的故事

时　间　　现代。
地　点　　某山区县城。
人　物　　木　瓜，30 多岁，木瓜种植专业户。
红　枣，30 多岁，木瓜妻。
高压线，本名高雅艳，30 多岁，某商店营业员。
兰龙宝，又名烂脓包，40 岁，高压线丈夫。
兰大娘，70 岁，兰龙宝之母。
胡所长，40 多岁，派出所所长。
黄医师，40 多岁，县医院医师，胡所长妻。
胡小平，十七八岁，胡所长之子。

第一场

［县城街道一角。
［幕启，红枣上。

红　枣　（唱）夫妻双双进城来，
卖罢木瓜上大街。
想买一台洗衣机，
到处难找好品牌。
走过一店又一店——
（发现身后不见了木瓜）咦！木瓜呢？
（向内喊）木瓜木瓜。

［木瓜内应：来了！来了！

木　瓜　（跑上，笑嗔地）听你那大嗓门，
（接唱）声音惊动半条街。

红　枣　（微嗔地）一眨眼你跑哪儿去了？

木　瓜　两个卖菜的打架，我去拉了一把。

红　枣　（生气地）你真多事！

木　瓜　（憨笑）你莫这样说，都不拉，不要打死人？

红　枣　你还有理哩！也不看看，都什么时候了。（示表）快走呗！

木　瓜　再上哪儿？

红　枣　回家！

木　瓜　洗衣机不买了？

红　枣　今天时间不早了。要买，你留在城里住一夜，明天多跑几个地方，仔细挑挑，我先回去了！

木　瓜　依我看，你也留下来，晚上找个大宾馆，桑拿桑拿，享受享受。

红　枣　（嗔笑地）大街上，你瞎扯么东西！

木　瓜　你当真要走！

红　枣　第二批吊瓜急等下架，我得赶紧回去安排劳力，免得明早慌手慌脚。

木　瓜　也好……要回去就抓紧时间，末班车就要开了。

红　枣　（掏钱）这三千块钱你拿着，洗衣机一定要买好的。

木　瓜　你放心。

红　枣　（欲交钱又缩回）注意，如今有些人拿着芝麻当饭吃——一肚子的黑点子，你个木瓜脑袋，当心吃亏！

木　瓜　你别瞧不起人，我啥时吃过亏？

红　枣　（交钱）好吧！（欲下又回）你听着，买好洗衣机早点回来。

木　瓜　（不耐烦地）晓得晓得，你怎么对我这样不放心呢？

红　枣　（无奈，苦笑地）好吧。（下）

［天色渐暗、路灯亮，大街上人渐稀少。

［兰大娘手提编织袋，颤巍巍地上。

兰大娘　（唱）人道养儿能防老，
我却老来受煎熬。
养个儿子是脓包，

接个媳妇像把刀。
嫌我年老是废料，
逼我单把小锅烧。
一日不死要吃饭，
我只好，拾拾破烂求温饱。
想当年，肩挑百斤还嫌少，
如今是，一袋破烂压弯腰。
想当年，身背孩儿行千里，
如今是，前进一步三幌摇。
无儿无女能上敬老院，
我有儿有媳怎好求人为我把心操？

唉！我怎么不死啊！

［胡小平骑自行车上。车上挂着毛衣。

［兰大娘见自行车，心里慌乱，左右不定。

胡小平　（急呼）奶奶让开，奶奶让开！（刹车不及，撞倒大娘）不好！（忙下车扶起大娘）奶奶，撞得厉害吗？

兰大娘　……不要紧。

胡小平　（为大娘拍打灰尘）奶奶，我背你到医院检查检查！

兰大娘　不要紧，我这贱骨头，在家经常摔筋斗，摔不坏！

胡小平　奶奶，你要说实话，要真的不要紧，我就走了，要是伤着了，我就送你上医院。

兰大娘　孩子，去吧去吧！没事。

胡小平　那我走了？

兰大娘　快走吧！孩子！

［胡小平骑车下。

［兰大娘刚走两步，突然感到一阵晕眩，哎呀一声倒在地上。

［木瓜骑自行车上。

木　瓜　（唱）

二两烧酒落肚肠，
一身精神满嘴香。
躺在床上难入睡，
出来逛逛夜市场。

了解吊瓜新行情，

乘风扬帆再远航。

飞身骑上自行车——

（正欲上车，突然听见大娘的呻吟声）谁？（走近一看）哎呀！

（接唱）原来是，一位大娘倒路旁。

大娘！大娘！（向四周）喂！是谁家的老人，晕过去了！

［高压线，兰龙宝闻声上。

兰龙宝　（见状一惊，旁白）这不是我妈吗？

［兰龙宝欲扶大娘，被高压线阻住。

高压线　这……是谁撞的？

木　瓜　不知道，我来时，大娘已经倒在地上，看样子，撞她的人跑了！

高压线　（诡秘地）跑了？——还愣着干什么，快送医院抢救啊！

木　瓜　（不假思索地）医院在哪儿？

高压线　在那儿！（指）

［木瓜背大娘下。

［兰龙宝欲跟下，被高压线拦住。

高压线　你上哪儿？

兰龙宝　上医院去看看我妈的伤势……

高压线　呆瓜！老家伙这么大年纪，还经得起一撞？撞她的人跑了，医疗费谁给？要是死了，安葬费谁给？

兰龙宝　这……她是我的亲娘，怎能不管啊？

高压线　自然有人管！

兰龙宝　谁？

高压线　就是这个乡巴佬！

兰龙宝　不是他撞的啊！

高压线　死货！你不能……（耳语）

兰龙宝　这——不能不讲道德！

高压线　道德，道德能值多少钱？

兰龙宝　不管怎么说，我得去看看！（跑下）

高压线　你——真是个脓包！（就地拾起一块半截砖欲向兰砸，又止，气极把砖掷于地，不料砸在自己脚上）哎哟，我的妈哟！（拖着一只受伤的脚，一颠一跛地追着兰龙宝下）

［灯暗。

第二场

［县医院门诊部。

［黄医师正低头翻阅报纸。

［胡小平拿一件毛衣上。

胡小平　妈妈！妈妈！

黄医师　唔，小平，你怎么来了？

胡小平　爸爸说，你今天值夜班，要我给你送件毛衣。（递毛衣）

黄医师　小平，下午我到你们就业培训中心，怎么没看见你？

胡小平　单位组织学习。

黄医师　学习啥？

胡小平　八荣八耻。

黄医师　八荣八耻？

胡小平　对，妈妈，你学过了吗？

黄医师　我……嘻嘻，早就学过了！

胡小平　（惊异地）啊！我考考你，什么叫八荣八耻，你能不能说我听听？

黄医师　（答不出）算了，我可没工夫给你背书本。

胡小平　你呀，根本就没学。单位发的两本书灰尘都老厚了。——你以为爸爸是派出所所长，你就不需要学了，是不是？

黄医师　去去去，谁跟你耍贫嘴！——早点回去休息，别到处乱跑！

胡小平　（不服地）我什么时候乱跑过？

黄医师　（语塞地）好好好，我的儿子最听话，行了吧？——告诉你爸爸一声，我今晚不回去了。

胡小平　哎！（跑下）

黄医师　（自言自语地）学习八荣八耻（淡笑地）哼！我可没那么好的兴致！

（唱）不是不愿去学习，

只因为，我看透如今这世道。
八荣八耻嘴上挂，
暗地尽耍奸和刁。
老实人处处吃大亏，
滑头人，升官发财满腰包。
吃一堑，长一智，
谁愿再做老实包。
你学狠，
他学刁，
见钱眉眼笑，
比赛看谁有门道。

［木瓜背大娘上。

木　瓜　医生同志，医生同志！

黄医师　（漫不经心地）老人怎么不好！

木　瓜　大概被车撞了，请你快看看。

黄医师　放下来。

［木瓜将大娘放至门诊床上。

黄医师　（检查诊断）患者昏迷不醒，心脏也不好。快送病房抢救！

［木瓜背大娘下，黄医师下。

［木瓜复上。

木　瓜　（自我陶醉地）好险啊！

（唱）今晚逛街没白跑，
救个老太我乐心梢。
要是听了红枣的话，
岂不误了命一条？

红枣呀红枣，你总叫我莫多事，今晚幸亏没听你的！

［黄医师上。

木　瓜　（连忙迎上）医生，大娘怎么样？

黄医师　要输液！（将一纸处方递给木瓜）快，到那边付款！

木　瓜　多少钱？

黄医师　先付两千块吧，不够再说！

傻　子　两千块！这钱……

黄医师　（不耐烦地）钱钱钱，你们这些人一天到晚就是钱，是钱重要还是人重要？

木　瓜　那——当然人重要！

黄医师　那就别啰唆！（下）

木　瓜　（庆幸地）幸亏我身上带着三千块！要不然还“插蜡烛”哩！（下）

［高压线追兰龙宝上。

高压线　喂！你这个傻瓜蛋，快跟我回去！

兰龙宝　让我一旁偷看看不行吗？

高压线　你这是惹火烧身。要是查不出那个骑车撞你妈的人，这医药费、住院费，就要栽在你我身上。

兰龙宝　那有啥法子。我是她儿子，赖也赖不掉。

高压线　你——

［黄医师上。

兰龙宝　（忙上前）请问医生，刚才可有个老大娘送进医院？

黄医师　有啊！你是她什么人？

兰龙宝　（脱口而出）我是她儿子。

黄医师　刚才送你母亲来的是什么人？

高压线　（急抢接）他，我婆母就是他骑车撞的！

［木瓜手捧两瓶盐水上，正巧听见。

木　瓜　（吃惊地）什么？你们是开玩笑，还是说真话？

高压线　我认识你是老几？跟你开什么玩笑？

木　瓜　（感到问题的严重性）嘿嘿，这真是怪事哩！

高压线　怪事，你撞我婆婆，还不认账！

木　瓜　谁看见我撞的？

高压线　我！（指兰）还有他！（瞪眼示意兰龙宝）

兰龙宝　（无可奈何地）我——我亲眼看见，你……

木　瓜　（气得将盐水瓶一扔）你们——你们不是人！（逼向高压线）

高压线　（恐惧地后退）你你，你撒野？你敢打人？（冲上去）我让你打，我让你打，反正我也不想活了！（哭）我的妈妈呀！

（唱）实指望，你快快乐乐度晚年，

　　没想到，遇到恶人遭灾难。

才买的红枣你没粘牙，
新做的皮袄你没穿。
倘若你有三长和两短，
我活在世上也枉然！
妈妈啊！我同你一起去死哟！

兰龙宝　（劝解地）雅艳……

高压线　（将眼一瞪）你……

兰龙宝　（会意地）我的妈啊……

黄医师　（打断地）嚎什么！要嚎到外边嚎去！

高压线　医生啊，你是有文化有知识的人，这个野蛮的家伙，撞了人还不承认……

木　瓜　医生同志，的确不是我……

黄医师　不是你，你为啥把他妈背到医院，还交了住院费？有你这样的好人？我不信。（木瓜欲辩被打断）好了好了，我这儿也不是派出所，谁给你评理！（对木瓜）你把盐水打泼了，再去买两瓶来！

木　瓜　买！这不明不白的钱，我不能出！别以为我是乡巴佬，可如今的乡巴佬也不是好欺的！

黄医师　哎哎哎，你把话讲清楚，谁欺侮你了！

木　瓜　你，你你！！

黄医师　嘿嘿，把我也挂上了。不给点颜色你看看，你不知道厉害！（抓起电话）喂！接派出所！——你是老胡吗！我是老黄。告诉你，我们这儿有个流氓，我们治不了，你来一下。快点！

［黄医师放下电话欲坐，见凳上有灰，蹙了蹙眉头，高压线连忙上前揩掉灰尘。

木　瓜　我——我当真是木瓜脑袋？（气得蹲在地上）

［幕内伴唱：

说你傻，你不傻，
说你呆，你不呆，
不是你自己不理解。
只因世上有无赖。

［胡所长上。

胡所长　（唱）夫人电话催得急，
　　不知出了啥问题。
　　大案送到公安局，
　　小案我来和稀泥。
（进门）什么事？

高压线　（恶人先告状）胡所长哎，你是懂政策、讲法律的人，大家都叫你胡包公、胡青天……

胡所长　（打断地）莫给我戴高帽子，有话你就说！

高压线　我家婆母好端端地走在路上，无缘无故被这个家伙撞倒了，他现在不仅不承认，反而动手打人……（哭）呜呜呜，……

胡所长　（严肃地对木瓜）大娘是你撞的？

木　瓜　我耳不聋，眼不瞎，既无仇又无怨，我为么事要撞她？

胡所长　（打量木瓜）你是农村来的吧？……农村人不懂城市交通规章，骑车撞人是常有的事嘛！

木　瓜　我撞人是你所长亲眼见的？

胡所长　我……（转向兰龙宝）他撞你娘的时候，你亲眼看见了？

高压线　（抢白）是的，我也在场。

木　瓜　完全胡说八道，当时你们根本不在场！

高压线　你说我不在场？找个人证出来！

木　瓜　（语塞）这……反正我没撞，杀头我也不承认！

胡所长　（为难地）这就难办哩！
（旁唱）一个是夫妻来作证，
　　一个是誓死不承认。
　　谁是谁非咋决定？
　　难坏我这个办案人！
我说同志，大家都不要争不要吵，不就是医疗费吗？这好办！

高压线　怎么办？

胡所长　（对高压线）你们是大娘的儿子、媳妇，有赡养老人的义务；（对木瓜）你呢，是新时代的好青年，八荣八耻学得不赖，发扬发扬风格吧。这医药费你们一人一半！

高压线　（暴跳地）什么，他撞了人，医药费还要我们出！

木　瓜　要我出钱可以，但是她必须承认是诬陷！

黄医师　（也愤愤地对胡）各打五十大板，你还有没有是非！

胡所长　这……你说怎么处理？

黄医师　我说？我说就是他！（指木瓜）

木　瓜　啊，你说话可得有根据！

黄医师　根据？不是你撞的，干吗背大娘上医院？还掏钱买药水？你是雷锋的哥哥还是弟弟？

胡所长　这话值得考虑！

木　瓜　啊！原来你……

高压线　啊哟哟，雷锋做好事不留名姓，你做了坏事还要人家表扬。假惺惺地把老人背来，想把罪过抹掉。还可以捞到一份感谢信，是不是？

［木瓜又气又恨，无法辩解。

［伴唱：

冷枪热箭似雨淋，
浑身长嘴说不清。

木　瓜　（唱）

说不清，不说清，
当务之急是救人。
木瓜虽说年纪轻，
荣耻二字心里明。
生死面前辨得失，
岂不给人留笑柄？
人心自有秤一杆，
别人不秤我自己秤。
自己良心斤两足，
吃亏占赢何足论？

（将手一挥）好了好了，不就是花几个医药钱么，我认啦！

［灯暗。

第三场

［农村。

［木瓜的吊瓜园里，瓜棚上爬满绿色藤蔓，棚下垂吊着一个个金色吊瓜，一派丰收景象。

［幕启。红枣正在采摘吊瓜，她心事重重，不时走至高坡向远处眺望。

红　枣　木瓜啊！你怎么还不回来呢？

（唱）那日在城里已讲定，
木瓜翌日回家门，
如今已有七天整，
为什么，不见音信不见人！
莫非在外生了病？
莫非又把是非生？
莫非路上翻了车——（不堪设想地）哎呀！
越思越想怕死人！
有心到城里去看望，
怎奈是，家中无人难脱身。
瓜要摘，货要运，
里里外外忙不赢。
我一根绳子拴得紧，
心急火燎烦死人。

［摘瓜下。

［木瓜上。

木　瓜　（唱）这次木瓜进县城，
好比水牛落古井。
想跳跳不出，
想叫叫不应。
一晃就是六七天，
想起家事心如焚。

如今瓜棚活正忙，
红枣一人怎担承？
本想早日回家来，
只因大娘病情重。
倘若我要不照料，
谁为她煮药熬汤羹？
如今大娘病好转，
我高高兴兴回家门。
有心将大娘接家来，
不知红枣可答应。
迈步来到瓜棚下——哎呀，
想起红枣我凉了心。
洗衣机没买钱花尽，
见了红枣怎启唇？

［正在棚下发呆，红枣上。

红　枣　（见木瓜，又惊又喜）木瓜，你回来了。怎么这么多天才回来？洗衣机呢？

木　瓜　我……（欲说又止，不声不响地帮忙摘瓜）

红　枣　去去去！（一把夺过吊瓜）快说，究竟出了什么事？

木　瓜　（呆呆地站在她面前，面呈难色）我……

红　枣　（见状，猜测、惊恐地）一定是出事了！
（旁唱）往日回家笑连声，
今日成了木头人。
莫非当真出了事！
我的心啊！七上八下跳不停。
你说啊！你哑了？

木　瓜　我……
（背唱）红枣急急将我问，
究竟如何来回音？
说真话，怕她一时难接受，
说假话，要她受骗我不忍心。

红　枣　你说呀！都快把我急死了！

（唱）是鼓一敲崩崩响，
是磬一击有回声，
你站在面前比高矮，
难道与我争冠军？

木　瓜　我……（欲说又止）

红　枣　（唱）是不是突然得急症？
医院吊水又打针？

木　瓜　不是！

红　枣　（唱）是不是外面遇小偷，
六千元钱掏干净！

木　瓜　（摇头）……

红　枣　（唱）莫非如今有了钱，
见了女人花了心？
蛤蟆去吃天鹅肉，
拘留所里受审讯？

木　瓜　你瞎扯么东西！

红　枣　（唱）这不是那不是，
迟迟不归是何因？
到底出了啥事，快说！

木　瓜　（旁唱）不怪红枣把气生，
此事叫谁不疑心。
长痛不如短期痛，
挤掉脓水一身轻。
红枣，你听我说哟！
（唱）你在家中心里急，
岂知我，满肚怨气无处申。

红　枣　（惊）什么？满肚怨气？谁欺侮你了！我找他去！

木　瓜　你？（摇头）不是我瞧不起你，我对付不了的人，你胡萝卜断磨子——别起齿！

红　枣　啊！有这么厉害的人！你说我听听！

木　瓜　（唱）那晚我上夜市场，
猛发现一个老太倒路旁。

眼见她奄奄一息命垂危，
我连忙背起大娘到病房。
谁料到她的儿媳不讲理，
反说我把她母亲来撞伤。

红　枣　那你没长嘴？你不能跟他们辩？

木　瓜　怎么没辩？你没见她夫妻俩一个当原告，一个做旁证，我一人单枪匹马，招架不开啊！

红　枣　那你就承认了？

木　瓜　红枣啊！
（唱）派出所所长和稀泥，
医生也不把是非分。
箭头子都向我身射，
我满身长嘴说不清。

红　枣　那你不会叫那老大娘出来作个证？

木　瓜　（唱）有心请出大娘问根本，
可怜老人卧床昏沉沉。

红　枣　那就活该你吃这个闷头亏啦？

木　瓜　唉！有啥子办法呢！
（唱）她儿子媳妇耍赖皮，
是非一时难说清。
大娘病危要抢救，
哪顾责任不责任。
花钱住医院，
买药又打针，
三千元钱花干净，
身上没有半分文。

红　枣　（痛恨地）你呀，活该！
（唱）平日没少告诫你，
叫你莫管闲事情。
见人吵嘴你别看，
见人打架你抽身。
是非之地不在场，

天塌下来不烦心。
说破嘴皮你不听，
自作自受是报应。

（恨铁不成钢地）你这个木瓜脑袋何时才能开窍啊！

木 瓜 红枣，你别这样说，要是你呀，也和我一样！

红 枣 我和你一样？

木 瓜 要是你见一个老人躺在地上，你能不救？

红 枣 我……

木 瓜 上次一个灾区老大娘讨饭，你还叫我多给几块钱哩！并留她在我们家住几夜呢。

红 枣 （背白）是呀，见死不救，还叫人吗？要是我，不也一样？（转向木瓜）那救就救呗，你么事六七天不回来？

木 瓜 你哪晓得啊，大娘病在床上，没人照应。

红 枣 她儿子媳妇连服侍老人都不管？

木 瓜 别提她儿子媳妇了！

（唱）大娘含泪告诉我，
儿子媳妇无德性。
嫌她年纪老，
逼她把家分。
要柴要不到，
要粮她瞪眼睛。
老人生活无依靠，
苦水只有肚里吞。

红 枣 这样的儿媳实在可恶！——她怎么不告？

木 瓜 我也是这样讲，可老大娘说：要把儿媳告倒了，就怕苦了儿子。再说“家丑不可外扬”嘛！

红 枣 （同情地）唉——

（唱）听罢木瓜来介绍，
这样的老人我同情。
想起我二人无父母，
正需一个老母亲。
有心将大娘接家来，

不知木瓜可答应。

木瓜，我有个想法不知你同意不同意。

木　瓜　你说。

红　枣　木瓜：

（唱）自从我到你的家，

两条光棍两根蜡。

你的父母死得早，

我也没得爹和妈。

现在大娘无依靠，

能不能，将她接到我们家？

木　瓜　我也是这么想的哟！

红　枣　那你怎么不把大娘带家来？

木　瓜　说得轻巧，没找你商量，我敢吗？

红　枣　那好，走，接大娘去！

（二人欲走，红枣突然停步）

红　枣　慢！

木　瓜　怎么，你改主意啦？

红　枣　你真是个木瓜，咱去认娘，能不带点礼物？我把存折带着，上城给大娘扯两件衣料。

木　瓜　还是你想得周到。

［二人笑哈哈地分头下。

第四场

［县医院病房外走廊，有供人休息的长椅。

［兰大娘穿病服，拄拐杖上。

兰大娘　（唱）多亏了，木瓜哥一片好心，

大娘我，遇凶险死又复生。

听人说，他做好事反受冤屈，

真叫我，又羞又愧无脸见人。

我一定要找人说清楚，不能让好人受冤枉。

木　瓜　（上）大娘！

兰大娘　（惊喜地）木瓜，你回来了？家里好吗？

木　瓜　好，好！

兰大娘　你在外面出了事，媳妇骂你了吗？

木　瓜　哈哈哈，大娘，我媳妇从来不骂人，今天她还来看望你老人家呢！

红　枣　（亲切地）大娘！

兰大娘　（自觉失口）唔！你就是木瓜……媳妇！

红　枣　（大方热情地）是的，我叫红枣。

兰大娘　红枣，名字好听，人也好看。木瓜，你真有福气，娶上这样的好媳妇。

木　瓜　大娘，你别表扬她了。前两天她还说嫁了我吃了大亏呢。

兰大娘　那准是同你开玩笑的，再说，你也是百里挑一的好小伙子。要不然漂亮的红枣姑娘会看上你？这就叫木瓜配红枣，郎才女貌，天下难找。

红　枣　大娘，你真会说笑话。

兰大娘　木瓜，我看你人长得这么漂亮，干吗叫这么难听的名字呢？

红　枣　大娘，听他娘说，他生下地就不会哭，长大以后又不喜欢多言多语。只要他愿干的事，无论吃多大亏，也要一个劲地干到底，所以，大家就叫他木瓜。

兰大娘　我看哪，他一点也不木，要不然，我这次就没命了。

红　枣　大娘，这是他应该做的，他一个粗人，只怕照顾不周哩！

兰大娘　哪里话啊！（背白）真是不是一家人不进一家门，木瓜好，媳妇也好！

红　枣　（试探地）大娘，听木瓜讲，你已经恢复健康，儿子媳妇该来接您回家了吧？！

兰大娘　（闻言一阵心酸泪涌）回家？儿子媳妇接我回家？

（唱）说我有儿我无儿，

说我有媳我无媳；

人说养儿能防老，

我却老来受孤凄。

儿媳楼房不给进，
路边草棚避风雨。
提水砍柴靠自己，
三天总有两天饥。

红　枣　（难受地）大娘，这些木瓜都跟我说了！我这次来就是跟您商量这件事。

兰大娘　啥事，只管说。

木　瓜　红枣，你说！

红　枣　大娘！
（唱）昨天木瓜对我讲，
大娘的身世我同情。
正巧我俩无父母，
想请您，到我家去当娘亲。

兰大娘　（惊喜地）你们说么事？要我到你们家？

木　瓜　是啊！
（唱）只要大娘你同意，
马上跟我们回家门。

兰大娘　孩子，你们别说傻话了。我一块棺材板子，别人想扔还扔不掉呢！

木　瓜　别人想扔是别人的事，我们想接是我们的事。

红　枣　大娘，你放心，到了我们家，我们不会让你吃苦的，你别看木瓜少言少语，他可是种吊瓜的能手呢！不仅自己种吊瓜发了财，而且还把技术传授给村邻，让大家都能发家致富。如今我们那里家家都盖起了楼房，生活不比城里差呢。

木　瓜　（打断地）你怎么光讲这些？像大街上卖狗皮膏似的！

红　枣　我……我怕大娘不放心呗！

木　瓜　你光讲这些她就放心？将来万一遇到天灾人祸我们变穷了哩？

兰大娘　（嗔怪地）你这个木瓜啊！

红　枣　万一穷了，我们喝凉水，也要让大娘吃干饭！

木　瓜　那还差不多！

兰大娘　（旁唱）他二人说话多诚恳，
不觉两眼热泪淋。

有心随他们乡下去——
哎呀，不能啊！
长期供养事非轻。
常言花无百日红，
草木也少四季青，
自己的儿子靠不住，
岂能靠别人的儿子过一生？

红　枣　大娘，你同意吗？

兰大娘　我……你们的好意，我心领了，要我到你们家（摇头）……

木　瓜　（出乎意料地）啊！大娘你不去，今后的生活怎么办？

兰大娘　放心吧，孩子，我这么大年纪，死也死得了。（抹泪）

红　枣　这……（对木瓜）你不是说不成问题吗？

木　瓜　我……估计肯定不成问题！

红　枣　估计！这事是能估计的吗？

木　瓜　那你说怎么办！

红　枣　这是长期过日子的事，真不去也不能勉强。

木　瓜　也是……（对兰大娘）大娘，你不去，我们就走了！

兰大娘　（怅然、难舍地）走！你们就走？

木　瓜　对。

兰大娘　（认真地）人家说你撞了我，你受了冤、花了钱、又吃了苦，不弄个清楚明白，你就走？

木　瓜　大娘，我知道你是个讲良心的老人，不会跟他们一样冤枉我。有你做证明。此事我一定会弄清楚的。不过，目前家里正忙，我们得早点回去。

红　枣　对，吊瓜急等下架，家里没人。大娘，你放心，这事我们一定会搞清楚的。到时候只要你讲句公道话。

兰大娘　看你说的，这样的公道话不讲还叫人吗？

红　枣　大娘你进屋吧。

兰大娘　（紧紧抓住红枣的手，泪水盈眶）姑娘！

木　瓜　大娘，别难受。以后有什么困难，只要捎个信，我们会来看你的！

红　枣　（突然想起地掏出布料）啊！差点忘了，这块布料是准备你到我家时给你做的，现在你不去了，就送给你吧，看看，颜色怎么样！

兰大娘　这……（接过布料，双手颤抖地抚摸着，老泪纵横地）

（唱）手捧布料泪如泉，
　　顿叫我，羞愧悔恨思绪万千。
　　十几年没见儿子为我倒杯茶，
　　十几年没见媳妇为我盛碗饭，
　　十几年没见他们为我买双袜，
　　十几年没见他们为我添根线。
　　若把儿子比木瓜，
　　一个在地一个在天。

孩子——（抱住红枣抽泣）

红　枣　大娘！

（唱）大娘不要太难过，
　　忧愁过分身受残。
　　出院之后多休息，
　　少到外面受风寒。
　　如今路上车辆多，
　　行走街道要靠边。
　　洗浆补缝弄不动，
　　带信我来帮几天。

木　瓜　是呀！

（唱）倘若城里闷不过，
　　常到我家把心散，
　　如今农村变化大，
　　空气比城里更新鲜。
　　要听歌，打开收音机，
　　要看戏，电视机搬到你床头边。

红　枣　（唱）要嫌家里太冷清，
　　屋前屋后转一转。
　　看看笋芽咋出土，
　　听听画眉叫声欢。

兰大娘　（旁唱）听罢他俩一番话，
胜似母子心相连。
决心随他们下乡去，
安心安意度晚年。
刷锅洗碗我能做，
看看鸡鸭活不难。
尽心竭力把活干，
再苦再累心里甜。

木　瓜　大娘，再见！

红　枣　你进屋休息吧，外面风大！我们走了！

兰大娘　（着急地）你们别走！

木　瓜
红　枣　（惊诧地）大娘，你……

兰大娘　（诚恳地）我——跟你们去！

木　瓜
红　枣　（惊喜地）啊！你愿意了？

兰大娘　愿意！

木　瓜
红　枣　（高兴地）娘——

兰大娘　（亲切地）哎——

木　瓜　红枣，我去买车票，你给大娘收拾收拾！

红　枣　（应）哎！

［扶大娘入内。

［木瓜下。

［高压线、兰龙宝上。

高压线　（唱）听说老不死的病好转，

兰龙宝　（唱）急急忙忙到医院，

高压线　（唱）趁着木瓜还未走，
催要赔款不迟延。

兰龙宝　你打算还要多少钱？

高压线　营养费、保健费、保姆费至少两万块！

兰龙宝　（一惊）你想讹人家？

高压线　这就叫“机不可失，时不再来”！你没听说木瓜是个吊瓜种植专业户？银行存款上百万，两万块对他来说不是九牛一毛？这样的人不敲他几个，我们不成了木瓜了？

兰龙宝　怕没那么容易吧？

高压线　咋啦？

兰龙宝　你凭什么要他赔这么多钱？

高压线　他撞了人。

兰龙宝　以前咱娘昏迷不醒，现在她好了。她要讲了实话，证明不是木瓜撞的呢？

高压线　不是木瓜撞的？是谁撞的？她能找到撞她的人吗？再说，她毕竟是我们的亲娘，你毕竟是她的亲儿子，胳膊不会往外拐。

兰龙宝　这……

高压线　别贪生怕死的，听我安排。

［黄医师上。

黄医师　唔！你们来了？我正要找你们哩。

高压线　啊！是不是母亲要出院了？

黄医师　对，你们马上找木瓜一同把手续办一下。

高压线　（诡秘地）黄医师，我婆母那么大年纪，哪经得起一撞，关于出院后的赔偿问题你一定要为我们做主啊！

黄医师　你的意思我明白。

（唱）我这人，一生最恨害群马，
扰乱社会起祸端。
走路横着走，
骑车一溜烟。
他把你撞倒，
你还不能怨，
你若讲一句，
他举手又动拳。
抓他去评理，
他还有靠山。
弄不好，挨了撞，
赔礼又赔钱！

这样人不给他点颜色看，
难免往后照旧惹祸端。

高压线　是的是的，我和你一样恨这些家伙。您有什么法子治治这些人呢？

黄医师　有。

（唱）遇上这号人，
送到我手边。
本来擦破皮，
我说骨头断；
倘若肚子痛，
我说伤了肝；
门诊能治疗，
非叫他住院。
医药费，营养费，
开得没得边。
定叫他，哭笑不得，
对我干瞪眼。

高压线　对，那你就在经济上，狠狠罚他一下。

黄医师　行，你们算账，我开证明。

高压线　（对兰）我说你算。出院后，雇人护理一年半，每月工资按八百元计算，一共多少钱？

兰龙宝　八得八，八八六千四，一共一万四千四。

黄医师　外加医药费，营养费六千元共计两万零四百。

兰龙宝　这么多？

高压线　黄医师，请您开个证明吧。

黄医师　（写好证明交高压线）就这样，叫他一次付清。（下）

兰龙宝　雅艳，两万零四百，数目不小啊！你打算给母亲多少？

高压线　给她？

兰龙宝　这不是护理费、营养费吗？

高压线　护理费，营养费？嘻嘻，你没听黄医师说，这是对木瓜的额外惩罚，与老不死的不相干！

兰龙宝　这——

高压线　（把眼一瞪）走，找木瓜去！

［兰大娘提包袱上。

高压线　（假惺惺地）娘，你好了？木瓜呢？

兰大娘　（不理睬）……

兰龙宝　娘，雅艳是专门来看你的。

高压线　是呀，娘，听说你要出院，我们是来接你的。

兰大娘　（冷冷地）你们是哪来的，我怎么不认识？

兰龙宝　我不就是你的龙宝贝吗？

兰大娘　（气愤地）龙宝贝——我的儿子不叫龙宝贝！

兰龙宝　不叫龙宝贝，他叫什么？

兰大娘　他叫木瓜，我正准备跟他回家哩！

兰龙宝　这……

高压线　（低声向龙宝）肯定被木瓜的米汤灌昏了。

兰龙宝　雅艳，她要跟木瓜，这不正好吗？你不是早想扔掉这个包袱？

高压线　呆瓜，现在就扔，两万零四百不也扔了？

兰龙宝　那怎办？

高压线　包袱要扔，钱也得要！（转对大娘，假惺惺地）娘，不管过去我们对你有什么不顺心的事，可龙宝归根结底是你身上掉下的一块肉呀！

（唱）自从盘古开天地，
三皇五帝到如今，
没有母就没有子
没有子就没有孙，
谁要不把母亲认，
他是畜生不是人。
我的娘啊！
你为龙宝苦一生，
他未报恩来也知恩，
本想对你照顾好，
只因家境不如人。
每夜想起你受苦，
我泪水打湿枕头巾。（示意龙宝向母求情）

兰龙宝　是啊，娘，雅艳讲的一点也不假啊！

（唱）自从你受伤住医院，
我时时刻刻挂在心。
本想床前勤照应，
只因我胃病痛死人！（假装胃痛）

兰大娘　（下意识地）啊！你的胃病还没好？

高压线　哪好啊！

兰大娘　没到医院去看看？

高压线　谁不想去看，可是，这几天没发薪，哪有钱呢！

兰大娘　唉！

（唱）一听龙宝胃病发，
不心疼来也心疼。
老虎虽毒不食子，
我岂能望他生病不动情。

病不能不看，我这儿还有五十块钱，是木瓜给我买零食的，你拿去，病一定要看！

兰龙宝　这……

高压线　娘！（乘机而入地）这点钱，也解决不了大问题，你要是真关心你的儿子，就答应我们一件事。

兰大娘　么事？

高压线　黄医师开了一张单子，要你出院后休息一年半，还要请人护理，包括医药费、营养费，两万零四百元，只要向木瓜要过来，以后什么都有了。

兰大娘　（惊异）啊！还要向木瓜要钱？人家花那么多钱，把我的伤看好了，你还要讹人家？

高压线　这不是讹，这是黄医师开的，合理合法！

兰大娘　（坚决地）不行！我不能丧德，你们也不能要！

高压线　娘，你怎么这样死心眼呢！

兰大娘　（生气地）趁早死了这份心吧！要我讹人家的钱，办不到！

高压线　（也火起来）哼！还说你是我们的娘哩，这点事都不帮忙，你像个娘的样子吗？你有资格当我们的娘吗？

兰大娘　（气极地）你！你你你……

兰龙宝　（急忙扶住）娘，你别气。雅艳说的也是实话，顺水人情，你何乐而不为呢？

高压线　别跟她啰唆，她不要，我们要！

兰大娘　（愤怒地）你敢！告诉你们，我正要找人说明我不是木瓜撞的。你们冤枉人家，不仅要向他赔礼道歉，他为我花的医药费，你们要一分不少的还人家。

高压线　（有所失望，但仍然张狂地）还要我们还钱？做他的大头梦吧。我问你，你说不是木瓜撞的，是谁撞的？你能把那个撞你的人找出来吗？

兰大娘　我……我亲眼看到不是木瓜撞的，干吗还非要找到那个撞我的人？

高压线　找不到那个撞你的人这医药费谁给？

兰大娘　当然是你们给。

高压线　我们给？天底下有你这样当娘的吗？老虎还不食子呢！

兰大娘　这……不管你怎么说，缺德事我不会做，钱我也不会让他给。

高压线　不给我就告。

兰大娘　你还告？你告他什么？

高压线　告他什么？你听着！

（唱）告他违法和乱纪，
态度粗暴不讲理！
破坏别人家不和，
割断母子亲关系，
规定的费用他不给，
还拐骗老人罪恶极！

兰大娘　（气得浑身发抖）还拐骗老人？你们真会栽赃陷害，你们还是人吗？

高压线　人字两脚跨，有钱好说话，不给钱，办不到！

兰大娘　（气愤地用包袱向高压线砸去）你这个畜生！

高压线　（一脚踢走包袱）有劲你使劲骂，走，找木瓜去！（拖着兰龙宝下）

兰大娘　这叫我咋办啊！

（唱）这真叫，苦瓜爬上黄连树，

我的命呀苦上苦。
木瓜夫妻对我好，
我岂能，再让他们受委屈？
想来想去无出路，
只有再提讨饭篓。
木瓜啊，早知今日有此事，
何必当初把我救！（提包袱下）

［红枣提篮上，篮内装着大娘住院的水瓶、碗筷。

红　枣　　娘！东西都收拾好了！（发现人不见了）咦！娘呢？刚才不是在这儿吗？

［木瓜上。

木　瓜　　红枣，车票买好了，领着娘走吧！

红　枣　　走不成了。

木　瓜　　为什么！

红　枣　　娘，不见了！

木　瓜　　快找！

［二人找下。

［灯暗。

第五场

［郊外十字路口，路边有一枯柳。

［兰大娘提包袱上。

兰大娘　　（唱）出医院，只觉得，两腿酸软，
来到这，十字路，左右为难。
想回家，家无米，日子难过，
想乞讨，脚无力，举步艰难。
我有心，上法院，告儿不孝，
又怕是，把儿子，关进牢监。
千条路，万条路，条条路断。

我何必，再把这，世界留恋？
双手来把包袱解，
撕衣搓绳树上悬。
走近柳树将绳套——
我好伤心啊！
（接唱）没想到，辛辛苦苦，劳累一生，却落得，一根绳子到黄泉。
龙宝儿！你好狠啊！
（唱）想当年，我人到三十得一子，
夫妻二人喜开颜，
取个名字叫龙宝，
爱如明珠掌中端。
那时候，年年饥荒社会乱，
家家户户断炊烟，
有粮尽让他吃饱，
自己来把糠菜咽。
夜晚没有被子盖，
抱在怀中待晓天。
实指望，儿子长大有依靠，
没想到，一腔希望化灰烟。
夫妻同穿一条裤，
逼我走进鬼门关，
纵然世上千般好，
与我已隔万重山，
留在人间遭白眼，
不如安心地下眠。（套绳索）
套好绳索浑身颤——（突然住手）
想起木瓜我心不安。
不是大娘我怕死，
只因木瓜未雪冤。
倘若我把眼一闭，
死无对证案难翻！
我不能死！

手提包袱去告状，

（身子一歪，倒在地上，挣扎地向前爬行）

［伴唱：

爬啊爬、爬啊爬，

一步更比一步艰！

［幕内传来木瓜的喊声：娘——

木　瓜　（唱）大街小巷都找遍，

红　枣　（唱）找不到大娘心不安。

（突然发现地上的大娘）木瓜，你看，那不是娘！

木　瓜　（惊喜地）娘！（连忙扶起大娘）娘，你真是……为么事跑到这儿来了！

兰大娘　孩子，你们走吧！别管我！

红　枣　娘，你要不愿意跟我们去，我们也不勉强，何必跑到这儿来呢？

木　瓜　是呀，不愿去，我们就送你回去！

兰大娘　你们……别误会，我……不能带你们为难啊！

木　瓜　带我们为难？娘，你这话……

兰大娘　你们还不知道啊！我那儿媳不仅要讹你两万多块钱，还说你们接我到你们家去养老是拐骗老人！要告你！

木　瓜　娘，你别怕，我木瓜是吃粮长大的，可不是被冤话吓大的，当初救你时，我受了委屈，那没办法。而今我行得正坐得稳，她告到北京我也不怕！

红　枣　对，他不要娘咱要娘！走遍天下心不慌。娘，别怕，跟我们走吧！

［正欲走，幕内传来高压线的喊声：站住—

红　枣　啊！他们追来了！

木　瓜　别怕，你扶娘到那边避避，他们来了由我对付。

兰大娘　孩子，只怕你对付不了她，居委会的干部都怕她哩！

木　瓜　娘，你放心，我有办法！

（唱）她是有名的“高压线”，

我也是硬断不弯的金刚钻。

她要硬，我也硬，

她要软，我也软，
如今真理在我手，
不怕她胡搅和蛮缠！

红　枣　娘，我们走。

［扶大娘下。

［高压线、兰龙宝上。

高压线　（风风火火地）木瓜，你想溜！

木　瓜　（从容、嬉笑地）高同志，你别开玩笑。我孙悟空一筋斗十万八千里，也逃不过你如来佛的手掌心，我怎敢溜呢？

兰龙宝　不要嘻嘻哈哈的，放正经些！

木　瓜　（两腿一并，立正）是！放正经些。请问二位首长，有什么指示！木瓜服从命令听指挥！

兰龙宝　（哭笑不得）你……

高压线　少跟他啰唆！（对木瓜）为什么连账也不算你就跑了？

木　瓜　账？什么账啊？

兰龙宝　护理费、营养费，两万四千块。

木　瓜　（故意打岔地）啊！两万四千块？原来你们给我送钱来？

高压线　别做大头梦了，谁给你钱？

木　瓜　刚才不是你亲口说，要同我算账吗？

兰龙宝　算账，是你应该给我们的钱！

木　瓜　闹了半天，原来是我给你们的钱，你们也该说清楚啊！

兰龙宝　（掏出证明）快给吧！给了钱我们各走各的路！

木　瓜　兰同志，不瞒你说，钱我有的是。两万四千块，在我身上等于拔根汗毛，可是，当给的我一分不少，不当给的，我是铁公鸡一毛不拔！

高压线　口气还不小呢，这可是黄医生亲手开的，合理合法！

木　瓜　（嬉笑地）嘻嘻，黄医师真不错，我明天也请她开一张去！（欲下）

兰龙宝　你别走！（拦住）

木　瓜　不走，你留我吃中饭？

高压线　（气极地）你不要耍无赖！

木　瓜　（故意打岔地）你家没得菜？没得菜我不怪，我就是没工夫！

（唱）现在农村活正忙，
做客不是好时光。
今年的吊瓜大丰收，
车来车往人倍忙，
不才本是专业户，
四面八方有来往，
深圳要货催得紧，
上海合同等盖章。
现在一刻值千金，
要我做客待秋凉。（转身欲下）

高压线　（一把将木瓜拉住）你想跑？

木　瓜　（正视地）你想搞么事！

高压线　给钱！

木　瓜　我要是不给呢？

高压线　不给我就跟你拼了！

木　瓜　拼？是文拼还是武拼？文拼，让我去搬张沙发来，坐着陪你三天三夜；武拼，你们俩一起上！

高压线　（瞪视兰龙宝）上啊！你这个没用的！

兰龙宝　（欲上又害怕地退回）你，你这个流氓！

木　瓜　嘴巴放干净些，当心我的拳头不认人！

高压线　（黔驴技穷，拿出最后一招）我不活了！
（倒在地上撒泼）
（唱）我的娘啊我的爹，
遇到个无赖心真黑。
要他给钱他不给，
对我弱女来威胁。
逼我雅艳无活路，
死在阴间恨难灭。
你们让我死，别拉我！
（佯装撞树，被兰龙宝拉住）

兰龙宝　雅艳，你可别……

木　瓜　（背唱）她猴子上树玩到顶，

软硬办法已用尽。
耍出寻死将我吓，
我岂能被她来糊弄？
（对高）高同志，你要寻死？欢迎欢迎！
（唱）木瓜活了小半生，
从来没见咋死人。
感谢你粉墨再登场，
免费让我看戏文。
你死啊！
撞死前面有树桩，
淹死后面有古井。
两种死法你不爱，
我借裤带你吊颈。（解带）
这根带子八十元，
出口内销质量精。
为了使你能满意，
再贵再新我不心疼。
拿去吧！（扔皮带）

兰龙宝　你！你想逼死人命啊！

木　瓜　她实心实意要死，如果不支持，你们不又说我不好？

高压线　（气愤地从地上爬起，抓住木瓜）走，上派出所！

木　瓜　（正话反说地）哎呀，我这个人最怕到派出所，见了所长腿就发抖！

兰龙宝　不去可以，那就给钱！

木　瓜　钱我也舍不得！

高压线　男子汉大丈夫，你怎么不要脸？

木　瓜　（恼火，转而戏谑挖苦地）脸？脸能值多少钱？不如一张大便纸，我宁可要钱不要脸！

高压线　（受刺，又无可奈何）好哇，在这里我斗不过你，总有地方收拾你，（对兰）走，上派出所告他去！

兰龙宝　走！

［二人气冲冲地下。

木　瓜　（望着他们的背影）去吧去吧，我在这儿等着！哈哈哈……

红　枣　（领大娘上）你这个木瓜啊，把我的魂都吓掉了！

木　瓜　怎么啦？

红　枣　你那么逼人家死，她要是真的死了呢？

木　瓜　哈哈哈，你看她那样子，舍得死吗？

兰大娘　我以为没人治得了她呢？今天第一次遇到你这样的“狠头”！

［三人笑。

红　枣　木瓜，他们去告状，我们也要去告！

木　瓜　告么事？

红　枣　告他诬陷人呗。

木　瓜　算了，事到这步，还有么告头？

兰大娘　不，要告，不弄个清楚明白，以后好说不好听。再说，对于这种人，应该让政府教训教训，不受点打击，以后难长记性。

木　瓜　这么说，一定要告？

兰大娘　一定要告！

木　瓜　好，告！

［灯暗。

第六场

［胡所长的家。

［胡小平正伏在桌上专心学习。

［黄医师拿酱油瓶上。

黄医师　小平，小平，快去打酱油！

胡小平　（正蹙眉背书、不高兴地）妈，你少干扰我的学习好不好？

黄医师　你又在学习啥？（翻书本）《八荣八耻》你学了多少遍了？还在学……

胡小平　明天团支部组织考试。

黄医师　考试？有个六十分，及格不就行了。

胡小平　六十分，那多被人笑？我非要拿它一百分。

黄医师　拉倒吧，考两百分有啥用？

胡小平　八荣八耻是对每个公民起码的要求嘛！

黄医师　（无奈地）好吧好吧，我不干扰你，让你拿一百分！（自己拿酱油瓶欲下）

胡小平　（见状，只好放下书本，气呼呼地）把瓶给我！

［小平夺过瓶子，去骑摩托车。

黄医师　打酱油还骑摩托！

胡小平　时间要紧！你知道吗？（骑车下）

黄医师　（无奈地）这孩子……

［胡所长上。

胡所长　饭好了吗？

黄医师　（余怒未息地）好了，正等你回来吃！

胡所长　（见状）怎么啦，今天不高兴？

黄医师　你们爷俩倒好，一个要学习，一个要上班，我是专门来给你们当保姆的！

胡所长　小平今天不是休息吗？

黄医师　休息，他比我还忙，你看。（递书）

胡所长　（接书）唔，《八荣八耻》。好，如今全社会都在学习总书记提出的《八荣八耻》，弘扬传统美德，树立文明新风。尤其是青年人应该加强这方面的学习。老黄，你也要加强这方面的修养，心里多一些阳光，少一些阴暗，这样对你有好处。

黄医师　（抢白）别光说我了，想想你自己吧，办事尽和稀泥！（下）

胡所长　（触到痛处）是呀，今后再也不能和稀泥了！

（唱）局里召开党组会，
都说我，不讲原则和稀泥。
批得我，如同喝碗生姜水，
浑身冒汗心里愧，
从今后，下定决心把头回，
抖一抖，人民干警的神威！（下）

［高压线上。

高压线　（唱）历来擂台得冠军，
没想到，今日遇到对手人！

急忙来把所长找，

打不赢官司不死心！

（向内）喂，你怎么不走了？

兰龙宝　（心虚，胆怯地上）雅艳，我的腿怎么在发抖呢？

高压线　你怕了？

兰龙宝　不……我是想，事情闹到这一步，可以收场了，弄不好……

高压线　真是个脓包货，两万四千块，你不想要了？

兰龙宝　谁说我不想要？我是怕万一弄出破绽，不好下台啊！

高压线　胆小鬼。（拿出条子）这条子是黄医师亲手开的，黄医师是胡所长的老婆。别看所长，也同样怕老婆！

兰龙宝　这……我依你。

高压线　（叫门）胡所长在家吗？

黄医师　（上）唔！是你们？找他有么事？

高压线　说出来，连你也会气死。蒙你关心，给我开的那张条子，木瓜不仅不执行，连人也带跑了！

黄医师　（生气地）啊，有这种事？（对内）老胡老胡，你出来一下。

胡所长　（上）什么事？

黄医师　那个木瓜也太无法无天了！上次我开的那张单子，要木瓜付给病人一笔护理和营养费，现在他不仅不执行，连人也跑了！

胡所长　啊！有这种事！

（唱）木瓜拒绝把款付，

这种思想太顽固。

过去我办案和稀泥，

今天决不再含糊！

他们跑哪去了！

高压线　回家了！

胡所长　（气愤地戴上风盔，见院内无摩托车）咦！我的摩托车呢？

黄医师　小平骑去打酱油去了。

胡所长　（嗔怒地）真不像话，我的车怎能随便乱骑！以后谁也不准动！

［木瓜、红枣、兰大娘上。

木　瓜　胡所长在家吗？

黄医师　（惊异地）啊，他们来了！

木　瓜　（进屋）胡所长，您好！

胡所长　（严肃地）你为什么手续不办完就跑了？

木　瓜　（笑）所长，我这不是来了吗？

高压线　哼！谅你不敢不来！

胡所长　木瓜呀，本来是想对你从严处理的。现在既然来了，其他话也别说了。你们快把手续办一下吧！

高压线　对，当着所长的面，一是一，二是二，干净利索，快点吧！

红　枣　慢点！办手续很简单，我们也不会跑。不过，在没办手续之前，我要先告状。

胡所长　你是谁？

木　瓜　她是我爱人。

胡所长　唔（对红枣）你告谁？

红　枣　木瓜。

胡所长　告你丈夫？

兰大娘　还有我哩！

胡所长　你？你告谁？

兰大娘　木瓜。

高压线　（高兴地）娘……

兰大娘　（冷冷地）哼哼……

胡所长　唔，你们都告木瓜？

木　瓜　我也告！

胡所长　你告谁？

木　瓜　木瓜。

胡所长　你告你自己？

木　瓜　不能告？（咬牙切齿地）我恨透了我，坚决和我斗争到底，我劝所长你也别姑息包庇！

胡所长　好，这是个可喜的进步，你先说说你的问题吧。

木　瓜　（唱）只怪木瓜是法盲，
偏与法纪来对抗。
一不该，主动去把大娘救，
理应当，让她死在大路旁。

胡所长　（似乎不相信自己的耳朵）什么？你说什么？

木　瓜　（唱）二不该，花钱为她把病看，
理应当，袖手旁观狠心肠。

黄医师　（惊）你——你这是告状？

红　枣　（唱）三不该，要将大娘来赡养，
理应当，让她讨饭受凄凉。

高压线　（惊）啊？她在胡说八道！

兰大娘　（唱）四不该，学习社会好风尚，
理应当，刁钻滑坏当流氓！

兰龙宝　娘，你不能瞎说！

木　瓜　（唱）五不该，违心承认把大娘撞，
理应当，争争吵吵拼刀枪！
所长啊，
我条条罪恶实在大，
你判我，十年劳改不为长！

胡所长　（早已忍耐不住）你这是什么话？！

木　瓜　句句实话！

高压线　所长啊，他这是倒打一耙，连你也挂上去了！

胡所长　哼！（对木瓜）
（唱）你装疯卖傻变花样，
想把问题全抹光。
明认罪，暗推卸，
耍出手段叫冤枉。
过去我，糊里糊涂和稀泥，
今天绝不上你的当。
当即来把决心下——
走！跟我到派出所！不关你禁闭，
（接唱）我这所长让你当！

红　枣　（忙拦住）
（唱）所长不要怒火旺，
当心脑袋碰屋梁。

黄医师　（唱）依法办事你别插嘴，

红　枣　（唱）我怕他好关不好放。

高压线　（唱）你乌龟戴上斗笠帽，
　　充什么大头唱高腔？

红　枣　（唱）为人不做亏心事，
　　走遍天下硬棒棒。

高压线　你把话讲清楚，谁做了亏心事了？

红　枣　哑巴吃汤圆——心中有数！

高压线　好哇，黑松林里还冒出个李逵。我倒要问问你，我做了哪些亏心事，当着所长的面，如果不交代清楚，我可跟你没完没了！

红　枣　（镇静地）我问你，木瓜撞大娘时，你亲眼看见了？

高压线　什么？你对胡所长定的案子还有怀疑，还想翻案？

兰龙宝　办不到！

胡所长　（严肃地）别打岔，让她说，不是木瓜是谁？

兰大娘　我说！

高压线　（惊恐，乞求地）娘……

兰大娘　站开些！
（唱）松木烧锅是黑心，
　　不及你俩黑得深，
　　分明木瓜将我救，
　　你却冤枉好心人。

黄医师　老人家，这话可不能瞎说！

兰大娘　瞎说！我这么大的年纪，还能瞎说。

胡所长　那你说，撞你的不是木瓜是谁？

兰大娘　一个二十不出头的年轻人。

高压线　（惊异，恐吓地）叫什么，住哪里？说给所长听听。

兰大娘　这……

高压线　娘！（虚伪地）
（唱）你人老眼花昏沉沉，
　　岂能把人来看清。
　　劝你不要上大当，
　　帮助人家卸责任！

[幕内摩托车响，小平上。

胡小平　妈妈，酱油来了。（见状）咦！这么多人？

兰大娘　（见小平）你……

胡小平　（见大娘）你……

黄医师　快把酱油拿到厨房去！

兰大娘　（对小平）孩子，你还记得吗？那天晚上，你骑车……

胡小平　怎么不记得？奶奶，那天晚上我骑车撞了你，怎么样，以后不要紧吧？

众　（惊）啊！原来是他！！

胡所长　（气极地欲打小平）你这个不争气的！

兰大娘　（急忙拦住）别打！

（唱）所长且把怒火熄，
屈打孩子无道理。
那天虽说将我撞，
连忙下车来扶起。
硬要送我上医院，
是我感觉良好，不愿去就医，
谁知刚刚走两步，
一阵头晕倒下地。
幸亏来了木瓜哥，
把我送到医院里，
怪只怪，
我的儿媳不讲理，
害得木瓜受委屈。

胡小平　奶奶，我也有责任，我要知道你住院了，一定会去看你的。

黄医师　（愧疚地）这叫我怎么说啊！

（唱）一天到晚忙看病，
不知自己病染身。
戴着墨镜看世界，
错把好人当坏人。
妄开处方多收费，
箭箭射向好心人！

胡所长　唉！

（唱）本想除邪来扶正，

谁知子弹又离靶心。
不是木瓜来告状，
差点又要误伤人！

（紧紧抓住木瓜的手）木瓜同志，现在我才知道，你是个好同志，我向你检讨。你放心，一切费用由我负担，并代表全家向你和你的家属赔礼道歉！

木　瓜　所长，我是来弄清问题的，可不是来要钱的。

胡所长　那……

木　瓜　你不知道，如今做件好事，比挣钱还难！

红　枣　再说，大娘跟我的娘一样，娘生了病哪能让别人出钱呢？

黄医师　（深受感动地抓住红枣）真没见过你们这样的好同志！

［高压线、兰龙宝趁机想溜，被胡所长发现。

胡所长　（将台子一拍）站住！

高压线　啊——

［高压线、兰龙宝无地自容躲进屋角。

（合唱）

一场云雾已拨开，
各种人物走出来。
八荣八耻是杆秤，
秤天秤地秤你秤我，
秤出文明新世界。

（合唱声中幕徐落）

［全剧终。

（该剧原名《好人难当》，载《安徽新戏》1987 年第 6 期，此次选载系用演出名）

僧 尼 泪

人 物　黑　眼，20多岁，法号慧明，九莲山普光寺照客僧。
苏淑琴，20多岁，法号果妙，九莲山净土庵小尼。
孙福昌，50多岁，孙家村党支部书记。
孙大娘，50多岁，孙福昌之妻。
武司令，40多岁，公社造反司令部司令兼革委会主任。
红　英，十八九岁　孙福昌之女。
唐卫东，20多岁，孙家村造反队队长，后任大队主任。
老　方，50多岁，县委统战部部长。
红卫兵、中外游客若干人。

第一场

[严冬。

[云雾低垂，大地沉闷，著名的佛教圣地九莲山，在一片云雾之中，看不清面目。

[片刻后，云雾渐渐散开，露出大雄宝殿的碧瓦红墙。偶尔还传来一声声“胆怯的”木鱼声。

[幕启。一束灯光打在高大的弥勒佛上，他虽然被造反派打断了一只手臂，但那慈善的面孔，依然笑容可掬。仿佛什么事也未发生。两旁的对联是：大佛能容天下难容之事，慈颜常笑世间可笑之人。

[合唱：

云雾起，
天低沉，
江南佛国圣地，
人稀鼓歇钟停。
僧走尼散香火断，
哪来的木鱼声声？

［合唱声中幕启。灯光缓缓向下移动，观众这才发现，净土庵小尼果妙正打坐蒲团，双目紧闭，一边轻轻地敲着木鱼，一边默默地念诵着“往生咒”，她正在为跳崖身亡的恩师慈云超度。

［红卫兵甲、乙上。

红　甲　（首先发现果妙）找着了找着了，在这儿。

红　乙　呵，我以为是谁呢，原来是你？（走上去夺过木鱼棒，厉声的）胆子真不小。

（唱）九莲山掀起了革命风暴，
铁扫帚吓得那鬼哭神嚎。
众僧尼都遣散回家种地，
你竟敢在此地偷把木鱼敲。

红　甲　（厉声地）说，你为什么有这么大的胆子？

果　妙　（低首默立）禀施主，我……是在为已故的慈云恩师超度亡灵。

红　乙　什么超度亡灵，你还在搞迷信活动！

红　甲　真是顽固不化。

红　乙　苏淑琴，昨天我们是怎么交代你的？

果　妙　（低头不语）……

红　乙　（厉声地）你怎么不说话！

果　妙　回原籍接受贫下中农再教育。

红　乙　你为什么不走？

红　甲　是不是对我们的革命行动不满？

果　妙　小尼……岂敢……

红　乙　（望着果妙，调侃地）年纪轻轻的，干吗剃个葫芦头？

红　甲　就是嘛，凭你这模样，把头发养起来，回家就能找上对象，过两年，准能抱上个胖小子。

［说完二人哈哈大笑。

果　妙　（合掌欲念）阿弥……

红　甲　（打断地）又来了，快滚吧，再要发现你在山上，当心砸烂你的狗头！

果　妙　是。

［红卫兵甲、乙扬长而下。

［果妙欲下，转身望着恩师的牌位，悲痛不已地扑上去。

果　妙　师傅，

（唱）想当初我来到你的身边，
入佛堂读佛经断绝尘缘。
五年来你对我亲如慈母，
五年来传佛经诲而不倦。
你教我养身性精心指点，
你教我排烦恼打坐蒲团，
你教我万事忍忍中求安，
为什么你自己跳崖涅槃？
眼看这九莲山尼走僧散，
我不如随师父同登西天。
师傅，你等等我……

（走近悬崖欲跳）

慧　明　（奔上，紧紧抓住果妙）果妙，你到哪里去？

果　妙　（漠然地）……从来处来，到去处去。

慧　明　师妹，你不要一时痴迷，走慈云师傅的绝路。

果　妙　我……（悲戚地）师兄，你不要管我，眼看我的劫数已到，何必留在世上？

慧　明　你怎能这样想呢？

（唱）素慕你品学优熟读经卷，
焉不知苦修行非同一般。
释迦圣成佛祖几遭劫难，
成正果岂能是顺风行船？

果　妙　（唱）出家人本来是四大皆空，
生和死死和生意义相同。
空归灭灭归空方成正果，

我不想误禅机拖延时辰。

慧　明　师妹，出家人不怕死，但要死得值得。大雄涅槃，留下佛经；济祖圆寂，万古留名。可是你呢？你这一死，给后人留下什么？我看只能留下一口黑锅！

果　妙　（醒悟、为难地）师兄，我……并不想死啊，只因如今九莲山已无立足之地了。

慧　明　九莲山无立足之地，难道不能回家？

果　妙　家？家在哪里？我有家难归啊！

（唱）我家本住上海滩，
　　有家更比无家难。
　　父亲是右派，
　　舅舅在台湾。
　　全国上下红一片，
　　哪里也不是世外桃源。

慧　明　这……倒也是……师妹，既然如此，你就干脆和我一起走吧。我要回到姑母家，离这儿一百多里。那是一个偏僻的山沟，也许能暂住一时。

果　妙　我……我还不打算还俗呢。

慧　明　你不还俗，我也不还俗。

果　妙　到了山下，没有佛堂何处念佛？

慧　明　有道是，佛在心中，随处可念。

果　妙　那……我跟你去那算什么呀？假如你还俗成家，我……岂不遭人闲话？

慧　明　师妹，我不是说过了吗，你不还俗，我绝不还俗。

果　妙　师兄，那就拜托你了。

慧　明　师妹，走吧！

［灯暗，幕闭。

第二场

［孙福昌的家，这是典型的农村基层干部家庭。

［幕启，孙大娘正在剁猪草。孙红英扛着一捆黄军装，满头大汗上。

红　英　妈，快点，给我接下来。

孙大娘　（连忙放下猪草替红英卸下军装）红英，你从哪儿弄来这么多军装？

红　英　（喝水）做的呗。

孙大娘　做这么多军装搞么事？

红　英　妈，告诉你一个好消息，我们村成立造反队了。

孙大娘　（吓一跳）你说么事？又要造反？

红　英　怎么啦，造反不好？

孙大娘　丫头啊，如今是共产党毛主席领导，为么事又要造反？

红　英　妈，你晓得么事？如今中央出了修正主义！

孙大娘　么事叫修正主义？

红　英　修正主义就是有人要夺毛主席的天下。

孙大娘　莫瞎说，毛主席还在接见红卫兵呢。看他那一样子，江山稳得很呢。

红　英　你呀，一天到晚只晓得烧锅煮饭，根本不关心国家大事！

孙大娘　（反感地）我不烧饭，你吃个屁！

红　英　（提醒地）妈，就凭你这话就有问题。难道革命就为了吃饭吗？——以后说话可得注意些，当心犯错误。

孙大娘　（愕然地）啊？（见红英又要走）你上哪儿去，不吃饭？

红　英　（厌烦地）又是饭饭饭，——我不饿！

孙大娘　乖乖，革命真了不起，能管肚子不饿。

［孙福昌气冲冲地上，将草帽往桌上一扔。

孙福昌　真不像话！

孙大娘　你又咋啦？

孙福昌　你说咋啦，稻子烂在田里没人割！

孙大娘　那你这个大队书记不能下道命令，召集社员下田割稻？

孙福昌　哎，指挥不灵了。村里有人召开群众会，要成立造反队。

孙大娘　他爹，这你就别急了，听红英说，人一造反肚子就不饿，还割稻搞么事？烂了算了。

孙福昌　你……，瞎扯淡！他娘，刚才我还听到一个消息。

孙大娘　是么消息？

孙福昌　听说九莲山的庙宇全被砸了。

孙大娘　（惊）啊，砸庙搞么事？

孙福昌　造封资修的反呗。

孙大娘　那尼姑和尚呢？

孙福昌　都被打成牛鬼蛇神。

孙大娘　（焦急地）哎呀！这可坏了，我们的黑眼还在那里呢！你知道他的消息吗？

孙福昌　不知道。

孙大娘　他爹，你可得想想办法，把他接回来。

孙福昌　这……风头上，合适吗？

孙大娘　（哭泣地）我求求你，黑眼可是我娘家唯一的亲人呐。

（唱）他九岁那年失双亲，
好比孤苗独一根。
正巧我们无男孩，
把他接来当亲生。
孩子聪明讨人喜，
你我爱如掌上珍。
倘若这次遭不幸，
岂不断了我娘家的根？

孙福昌　（生气地）当时谁叫你把他送到庙上去当和尚的？

孙大娘　还不是为了娃子，那知会有今天？

［老方上，敲门。

孙大娘　（开门）方部长？

老　方　老嫂子，别叫部长了。

孙大娘　不叫部长，莫非你又升官，当县长了？

老　方　老嫂子，你真会开玩笑，如今我已被罢官，赶下来接受贫下中农再教育了。

孙福昌　（惊）老方，你说的话是真的？

老　方　老孙，我还骗你？你看（掏出介绍信）我是来向你报到的。

孙福昌　（见信后，半天说不出话来）老方，这……究竟是咋回事呢？我怎么越想越糊涂啊，就凭你几十年革命，打游击差点把命都送掉了……

老　方　（打断地）老孙，别提这些，那叫吃老本！

孙福昌　这……你说实话，你究竟犯没犯法？

老　方　犯了。

孙福昌　唔，我怎么不知道？你说我听听。

老　方　（唱）不该上蹿下跳求拨款，
　　九莲山上修寺院。

孙福昌　那是执行党的宗教政策，也是你们宗教部门的工作啊。

老　方　错了，
（唱）统战部是阎王殿，
　　牛鬼蛇神的保护伞。
　　网络黑帮结班底，
　　妄图复辟想变天。

孙福昌　这……还讲理不讲理呀？

老　方　老孙，您别再抱老皇历了。现在不讲理了。

孙福昌　哎，（对内）他妈，快去弄两个菜，我同老方喝两盅。

老　方　（拦）别……我是来劳动改造的，哪能逍遥法外呢，弄不好对你也不利。

孙福昌　老方，你还不了解我？有名的孙大胆吗，毒药不吃，坏事不干，陪老战友喝两盅，还能杀头？再说，目前我还是大队书记兼主任，有事我顶着。喝！

［孙大娘端酒菜上。又下。

［二人喝酒，谈得十分投机。

［果妙戴着头巾，被慧明搀扶着步履艰难地上。

果　妙　（发现墙上标语，一惊）师兄，你看，标语……

慧　明　（惊念）横扫一切牛鬼蛇神。

果　妙　你不是说深山沟里不会闹吗？

慧　明　（语塞地）这……真没想到……

果　妙　师兄，还是让我走吧。

慧　明　看你累成这个样子，还能走？

果　妙　不走怎么办？这儿也不是避风之地啊！

慧　明　师妹，连这深山沟都是这个样子，哪儿又是避风之地呢？

果　妙　（语塞）这……

慧　明　师妹，既然到了家门口，不如住一段时间试试，况且，我姑父姑母都是好人。

果　妙　万一不行呢？

慧　明　那是你我劫数已到，你跑到哪儿也一样。

果　妙　那……就进去吧。

［慧明小心地敲门。

老　方　（下意识地惊起）有人敲门！

孙福昌　别理他，喝。

（慧明又敲门）

老　方　（起身）老孙，我还是避一避吧。

［老孙点头，老方闪入室内。

孙福昌　谁呀？（开门）

慧　明　（亲昵地）姑父！

孙福昌　（高兴、释然地）是黑眼？我以为是谁呢，刚才姑妈还念叨你啊！快进屋。

慧　明　后面还有一位呢！

孙福昌　（见果妙藏在慧明身后）唔！请进，请进！

果　妙　（合掌）阿弥陀佛，施主先请。

孙福昌　（一愣）啊——请请请。

［三人进屋。

孙福昌　（安排就座）歇歇吧，（向内）他妈，你看谁回来了？

孙大娘　（围着围腰上）谁呀？

慧　明　（迎上去）姑妈——

孙大娘　（辨认地）是我黑眼？娃啊，你知道，姑妈咋想你啊！呜呜呜——（哭）

慧　明　姑妈，我这不是回来了吗？

孙福昌　是呀，回来了应该高兴，哭么事呢？

孙大娘　（收泪为笑，见果妙）这位是——

孙福昌　她是跟黑眼一起来的。

孙大娘　（见果妙生得眉目清秀十分喜爱，她看看慧明又看看果妙，心里猜想着，果妙被看得耳面绯红）

慧　明　（似乎看出姑妈的心思，连忙岔开话题）姑妈，我们肚子还饿着呢！

孙大娘　对对对，你看我——只顾高兴……，（对果妙）姑娘，累了吧，走，跟我到后面洗洗脚，等会儿，我弄最好的给你们吃！

［领果妙下。

［孙福昌一直吧嗒着烟袋，沉默不语。

慧　明　（自我介绍地）姑父，我们是被遣散回家的。

孙福昌　……情况我都知道了。

慧　明　你已经知道了？

孙福昌　（瓮声瓮气地）前几天就听说九莲山要赶和尚下山，你姑妈正在为你着急呢。嗯——，和你一道来的那位是？

慧　明　她是净土庵的尼姑，法号果妙，本名苏淑琴，上海人，不愿回上海，就和我一道来了。

孙福昌　啊——，她政治背景怎么样？

慧　明　背景？我只知道她是资本家的女儿。还有海外关系。

孙福昌　啊——

慧　明　不过，她本人是高中生，十八岁就脱离家庭，入山修行了。——姑父，你还是大队书记吗？

孙福昌　暂时还是——

慧　明　那就请你帮我们俩落户吧，这是迁移证。

（递证）

孙福昌　（看证）你的倒好办，只是她的——这上面注明是回上海啊！

慧　明　姑父，请你帮帮忙嘛！

孙福昌　（试探地）你俩究竟是什么关系？是不是——

慧　明　（会意地）不不不，除了师兄师妹关系没有其他任何关系。姑父，我们同在九莲山上修行，此次是患难相逢，她是挺可怜的，你要搭救搭救她啊！

孙福昌　（沉思片刻）那——想想办法吧！

［方部长自内出。他通过门缝早已认出慧明。

老　方　慧明师父！

慧　明　（惊喜地）唔！方部长，你也在这儿？

老　方　难中相逢啊！

孙福昌　你们认识？

老　方　怎么不认识？他是九莲山上著名的照客僧，上次修九莲山庙宇他可出了不小的力啊！

慧　明　（扑向方部长）部长，你为我们修建的庙宇、殿堂全完了。（哭泣）

老　方　慧明师父，别这样——你们佛家不是常讲寒山拾得对话的故事吗？（在屋里踱着步子）有一天，寒山问拾得："世人笑我谤我轻我贱我，如何治他？"石得答曰："只有忍他由他随他耐烦他，待过几年你且看他！"

孙福昌　老方，看不出，你还懂得佛学呢！

老　方　别见笑，这也是跟他们交道打久了，沾了点仙气呗。哈哈哈——

慧　明　姑父，他可是我们九莲山的大恩人啊！

老　方　过奖过奖，慧明师父，就来你一个人？

慧　明　还有一个净土庵的尼姑，法号果妙。

老　方　果妙？她在哪儿？

孙福昌　你也认识？

慧　明　姑父，九连山的大小僧尼他没有不认识的。

老　方　（风趣地）牛鬼蛇神的总后台嘛，还能不认识？

慧　明　师妹师妹。

果　妙　（上）师兄叫我？

慧　明　你看他是谁？

果　妙　（激动地）方部长，没想到还能见到你。

老　方　（即兴吟哦地）这叫"有缘千里能相会，无缘对面不相识"，横批是"臭味相投"。

［众大笑。

［红英上，急骤地敲门。

孙大娘　谁呀？

红　英　是我，听不出来吗？

孙大娘　不好，我们家的“地雷”回来了。

慧　明　是表妹？（欲去开门）

孙福昌　慢，（沉着地）老方，你坐着别动，（对果妙、慧明）你们俩得想个办法。（见桌上的黄军装）有了，来，你们俩赶快换上。

慧　明　（不解地）这——

孙福昌　（与之耳语）——

慧　明　也只有这样了。

［慧明、果妙拿军装下。

［红英又大声擂门。

红　英　（暴跳地）你们在家搞什么阴谋活动！

孙大娘　（慌得跌跌撞撞地）来了来了，门都快被打倒了。

红　英　（冲进屋内警惕地环视）——

孙福昌　小英子你看他是谁？（指方）

老　方　小英子，不认识我了，你从小我还抱过你呢。我记得你最喜欢吃刨花糖。不认识啦？

红　英　（冷冷地）怎么不认识？你是来劳动改造的。

老　方　（尴尬地）对——是——

孙福昌　小英子，你方伯可是有贡献的老革命啊！

红　英　（抢白地）那也不能吃老本！

孙福昌　这……

老　方　（自解地）小英说的对，不能吃老本，……老孙，我走了。（尴尬地下）

孙大娘　老方，你要常来玩玩。

孙福昌　（对红英）你太不像话，一点不懂礼貌！

红　英　（反唇相讥）对这种人还讲礼貌？我忠告你们，以后要少跟他来往！

孙福昌　……

孙大娘　（气得无奈，连连摇头）……

［慧明、果妙着军装上。

慧　明　表妹——

红　英　（疑愣地）表哥，你不是和尚吗？怎么……

孙福昌　和尚就不准闹革命啦？他们也成立了造反组织，是来串联的。

孙大娘　还来宣传毛泽东思想呢！

红　英　（高兴地）是吗！这么说，我们还是一条战壕里的战友呢！

慧　明　还请表妹多指导。

红　英　革命战友吗，理应互相帮助。（见淑琴）这位是……

慧　明　他叫苏淑琴，我们一道来的，她还是高中生呢。

红　英　（欢跳地扑向淑琴）淑琴同志……

［幕急闭。

第三场

［天将黑。山路上。

［红英闷闷不乐地上。

红　英　（唱）暮色苍茫雀鸟归，
开罢会议把家回。
武司令，话中带刺犹在耳，
字字句句击心扉。
说什么，走资派正在党内，
为尼姑，转户口胡作非为。
分明是，把矛头指向我爹，
会场上，我只好把脸低垂。

［唐卫东追上。

唐卫东　红英红英，你怎么跑这么快？

红　英　（讥讽地）大队长，你不看天都快黑了吗？

唐卫东　天黑，怕啥，有我呢！

红　英　你？（冷笑地）你算老几？哈巴狗！

唐卫东　你，这是什么意思？

红　英　什么意思？你自己想想吧！

唐卫东　我又有什么把柄让你抓住了？

红　英　哼！（唱）
想当年，你为了入党升官，

把我爹捧得像天上神仙。
我的爹去开会你为他背包，
我的爹想睡觉你为他铺毯。
如今你党票到手方向变，
又向那武司令摇尾乞怜。

唐卫东　红英，你可别说冤枉话。

红　英　我冤枉你？你以为我是瞎子？我亲眼看见你为武司令挑柴担水，还送他两条大前门香烟。

唐卫东　这也是为了支持领导的工作嘛，可我也没干坏事，更没有打小报告。

红　英　打没打谁知道？

唐卫东　天地良心，我唐卫东不是那号人，对老书记更是忠心耿耿，比如说，武司令问我，老书记有没有反党言论，我就没说。其实老书记的反党言论可多呢。比如说，他说“文化大革命”是瞎搞，说中央出了奸臣。这都是我亲耳听见的。

红　英　那你为什么不揭发？揭发了就能升官啦。

唐卫东　你把我当成啥人了？我是吃屎长大的吗？再说我们俩……

红　英　我们俩咋了？

唐卫东　红英，你当真一点看不出来吗？你叫我办的事哪一样没办到？就差没给你倒马桶了！

红　英　哈哈哈，原来你想和我谈恋爱？你怎么不说明白？我以为你在学雷锋呢！

唐卫东　红英，你别开玩笑。我说的都是实话。

红　英　你当真要和我谈恋爱？

唐卫东　我可是太想你了。

红　英　想我？哈哈哈，可以，不过，你要答应我一件事。

唐卫东　别说一件事，只要你答应，一千件一万件我也答应！

红　英　那好，你听着：

（唱）山坡那边有口井，
快去照照你是啥人形。
城里有个整容所，
你是否，重把五官整一整？

唐卫东　（又气又恼）你，好哇，原来你是绕着圈子戏弄我。

红　英　（大笑不止）哈哈哈……

唐卫东　（咬牙切齿地）你，你有什么了不起？我决不饶你！

红　英　你敢把我怎么样？

唐卫东　哼！（唱）不要把我当傻子，
　　你的家底我全知。

红　英　有话照说，有屁照放！

唐卫东　（唱）你爹身为一党员，
　　如今完全变了质。
　　破坏“文化大革命”，
　　对牛鬼蛇神是仁慈。

红　英　包庇牛鬼蛇神？说话要有根据。

唐卫东　证据有的是。你表哥黑眼，还有那个尼姑苏淑琴，根本不是什么造反队员，他们是披着外衣的牛鬼蛇神！

红　英　难道和尚尼姑不能造反？不能宣传毛泽东思想？

唐卫东　骗鬼去，前天我挑水路过你们家门口，亲眼看见那小尼姑躲在房里双手合十还在念经呢！

红　英　（惊异地）啊？

唐卫东　你既然对我无情，我也对你无意，我们走着瞧吧！
（冲下）

红　英　（木然而立）当真有此事？
［幕急闭。

第四场

［果妙房内。
［果妙因病半躺在床，她面容憔悴，精神抑郁不振。
［孙大娘端汤上。

孙大娘　淑琴，快来喝点热汤。

苏淑琴　大娘，谢谢你，我——不想喝。

孙大娘　孩子呀，看你瘦成这个样子，再不吃点东西，大娘我心里不好受啊！

（唱）连日来修河坝日晒夜露，
姑娘家怎经起风打雨抽。
喝一口莲米汤暖暖心口，
也免得一家人为你发愁。

苏淑琴　大娘——（满腹心思的）我——（泪水夺眶而出）

孙大娘　孩子，别哭，有什么话你对大娘说。

苏淑琴　大娘，（唱）我本是戴罪人走投无路，
多亏你冒风险将我收留。
生产上我不能充当助手，
政治上却给你增添赘瘤。
至今日我还没安上户口，
我岂能在你家长期久留？

孙大娘　孩子，这你就放心吧，你大伯一大早就到公社给你安户口去了。姑娘，跟你说句实话，打从第一次见到你，我就喜欢你，户口能安上更好，万一安不上也不要紧，全家一人省一口也够你吃的。

苏淑琴　（感激地）大娘，这叫我怎么感谢你呢！

孙大娘　感谢啥呢，快喝吧，马上冷了。

苏淑琴　（轻轻地喝一口）这莲米汤真好，大娘，如今连莲米叶都快吃光了，你哪弄来的莲米？

孙大娘　哪是我弄得呢，我可没那本事，这是黑眼昨天到山外他舅公家弄来的，来回跑了一百多公里呢！

苏淑琴　（感动地）这——大娘，留点给黑眼喝吧，近来他也瘦多了。

孙大娘　你喝你喝，弄回来就是给你喝的。

苏淑琴　（喝汤）黑眼呢？他不在家？

孙大娘　清早就去修河堤去了，临走时一再叮嘱我，叫我在家好好照顾你——看那样子，像怕我在家折磨你似的。（说完自己也笑起来）哈哈哈——

苏淑琴　（也忍俊不禁地）哈哈哈——黑眼哥真是好人。

孙大娘　不瞒你说，我黑眼从小就讨人喜欢。村上同龄人没一个比上

他的。

苏淑琴　我——看得出——

孙大娘　可惜就是命苦，那一年他生了一场大病，到处请医生都看不好，你大伯又不在家，急得我团团转，后来请瞎子给他算了一个命，说他是吕洞宾托身，必须当几年和尚才能免灾，要不然怎会上九莲山呢！

苏淑琴　大娘，他不上九莲山我们还见不上面呢！

孙大娘　（高兴地）是呀是呀，他不上九莲山你们怎会在一起呢！我说呀，你们硬是有缘分。

苏淑琴　（脸上飞红，低头微笑）……

［孙福昌提着一瓶罐头上。

孙福昌　（唱）此去公社安户口，
文书一见直摇头。
理由不足难落户，
见了淑琴怎开口？

［进门。

孙福昌　淑琴。

苏淑琴　大伯，你回来啦？

孙大娘　（高兴地）你怎么回来得这么快？（急不可耐的）户口安好了吗？

孙福昌　（不露声色地将罐头放在淑琴床头）淑琴好些了吗？

苏淑琴　好多了。大伯，你怎么又花钱哩。

孙大娘　老头子，淑琴的户口到底安好没安好啥？

孙福昌　急么事哩，你总得让我歇口气吧。

苏淑琴　大娘，大伯跑了这么多路，让他歇会儿吧。大伯，我去给倒水。（欲下床）

孙大娘　哪能让你去哩，快躺下！我去我去。（瞪老头一眼）死老头子，说句话还能把你累死啦！（下）

苏淑琴　（看出大伯的心思）大伯，安户口怕是有难处吧！

孙福昌　孩子，你身体不好，先养好病，别急。

苏淑琴　大伯，你也别瞒着我，——户口安不好不要紧——

孙福昌　孩子，你是有学问的人，我也实不相瞒，——（欲说又止）

［大娘端茶上。

孙福昌　（唱）只因你迁移证开往上海，
　　在我村安户口要说出理由来。
孙大娘　理由？你不能想一个？
孙福昌　一般理由还不行。
苏淑琴　那——要什么样的理由哩？
孙福昌　这——淑琴，我说出来你可别见怪。
苏淑琴　大伯，看你说哪里去了，我还能怪你？
孙福昌　（接唱）倘若你在我村找个对象，
　　这户口他保证给你安排。
苏淑琴　（脸红，为难地低下头来）啊……
孙大娘　（喜出望外地）我说么样大的理由呢，原来是这样，这还不好办？我们黑眼不是正合适吗？
孙福昌　你瞎说么东西！
孙大娘　我一点也不瞎说，你叫淑琴说，这是不是一个好机会？
　（唱）淑琴她与黑眼患难之交，
　　他二人配成对哪里去找？
　　安户口成家业两全其美，
　　这样的好机会岂能放掉？
苏淑琴　（低头不语）这——
孙福昌　（埋怨地）你呀你，真是——（气下）
孙大娘　（不解地）我，我怎么啦？（跟下）
苏淑琴　（唱）二老突然来提亲，
　　满腔苦水难出唇。
　　我也曾几度梦中求伴侣，
　　终因为家庭出身成泡影。
　　我也曾月下池边遇知己，
　　终因为海外关系把手分。
　　世事冷眼实难忍，
　　咬牙进山入空门。
　　决心来把尘缘断，
　　青灯黄卷伴终身。
　　没想到，如今又把婚姻提，

实叫我，左右为难难煞人。
倘若今日把婚允，
何必当初苦修行？
倘若今日不答应，
岂不负却二老一片心？

（白）我怎么办啊！

（从枕下取出佛祖像）佛祖啊，

（接唱）徒儿常把宝经读，
把你当作大救星。
而今释子处境难，
为什么你稳坐莲台不问津？

（手捧佛祖像哭泣）

[红英上。

红　英　（唱）又气又恨回家来，
想起表哥大不该。
你一人回家我不怪，
为何带个尼姑来？
惹得别人说闲话，
害得我，腰不硬来头难抬。

（进门发现果妙手上的佛像一把夺过）好哇，装作生病，躲在家里搞迷信活动！

果　妙　妹妹，我——

[孙福昌、孙大娘闻声上。

孙大娘　你干啥？一回来就像土匪似的。

红　英　干啥？你们看吧！（示佛像）

孙福昌　（见像）不就一张菩萨像嘛，用得着这么大惊小怪的？（欲拿像）

红　英　（立即收回）说得轻巧，这可是罪证！

孙大娘　（乞求地）你小声点好不好，家中的事开个斗私批修会不就行了，干吗大声狂气的，害怕别人听不见？

红　英　我就是要让别人听见，我还要到大队部去报告呢！

孙福昌　（将台子一拍）你敢！

红　英　看我敢不敢！（欲走被大娘拉住）

孙福昌　（气愤至极，举手欲打，被果妙拦住）

果　妙　大伯，别打。红英妹，我有罪，不用你报，我自己去。（欲走）

孙大娘　（放走红英，又来拉果妙）淑琴，你不能去！

孙福昌　（对红英）你去报吧，不要忘记，你爹现在还是大队书记！

红　英　大队书记，你早就变质啦，包庇窝藏牛鬼蛇神，还说他们是毛泽东思想宣传员。

孙大娘　孩子，你这样讲还是不是一家人？

红　英　一家人？谁与你们是一家人？从现在起与你们划清界限！（欲下）

孙大娘　你上哪儿？

红　英　揭发你们的罪行！（冲下）

孙福昌　你快滚！

孙大娘　（哭丧地）乱套了，这可怎么办啊！

果　妙　（一跪）大伯大娘，是我连累了你们，我走了。

（果妙欲走，唐卫东领红卫兵上）

唐卫东　你走不了啦，（命令的）带走！

（红卫兵欲抓果妙）

孙福昌　小唐，别抓她，要去我去。

唐卫东　老书记，你也得去！（红卫兵欲绑）

孙福昌　你们想干啥，我还是大队书记。

红　丙　你已经被撤了。

红　丁　（指唐卫东）大队书记已经是他了。

唐卫东　嘿嘿，没想到吧。

孙福昌　这……，还有组织原则吗？

唐卫东　什么组织原则？你那一套早过时了。走吧！

（红卫兵押孙福昌、果妙下）

孙大娘　（悲痛地）天塌了！

［幕闭。

第五场

［孙大娘家舞台一侧平放着孙福昌的遗体。未设灵堂，不挂孝幛，更无花圈可言。一盏油灯早微风中摇晃，时明时灭，气氛凄然。

［“党内走资派”的白纸牌斜靠在墙角边。

［幕启，孙大娘、果妙正伏在孙福昌的遗体边抽泣。

［墓内合唱：

生前轰轰烈烈，
死后冷冷清清。
一条莫名罪证，
送走耿耿忠魂。

孙大娘　他爹啊，你醒醒……

（唱）山倒地陷大梁倾，
千呼万唤无回音。
你一生为群众勤勤恳恳，
建山区创大业日夜操心。
没想到，现如今身遭厄运，
挂黑牌，挨批斗受尽蹂躏。
气难平，恨难排身患癌症，
临死时，还不愿闭上眼睛。

果　妙　大娘，你要保重啊！

（唱）千不怪，万不怪只怪淑琴，
连累他，受冤屈不幸丧生。
淑琴我，虽然是生来愚笨，
绝不会，忘记他大德大恩。

孙大娘　姑娘，——我以后的日子怎么过啊——

果　妙　大娘，你放心吧

（唱）大伯含恨黄泉去，
还有黑眼和淑琴。

只要你老不嫌弃，
我愿养老和送终。

孙大娘　怎么，你不是不愿还俗吗？

淑　琴　大娘，（唱）当初不愿把婚允，
只因未泯释子心。
自从下山把难避，
方觉得，人间烟火也有情。
黑眼哥哥我倾慕，
愿意与他伴终身。

孙大娘　姑娘啊，有你这话我也就放心了。

黑　眼　（上）姑妈，姑父的棺材已做好了。

孙大娘　黑眼，你来得正好，刚才淑琴已答应与你成亲，我看就在你姑父面前磕个头，把婚事定下来，让你姑父也放心些。

黑　眼　（望着果妙）你——当真还俗？

果　妙　还讲这些做什么？这个家我们不支撑谁来支撑？

孙大娘　来吧，给姑父磕头。

［伴唱：
是喜？是悲？
是愁？是乐？
入了仙山佛界，
又食人间烟火。
莫道稀奇古怪，
人生本来是弯曲的长河。

孙大娘　起来起来，趁天未黑，快把姑父的后事料理了吧。

［三人下。

［红英上。来到门前，欲敲门又胆怯地停下。

红　英　（唱）停停走走，
走走停停，
往日熟悉的家门，
今日却无颜敢进。

（最后终于冲进屋去伏在爹的身边大恸）

爹啊，

（唱）只怪孩儿阅历浅，
被“革命”二字抛入云端。
疯疯魔魔去造反，
不认爹娘和亲眷。
到头来，还说我立场不稳。
撤了职，罢了官，
只落得众叛亲离多孤单。
爹啊，你原谅我吧！
（唱）听说你生病住医院，
想去看你脸无颜。
背后遭人骂，
人前受白眼。
挨骂受屈咎自取，
只是这，
临终未听你一句言，
悔恨万千。爹——
［孙大娘上。
孙大娘　（气愤地）你，还有脸回来干号！你给我滚！
红　英　（扑向大娘，双腿跪地）妈啊，原谅我吧。
（唱）红英如今已知错，
世上难买后悔药。
害得爸爸含冤死，
害得妈妈受折磨。
纵然孩儿千般错，
总是你身上肉一坨。
今日孩儿回家来，
任你怎样来发落。
孙大娘　（唱）孩儿含泪把罪请，
为娘心里如刀割。
我恨，恨她当初心肠狠，
我痛，痛她年幼见识弱。
既然孩儿已认错，

何必再将骨肉割。

红　英　　妈——

孙大娘　　红英，我的儿啊——

［果妙、黑眼上。

果　妙　　红英妹，你回来了？

红　英　　淑琴姐——（抱住淑琴）

孙大娘　　现在该叫她嫂嫂了。

红　英　　嫂嫂？（不解地望着淑琴）

孙大娘　　你黑眼哥与淑琴订亲了。

红　英　　（扑向淑琴）嫂嫂。我对不起你！

果　妙　　妹妹，事情过去了，也就算了。

黑　眼　　妹妹，你回来得正好，帮我为姑父打井去。

果　妙　　我也去。

孙大娘　　淑琴，你别去了。你姑父的老衣还没缝好，你就在家缝老衣吧。

［众下。

［果妙搬张凳子缝老衣。

［唐卫东上。

唐卫东　　（唱）自从看见苏淑琴，

心里痒生生。

这样的姑娘当尼姑，

实在太寒心。

借着机会催检查，

看看小美人。

苏淑琴——

果　妙　　（见唐卫东，起身）唐主任，找我有什么事？

唐卫东　　你的检查写得怎么样了？

果　妙　　唐主任，你不见我正在缝老衣吗？

唐卫东　　缝老衣？让我看看，（趁机在苏淑琴身边坐下）啊，看不出，你的针线还不错嘛。（顺手在苏淑琴脸上抹一把）

苏淑琴　　（生气地站起）唐主任，你放自重些！

唐卫东　　（嬉皮笑脸地）唔，看来你装得还蛮正经的呢！

（唱）莫在我面前装正经，

哪个尼姑不吃荤？
你与黑眼常鬼混，
别想瞒住我眼睛。
趁着此地无旁人，
快来与我亲一亲。

（说着就扑上去抱住淑琴，淑琴挣扎呼救）

［黑眼打井归来，正背着铁锹，他顺手举锹向唐卫东打去，正好打中头部。鲜血直流。

唐卫东　（捂住头部呼喊）杀人啊，凶手杀人啊！

［红卫兵丙、丁上，押黑眼下。

苏淑琴　（追喊）黑眼，冤枉啊——

［灯暗，幕闭。

第六场

［黄豆地里，老方压低草帽正在锄草。

［红卫兵丙押苏淑琴上。

红　丙　（命令似的）苏淑琴，就在这儿锄草，你要老实点，别他妈的娇滴滴的！

［苏淑琴下地锄草。红卫兵丙下。

老　方　（发现苏淑琴，环视一下周围，跑到苏淑琴身边）你怎么也来了？

苏淑琴　（发现老方）方部长，我——没有改造好——还得继续——

老　方　什么叫好，什么叫不好？别信那一套，要照顾好身子，别太累。

苏淑琴　方部长，我倒没什么，就是担心大娘，他一人在家没人照顾。

老　方　红英不是在家吗？

苏淑琴　家中无钱赔偿医药费，她只好进城做小工去了。

老　方　哎，好好一家人弄成这个样子，——淑琴啦，听说你还俗了？

苏淑琴　部长，你看我——不还俗行吗？

老　方　还就还吧。如今连如来佛都吓跑了，你不还也不现实啊。你说是吗？

苏淑琴　（不小心锄断一棵苗，正好被红卫兵发现）

红　丙　好哇，苏淑琴，你是眼睛瞎了还是有意破坏生产？

老　方　（连忙拾起豆苗）哎哎，我说小将同志，是我老眼昏花把豆苗锄断了。

红　丙　是你？你干吗锄断豆苗？

老　方　人老了，眼睛不好使，我保证赔。（说着从衣袋里掏出香烟来）抽一支。

红　丙　（开始不接，后来看见烟是“大前门”的，伸手接烟）

呵，老头，你还抽带胡子的，从哪儿弄来的？

老　方　报告小将，本人女婿在北京卫戍司令部工作，前天托人带来的。

红　丙　（另眼相看）呵，看不出，你这老头还有个“大夯”女婿？——好吧，以后锄草可得当心些。

老　方　是。

［红卫兵丙下。

苏淑琴　（感激地）方部长，刚才多亏你——

老　方　这些年轻人幼稚可怜，别把他当回事。

［红卫兵丁上。

红　丁　苏淑琴，武司令叫你，快走吧。

苏淑琴　（惊恐地）武司令叫我什么事？

红　丁　我怎么知道，叫你去你就得去！

老　方　（也为她担心地）去吧，完了，早点回来。

［苏淑琴下，红卫兵丁随下。

［灯暗，武司令办公室，有门通室内。

武司令　（唱）革命十几载，

下台又上台。

五八年因浮夸，回家穿草鞋。

现如今闹革命，又把我举起来。

当官不靠才不才，

就靠运气来。

［苏淑琴上。

苏淑琴　武司令，你叫我？

武司令　对，（指凳）坐吧。

苏淑琴　（小心地坐下）

武司令　苏淑琴，近来改造得怎么样？思想上有什么收获？

苏淑琴　我——（不知如何回答）

武司令　（笑容可掬地）别怕呀，有什么说什么。包括对我们的工作、政策、下面同志的工作方法，好的坏的，都可以说。

苏淑琴　都可以说？

武司令　都可以。

苏淑琴　（渐渐对武司令产生好感）

（唱）人都说武司令凶暴武断，
我看他态度好不像谣传。
俗话说，阎王不狠小鬼狠，
到底是大干部非同一般。
我不如，趁此机救救黑眼，
好让他，得平反早日出监。
武司令啊——
既然允许我提意见，
有话对你不隐瞒。

武司令　说吧。

苏淑琴　（接唱）分明是唐卫东行为不端，
为什么将黑眼抓去坐监？

武司令　（佯装不知）唔，有这种事？唐卫东究竟怎么啦？

苏淑琴　那一天，我在家为死去的大伯缝老衣，这时唐卫东走了进来，他作为大队主任，根本不讲身份品德，向我——

武司令　向你干事么？

苏淑琴　我——我实在说不出口。——正巧这时黑眼回来碰上，一时气愤，无意之中打伤了唐卫东，这能完全责怪黑眼吗？

武司令　啊，原来是这么回事。哎呀，也怪我工作太忙，缺少调查，你放心这事我一定负责调查清楚，你还有什么话要说？

苏淑琴　武司令，你是知道的，大伯死了，黑眼坐牢，红英进城做工，大妈病卧床不起，连口水也弄不上喝，请你能不能放我回家照顾大娘？

武司令　呵，看不出，你还有这种高贵的品质，人间烟火对你熏陶得不错啊。

苏淑琴　　武司令过奖了。

武司令　　行啊行啊，照顾老人嘛，怎能不同意?

苏淑琴　　谢谢武司令，我走了。（欲下）

武司令　　慢。

苏淑琴　　（站住）武司令，还有什么吩咐?

武司令　　苏淑琴，你是学过佛经的，听人说，佛经上有两句话不知你还记得不?

苏淑琴　　不知哪两句。

武司令　　恶有恶报，善有善报。

苏淑琴　　记得。

武司令　　做何解释?

苏淑琴　　恶者，伤天害理之谓也。

武司令　　那善呢?

苏淑琴　　善者，与人为善，成人之美也。

武司令　　那你说我是恶还是善?

苏淑琴　　你?当然是善。

武司令　　按照你的说法，善者必有善报，对我来说今天能否得到善报呢?

苏淑琴　　这——我也说不好。

武司令　　说说看嘛。

苏淑琴　　司令啦。

（唱）你是革命领导人，
善行就是为人民。
政绩清廉官声好，
胜过千两万两金。

武司令　　哈哈哈，解释得不错，善报就是官声好，除此再没有别的了?

苏淑琴　　别的——

武司令　　对，别的。比方说，在生活上——

苏淑琴　　生活上，丰衣足食。

武司令　　丰衣足食是不错，但是吃饱了、喝足了呢?

苏淑琴　　（有所领悟地）武司令，你的意思我明白了。

武司令　你明白了？（高兴地走近苏淑琴）

苏淑琴　但是你也必须明白，你是革命领导，不是封建社会的帝王将相。

武司令　那当然，但是，革命领导也有七情六欲。

苏淑琴　啊——原来你——

（唱）把你当作清官认，
你却是，披着人皮豺狼精。
甜言蜜语将我骗，
原来腹中藏祸心。

（欲冲下）

武司令　（拍桌，厉声地）回来！

[苏淑琴站住。

武司令　黑眼的冤案你不管了？

苏淑琴　……

武司令　好，我们就来个公事公办，来人啦！

[红卫兵丙丁上。

武司令　把这个不服改造的牛鬼蛇神，送到县公安局，就说我们管不了啦！

（红卫兵丙、丁走近苏淑琴欲绑）

苏淑琴　慢。

（武司令示意红卫兵下）

苏淑琴　（背唱）官性兴时灭人性，
不向禽兽求生存。
宁可碎玉千万段，
不做完瓦污清身。
双手抓起电灯线——

[天幕上出现卧床的幻影：淑琴，我要喝水——

（接唱）想起大娘我不忍心。
我这一死不足惜，
丢下老人谁照应。
更有黑眼被囚禁，
有谁救他出牢门。
要救他俩命，

难保清白身，
要保清白身，
难救他俩命。
救大娘，保自身，
何去何从难决定。

武司令　（拉住苏淑琴）别那么扭扭捏捏的，来吧。

苏淑琴　慢！你答应我回家照顾大娘和救黑眼出狱的事必须算数。

武司令　算数算数。（拉苏淑琴入内）

［灯暗，幕闭。

第七场

［粉碎“四人帮”后。

［孙大娘家。

［孙大娘病已好，正在院内喂鸡。

孙大娘　（唱）多亏淑琴勤照应，
婆媳相依又逢春。
心中只有一桩事，
黑眼未归我心不宁。

［老方上。敲门。

孙大娘　谁呀！

老　方　是我。

孙大娘　（开门）唔，是老方？

老　方　（打趣地）老嫂子，再别叫我老方呐。

孙大娘　（不解地）不叫老方又该叫你什么呢？

老　方　（高兴地）“四人帮”粉碎了，我又恢复原职，该叫我部长了。

孙大娘　（高兴地）好人终有好报。方部长，我真为你高兴。

老　方　哈哈哈，老嫂子，同你开个玩笑，哪能真叫部长呢，还是叫老方。

孙大娘　真要恭喜你啊，要是老孙还活着，也要为你高兴。（说着不禁落

下泪来）

老　方　嫂子，老孙是个好同志，县委对他十分关心，我这次是专门来为他平反的。

孙大娘　老方，这真得感谢你啊。

老　方　这是中央的政策，县委的决定，要感谢应该感谢党。

孙大娘　对，应该感谢党。

老　方　另外，还告诉你一个好消息。

孙大娘　什么好消息？

老　方　黑眼已经出狱了。

孙大娘　（惊喜地）真的？

老　方　这还能有假，昨天我在街上碰到他，他正要去理发，说他问题全部弄清，今天就要回来。

孙大娘　这真是老天有眼啊！

老　方　咦，淑琴呢？

孙大娘　她到菜园去了，一会儿就回来。

［苏淑琴上。自那日受辱之后，她一直沉默寡言，艰苦的生活在她美丽的脸上抹几道微微的皱纹。

老　方　淑琴！

苏淑琴　（始而惊喜，继而低沉的）是方部长！

孙大娘　淑琴，听你方伯伯说，黑眼出狱了，今天就要回来。

苏淑琴　（高兴而忧郁地）啊！

老　方　淑琴，高兴了吧？

苏淑琴　（淡淡一笑）方部长你坐，我——做饭去。

（苏淑琴提菜篮逃也似地下）

老　方　嫂子，淑琴比往日瘦多了。

孙大娘　这都是我拖累的啊！

（唱）自从家中遭劫难
家庭重任她一肩担。
灶前无柴靠她砍，
缸里无水靠她担。
我两腿瘫痪三年整，
茶水送到我面前。

纵然是根金刚钻，
也会损伤打弯弯。

老　方　也是啊，——嫂子，听说他与黑眼订婚啦？

孙大娘　对，我还忘了告诉你，老方，苏淑琴原是尼姑，可以结婚吗？

老　方　宗教信仰自由嘛，既可以出家，也可以还俗。到时候可别忘了请我喝喜酒。

孙大娘　哪能忘记你呢？到时请你坐上席。

老　方　哈哈哈，嫂子，我走了。

孙大娘　在这儿吃中饭。

老　方　不啦，以后再来吧。（下）

孙大娘　你慢走！（目送）淑琴淑琴。

苏淑琴　（上）姑妈，你叫我？

孙大娘　黑眼就要到家了，你也该梳洗梳洗，换件衣裳，像你现在这个样子，让黑眼看见了心里也不好受啊！

苏淑琴　姑妈，黑眼也不是外人。

孙大娘　不是外人也隔了这么多年没见，快去吧，今天午饭我来做。（下）

苏淑琴　（唱）听说黑眼把家回，
又是喜来又是愧。
喜的是，亲人冤案得昭雪，
从此后，挺起腰杆扬起眉。
愧的是，我身受凌辱遭玷污，
怎向黑眼说明白？
纵然梳洗千万遍，
也洗不净心中苦与涩。（下）

［红英上。

红　英　（唱）自从嫁到城关镇，
忙忙碌碌难回村。
多年没到家里来，
到了家门却冷了心。
前天在城里听传闻，
说我嫂嫂不正经。
为了讨好武司令，

不顾脸皮卖风情。
这样的贱婆实可恨，
岂能留在孙家门！
（向内喊）妈。

孙大娘　（上）红英，你回来啦！

红　英　回来了。

孙大娘　就你一个人来了？怎么不把孩子带来？

红　英　上托儿所了。

孙大娘　孩子他爸怎么不来？自从你们结婚，他还没进过我家的门呢。

红　英　他要来，我不让。

孙大娘　干吗不让她来。

红　英　像个老头似的，跟我走一起别人还以为是我爸呢！

孙大娘　你这丫头没良心，他虽然比你大几岁，但他人好，当初不是他你能找到工作？

红　英　（打断地）别提了吧，我就怕听。有茶吗，我渴死了。

孙大娘　有有有，我来泡。（大娘给红英泡茶）

红　英　（喝一口）这茶不错，味道挺香的。

孙大娘　这是你嫂子亲自采摘的。

红　英　什么，她摘的？

孙大娘　是啊，我身体不好，他说喝点茶能养心。

红　英　（连吐几口）呸！呸！呸！

孙大娘　你这是怎么啦？

红　英　她采摘的茶喝脏了我的嘴！

孙大娘　你这是么意思？

红　英　你耳聋眼瞎，还蒙在鼓里呢！

孙大娘　你听到什么了？

红　英　（唱）你耳聋眼瞎昏沉沉，
哪晓得，外面舆论多难听。

孙大娘　什么话啊？

红　英　（唱）都说她，表面装得很正经，
实际上，偷人养汉卖风情。

孙大娘　你别听别人瞎说，有些人就是爱乱嚼舌根。

红　英　　妈，不是别人瞎说，是那位垮台的武司令交代的。

孙大娘　　啊！你怎么知道？

红　英　　我们单位有个同事的丈夫在县纪委工作，是他亲自告诉我的。

孙大娘　　天啊——（唱）实指望，冬天过去就是春，
谁料寒风有进门。
祖祖辈辈家风正，
怎容这种坏名声？
我好命苦啊！

（苏淑琴上）

苏淑琴　　（见红英，热情地）妹妹，你回来了？

红　英　　（冷冷地）回来了。

苏淑琴　　妹妹，你一去三年也不回来一次，我可真想你啊。

红　英　　（冷笑地）是真的吗？

苏淑琴　　妹妹，你还是那个脾气，嫂嫂几时说过假话？

红　英　　不见得，我可不像我妈，耳聋眼瞎的，什么都看不见。我要是回来了岂不是碍脚碍手的，有人不恨死！

苏淑琴　　妹妹，你这是什么话？

红　英　　什么话？
（唱）烂了的黄瓜自流水，
响鼓何须用重锤？
说出来你不怕丢脸皮，
我还怕弄脏我的嘴。

苏淑琴　　（含泪，气愤地）真没想到，你也这样侮辱人。

红　英　　我侮辱你，我可是有根有据。告诉你，我们孙家门楼不许有半点污垢。

苏淑琴　　啊！（哭着欲跑下）

孙大娘　　淑琴，你过来。

苏淑琴　　（站住）——

孙大娘　　你向姑妈说句实话，究竟有没有那回事？

苏淑琴　　姑妈——

孙大娘　　你说呀。

苏淑琴　　（唱）姑妈逼向问，

分明存疑心。
报恩不求人赞许，
却换来白眼骂声。
人难做啊，
难做人。
有理说不清，
何必去说清。
既然他们不理解，
怕什么丢人不丢人。
面对冷情冷面，
不如抖落干净，
方求得心地太平。

孙大娘　淑琴，你怎么不说呀？到底有没有那回事？

苏淑琴　（大胆干脆地）有。

孙大娘　（惊异地）淑琴，你别骗我，你不是那种人。

苏淑琴　苏淑琴从来不骗人。

孙大娘　（崩溃地）你你你，你对不起我啊！

（唱）自从你来到我家门，
从未把你当外人。
托人情为你安户口，
冒风险让你好安心。
大伯为你含冤死，
黑眼为你去服刑。
实指望，你与黑眼结伴侣，
哪知道，你原来也是负心人！
你白吃斋，白修行，
白念佛，白做人。
黑眼宁可当光棍，
也不要你这丧门星。

苏淑琴　姑妈，你说得对，是我连累了你们。但是，我没有辜负这个家，没有辜负黑眼哥。

红　英　别说漂亮话了，你心里要有黑眼哥，还能做出那见不得人的事！

苏淑琴　是呀是呀，为什么为什么？（哭泣）黑眼哥，你能理解我吗？你怎么还不回来呀！

红　英　别痴心妄想了，我黑眼哥绝不是那种没骨气的男子汉，——你走吧！

苏淑琴　（震惊地）是呀，他能理解我吗？黑眼哥能理解我吗？——我走，我也到了该走的时候了。

（唱）账已还清，
恩已报尽。
人不欠我，
我不欠人。
来时无牵无挂，
走时干干净净。
对得起自己，
对得起别人。
心净天地宽，
趁早快出门。

（进屋提出包袱，仍是来时那个包袱）

（唱）手提包袱出大门，
只觉一身冷清清。
当初下山人两个，
如今出门孤零零。
黑眼哥哥待我好，
使我悬崖免丧生。
带我来避难，
百般慰我心。
提水怕我扭伤腰，
担土总让我担轻。
夜行百里弄莲米，
为我治病操碎心。
倘若我要离他去，
岂不负他一番情？

是呀，有话应该对他说，他会理解我的。我不能走。

（转身进门）（唱）转身再把大门进，
不觉一阵寒风侵。
倘若黑眼不谅解，
吵吵闹闹更烦人。
我还是走了好啊！
（接唱）手提包袱再出门，
不禁又把黑眼恨，
当初不该将我救，
害我又入烟火尘。
泪白流，汗白尽。
情何在，意何存？
只落得，不干不净，不清不白，
空在世上走一程。
大步流星往前走——
［幕内传来喊声：黑眼回来啦！黑眼回来啦！
苏淑琴　（下意识地站住）啊，他回来了。黑眼哥回来了。
（接唱）忽听门外唤亲人。
阵阵喊声传入耳，
浑身颤抖腿难伸。
黑眼他，三年铁窗受尽苦，
如今变成啥样人？
有心与他见一面，
从此断绝思念情。
唉，这又何必呢？
（接唱）既然决定两分手，
何必要，藕断丝连空多情。
不如留下两行字，
交代清楚再出门。
（拿出钢笔书写）
黑眼哥，回家莫将淑琴问，
只当没有我这人。
来处来，去处去，

空来空去是归程。

（提包袱毅然下）

［黑眼内喊：淑琴——淑琴——

黑　眼　（上）淑琴，（见无人）咦，人呢？姑妈，——

孙大娘　（上）黑眼我儿，你可回来了。

黑　眼　回来了。（见红英）妹妹，你也回来了？

孙大娘　（抚摸着黑眼）儿啊，看你瘦成这个样子，一定吃了不少苦啊！（哭泣）

黑　眼　姑妈，你别难过，回来不就好了吗。你应该高兴啊。

孙大娘　对呀应该高兴。红英，快打水给你哥洗脸。

红　英　哎。（应声下）

黑　眼　姑妈，淑琴呢？

孙大娘　别提她了。

黑　眼　她怎么啦，对你不好？

孙大娘　只怪我当初瞎了眼，错看人了。

红　英　（端脸盆上）哥，你洗脸。

黑　眼　红英，你嫂究竟怎么啦？

红　英　你干吗一回来就心急火燎的？不能吃了饭再说？哥，听说你回来，妈才高兴呢，还专为你杀了一只鸡。

黑　眼　（微怒地）你们不告诉我，给人参我也吃不下。

红　英　好吧，我对你说。

（唱）苏淑琴，不是人。
忘恩负义黑良心。
当初你对她百般好，
他却暗地卖风情。
讨好干部不知耻，
卖嘴卖心又卖身。

孙大娘　多丢人啊！

黑　眼　你们说的是不是与那个武司令？

红　英　对，你也知道了？

黑　眼　我就知道你们要冤枉淑琴。

红　英　怎么，我冤枉她？我可是有根有据！

黑　眼　有根有据，可是你们知道她是多么痛苦吗？她是愿这么做的吗？她是为了姑妈为了我。

红　英　为你为妈就能干出那种见不得人的事吗？

孙大娘　对呀，过去烈女贞妇上刀山、下油锅也绝不干那不要脸的事。

黑　眼　现在世道好了，天下太平了，漂亮话落得你们说。想当初，姑妈病在床上，是谁给你煮药熬汤？治好你的病？自从我受冤入狱，一蹲三年，是谁冒着风险，不顾冻饿去看我？为了我们，淑琴在万般无奈的情况下遭到恶人的侮辱，你们不仅不同情反而在她的伤口上撒盐，心上插刀。你们还有良心吗？

红　英　照你这么说还是我们的错了？

黑　眼　你们太不公平！

孙大娘　孩子，你别那么鬼迷心窍的，一个小尼姑有什么了不起，以后保证给你娶个好的。

黑　眼　我谁也不要，我就要她！

红　英　你要不成了，她已经走了。（递纸条）

黑　眼　（接纸条）啊——

［天幕上出现苏淑琴。

［苏淑琴唱：

黑眼哥啊，
回家莫将淑琴问，
只当没有我这人。
来处来，去处去，
空来空去是归程。

［天幕上淑琴形象隐去。

黑　眼　（大恸，呼喊）淑琴，淑琴——（跪下）

［灯暗，幕闭。

第八场

［劫后的九莲山，经过装点修葺，又恢复了她往日的秀姿。

［深山中传来阵阵钟声。

［幕内合唱：

云散九峰出，
崖飞百丈虹。
艳阳照绿水，
秀出九芙蓉。

［一群善男信女中外游客，谈笑风生，指指点点下。

［幕内传来黑眼的喊声：淑琴——

［灯暗。

［净土庵内，景同第一场。高大的弥勒佛依然如故。不同的是，断了的手臂已经修复。

［果妙身着尼服，盘膝而坐。正在一声声敲着木鱼。

［黑眼的喊声越来越近。

［果妙依然正襟危坐，手敲木鱼，闭眼默诵。但是随着黑眼的喊声越来越近，我们可以清楚地看到，她的两行泪水已像断线珍珠，落了下来。

［黑眼匆匆跑上，见状。

黑　眼　淑琴，师妹——

［果妙仍不理睬，黑眼木然而立，泪如泉涌。

［木鱼声疾。

［合唱：

声声木鱼，
木鱼声声。
震撼佛堂，
震撼人心。
愿木鱼敲碎悲剧，
愿木鱼唤来福音。

［在疾骤的木鱼声中，幕闭。

［剧终。

（此剧原名《木鱼声声》，载1989年《安徽新戏》增刊。为演出需要稍做修改，并易名《僧尼泪》）

水　香

时　间　　现代。
地　点　　江南某一偏僻山村。
人　物　　水　香，28 岁，玉泉酒厂厂长。
　　　　　贵　生，28 岁，水香未婚夫，又名老憨。
　　　　　大　宝，28 岁，醉神仙酒厂酒师。
　　　　　巧　英，27 岁，玉泉村女青年。
　　　　　田　喜，28 岁，玉泉村青年。
　　　　　双　双，26 岁，田喜未婚妻。
　　　　　王厂长，60 岁，醉神仙酒厂厂长。
　　　　　潘德才，50 多岁，信用社主任。
　　　　　群众甲、乙及男女群众若干。

一

［幕启，玉泉水像一根银色飘带，从悬崖上飞落下来。
［《玉泉谣》的歌声起：
　　玉泉水，长又长，
　　玉泉酿酒天下扬。
　　一杯甜，二杯香，
　　三杯醉倒在牙床。
　　睡上三年六个月，
　　醒来还是满嘴香。

要问美酒怎样造，
听我从头说端详。
……

［灯渐暗，复明。

［玉泉酒厂门前，内部正在整修。

［群众甲、乙及男女群众向屋内搬运砖瓦，过场下。

［田喜背一只大缸上。

［双双追喊上。

双　双　田喜，喜子，听见吗？你站住！

田　喜　你不见我背着缸吗？

双　双　缸，缸，我对你说的话全报废了。你说，我们的事到底怎么办？

田　喜　（无奈地放下缸）双双，你别吵好不好？

双　双　你怕吵？么事不听我的话！叫你到城里做工，挣钱交给我爹，你为么事跑回来了？

田　喜　双双，我不是对你说过了吗？水香这次从外面回来，邀我办酒厂。嘿！只要酒厂办起来，还愁给你爹的彩礼钱？

双　双　想得倒美，酒厂是那么容易办的？

（唱）想当年，水香家世代槽坊，
“割尾巴”弄得她厂倒母丧。
这一次，她要能把厂办成，
我改掉姓和名不叫双双。

田　喜　你怎么小看人哩？

（唱）如今形势不一样，
水香也比她娘强。
酿酒本是祖传业，
办厂事情她在行。
玉泉村，历来都靠玉泉养，
你不要背后放冷枪！

双　双　你呀，八成是被她一身香水给迷住了。

田　喜　别瞎说，她已经有对象了。

双　双　（打断地）什么对象？一个老实鳖，还不知她从哪儿拐来的！

田　喜　（嗔怒地）你！

双　双　好了好了，不说了。告诉你，到时拿不出彩礼钱，我爹就要把我嫁到山外去！（生气地下）

田　喜　（焦急地）双双，双双！（追下）

［水香上，她一身打扮显然不同于一般农村姑娘，洋气中藏着几分土气；纯朴中又露出几分狡黠。

水　香　（唱）出门帮工二三载，
如今我又转回来。
虽不是衣锦还乡多气派，
山里的麻雀见世面眼界大开。
立志来把酒厂办，
要叫那，玉泉水淌出钱来！

（见缸）咦！这是谁的缸？

田　喜　（上）我的。水香，你看这缸怎么样？要能用，我家还有！

水　香　行。原来的酒厂，除了几间房子，所剩无几，如今资金紧张，大家多支持一样，我们也少买一样。

田　喜　就是就是。

［贵生上，他老实憨厚，风尘仆仆。

贵　生　水香！

田　喜　嗯！你回来了？（见贵生一身灰尘，忙用自己的手帕替他掸灰）怎么弄一身灰尘？像只灰老鼠。

贵　生　回来时，搭上一辆手扶拖拉机。

水　香　难怪。——锅炉有吗？

贵　生　有，还是新产品哩？

水　香　你定下来了吗！

贵　生　定了，不过物资局锅炉不多，要抓紧去提。

水　香　当然。等巧英贷款回来，我们就去提。

［田喜端水上。

田　喜　贵生，喝水，

贵　生　（端水欲喝、又突然想起地）啊！水香，要买的东西都买了。还剩一元五角钱，交给你！

田　喜　（打趣地）一元五角钱还上交？水香，你也太厉害了！

贵　生　（憨笑自解地）嘿嘿，我不缺钱用。

（下）

水　香　（关心地）回去洗个澡，换换衣服！

贵　生　（内应）知道了！

田　喜　（望着贵生背影）他挺老实的。

水　香　我就看中他老实。

田　喜　（打趣地）你可不老实！

水　香　你说对了，夫妻两人都老实会被人欺，都不老实整天会吵嘴打架的！

田　喜　就是就是。

［巧英上。

水　香　巧英，你回来了？贷款拿到了吗？

［群众甲、乙闻声上。

巧　英　（摇头瘫坐一旁）……

田　喜　怎么？没贷着？

巧　英　唉！

（唱）潘主任态度冷冰冰，
说起话来气死人！

水　香　他怎么说？

巧　英　他说——

（唱）玉泉村，名字虽好听，
地不出产人无能。
田里的泥巴不值钱，
山上的石头搬不动。
水香灵巧虽能干，
家底空空无保证。
倘把款子贷给她，
岂不把钞票水中扔？

田　喜　那报上不是登着扶贫吗？

巧　英　扶贫，说得好听。

（唱）上面政策定得好，
到了下面难执行。

有钱的能贷几十万，
无钱的莫想半分文。
不信你睁眼看一看，
贷款的都是些什么人？

［众气馁，议论纷纷。

［贵生暗上。

群众甲　信用社不支持干脆散伙！

群众乙　对，谁家的东西谁搬回去！

水　香　（气愤地）回来，信用社不贷款厂就不办了？

田　喜　就是嘛，大家好容易凑到一起，就这么散了？

群众甲　水香，不是我们想散伙。可这钱从哪儿来？为办厂你把家底都抖出来了。村邻们勒紧裤带，能拿的钱也都拿出来了。往后你上哪儿去弄钱？除非天上掉下个金娃娃。

群众甲　是呀，像张村李老五原想贷款也是贷不着，后来他挖地挖了一对金镯。潘德才知道了，不仅给他贷款，还同他结上亲家。

水　香　（似有触动地）金娃娃……

（旁唱）贷款受挫人心冷，
我浑身也像凉水浸。
群众议论猛提醒，
一条妙计涌上心。
不如拿出“金菩萨”，
造造舆论定军心！

贵生，回去把我的“金菩萨”拿来！

贵　生　（不解地）你……

水　香　快去嘛！

［贵生下，拿金菩萨上。

众　（见金菩萨，惊异地）金菩萨！

水　香　（唱）不怕老潘三只眼，
依旧把我当穷人看。
就凭我这“金菩萨”，
还愁办厂没得钱？
到时候，他老潘送钱到我家，

我还懒得把字签！

贵　生　（不解、害怕地）水香！

水　香　怕么事？有人怕露富，我就不怕。不偷不抢，来得正去得明，还怕别人敲我的竹杠？

群众甲　水香，你哪来这样的“硬货”？

水　香　是贵生爷爷怕我们受穷，把传家宝赠给了我们，现在正好派上了用场。

田　喜　我说嘛，没有“硬货”水香敢回来办厂？

群众乙　贵生，你爷爷在哪儿？

贵　生　这……

水　香　（紧接）在台湾。这金菩萨是他老人家回大陆探亲时赠给我们的。县农行的徐行长还是贵生的老表哩！

巧　英　水香，你怎么不早说？

水　香　谁知潘主任扶贫是假呢？

群众甲　水香，你放心，我们跟你干！

众　走，抬石头去。

［众高兴地下。

贵　生　水香，这“金菩萨”是我赠给你的订婚纪念，是铜的，你怎么说是金的呢？

水　香　商店卖的假货都叫金菩萨，从来没说它是铜菩萨。

贵　生　商店是为了好卖好听，你怎么能也叫金菩萨？要是宣扬出去……

水　香　我就是要他们宣扬出去，最好能宣扬到潘主任的耳朵里。

［灯暗。

二

［山路上。

［潘德才上。

潘德才　（唱）新闻传遍村内外，

水香如今发了财。
领回个男朋友，
祖父在海外，
赠一个金菩萨，
让她带回来。
如今回家办酒厂，
有钱还想发大财。
昨天贷款我没准，
思来想去不应该，
急急忙忙进村去，
打听虚实再安排。

［幕内一农民喊：潘主任，几天没见，你又年轻了许多？

潘德才　（高兴地笑骂）年轻有啥用？你老婆也看不中我！

内　声　（玩笑地回敬）你嫂子不是喜欢你吗？哈哈哈……潘主任，你是下来放贷的吧？

潘德才　（向内）你小子怎么见面就是钱？除了放贷我就不能出门啦？

内　声　潘主任，今年虫厚，我想贷款买点农药……

潘德才　（打断地）信用社快贷倒了。以后再说吧？

［一辆解放牌大卡车在幕内戛然而止，紧接着内声传来。

内　声　（喊）潘主任！

潘德才　（高兴地）啊！是江浪？妈的，几天没见，小四轮换成大卡车，你狗日的又发财了！

内　声　还不是托您老的福？上车吧，我送你一程！

潘德才　还是你小子有德性。（高兴地跑下）

［汽车声远去。

［暗转。

［水香家：一堵屏风，两个房门。

［水香与贵生正埋头吃饭，各有心事，但都不吭声。

贵　生　（终于忍不住）水香，我们不能总是住着两个房间，多不方便。

水　香　（瞪贵生一眼）没出息的，我不是说过？等酒厂办好后举行婚礼，然后合房。

贵　生　那酒厂办不成呢？

水　香　　办不成，一辈子不合房！

贵　生　　这……

水　香　　你呀，我都急死了，你还开心！

（唱）昨天我一气之下讲大话，
说我们有个金菩萨。
群众面前好敷衍，
钞票岂能真到家？
倘若贷款无指望，
下一步想个啥办法？

贵　生　　这倒也是……（收碗下）

［水香走到母亲遗像前，思绪万千——

娘啊——

（唱）你自幼立志学酿酒，
二十出头做酒娘，
解放后，领头来把酒厂办，
从此“玉泉”天下香。
自从那年“割尾巴”，
玉泉村，倒了摇钱树一桩。
玉泉水，一年四季白流淌，
村民们，家家出门把工帮。
你要我，成人后，再把酒酿，
我也曾，立誓言，酿不出玉泉酒不做新娘。
可是我，如今已到待嫁日，
酒厂不知在何方。

［贵生跑上。

贵　生　　水香，水香！

水　香　　什么事？

贵　生　　听说潘德才进村了。马上要来我们家！

水　香　　是吗？

贵　生　　（惊慌地）你看怎么办？

水　香　　怎么办？（果断地）迎客！

［水香将装杂物的彩电箱、冰箱盒由房内搬出。

贵　生　（不解地）彩电、冰箱你都卖了办厂，还把空纸箱搬出来干什么？

水　香　到时你自然明白！快，把我俩准备结婚用的西装拿出来，好好地打扮一下。

贵　生　还打扮？

水　香　（微嗔地）你快点嘛！去把我的胭脂眉笔也带来！

贵　生　你究竟搞个啥名堂？

水　香　贵生，我的老憨啊！

（唱）如今有些人，
思想不健康。
出门看穿戴，
进门看家当。
叫穷无人问，
富了有人帮。
外面说我是大亨，
应该像个样。

［贵生下，拿衣物上。

贵　生　我实在不好意思。

水　香　钢刀架在颈子上，你还犹豫么事？快穿！（二人换衣）

水　香　还有，在城里我给你买的镀金戒指也戴起来！

贵　生　嗳。（应声下）

水　香　（唱）眉笔手中捏，
双眉变柳叶。
胭脂两边擦，
满面桃花色。
对着镜子照一照，

贵　生　（上，见水香艳丽动人，爱火燃烧，但不敢妄动）……

水　香　你，不认识我了？

贵　生　水香，你……真漂亮……像……

水　香　像……像……像什么？

贵　生　（接唱）像一个，香港归来的大小姐。

［外面有人敲门。

水　香　啊！来了，快去开门！

［贵生欲开门。

水　香　慢着，上次我孝敬你爸的万宝路烟，记得还剩一包，放在哪儿？

贵　生　在箱子拐里！（水香下）

［贵生开门，潘主任进房。

贵　生　你是……

潘德才　我姓潘，是信用社的潘……

贵　生　潘主任？

潘德才　水香在家吗？

贵　生　你要迟到一步，她就走了。

潘德才　她准备上哪儿？

贵　生　听说上县农行。

潘德才　（惊）唔！是不是为贷款的事？

贵　生　不知道。你坐，我叫她去。（向内）水香，潘主任来了！

水　香　（内声：故意地）哪个潘主任？叫他等等！

潘德才　（旁白）难怪有人说“财大气粗”，有两个钱，还拿起架子来了。

［水香上，她一身打扮光彩照人。

水　香　潘主任，原来是你？你怎么敢到我家来，莫不是走错门了吧！

潘德才　（一见水香打扮，立刻变得拘谨起来，但又十分眼馋）我……嘿嘿噻……登门拜访呗！

水　香　经当不起，经当不起！（大方地与潘握手，潘德才拘谨地往回缩，水香依然将他逮住）潘主任，你请坐，我给你泡茶去！（下）

潘德才　（半天才镇定下来）别，别客气！

（在屋内巡视）

（唱）你看她，风度翩翩多高雅，
　　笔挺挺，一身穿戴顶呱呱。
　　大彩电是进口还没拆封，
　　大冰箱是名牌已搬到家。
　　这说明，群众议论有根据，
　　耳听虚，眼见真一点不差。

［水香端茶上。

水　香　　潘主任，请喝茶！

潘德才　　（接茶）谢谢！水香，两年不见，你变得我认不出了。

水　香　　你不也一样，越活越年轻！

潘德才　　（高兴地）哈哈哈……那也不及你，又年轻，又有钱，如今成为我们山沟里的大亨了！

水　香　　潘主任，你别取笑我，（俏皮地）在有些人的眼里，我永远是穷光蛋！

潘德才　　（受刺激地）这……，水香，你这话是说给我听的吧？

水　香　　不敢！（佯装收拾提包欲走）潘主任你坐，我不奉陪了。

潘主任　　你上哪儿？

水　香　　县农行！

潘德才　　是不是为贷款？

水　香　　反正为办厂的事呗！

潘德才　　你也别瞒我了。你进城八成是为贷款！

水　香　　你老真有眼力！

潘德才　　（试探地）你上县农行是不是去找徐行长？听说他是你爱人的老表？

水　香　　你怎么知道？

潘德才　　这有什么保密哟？（进一步试探地）别人都说徐行长五十七八，我看不像，你知道他究竟有多大年纪？

水　香　　（背白）这家伙，在考我哩！潘主任！

（唱）见人你莫问年纪，
这个问题属秘密。
如今有人待提拔，
更把年龄放第一。
去年问他五十九，
今年突然五十一，
你问行长有多大，
莫非对他有怀疑？

潘德才　　（惊慌地）别误会，我可没那个意思。徐行长，年龄不大，身体又好，还有得干哩！

水　香　　他能干，是我老表；不能干，也是我老表，干不干，老表总是抹不掉的！

潘德才　那是，那是。（又试探地）徐行长也真够倒霉的，去年她老母亲撞上汽车，把手撞断了，花了不少钱，你知道吗！

水　香　（背白）幸亏去年我进城路上碰上行长母亲，当时把她背进医院，不然，我还答不出哩！（对潘）你说错了，他母亲不是撞上汽车，是自行车；也不是手跌断了，是腿跌坏了！

潘德才　（深信地背白）一点不错，这么说，他们还真是亲戚哩！——水香，你这次去找行长有把握吗？

水　香　有没有把握不敢说，不过，既然是老表，总不会让我空手回来。再说，我找他，也不光靠亲戚关系，还靠党的扶贫政策。我要问问他，作为县行行长，掌管着全县的扶贫贷款，究竟是贷给哪些人？只扶富不扶贫的政策，是哪个规定的？必要时，我还要把他拖下来跟我走一走，访一访，看看有没有歪门邪道！

潘德才　（更感到不寒而栗）这……

（背唱）她说话口气硬邦邦，
分明背后靠山强，
倘若款子我不贷，
今后定要坐马桩。

水香，原本情况我不够了解，昨天你贷款我没有贷给你，你不会有意见吧！

水　香　我怎么敢有意见？再说，你们也有你们的困难嘛！

（唱）乡里人多面积宽，
贷款资金一点点。
顾了东，顾不了西，
顾了北，顾不了南。
贷到款的哈哈笑，
贷不到的把脸翻。
特别有人不守信，
贷款容易还款难。

潘德才　（赞叹地）到底在外面见识多，知道我们的难处。不过话说回来。尽管我们资金不多，但对个别特殊情况还是要解决的。就拿你来说吧：

（唱）你领头办厂有志气，
在我们乡村树大旗。
有款倘不贷给你，
难道给人搞投机？
行长是你亲老表，
也是我的老上级，
拐弯抹角都不外，
找他找我一样的。
今天把款子贷给你，
利息我给最轻的。
将来酒厂办好后，
多到我社去存积。
你用利息养活我，
我用贷款支援你，
你帮我，我帮你，
肥水不漏外乡地。

水　香　潘主任，你对我当真放心？

潘德才　莫啰唆。（说着掏出纸笔，一挥而就）来，这是我的批条，马上派人到信用社去办贷款手续！

水　香　（接过纸条）这……我怎么感谢你呢！

潘德才　感谢么事呢？扶持贫困地区发展生产是我们的责任嘛！以后见到徐行长只要你如实汇报汇报就行了！

水　香　这你放心。

潘德才　再见！

水　香　就在这儿吃中饭！

潘德才　改日再来！（下）

贵　生　（上）水香，我的心怎么总是蹦蹦跳跳的呢！

水　香　怕啥？贷款办厂，正大光明！明天，你一早进城提锅炉！

［巧英上。

巧　英　水香，你请的那位酒师走了！

水　香　（惊异地）他走了？

巧　英　他听说我们没贷上款，以为酒厂办不成，夹着行李溜了！

水　香　（气愤地）这家伙，也太小看人了！

［灯暗。

三

［醉神仙酒厂厂长室，内有电话。

［王厂长正在打电话。

王厂长　喂……你哪里……你是小徐？喂，你同我们大宝谈得怎么样了？约他看电影？……约他去合影？什么？……没得影？……我说小徐同志啊，大宝可是我们厂自学成才的酒师啊……你都知道？……那为什么又谈崩了呢？……怪他？拜拜？（放下电话）唉！又拜拜了一个！

［张大宝拿“计划”上。

张大宝　二叔，这是酒厂产品更新计划，请你看看！（将计划放在桌上，转身欲下）

王厂长　你回来！

张大宝　什么事？

王厂长　你不要一天到晚更新产品，更新产品的，“醉神仙”养了我们几十年，它哪一点对不起你？

张大宝　二叔，你也不要一天到晚抱着“醉神仙”睡大觉，如今市场竞争激烈，“醉神仙”不灵了！

王厂长　“醉神仙”畅销江南，怎么不灵了？

张大宝　那也是暂时的，如果不更新产品，提高质量，有一天，它会被淘汰的！

王厂长　好了好了，厂里的事，由我负责，不要你操心，你好好关心关心你自己吧！

张大宝　我自己怎么啦？

王厂长　刚才小徐来电话，你们怎么又谈崩了？

张大宝　这事你别管！

王厂长　不管？你爹妈死的时候，把你交给我，我能不管吗？我问你，你今年多大啦？

张大宝　二十八！

王厂长　我以为你忘了呢？前几年，你一心钻研业务，不谈恋爱，我支持你，现在你年龄也不小了，么事还当儿戏？

张大宝　二叔！

（唱）谈恋爱不是买小菜，
黄瓜茄子随便来。
这里面道理深得很，

王厂长　还深得很？你说我听听！

张大宝　（接唱）说出来你也不明白！（下）

王厂长　唉，真拿他没办法！

［水香上。

水　香　（唱）万事俱备欠东风，
为请酒师我急匆匆。
但愿厂长能同意，
此行如意不放空！

请问王厂长在吗？

王厂长　我就是，有什么事？

水　香　（拿出介绍信）——

王厂长　（看介绍信）你是玉泉酒厂赵厂长？

水　香　什么厂长？不过是个跑腿的。

王厂长　请坐！

水　香　王厂长，请抽烟！（递烟）

王厂长　谢谢，我不会。

水　香　哟！当厂长的不会抽烟，真是朴素廉洁，令人敬佩！

王厂长　不敢当——请问你找我有什么事？

水　香　厂长，好容易把酒厂办起来，可是没有酒师，想请你支持一个。

王厂长　支援酒师？哈哈哈……

水　香　王厂长，请你帮帮忙，怎么样？

王厂长　我们哪来的酒师啊？

水　香　王厂长，你们家大、厂大，听说酒师有两三个……

王厂长　不错，酒师是有两三个，但是一个萝卜一个宕，各有分工，抽不开啊！

水　香　王厂长，这恐怕不是你心里话。

王厂长　不是我心里话？

水　香　我知道，你怕我们付不起酒师的工资。这你放心，酒师到我们那儿去了以后，一切费用由我负担！

王厂长　不不不，我不是这个意思。

水　香　那又是什么意思？我明白了。你是怕酒师到我们那里把厂办成了，将来会抢你的饭吃。这更无必要。你们是县办大厂，我们是村办企业；你们是大海里的蛟龙，我们是田沟里的泥鳅。泥鳅怎么能斗过蛟龙呢？

王厂长　（被击中要害）这……赵厂长，我佩服你的精明。既然你把话说明白了，我也不隐瞒。如今市场竞争激烈，技术对我们来说，就是钱，就是命根子。支援酒师的事，我不能做主！

水　香　（失望、冷静地）这么说，你是没有协商的余地了？

王厂长　请你原谅！（下）

水　香　（唱）满怀希望成泡影，
何处再把酒师寻？
（沉思）哎，有了！
（唱）早听说，该厂酒师张大宝，
是个有志的好后生。
多次计划创新未获准，
壮志难酬积郁在心。
我何不，找到他面述前景，
说不定，能获得一线光明。

［欲下，张大宝匆匆上。

张大宝　二叔，二叔！（见厂长不在，走近办公桌，发现更新产品计划仍旧没批，不悦地）
（唱）手捧计划心头气，
更新产品仍未批，
二叔只顾眼前利，
我睁着眼睛干着急！（欲下）

水　香　张师傅！

张大宝　（凝视地）你是……

水　香　你不认识我，我可认识你。

张大宝　你认识我？

水　香　酿酒战线的先进工作者，县政府门口的墙上有你的照片，还能不认识？

张大宝　（谦逊地摇头）那……就凭那照片，你就能认识我？

水　香　另外，你身上还有种味儿，也使我认定你就是张大宝师傅！

张大宝　我身上？

水　香　对，这种味儿只有酒师傅身上才有。

张大宝　什么味儿？

水　香　酒香味儿！

张大宝　（闻自己的工作服，释然地）啊！这种味儿，酒厂工人身上都有！

水　香　但与你不一样！

张大宝　怎么不一样！

（唱）工人身上有香味，
香味单纯不一样。
锅炉工人站锅炉，
身上多是煤味香；
粉碎工人管粉碎，
身上多是原料香；
拌曲工人管拌曲，
身上多是糟料香；
你身为酒师管酿酒，
身上多是酒味香。

张大宝　（惊疑、佩服地）你的鼻子还真怪灵的呢！

水　香　这一点辨不出，我还能当酒厂厂长？

张大宝　（惊喜地）你还是厂长，也干的是酒行当？

水　香　向你学习！

张大宝　哪里！（凝视地）你一个女同志在酒厂工作，不怕酒气熏人？

水　香　我就喜欢闻酒香！

张大宝　（感兴趣地）是吗？

水　香　这有什么奇怪的？

（唱）我酒乡生，酒乡长，
母亲本是酿酒娘。
从小围着酒缸转，
怕酒怎干这一行？

张大宝　（背唱）我见到的姑娘也不少，
十有九个怕酒香。
说什么，一进酒厂闻酒香，
二进酒厂头发胀，
三进酒厂人醉倒，
把酒厂当作火葬场。
至今我难把对象找，
失败都因酒行当。
唯独她，不一样，
不怕酒气爱酒香！

同志，说了半天，我还不知你高姓大名哩！

水　香　我叫赵水香！

张大宝　在哪个酒厂工作？

水　香　玉泉酒厂。

张大宝　玉泉酒厂？

水　香　你去过？

张大宝　没有。但我在资料上看过，说玉泉水水质好，酿出的酒，味美甘醇，后来，听说酒厂垮了。市场上再也闻不到玉泉酒香了。

水　香　你放心，我一定要市场上再闻到玉泉酒香！

张大宝　我预祝你成功！

水　香　但必须得到你的支持！

张大宝　我？

水　香　对，我们酒厂虽说办起来了，但还没有酒师！

张大宝　你不就是酒师吗？

水　香　我是厂长，一手抓不住两条鱼啊！再说。我也不能满足于古老的酿酒办法。我要超过它，就必须融进新的工艺，所以，才来请你！

张大宝　（犹豫地）这个嘛……

（旁唱）她爱酒懂酒见识广，
侃侃话儿非平常。
一身穿戴无俗气，
两只眼睛把智慧藏。
言谈中，她与我志同道合，
实难得，这样的知音姑娘。
有心随她下乡去，
又怕二叔不把手放。

水　香　张师傅，你同意吗？

张大宝　这个事……就怕厂长不同意。

水　香　只要你同意，我有办法！

张大宝　什么办法？

［二人聚在一起交谈。

王厂长　（上，见状、惊疑地）咦！这个赵厂长，她还没走？
（唱）姑娘未走我心生疑，
莫非她背地挖“墙基”？
大宝他平日憨得像头猪，
现在变成小公鸡。
倘不赶快来刹车，
难得公鸡不飞离。
（欲闯进屋，突然停止）
慢着？
（唱）你看他二人谈得多投机，
好比那彩蝶相会花丛里。
论年龄不大不小正相当，
论身材不高不矮也相宜。
我何不借此机会拉红线，
将他二人配成对。

［咳嗽两声，宝、水惊起。

张大宝　二叔。

水　香　王厂长。

王厂长　赵厂长，你不是已经走了吗？

水　香　　舍不得你这块宝地啊！

张大宝　　赵厂长实在有困难，请酒师的事……

王厂长　　（佯怒地）什么？你想跳窝？

（转对水香）赵厂长，我真佩服你呀！居然背着我挖起墙脚来了！

水　香　　王厂长，你说得太严重了。

王厂长　　小宝子，你愿意去？

张大宝　　更新产品你不同意，留在厂也是闲着。

王厂长　　那好，我同意你去。但是，你们必须答应我一个条件！

水　香　　什么条件？

王厂长　　看样子你们俩年龄相当、相貌般配。如果答应谈谈恋爱，我就同意你们的要求。不然，就搞不成！

张大宝　　水香 这……

王厂长　　小宝子，你同意吗？

张大宝　　我……（望望水香，羞怯地）

王厂长　　赵厂长，你呢？

水　香　　（感到突然）这个……（含糊地）王厂长，谈恋爱是年轻人的事，何必要你老人家操心呢！

王厂长　　（误以为水香已同意）年轻人的事，也对。好好好，不要我操心，不要我操心，哈哈哈……

［闭幕。

四

［酒厂门前。

［田喜正在低头铲煤。双双提篮上。

双　双　　喜子喜子！

田　喜　　（只顾铲煤不理）……

双　双　　你还生我的气？

田　喜　　（生气地）站远些！

双　双　你……没良心的，现在酒厂办起来了，就瞧不起我了。亏得还没出酒呢，要是出酒了，你不把我蹬了！

田　喜　这怪我吗？

双　双　不怪你还怪我吗？

田　喜　不怪你？当初看你那劲儿，一口一个爹，把你爹的话当圣旨，既然听你爹的，么事还来找我？

双　双　爹听说酒厂办起来了，他也很高兴，只要你在酒厂好好干，那两千块彩礼钱，他不计较了！

田　喜　（高兴地）是吗？

双　双　他还说办厂吃苦，特地叫我杀了一只鸡，炖给你吃，你看！（掀开篮子）

田　喜　没结婚就吃上鸡大腿了。

双　双　喜子，厂里还要人吗？我也想参加。

田　喜　那好，现在正忙哩！等会儿我给水香说一声。干脆先干活吧！

双　双　哎！（二人拉煤车下）

［暗转，酿酒车间。张大宝正在搅拌酒曲，巧英聚精会神地观看。

巧　英　师傅，你歇会儿，让我来！

大　宝　（只顾操作）快，加水！

［巧英加水。然后，她看着师傅倾慕地。

巧　英　（唱）为请酒师办酒厂，
水香姐演出了凤引凰。
她终日焦急怕露馅，
安排我来把学徒当。
借此机会拉红线，
将来让我做新娘。
眼前的宝师傅我心中爱慕，
但不知如何捣通这堵“墙”？

张大宝　巧英，看见了吗？加水后要不停地搅拌，一刻也不能停！

巧　英　知道了。师傅……（欲言又止）

张大宝　什么事？

巧　英　没什么……

张大宝　你这人，说话怎么吞吞吐吐的？还有哪些地方不懂？

巧　英　不懂……可以问吗？

张大宝　当然可以！

巧　英　你不要生气哟！

张大宝　师傅带徒弟哪能生气呢？问吧！

巧　英　师傅，你有这么好的技术，为什么现在还没有师娘？

张大宝　（感到突然）你问这干什么？

巧　英　因为……我不懂嘛！（娇羞地）

张大宝　（正经地）年轻人，应该专心学点技术本领，别在谈恋爱上下功夫！

巧　英　哟！看不出，你还是个年青的老夫子哩！难怪……

张大宝　难怪什么？

巧　英　难怪找不到对象！

张大宝　（受到刺激）谁说我找不到对象？

巧　英　你对象在哪儿？我师娘在哪儿？

张大宝　这……实话告诉你吧！

（唱）原来我也恋爱过，
　　失败都因酒行当。

巧　英　酒行当？

张大宝　（唱）有的说，你一年四季在酒厂，
　　好比掉进大酒缸。
　　吃的是酒饭，
　　喝的是酒汤。
　　说的是酒话，
　　做的酒文章。
　　浑身细胞都是酒，
　　将来的后代也是酒皮囊。

你想想，这样的人，我能同意吗？

巧　英　师傅，照你这么说，我俩的命运差不多哩！

张大宝　你也……

巧　英　师傅！

（唱）只因我把酒厂进，

谈好的对象也泡汤。
他怕闻酒气，
我爱的是酒香。
我要他让步，
他要我改行。
我坚决不妥协，
他誓死不投降。
各人的志趣不一样，
何必勉强凑成双？

张大宝　（背唱）她与水香一个样，
都是爱酒的好姑娘。
早知乡下有知音，
何必在城里费时光？

巧　英　师傅，我好像闻到酒香了！

张大宝　瞎说，刚拌曲，哪能就闻到酒香？

巧　英　我确实闻到了，不信你闻闻。

大　宝　（到处嗅闻，发现自己的工作服）
啊！原来是我工作服上的酒渍。

巧　英　是吗？让我闻闻。（走近师傅，俯身欲闻）

张大宝　（连忙让开）你看，温度上来了，快去关气门。

［灯暗，复明。

［仓库内，水香正在整理各种原料，打扫地面。

［贵生气冲冲地上。

贵　生　（唱）风言风语耳边过，
是真是假难琢磨。
天上无云不下雨，
江上无风难起波。
自从来了酒师傅，
水香对我冷得多。
整天常把眉头锁，
深更半夜不归窝。
不是我贵生爱吃醋，

只怕她陷进深泥窝。

特地来把水香找，

问问明白快刹车。

（进仓库）水香！

水　香　（仍低头扫地，不悦地）你不守着粉碎机，跑这儿来干什么？

贵　生　我要问你一句话！

水　香　现在没工夫，回家再说吧！

贵　生　（坚决地）不，现在就要问！

水　香　（停住扫地）你今天怎么啦？有多大了不起的事？非要现在？去去去！

（推）

贵　生　（立如铁塔）今天不弄明白，我就不走！

水　香　看你的样子，要吃人了？

贵　生　你别以为我不知道？

水　香　咦！什么事我瞒着你啦？

贵　生　我问你，你是怎么把酒师请来的？

水　香　（恍然大悟地）啊！原来是这事。这事我本来想告诉你，一则忙，顾不上；二则怕你沉不住气，坏了我的大事！怎么？你知道了？吃醋了？

贵　生　吃醋，不够资格，因为我们还未正式结婚，但是，村邻们都知道，你是我老婆，你这样做，我受不了！

水　香　难道你也不相信我？

贵　生　水香。

（唱）想当年你孤雁一只到外地，

帮我家，站柜台，学做生意。

当时所以爱上你，

因你纯朴又美丽。

父亲反对我俩好，

打破我身上几层皮。

你要回乡办酒厂，

我暗地为你把款积。

我下定决心跟着你，

抛弃双亲把家离。
上次贷款你将人戏，
出于无奈情可许。
此次请来酒师傅。
你不该又将别人欺！

水　香　我没有欺骗他，是他自己以为……

贵　生　可你态度不明朗！

水　香　依你怎么办？

贵　生　赶快向酒师说明情况，求得他的谅解。

水　香　他要是不谅解呢？

贵　生　宁可酒厂不办，也不能骗人！

水　香　酒厂不办，说得轻巧！

（唱）不是为了办酒厂，
我何苦回到穷乡里？
眼见邻村都致富，
我水香怎愿人前把头低。
莫忘记，你曾为我出主意，
办酒厂，也是你亲自向我提。
莫忘记，你曾经立下誓言，
支持我，办酒厂坚定不移。
莫忘记，你曾经夸我有志气。
要与我，共患难白头到底！
我对你，从未有三心二意，
为什么，仍对我产生怀疑？

贵　生　我是为你好，为我们好！做人要做一个正当的人！

水　香　谁不想做一个正当的人？

（唱）我想当，正当人品质优异，
更想当，正当人创造业绩。
没想到，生活中藏着秘密，
没权没钱办事业寸步难移。
权钱水香我都无有，
只有一个不服输的硬脾气！

人家说，玉泉村没有能人，
我偏要，在山沟响一炸雷！
关键时，你应该送来温泉，
万不能，再对我施放寒气！
我爱你，我疼你放在心里，
哪有那，闲工夫亲亲昵昵？

贵　生　（憨厚、实在地）水香，有你这话我就放心了。（欲下）

水　香　回来！

贵　生　（站住）什么事？

水　香　看你衣领怎么弄得这样脏？（拿毛巾为贵生揩脏）

贵　生　（望着水香，终于忍不住，大胆地在水香脸上吻了一口）

水　香　（也不阻拦，温顺地任贵生狂吻）……

［暗转。酿酒车间。

［潘德才上。

潘德才　（唱）昨天得到一消息，
气得我差点见土地。
赵水香，说她老表是行长，
全是谎话吹牛皮。
小鸡竟把老鹰戏，
我岂能轻饶你！
（大声地）赵水香，赵水香！

［张大宝上。

张大宝　哎，哎，哎，你怎么随便乱跑？这是车间重地，闲人免进！

潘德才　我找赵水香！

张大宝　她不在，出去出去！（推）

潘德才　（辨认地）咦！你不是大宝吗？

张大宝　你是谁？

潘德才　（倚老卖老地）妈的，表叔也认不得啦？

张大宝　（逐渐想起来）啊！想起来了，你是德才表叔！实在对不起，长久不见，真把你忘了，请坐！

潘德才　宝子，你怎么到这儿来了？

张大宝　来当酒师啊！

潘德才　到这儿当酒师？放着国营厂的铁饭碗不端，跑这儿来端泥饭碗，你是图官，还是图发财？

张大宝　支援村办企业嘛！

潘德才　说得好听，你趁早给我回去！

张大宝　表叔，实不相瞒，我来这个厂，一是支援村办企业；二者嘛……

潘德才　干什么？

张大宝　（羞怯地）想与赵水香谈朋友？

潘德才　（大惊）什么？与赵水香谈朋友？

张大宝　是的。

潘德才　昏了你的头啊！

张大宝　表叔，你这是……

潘德才　赵水香已经有了对象，就差生儿子了。你还同她交朋友？

张大宝　（惊）啊！？

潘德才　你趁早死了这份心，给我回去！

张大宝　表叔，你说的是真的？

潘德才　表叔还能骗你？

张大宝　（自语地）难怪她一直不表态，原来……

潘德才　原来她是个骗子？

张大宝　不，她没有骗我，是我太喜欢她了！

潘德才　你这人，吃亏上当还把她当好人。她不仅骗你，还骗我哩。

张大宝　还骗你？

潘德才　为了骗取贷款，她说银行行长是她老表。后来打听，根本没得那回事！

张大宝　还有这种事？

潘德才　你不信？我今天就是来找她算账的，不还清贷款，我就封她的厂，搬她的家！

张大宝　啊……

潘德才　宝子，趁早走吧！这个厂就要倒了，你要不走，我去找你二叔来骂着你走！（下）

张大宝　（唱）表叔一语来道破，
好比冷水从头泼。
又羞又悔难见人，

趁早离开这山窝！

（欲下，巧英上）

巧　英　师傅，你上哪儿？

张大宝　（不理）哼！

［赵水香端一碗水饺上。

水　香　（热情地）大宝，你爱吃的水饺做好了，快趁热吃吧！

张大宝　（愤愤地）我不吃！（冲下）

巧　英　师傅……（追下）

水　香　（愣住）……

［灯暗。

五

［山路上。

［张大宝上。

张大宝　（唱）大步流星出山村，

我心里，好比打破五味瓶，

是苦是酸难出口，

是悔是恨说不清。

［幕内巧英喊："师傅……你等等！"

巧　英　（上）师傅！

张大宝　你来干什么？回去回去！（欲下）

巧　英　（上前拦住）师傅，你别走！

张大宝　（生气地）闪开！

巧　英　（忍泪忸怩地）我不，我不！

张大宝　是谁叫你来的？

巧　英　是我自己。

张大宝　有什么事？

巧　英　想来送送你。

张大宝　好了好了，你们村的姑娘我算领教了，你走吧！

巧　英　　师傅，你这话是什么意思？打击面不能太宽了嘛，再说，我毕竟是你徒弟啊！

张大宝　　（心情缓和下来）巧英，我实在受不了啦！

巧　英　　师傅，你受不了我同情你，但是仔细想想，这又怪谁呢？

张大宝　　（悔恨地）怪水香，也怪我自己。

巧　英　　我看，你谁也不用怪！

张大宝　　你这是什么话？

巧　英　　（唱）师傅啊，你且息怒，

听我把话说从头。
水香回乡办酒厂，
为的是，给我们穷村找出路，
未想到，如今办厂多困难，
白手起家样样愁。
烧香拜佛求贷款，
一个菩萨一个头。
好容易东拼西凑厂办起，
都只为，原请的酒师毁约走。
后来进城将你请，
没想到，你二叔，竟是一位难剃的头！
逼水香与你谈恋爱，
否则对你不撒手，
想到厂里求师紧，
她只好含含糊糊苦应酬。
自从你到厂里后，
水香她，又是欢喜又是愁，
喜的是，有了酒师有希望，
愁的是，对你难把真情吐！
白天工作强欢笑，
暗地常把泪水流。

张大宝　　照你这么说，完全是我的不是了？

巧　英　　也不能这么说！

（唱）千不怪万不怪，

只怪我们这穷山沟。
人多田少土质瘦，
山上尽长大石头。
一年一季种水稻，
只能保得吃不愁。
自从酒厂办起来，
多少双眼睛向它瞅，
张家指望它接媳妇，
李家靠它把房做。
我娘躺在病床上，
也靠它，还清债务排忧愁。
你这一走不要紧，
多少希望付东流。
师傅啊，你想一想，
究竟是走还是留？

张大宝　（唱）巧英一席真情话，
说得我又愧又是羞。
山村穷困找出路，
总得有人来领头。
如今办事多困难。
此事我心里最清楚。
水香她，忍辱负重办酒厂，
不是英雄也风流。
我堂堂一个男子汉，
岂能为，个人私情，婆婆妈妈，恩恩怨怨，
被人知道多丢丑？
不如留在山乡里，
帮人应该帮到头！

巧　英　水香姐说，在你没找好对象以前，要绝对保密。

张大宝　给我找对象？

巧　英　是呀，不给你找好对象，万一暴露，像今天一样，你跑了怎么办？

张大宝　她给我找了吗？

巧　英　难道你一点也看不出？（羞怯地）

张大宝　看不出。

巧　英　你知道我为什么跟你学徒吗？

张大宝　（顿悟地）你？

巧　英　你忘了，我也喜欢闻酒香！

张大宝　（激动地）巧英！

［大宝正欲走近巧英，突然，幕内传来田喜的喊声："双双——你别走！"紧接着，双双跑上，田喜追上。

田　喜　（抓住双双）双双，你别走！（夺双双手中的包袱）

双　双　你闪开，别碰我！

田　喜　双双，你听我说。

双　双　我再也不听你的话了。当初，我叫你进城做工，挣钱交给我爹，可你不听，说什么要参加水香办的酒厂，现在好了，酒师跑了，酒厂办不成了，你上哪儿弄钱交给我爹？

田　喜　双双，你总得让我说一句吧！我们好了这么多年，你当真就丢下我走了？让我打一辈子光棍？（说着竟哭了起来）

双　双　（心也软下来）你以为我舍得走吗？这都是我爹，他一听说酒厂要倒，知道你再也拿不出钱来，就硬逼着我走！

田　喜　双双，你别急，只要你不走，我马上进城做工挣钱交给你爹。

双　双　说话算话？

田　喜　不算话，遭电打。

［双双连忙捂住田喜的嘴巴。

巧　英　（忙喊）双双，别走！

［田喜、双双站住。

巧　英　田喜、双双，你们放心，酒师傅不走了！

田　喜
双　双　酒师傅不走了？

巧　英　你们看！

［张大宝从树林后站出来。

大　宝　是的，我不走了！

［灯暗。

六

[村头。

[合唱：

喜讯传遍深山沟，
今日酒厂要出酒。
你端杯子我拿碗，
大家去喝头槽酒。

[歌声中，群众甲、乙及男女村民，有的端杯、有的拿碗，兴高采烈，笑笑嚷嚷地上。

群众甲　（对一女孩）哟，小梅子，你也来了？是不是去喝头槽酒？

女　孩　我奶奶说，头槽酒能除祸免灾，要我也去喝点！

群众甲　（打趣地）什么除祸免灾？头槽酒不要钱，谁不想喝一点？

女　孩　（不高兴地反唇相讥）你呀，有名的大酒桶，我喝一百杯也不及你一桶哩！

[众笑。

[男青年手拿空碗，匆匆跑上。

男青年　大家都回去，大家都回去！

众　（惊异地）怎么啦？

男青年　头槽酒糟了。

众　怎么糟了？

男青年　苦呗！（回想地咋舌）呸！到现在我嘴里还有苦味！

群众甲　（气馁地）唉！这不是酒苦，是我们玉泉村人的命苦。

群众乙　（对男青年）你知道是什么原因吗？

男青年　我不敢说！

群众乙　别怕，你说！

男青年　（神秘地）听说那位酒师原来想与水香谈恋爱，后来知道水香有了爱人，一气之下溜跑了，走时又没把车间交代好，造成发酵过时，所以头槽酒全报废了！

群众甲　原本是这样？我早就看出，那小子来时就起心不善，果然……

群众乙　管他善不善，他存心破坏酒厂，要他赔偿损失！走，找他算账去！

群众甲　（拦阻地）这样不好。找酒师算账，如果水香知道了怎么办？

群众乙　她知道又怎么样？这厂不是她一个人的，我们出了钱，也有我们一份，她损失得起，我可损失不起！说得好，我们干下去；说得不好，我退厂！

群众甲　（无奈地）也是……谁叫她请这样一个师傅来的？

有种的，跟我一起去！走！

众　走！

［暗转。

［酿酒车间外。有桌椅、板凳。

［张大宝端酒碗喝了一口，因酒苦连忙吐掉，悔恨地。

张大宝　（唱）苦酒难咽后悔深，
满腹惆怅对谁云？
往日酿酒多顺利，
酒闻一开香喷喷。
如今酿出这种酒，
苦似黄连闹舌根。
我不该，一时冲动欠冷静，
一场事故来酿成。
村民来喝头槽酒，
叫我如何说得清？

［群众甲、乙及男女村民上。

群众乙　（气冲冲地）张师傅，你对水香有意见，为什么来坑害我们，我们有什么地方对不起你！

张大宝　（懵懂地）你们，这是什么意思？

群众乙　什么意思？你自己还不明白！（端起桌上酒碗）你尝尝，这是什么酒？

张大宝　乡亲们，实在对不起，怪我。

群众乙　怪你就行了？我们可是一张张大团结塞进去的，就容你这么糟蹋？

众　是呀，我们的钱来得可不容易呀！

群众乙　妈的，我那二百五硬是从鸡屁股后头抠出来的，拿来办厂时，还同老婆吵了一架！

群众甲　是呀，我那五百二是留给女儿买嫁妆的。

张大宝　（内愧地）乡亲们，你们放心，损失是我造成的，我赔。（说着从衣袋里拿出存折）

水　香　（匆匆上，一把夺过大宝手上的存折）你赔？你有多少钱？这次损失将近五千块，你统统赔？（说着将存折塞进大宝口袋）

张大宝　这……酒是我酿造的，责任在我！

水　香　我是厂长，我追查你的责任了？再说，你是我请来的，有责任，应该我负，管你啥事！（转对众）你们这些人，也是……有意见来找我，为什么欺侮外乡人！

群众乙　那好，责任由你负，你拿钱出来！

水　香　拿钱干吗？

群众乙　我们不干了，退厂！

水　香　（威严地）退厂？（扫视人群）你们都要退厂？

［群众你望我，我望你，无人答话。

水　香　（对乙）这么说，是你一人要退？

群众乙　（恼火地对众）他妈的，你们都哑了？

群众甲　我……我也退……

水　香　你也退？看我们头槽酒失败了是吗？可我的酒厂还没倒哩！你们这些人，出了点问题，生怕吃亏，马上溜勾，难怪别人说我们玉泉村的人没有出息。你们究竟出了多少钱？加起来也不过几条香烟钱。说老实话，不看在乡亲乡邻的分上，同大家一道找个出路，你们那几个钱，我还不收哩！今天你们要退厂，我同意；虽然资金紧张，搜搜荷包底，也够你们的股份钱。

（对内）田喜，你来一下！

田　喜　（上）什么事？

水　香　他们要退厂，把他们的股份钱，退给他们！

田　喜　什么？退厂？哈哈，以后看我们喝酒，可别淌口水啊！

［田喜下，拿钱上。

田　喜　谁要退，跟我到账房来领钱？

［群众议论纷纷……

群众甲　水香，我，我不退。（溜下）

男青年　我也不退。（溜下）

众　我们都不退了。（纷纷溜下）

田　喜　（走向群众乙）你呢！

群众乙　他们都不退，我干吗要退？（下）

田　喜　开玩笑！（气愤地下）

张大宝　（钦佩地）水香，我真佩服你，这会儿才理解你！

水　香　我这个人，不需要佩服，只需要理解！

张大宝　（真诚地）我有很多对不起你的地方！

水　香　（真诚地）我也欠你很多债；其中有的债，我是一辈子还不了的！

张大宝　还提它干什么！我下乡不仅仅是为了爱情，还有事业。

水　香　我也一样。

［幕内巧英喊：大宝、大宝，你来一下。

张大宝　来了来了。（欲下又停）水香，第二槽酒也来劲了，你去看看！

水　香　好的！（同下）

［灯暗复明，数日之后。

［水香上，贵生匆匆跑上。

贵　生　水香，不好了，潘德才催要贷款来了！

水　香　我知道他要来的！

贵　生　酒厂未出酒，上哪儿弄钱还贷？

水　香　我还能少了他的贷款钱？

贵　生　听说他已经知道县农行行长不是我老表，到处说你招谣撞骗。

水　香　他说我招谣撞骗？我还说他是招谣撞骗哩！

贵　生　水香，潘德才也不是好得罪的，你还是躲一躲吧！

水　香　躲，那我变成什么人了？

贵　生　不躲，他来了你怎么交代？水香！

（唱）人要聪明，
火要空心。
本是木头一根，
莫学钢筋硬撑。
常言道，大水来了容易挡，

要账的来难应承。
劝你还是躲一躲，
能避风时且避风！
快走吧！（拉水香欲下）

［潘德才上。

潘德才　走？上哪儿？

水　香　（热情地）潘主任，你稀客！快请坐！（搬凳、递烟）

潘德才　（大咧咧地）赵厂长，你知道今天是什么日子吗？

水　香　（冷冷地指日历）那上面不是有吗？你自己看！

潘德才　八月十八。

水　香　贷款到期。

潘德才　是还现金，还是开支票？

水　香　一无现金，二无支票。

潘德才　（恼火）什么？一无现金、二无支票，这款子你敢不还？

水　香　（也火气地）你到处造谣，说我行骗，此话不说清楚，贷款我就敢不还！

潘德才　我没说你造谣，你倒先说起我来了。我造你什么谣？

水　香　你说我骗贷款。

潘德才　这还是假？

水　香　不假？请拿出证据来。

［田喜、双双、群众甲、乙等暗上。

潘德才　证据？有的是！

（唱）你满口流言行欺骗，
萝卜花说成红牡丹。
徐行长与你八代不连宗，
你却说是你老表亲相连。
借着行长权威大，
在我手上骗贷款！

水　香　（唱）劝你别开帽子店，
如今不是“文革”天。
徐行长本来就是我老表，
代代相传未间断。

你想从中搞挑拨，
用尽心机也枉然。

潘德才　你别再吹牛撒谎了，我已经问过，徐行长根本不是你老表！

水　香　你问归你问，老表归老表，今天是老表，明天是老表，千秋万代还是我们的老表。

潘德才　你同他是什么老表？

水　香　他是我爱人贵生的老表！

潘德才　贵生同他是什么老表？

贵　生　行长是江西人，我也是江西人，我们江西把同志、邻居，都称老表！

潘德才　原来是江西老表？

水　香　江西老表就不算老表？

潘德才　不算老表！

水　香　那什么人才叫老表！

潘德才　你假装糊涂！

（唱）舅舅的儿子是舅老表，
姑妈的儿子是姑老表，
姨妈的儿子是姨老表，
江西老表是假老表！

水　香　（唱）真老表，假老表，
经你一说方明了。
我把行长称老表，
你上当受骗为哪条？

潘德才　（自知理屈）这……

群众甲　是呀，水香把行长称老表你怎么受骗上当的呢？

田　喜　潘主任，你怎么不说呀！

潘德才　我……哼！

水　香　他不说，我替他说。

（唱）原来求你搞贷款，
你脸如冰霜口似刀。
听说行长是老表，
立即对我热情高。

主动送贷到我家，
利息还给“吃小灶”。
如今你发现行长是假老表，
乌龟肚里把火烧！

众　　（笑）哈哈哈——

双　双　难怪哩，我说水香怎么弄到贷款呢！原来徐行长是你的江西老表啊！

田　喜　“老表老表，越多越好，有场吃饭，有场睡觉。”这话一点不错！

群众甲　“老表遍天下，断了盘缠也不怕”，潘主任，我们俩也是老表吧！

［众大笑。

潘德才　（气极地）去你的，你们，都在胡说八道！赵水香，今天不还款，就对你不客气！

水　香　你想怎么样？

潘德才　把你的金菩萨拿出来作抵！

水　香　用家产作抵是对拖欠贷款人的惩罚办法。

潘德才　我就要惩罚你！

水　香　现在，我还不是拖欠户。

潘德才　你不算拖欠户？

水　香　潘主任，请看看你的手表！

潘德才　（不解地）我手表怎么啦？

水　香　几点几分？

潘德才　八点十八分。

水　香　还差十五时四十二分。我不算拖欠户。

［群众又是一阵笑声。

潘德才　（理屈词穷）你胡搅蛮缠，又骗又赖！

水　香　我骗、我赖、我检讨。检讨书早就写好了，你听着：

（念）检讨人赵水香，因领办酒厂、资金不足，找潘主任贷款，未能如愿。后来，潘主任听说县农行行长是我丈夫的老表，立即态度大变，主动热情，不辞辛劳，亲自送贷到我家。后来得知行长是我的江西老表，于是，他革命警惕性大大提高，迅速来我家，铁面无私、催贷要贷，这种革命精神，值得我永远学习。由于我当时没把真假老表解释清楚，害得潘主任上当受骗。

责任在我。除向潘主任检讨认错外并请求上级处罚！

潘德才　（越听越听不下去）你这哪是检讨？你是在告我的状！

水　香　我告你干吗！你贷款给我办厂，我感谢还来不及哩——潘主任，这检讨你如果同意，我立即打印一千份，在全县张贴！

潘德才　（气恼地抓过检讨书）去你的吧！

［气冲冲地欲下。

［巧英捧一罐酒上、大宝随上。

巧　英　潘主任，你别走，二槽酒出来了，快来喝碗酒吧！

众　是呀，喝碗酒吧！

潘德才　呸！我没那口福！（冲下）

［众笑。

水　香　乡亲们，我们的玉泉酒终于出来了，请大家喝个痛快！

［群众每人都端上酒碗。欲喝。

田　喜　慢着！按照规矩，喝酒要唱喝酒歌，不会唱，不许喝！

众　我们唱！

（合唱）玉泉水，长又长，
玉泉酿酒天下扬。
一杯甜，二杯香，
三杯醉倒在牙床，
睡上三年六个月，
醒来还是满嘴香。

［众嬉笑，打闹，泼酒。

［在一片欢乐声中幕徐闭。

［剧终。

（原载《安徽新戏》1990年第6期）

甜 水 村

时　间　十一届三中全会后的乍暖还寒时期。
地　点　皖南某农村。
人　物　翠　花，25 岁，甜水村生产队长。
田　喜，25 岁，公社主任。
春　土，28 岁，青年农民。
竹　叶，24 岁，青年农民。
秋　兰，24 岁，青年农民。
狗　儿，25 岁，青年农民。
田三爷，58 岁，田喜之父。
翠花娘，50 多岁。
春土娘，50 多岁。
田三嫂，40 多岁。
小　红，田三爷之女。
女青年甲乙丙。
群众若干，排演时请导演安排。

第一场　新婚喜

[田喜家的堂前。正面墙上贴一个大喜字。右侧有一门通房内。门上有一副对联：握手共商甜蜜事，并肩同唱幸福歌。横批是：志同道合。

[在一阵欢快的锣鼓声中幕开。

（合唱）甜水村，甜水村，
甜水村里传喜讯。
翠花田喜结伴侣，
主任队长做新人。

［幕内喊：结婚典礼开始——

［田三爷手捧喜糖上。

［青年女甲乙丙手拿鲜花上。见田三爷帽子戴歪了，捂嘴偷笑。

田三爷　你们笑么事？

女　甲　三爷，你的帽子戴歪了。

田三爷　（惊悟地忙纠正）啊——

女　甲　我们给你道喜来了。

田三爷　（高兴地）喜喜喜，到后面吃茶喝糖。

女　众　（纠正地）喝茶吃糖。

田三爷　啊啊啊（仍旧说错）吃茶喝糖。

女　众　（一字一顿地）喝、茶、吃、糖。

田三爷　喝——哎呀，我这会儿说不好了，你们干脆进去，要吃啥喝啥你们自己动手吧。

［众笑着拥三爷下。

［幕内传出阵阵笑声。

［翠花上。她胸戴红花，身材匀称，脸上充满幸福的红润。

（唱）听屋内，欢声笑语闹喧喧，
看堂前，喜字高悬多鲜艳。
有道是，良辰美景在新婚，
怎不叫我，脸儿红，心里跳，又喜又急，又急又喜又悲酸。
喜的是，终与田喜结伴侣，
悲的是，春土哥，长眠地下多凄寒。
春土哥啊——
莫怪我翠花把心变，
莫怪我如今讨新欢。
自从你，为避祸端出走后，
我朝朝暮暮将你盼。
谁料到，你流落他乡遭不幸，

噩耗传来我痛心肝。
前几年，农村中，生活艰苦，
我母女，无劳力，度日如年。
多亏了，田喜哥，退伍回来，
主动地，帮助我，解决困难。
他像你，人聪明，心地良善，
他像你，身体好，吃苦在先。
他像你，为别人，忠心赤胆，
他像你，对待我，如同温泉。
倘若你，能还世，与他见面，
定夸我，有福气，眼力不凡。
春土哥，你放心地安息吧！（拭泪）

［田喜胸戴红花上。

田　喜　（见翠花）唔？翠花，原来你在这儿？

（唱）新房里，闹得我，浑身是汗，
你却到，堂屋里，不去救援。

（发现翠花脸上有泪痕）咦，你怎么啦？

翠　花　（掩饰地）我——没什么。

田　喜　你流泪了。

翠　花　我——今天高兴地——

田　喜　对，今天应该高兴。（顺手拨一个小糖塞进翠花嘴里）

［秋兰上。

秋　兰　（见状）呵，怪不得找不到新郎新娘呢，原来他们躲在这儿来了。你们看，多亲热啊。

众　（上）罚酒罚酒！快拿酒来。

（竹叶拿酒给田喜、翠花各斟一杯）

翠　花　姐妹们，我不会喝酒。

田　喜　对，她不会喝酒。

秋　兰　哟，你们听，一唱一和，多好听啦，要不要喝？

众　要喝要喝。

田　喜　好吧，我代他喝。（接过翠花的杯子连同自己的一杯一饮而尽）

众　不行不行，队长找主任开后门，再罚再罚。

翠　花　竹叶妹子，他还要去公社开会，饶了他吧。

田　喜　对，我要去公社开会。（乘机逃掉）

秋　兰　不行不行，抓住他抓住他！

［秋兰欲追下，狗儿上。差点与秋兰相撞。

狗　儿　秋兰！

秋　兰　冒失鬼，你进城回来了？

狗　儿　回来了。你看，我给你买一对发夹，满意吗？

秋　兰　（接过发夹，点点头）——

竹　叶　（发现）你们在搞什么秘密活动啊。

秋　兰　你羡慕啊？给你。（大方地将发夹给竹叶）

竹　叶　我才不做那缺德事呢。

（众笑）哈哈哈。

狗　儿　别闹了，我告诉大家一个好好消息。

众　什么消息？

狗　儿　春土和他娘回来了！

众　（惊喜地）春土回来了？他还没死？

翠　花　（又惊又喜，感情复杂的）他现在在哪儿？

狗　儿　在城里亲戚家，明日回来。

秋　兰　翠花姐，春土和他娘走后，房屋倒了，自留地没了，责任田也没分着。怎么办？

竹　叶　这还不容易？一家让一点不就行了吗？

秋　兰　我们都没问题，可有的人不见得都同意。

翠　花　你通知队委会，晚上开会认真研究一下。

［众下。

翠　花　（唱）猛听春土回家乡，
喜忧交加意彷徨。
喜的是，亲人未死人还在，
忧的是，如今我已做新娘。
见他如何说，
见他如何讲？
我定要，
认真考虑细思量。（入内）

［田三嫂上。

田三嫂　（唱）急急走，走得忙，
田三嫂我心里慌。
刚才听到狗儿讲，
说是春土要还乡。
想当年，我那瘟鬼当队长，
砸了他的锅，
扣了他的粮。
老子被吓死，
母子走他乡。
有的说，跑到云南省，
有的说，逃到黑龙江。
有的说，他扒火车被轧死，
有的说，他乘轮船落大江。
三间瓦屋被拆掉，
木料盖成我家房。
是指望，人死灯灭无人找，
哪晓得，冤鬼如今又还阳。
有道是，钱债再多尚可还，
仇债一桩难得偿。
倘若让他住下来，
今后的日子多窝囊。
正愁没有办法想，
突然间，想起三爷这杆枪。
（亲热地）三爷——

田三爷　（上）是哪个？喊这么甜哩？

田三嫂　你还没出五服的亲嫡嫡的大侄媳妇给你道喜来了。

田三爷　田园怎么不来？

田三嫂　你说孩他爹啊，那个瘟鬼你还不晓得吗？原来就是个下料货，当了几年队长，现在混下了水，四门不出，处处指望我。何况如今你家鸿运当道，高门楼，大场面，进进出出都是有头有面的人物，他来了不是弄脏了你家门槛？

田三爷　我可没那想法。——你看，来迟了，糖也没了，饼也完了。

田三嫂　（见三爷鼓鼓的荷包）三爷，你别糊我，你那鼓鼓的荷包装的是啥？（说着就要伸手去掏）

田三爷　（一边躲避一边背白）我怎么没藏起来哩。

田三嫂　（毫不客气大把大把地从三爷荷包里掏出小糖）

田三爷　你少抓点，我还要待客哩！

田三嫂　（继续抓）我吃了还有你孙子哩。

田三爷　你干脆把我的家搬去。

田三嫂　三爷，你还不懂，有道是吃发吃发，不吃不发，越吃越发，我是想你发财哩！

田三爷　吃发吃发，你怎么不叫到你家去吃？

田三嫂　三爷，你别着急，等你过一百岁生日时，我开包车来接你。

田三爷　你晓得我没那么长的寿。

田三嫂　（转口气）三爷，有件事你知道吗？

田三爷　么事？

田三嫂　春士和他娘回来了。

田三爷　（惊喜地）啊，那好嘛。树高千丈，落叶归根，她们早就应该回来。

田三嫂　我怕你老糊涂了。

田三爷　怎么啦？

田三嫂　你晓得春土与她（指房内）是什么关系吗？

田三爷　怎么不晓得，他们原来谈过恋爱嘛。

田三嫂　对呀，这次回来就算了？

田三爷　已经结婚了还有什么问题？

田三嫂　结婚了就是生铁凝的啦？你没看过梁山伯与祝英台？死了还变成一对蛾子飞到一起哩！

田三爷　（受震动地）这……你说怎么办？

田三嫂　留在村上，终究是个祸害，第一，你那媳妇不一定保得住；第二，你家的责任田还得往外拿。

田三爷　你的意思是叫他走？

田三嫂　别无选择。

田三爷　那也说不出口啊。

田三嫂　怎么说不出口？他们在外四、五年你晓得搞些是么名堂？

（唱）十个光棍九个浪，
不是偷来就是抢。
倘若不偷又不抢，
岂不饿得见阎王？

田三爷　那也不能瞎猜。

田三嫂　瞎猜？你忘了那一年，他不就是偷队里的稻种——

田三爷　你莫提那个事，提起那个事你也缺德！

田三嫂　笑话，我怎么缺德？

田三爷　那时粮食紧张，春土爹生病，想喝点稀饭又没得米，春土泡稻种时扫了点风口稻，准备磨点米煮稀饭给他爹喝，谁知被你的老板当时的队长知道了，硬说他破坏农业学大寨，召开群众大会进行批斗，他爹又怕又饿又羞，不几天就上吊自杀了，就此你们还不罢休，对春土母子进行批斗。在万般无奈的情况下，为了活命，春土带着他娘东躲西藏跑了多年不敢露面。——这事现在想起来你们也做得太过分。

田三嫂　话不能这么说，当时我家里当队长也是为了工作。现在虽说政策变了，但也不能放松警惕，如今在外搞坏事的人多的是；再说，春土这次回来一无介绍二无证明，来路不清，政治不明，这总是真的吧？

田三爷　这个理由倒值得考虑。侄媳妇，你还真是个人才哩。

田三嫂　（叹息地）屋梁做了粪缸板——

田三爷　此话怎讲？

田三嫂　遭人踩哟！

田三爷　莫瞎说。

［切光，幕落。

第二场　公媳仇

［前场第二天。

［二幕外。

［田三爷上。

田三爷　（唱）听了三嫂一番言，
叫我一夜未安眠。
到手的媳妇不保险，
弄不好，
还要分我的责任田。
赶快去把翠花找，
问他究竟何打算。（下）

［二幕开。

［翠花娘的家，翠花娘一边抹桌椅一边心情惆怅的。

（唱）树望成材草望春，
养儿养女望成人。
小时望他快快长，
长大又离娘的身。
儿子当兵远在外，
女儿昨天嫁出门。
好比鸟儿离窝去，
听不见叽叽喳喳声。
平时嫌他们吵得烦，
如今又觉冷清清。
看不见他们笑，
听不见他们争。
怎不叫我泪淋淋。

［翠花上。

翠　花　妈。

翠花娘　（惊喜地）翠花儿——（抱住翠花，泪流满面）

翠　花　　妈，你怎么啦？（替娘擦泪）

翠花娘　　（强笑）见到你我高兴的。

翠　花　　妈，你不说我也知道。妈啊，

（唱）女儿虽说嫁出门，

路程不远在一村。

出门只有几步路，

吃水还在一口井。

闲时你到我家去，

有事只管讲一声。

女婿人好心也好，

妈妈请你放宽心。

翠花娘　　我放心，放心啊。——（哭）翠，规定三天回门，你怎么今天就回来了哩？

翠　花　　我才不管那一套哩，要不是家里有客人，我昨天就跑回来了哩。

翠花娘　　（笑嗔地）傻丫头！（亲热地）翠，你吃过早饭了吗？没吃我去给你做。

翠　花　　妈，你别动，你坐着，我有事要同你商量。

翠花娘　　么事？

翠　花　　春土和他娘回来了喂。

翠花娘　　（惊）唔！你怎么知道的？

翠　花　　听狗儿说，他们已到城里，决定今天就回村。

翠花娘　　你可怎么办？

翠　花　　我已经想好了，正要找你商量。

翠花娘　　找我？

翠　花　　春土走后房屋被拆，地也被占，这次回来总得有个落脚之处，盖新房一时也来不及，我想把你家的边房让出来，给他们暂住一住。

翠花娘　　我家边房？这……怕不合适吧。

翠　花　　怎么不合适？

翠花娘　　翠花呀，（唱）不是为娘无人性，

不是对春土不同情。

只因你已结了婚，

再住我家话难听。
倘若田喜知道后，
夫妻定要伤感情。

儿啊，

事到临头要冷静，
糊糊涂涂是非生。

翠　花　妈。（唱）这问题孩儿我早已思忖，
利与害得与失细作权衡。
春土他千里迢迢回家来，
岂能够对待他不管不问。
更何况我是个生产队长，
帮他们安排生活有责任。
即使有人讲闲话，
我闭着耳朵不去听。

翠花娘　儿啊，听妈的话。我们帮他钱粮可以，让他们住在我家里万万使不得。你还是找别家商量商量。

翠　花　我已找过了，别人家都不宽展，再说你和春土娘原来感情好，住在一起也免得孤单。

翠花娘　这……好吧，我去收拾一下。你饿了，箱子里有鸡蛋，自己打，多放些糖。（下）

［翠花收拾入内。

［田三爷上。

田三爷　亲家母——

［翠花上。

翠　花　（亲热地）爹。

田三爷　（和蔼地）哎，你回娘家来了？你娘呢？

翠　花　她到外面有点事，一会儿就回来。（忙泡茶拿烟）爹，你坐。

田三爷　一家人还客气么事呢。

翠　花　你到我妈家来还不算客吗？

田三爷　翠花，早晨凉快，你穿这一点不冷吗，当心冻着身子。

翠　花　我不冷，你老人家可要多穿点。

田三爷　初到我家不习惯吧，你们年轻，白天累，早晨多睡一会儿，早

饭我来做，反正我也睡不着。

翠　花　那可不行——

田三爷　咋不行？我情愿的。再说田喜妈死得早，你又没得婆婆，我又不晓得婆婆么样当。今后缺么事只管对我讲，比方针头线脑哇，火柴肥皂哇……只管讲，没得钱到我这儿来拿。有钱不给你们用，我还能带到棺材里去？

翠　花　爹，你真好。

田三爷　（试探地）翠，听说你们要把春土他们接受下来？

翠　花　是的。

田三爷　他们的责任田是么样安排的呢？

翠　花　爹，这事我正要找你商量。目前队里正忙，来不及调整，刚好田喜最近转干到公社，他的一份可以拿出来，你同意吗？

田三爷　翠，这事我怕难办。

翠　花　爹，有么想法你就说呗。

田三爷　翠，（唱）爹爹一生就爱田，

田是爹的心和肝。

旧社会无田去讨饭，

解放后有田未种安。

如今有了责任田，

我喜在眉头笑心间。

起早摸黑楝石头，

顶风冒雨挑沙滩。

汗水都往田里淌，

肥粪都往田里撒。

倘若要我拿出来——

翠花，多可惜啊。

（接唱）我起码要少活十几年。

翠　花　爹的话，我懂。

（唱）中国农民最爱田，

这个道理儿知全。

土地本属集体有，

责任分配，人人都有获得权。

过去外逃，不是春土的错，
今日归来，谁也别想来阻拦。
希望爹爹能忍痛，
服从集体顾全盘。

田三爷　这么说，已经定了？

翠　花　队委已经讨论了，不过你放心，你的田匀出来之后，补你的损失费，不会叫我们家吃亏的。

田三爷　（闷头抽烟）……

翠　花　爹，你的意见？

翠　花　如今我们是一家人，你知道，我那几亩田成块成片。土质又肥，水源又好，做活又方便，每亩田至少千把斤。少一亩就少千把斤粮食。再说，今年割了稻，我还打算种一季油菜，一亩田又是百八块。

翠　花　爹，我们又不是缺钱少粮。

田三爷　钱这东西，你害怕多了养不活？

翠　花　也要为别人想想。

田三爷　其实，我还不是为你们，我还能活几年？到时腿一伸，眼一闭，都是你们的。我半个钞票也带不走。

翠　花　爹，你为后人好，我们领情，可是春土他们不能没有地种啊！

田三爷　（心里发毛）你们何苦把这样的人接受下来呢？

翠　花　因为他祖祖辈辈住在我们村。

田三爷　你知道他们现在的情况吗？

翠　花　不晓得。

田三爷　我可以告诉你。

（唱）十个光棍九个浪，
不是偷来就是抢。
倘若不偷又不抢，
岂不饿得见阎王？

翠　花　爹，你这仅仅是猜测，不能说明问题。

田三爷　要真是小偷呢？

翠　花　真是小偷也要接受。

田三爷　小偷也接受？

翠　花　　因为他祖祖祖辈辈是我们村的人，是小偷，要帮助教育；不是小偷，更要安排生活出路。

田三爷　　（欲爆发，仍忍耐地）你，你请示过我的儿子，你的丈夫，公社主任田喜了吗？

翠　花　　文件上说，生产队有自主权，他会同意的。

田三爷　　权权权，我晓得，人家一回，你就变心了。

翠　花　　爹，你这什么话？

田三爷　　么话，你自己心里有数！

［欲下，正碰上翠花娘。

翠花娘　　怎么啦，亲家？

田三爷　　（挖苦地）没得家教！

翠花娘　　（受刺恼火地）什么？你这个田三鳖！你别跑！（抓扫帚追下）

翠　花　　（追出）妈妈，别打了。（追下）

［幕急落。

第三场　故乡情

［紧接前场。

［二幕外。

［秋兰手提竹篓上。

秋　兰　　（向内）同志们，快走啊！

（唱）春风阵阵柳丝长，
麦苗青青菜花黄。
手提竹篮往前走，
看望春土和大娘。

众　　秋兰姐，你送的么事啊？

秋　兰　　你们猜。（唱）无头无脑亮光光，
无脚无手白胖胖，
金丝床上睡一觉，
里面飞出个金凤凰。

女　甲　我猜到了，是鸡蛋。
秋　兰　对，你送的么事呢？
女　甲　你们猜。（唱）生下就是个懒汉相，
光靠别人度日光。
人们嫌他又爱他，
是个无烟加工厂。
女　乙　我晓得，
众　是么事？
女　乙　小猪娃。
女　甲　对。你们看，谁来了？
众　狗儿。
［狗儿上。
秋　兰　你上哪儿？
狗　儿　接春土他们去。
秋　兰　春土还没有到家？
秋　兰　没有。
女　甲　头班车已经过了。
女　乙　可能是二班车。
秋　兰　我们干脆到车站去接。
众　走。（众下）
［二幕开。
［翠花娘的边屋。四周竹木葱茏，门前方有桌椅。
［翠花和竹叶抬一张床进屋，复出。
竹　叶　春土他们怎么还没到？
翠　花　大概快到了，开水打好了吗？
竹　叶　一切准备完毕，——翠花姐，听说你与三爷吵架了？
翠　花　就争几句，没什么。
竹　叶　听说是为责任田？
翠　花　你怎么知道？
竹　叶　田三嫂到处演说，已经满村风雨了。——依我看，每户拿一份出来算了。
翠　花　土地是集体的，生产队实行个体承包，有权分配使用，干部家

属就能例外？

竹　叶　　我真为你焦心。

翠　花　　竹叶，听说你跟那位兵小伙谈崩了？

竹　叶　　在部队提干了，哪能看得起我们？

翠　花　　竹叶，如果你愿意，我给你介绍一个。

竹　叶　　谁？

翠　花　　春土。

竹　叶　　你想叫我替你还债？

翠　花　　我才没这个意思哩。同不同意由你。春土确实是个好同志。——你不是想打竹篮吗？他可是我们村的头把手。

竹　叶　　（笑嗔地）去你的！

［翠花娘上。

翠花娘　　翠花，竹叶，收拾好了吗？

竹　叶　　好了，请大妈验收。

翠花娘　　（进屋，复出）不错，翠花，等会儿再把我们家的干柴搬两捆来。

翠　花　　好。

竹　叶　　大妈，你准备上哪儿？

翠花娘　　上街买点菜，中午春土他们回来就在我家吃饭，竹叶，你们也别走。

竹　叶　　请我陪客，你可得多煮点饭。

翠　花　　（玩笑地）给你两潲桶！

竹　叶　　（笑着回击）给你两潲桶。

［众笑。

［翠花娘下。

翠　花　　竹叶，你在这儿再烧点开水，我到大队部去一下，把春土回乡的事向书记汇报一下。

竹　叶　　你快点回来。

翠　花　　哎。（下）

［竹叶进屋。

［春土内唱：

　　春风送我回山村，

鸟语花香喜相迎。

［春土上，春土娘随上。

春　土　（唱）多年没见家乡面，

春土娘　（唱）如今见了格外亲。

捧一捧家乡土热泪滚滚，

春　土　（唱）喝一口家乡水甜在我心。

妈，几年没回家，家乡的变化真大呀！

春土娘　是呀，我们走到哪儿啦？

春　土　妈，你忘了，这是翠花的边屋。

到了翠花家了。

春土娘　到了翠花家了？快叫门。

春　土　（喊）翠花——

春土娘　翠花——

［竹叶出。

竹　叶　你们是——

春　土　竹叶。

竹　叶　（辨认）你是春土哥？

春　土　怎么，不认得了？

竹　叶　你长变了。——大娘，快坐。（搬凳倒茶）

春土娘　坐坐。竹叶，翠花呢？

竹　叶　她如今当队长了，可忙哩。刚才给你们安排好，就住这儿，她又到大队部去了，你们先歇会儿，我去叫她。（下）

［一对春燕飞来，在门头上做窝。

春　土　（高兴地）妈，你看，燕子在门头上做窝哩。

春土娘　（见燕子）真的，春，燕子是神鸟，落在哪家哪家就要发哩！

春　土　（笑驳地）妈，你又讲迷信。

春土娘　这不是迷信，上辈人都是这么说的。

春　土　那我们可有希望了。（收拾行李进屋）

春土娘　是啊，（望着燕子，心潮起伏）

（唱）燕子做窝忙不停，

飞来飞去喜盈盈。

莫非是，和我母子同命运，

流浪多年又回村。

［春土出。

春土娘　春，你来看，那个山坡上怎么建那么大的房子？

春　土　那上面有字，是大队影剧场。

春土娘　那看戏就不出村了？

春　土　是啊。

春土娘　那山坡上树个大罐子是搞么事？

春　土　你没见过电线吗？是大队小水电厂。

春土娘　那以后再也不要砍松油点灯照明了。

春　土　不光有电灯，还能看电视。听说，有几户还安了电话。

春土娘　电灯电话，楼上楼下，我以为这辈子看不见了哩。春，我们回来这条路走对了。

春　土　就是嘛。可你还不愿回来哩。

春土娘　我还不是怕当年偷稻种的事吗？你爹虽然被整死了，如今他们能不找你算账？

春　土　这你放心，当年就是扫了点稻瘪子，能算偷？再说如今政策好了，事情已过去多少年了，他们还放在心上？真要还找我们算账，我们不能再跑回山东去？

春土娘　你这话说得也对。

［翠花被一捆柴上。

翠　花　大妈，春土。

大　妈
春　土　（惊喜地）翠花。

翠　花　（扑向大娘）大妈，我可真想你们啊。

春土娘　我们也是一样啊。（端详着翠花　）翠，几年没见，你长得更秀气啦。

翠　花　（羞涩地）大妈——你们刚到？

春土娘　是呀，差一点认不出路啦。

翠　花　我叫狗儿接你们去了，你们没碰见？

春　土　出城时，正好碰到一辆拖拉机，我们是乘拖拉机回来的。

春土娘　你妈身体好吗？

翠　花　好，好。

春土娘　　春土，去给翠花倒杯茶来。

春　土　　哎。（下）

翠　花　　大妈，这几年，你们在外面一定吃了不少苦头啊。

春土娘　　是啊。（唱）想当年，一家遭害离山村，
母子讨饭到南京。
正好碰到远房的舅，
为我们的遭遇愤不平。
当天买了两张票，
领我母子到山东。
出南京，圣泉城，
下火车，乘海轮，
三天三夜到海滨。
舅舅在海产养殖场，
教我们学习养海参。
冬去春来四年整，
日子过得也安平。
怎奈是，北方杂粮吃不惯，
日夜想回田水村。
有心回到家乡来，
隔山隔水又隔音。
感谢收音机传佳信，
报道家乡气象新。
日夜兼程回家来，
果然是，名不虚传乐死人。

翠　花　　家乡这几年是有些变化。

春土娘　　变化可大哩。山东那边也一样。改革开放以后，春土舅的养殖场扩大了，我们在那里生活是不成问题的。可春土总是惦记着你，天天唠叨着要回来。上了火车他还嫌车子跑得太慢。

春　土　　（端茶上）妈，你不也一样吗。

春土娘　　是啊是啊，恨不得一步跨到家。——唔，春土，快把包拿出来。临回买的几样东西，看翠花满意不满意。

翠　花　　大妈，你别——

春土娘　自家人还客气啥哩。再说，你们的年龄都不小了，该办的东西我们都办了，——春土，快拿出来。

春　土　（下，拿包上）

翠　花　大妈……

春　土　（从包里拿出衣料等礼物）翠花，这驼毛短袄、涤纶长裤是给你的；山东大红枣、海参是给大妈的。——啊，还有一件毛线衣——也是给你的。

翠　花　不，不，我不能——

春　土　翠花，还客气啥哩。

（唱）离开家乡整四年，
时刻把你记心间。
曾记得，我俩上城把柴卖，
夜晚回来风正寒，
我把衣服脱给你，
你怕我受冻誓不穿。
并说道，有朝一日生活好，
买斤毛线织衣衫。
每逢想起这件事，
日日夜夜心不安。
临回路过烟台城，
买了这件毛线衫，
不知大小可合身，
穿在身上试试看。

翠　花　（接过毛衣，为难地）

（唱）手接毛衣似火炭，
满腹话儿口难言。
她岂知，毛衣虽好时已晚，
她岂知，翠花已经……已经非当年。

春土你别……（递还毛衣）

春土娘　翠花，穿上吧，让我看看合身不合身。

翠　花　（扑向大妈）大妈……（哭）

春　土　翠花，你怎么啦？

翠　花　我……实话告诉你吧。我已经结婚了。

春　土
春土娘　（惊痛地）啊！（倒坐在椅子上）

翠　花　春土——

（唱）自从你，遭祸端，离乡避难，
我日夜，盼你们，早日回还。
恨只恨，多嘴人，误把话传，
说你已，遭不幸，离开人间。

春　土　唔，你听谁说的？

翠　花　公社采购员，前年秋，他到山东长岛采购海带，就住在养殖场邱正雨家。听他说，他有个外甥叫春土，是桃州桃山人，在一次海上作业时，遇到台风被海浪卷走了。

春土娘　是有这么回事。那天春土下海采海参，遇到台风，被海浪卷走，正在危险时刻，碰到解放军的舰艇，把他救上来，又带到海军医院住了两个月，当时我们都以为他死了。

翠　花　我恨春土，为什么不写一封信回来。

春土娘　这事要怪我。离乡头几年，我们怕暴露目标，不敢写信；后来，我们天天盼望着回家，心想，万语千言，不如一见，所以，就没有写信。

春　土　我真后悔哟……（悔恨地哭泣）

春土娘　春土，别这样，凡事都是命定的，你和翠花前世就注定不能成为夫妻。想开了也就算了。翠花，我们不怪你。（抽泣）

翠　花　（扑向大妈）大妈……

［田三嫂自树后出。

田三嫂　（唱）果然是一根情丝没扯断，
冬瓜藤连着西瓜藤。
我赶紧告诉田三爷去。（下）

［切光，幕落。

第四场　祸端生

［二幕外。

［田三爷拾粪上。

田三爷　（唱）如今世道大不同，

媳妇敢顶老公公。

谁不知我田三爷是队里的老祖宗？

这一次却被媳妇斗了个倒栽葱。

（叹息地）哎。

［田三嫂上。

田三嫂　（讨好地）三爷，你拾粪啊？

田三爷　（没好气地）你不看见了嘛，还问！

田三嫂　你拾粪是倒在田里的？

田三爷　废话，不倒田里还倒锅里！

田三嫂　你倒哪块田？

田三爷　责任田。

田三嫂　（讽刺挖苦地）到底是干部家属，五讲四美学得好。

田三爷　你别讽刺。

田三嫂　讽刺？听说你那块田要划给春土，你还往那田里上粪，不是在做好人好事吗？

田三爷　老子不同意，她搬石头砸天！

田三嫂　到时候怕鸡蛋碰不过石头。

田三爷　他是我媳妇，还能把我怎么样？

田三嫂　别提是你的媳妇了。刚才我亲眼看到翠花与春土一见面，哭哭啼啼，藕断丝连，亲亲热热，春土还给她买了不少衣料，……看来，你这媳妇哇，是放出笼的画眉——飞不回了。

田三爷　（气极地）完了完了。老子一家给她败完了。

（提粪筐下）

（田三嫂得意地下）

［二幕开。田三爷的家。

田三爷　（进屋大声地）人呢？（无人应）妈的，都死绝啦？

［小红上。

小　红　爹。

田三爷　你又野到哪儿去了？

小　红　嫂嫂给我买了块衣料，我到隔壁请二婶给我做。

田三爷　（生气地）你没得裹尸的啦？稀罕她扯布，你给我送锅洞里烧了！

小　红　（抱紧布料）我不。（抱布料进屋，复出）

田三爷　饭烧好了？

小　红　就等你回来吃。

田三爷　给我打酒去。

小　红　我不去。

田三爷　你去不去？（举手欲打）

小　红　没有瓶子。

田三爷　酒壶呢？

小　红　被猫跳打了。

田三爷　出鬼，（见窗上一瓶子）那不是瓶子吗？

小　红　那是农药瓶。

田三爷　家要败，出妖怪。一个也不听我的啦！

（唱）田老三三岁时死了爹妈，
讨过饭卖过工受尽欺压。
解放后分了田才把头抬，
靠的是共产党给我安家。
刚过了十几年快活日子，
孩子娘得急病去了阴家。
留下了儿和女无人照应，
田老三是既当爹又当妈。
那几年生活苦缺米少盐，
让他们先吃饱我吃汤渣。
好容易熬到了农村好转，
起五更摸半夜苦做苦扒。
前年春盖起了三间瓦房，

电视机洗衣机都搬到家。
田老三为儿女忠心耿耿，
到头来却变成对头冤家。
新媳妇娶进来不听我的话，
好儿子提了干也不顾家。
特别是我承包的责任田，
每一块都是我的肉疙瘩。
为春土她居然要我出让，
这分明用剪刀将我心挖。
越思越想越气愤，——小翠花呀小翠花，
斗不过你我算你的小娃娃！

[气愤地躺在椅子上。

翠　花　[手提一袋苹果上。
（唱）人道是姑娘好做媳妇难当，
现如今才觉得道理深长。
过去我在娘家啥话敢讲，
妈妈她对女儿处处原谅。
自从我与爹爹争论之后，
他至今没忘记放在心上。
吃饭时不摔碟子就打碗，
见面时喊他爹爹不搭腔。
多少次我忍泪不让它淌，
多少次强装笑喜气洋洋。
自己的家不和吵吵嚷嚷。
岂能够叫别人风格高尚？
手提着鲜苹果回家看望，
找爹爹细谈心化解冰霜。

[准备进屋。小红轻轻地上。

小　红　（轻声地）嫂嫂，不能进去。

翠　花　怎么啦？

小　红　爹刚才还在骂你呢。

翠　花　骂我什么？

小　红　他说他要和你斗争到底。

翠　花　啊……

小　红　嫂嫂，你还是别进去，到公社找哥哥去。

翠　花　小红，今天我是特地找爹爹道歉的。

小　红　嫂，你干吗要受这么大的委屈呢？

翠　花　他是长辈，我是晚辈，受点委屈算不了什么。

（入内，见三爷躺在椅上睡着，连忙从房内拿出被单将三爷盖上）

田三爷　（实际并未睡着，见翠花推开被单）你……

翠　花　爹——

小　红　爹，嫂嫂给你买的苹果——

田三爷　我不稀罕她的孝心！（手一推，苹果滚了一地）

小　红　（气）你，真不像话！

田三爷　你少多嘴，老子——（欲打）

小　红　（拭泪逃下）

翠　花　（拾地上苹果）

（唱）爹爹莫把怒气生，
听我把话说分明。
只怪孩儿水平低，
出言不逊伤你心。
有道是，孩儿纵然长百岁，
爹爹面前仍是后生。
有缺点，你可以狠狠批评，
绝不能积心里郁久伤身。

田三爷　你少给我讲漂亮话。

翠　花　爹，我是真心实话。

田三爷　真心实话你就答应我两条。

翠　花　哪两条？

田三爷　第一，我承包的责任田一分不让；第二，从今以后，你要与春土断绝来往。

翠　花　爹，我是队长……

田三爷　（打断地）队长怎么样？我还是队长的爹哩！

翠　花　爹，你听我说吵。

（唱）你过去受压迫苦大仇深，
最了解穷苦人备受欺凌。
新社会讲风格互相关心，
哪一家有困难大家帮衬。
春土他母子两本是乡邻，
为避难走他乡历经艰辛。
好容易回家来重建家庭，
岂能够对待他态度如冰。
没有田没有地何处劳动，
没有房没有屋何处安身。
春土他虽与我曾经订亲，
时已过景已迁莫再忧心。
翠花我行得正坐得稳，
绝不是朝三暮四的轻薄人。

田三爷　（唱）你不要花言巧语装正经，
田三爷耳朵聋还有眼睛。

翠　花　爹，你有什么想法，干脆说了吧！

田三爷　你刚才上哪儿啦？

翠　花　春土那儿。

田三爷　干什么？

翠　花　我是队长，有责任给他安排生活。

田三爷　好，你有责任，你有道理，你干脆搬到他家去住吧。（进屋抱被子往翠花面前一扔）你给我滚！

翠　花　（抱被子，强压怒火，万感交集）

［强烈的音乐起。

［伴唱：
话难听，气难受，不知是走还是留。

翠　花　（唱）走，抛开田喜情义厚，
留，争争吵吵何时休。
难啊，难啊，
难在心里头。

［小红上，见翠花抱着被子连忙夺下。

小　红　　嫂嫂——

翠　花　　（忍泪跑进屋内）

小　红　　（气愤地对爹）你也太过分了！

（唱）做长辈做事情应该知足，
大小事讲分寸不能过头，
嫂嫂他已对你赔礼道歉，
天大事也应该化为乌有。

田三爷　　你少给我啰唆。

小　红　　嫂嫂她哪一点不好？

（唱）你上工她为你背锨拿锄，
回家来洗脸水送到你手。
他见你牙不好难得吃肉，
每一次杀鸡鸭炖烂煮熟。
她知你一生中就爱喝酒，
一瓶瓶一罐罐从未断流。
现如今生活好你闲着难受，
专门地寻是非争吵不休。

田三爷　　都是我不好，我虐待媳妇，欺压干部，我罪该万死，行吧？我不活了！（拿起墙边的农药一饮而尽）

小　红　　（夺下瓶子）快来人啊，爹喝农药了！

翠　花　　（自内出）爹——

［秋兰、竹叶、狗儿等闻声上。

翠　花　　快，送医院抢救！

［众抬田三爷下。

［幕落。

第五场　夫妻别

［接前场。

［二幕外。

［女甲拿农药瓶，边喝边上。

女　甲　我喝农药了，我喝农药了，快来抢救啊！

［狗儿、竹叶跑上，夺下酒瓶。

狗　儿　你为什么喝农药？

女　甲　（笑得前仰后合）哈哈哈——

竹　叶　还笑哩，把我们都吓死了！

女　甲　谁说我喝农药了？

竹　叶　（指瓶子）这不——

女　甲　这是田三爷的空瓶子。

狗　儿　他现在怎么样了？

女　甲　他是拿空瓶子吓人。根本就没喝。

竹　叶　这个鬼三爷。

女　甲　（调皮地）嘘嘘嘘，你看他来了。

［众溜下。

［田三爷悻悻地上。

田三爷　（唱）我本想拿空瓶假装服毒，
哪晓得进医院要洗肠刮肚。
医生们又拿管子又挽袖，
就像那兽医站里整牯牛。
听人说洗肠肚特别难受，
起码要刮掉我几斤板油，
没办法我只好把真情来吐，
想起来真叫我又气又羞。

［田喜手提人参大补丸上。

田　喜　爹，你怎么就出院了？

田三爷　（没好气地）不出院你让我死在里头？

田　喜　好点了吗？

田三爷　等你来看我，早上西天了。

田　喜　爹，接到电话我就来了。这儿有块石头，你坐下休息一会儿吧。（扶爹坐下）

田　喜　爹，我给你带来人参大补丸，你刚刮肠肚，补一补好。

田三爷　（对田喜耳语）我喝农药是假的，是吓吓他们的。

田　喜　没喝就好，要不然，洗肠刮肚你可吃不消。

田三爷　我没那么呆。

田　喜　没洗肠肚这大补丸也能喝。

田三爷　多少钱一瓶？

田　喜　你就别问了，身体要紧。

田三爷　（沮丧地）喜，我怕我活不长了。

田　喜　爹，看你说的，你才五十八，最少还能活三十年。

田三爷　不，我心里有数，这几天做梦，总是看到你妈，她说她那里田种不完，叫我去给她帮忙。

田　喜　爹，你被田迷住心窍了。

田三爷　不是，我亲眼看见你妈在耙田……一个妇道家，怎能干那重活……

田　喜　你是神经衰弱。

田三爷　（一听神经，连忙惊起）什么？我疯了？

田　喜　爹，神经衰弱和疯子不一样，那叫精神分裂症。

田三爷　我怕我迟早要分裂。

田　喜　爹，你为么事要假装服毒哩？

田三爷　挖我的心啊！

田　喜　么事让你伤心哩？

田三爷　要把我的田划给春土。

田　喜　爹，翠花这样做符合政策，如今我已转干进入乡镇机关，正好将我那份责任田调整出来，让给春土。

田三爷　支持，说得轻巧，我可忍不下这口气。

田　喜　爹，你年纪大了，又不是缺吃少喝，一般的事你就别管，何必找罪受呢？

田三爷　我耳朵没聋，眼睛没瞎，我受不了。

田　喜　究竟为么事呢？

田三爷　你还闷在鼓哩。春土一回，翠花的心就活动起来了。他们一见面就哭哭啼啼，亲亲热热，春土还给她买了不少衣料，这事你受得了吗？

田　喜　（有所惊诧地）啊！

（唱）听爹爹一番话暗暗思忖，

翠花她莫非是还想复婚。
常言道爱情总是旧的好，
我岂能破坏他们美满婚姻。
我赶快找翠花把话说明，
不争吵不埋怨和平离婚。

爹，我扶你回去。

［扶田三爷下。

［翠花心事重重地上。

翠　花　（唱）满怀惆怅往前走，
爹爹的工作实难做。
但愿田喜早日归，
帮助翠花解忧愁。

［秋兰上。

秋　兰　翠花姐，你上哪儿去？

翠　花　上午打的电话，田喜还没回来，我想到大队部打个电话，催他一下。

秋　兰　田喜已经回来了。

翠　花　回来了？

秋　兰　刚才我在路上碰到他哩。

翠　花　（心急地）我找他去。（欲下）

秋　兰　翠花姐，我告诉你一件事。

翠　花　么事？

秋　兰　你知道田三爷为什么和你闹矛盾吗？

翠　花　为什么？

秋　兰　全是田三嫂干的。

翠　花　唔？

秋　兰　那天我在田里打秧草，亲耳听见田三嫂在给三爷捣鬼，说你见了春土哭哭啼啼，亲亲热热，又说春土送你衣料……

翠　花　难怪……

秋　兰　你知道别人怎么议论你吗？

翠　花　知道。有的说，我对春土这么关心，是旧情还在；有的说，我与田喜是露水夫妻，迟早要离婚。

秋　兰　　翠花姐，我们像亲姐妹一样，你对我说实话，你究竟怎么办？

翠　花　　什么，连你也怀疑起我来了？

秋　兰　　说实话，我真不知道你卖的什么药。

翠　花　　秋兰啊，（唱）翠花不是天上生，

人间烟火养成人。

春夏秋冬知冷暖，

酸甜苦辣识人情。

怎奈是，历史差错已铸成，

我何必，寻寻觅觅，觅觅寻寻，

自己做茧缚自身。

人生几度青年时，

为此消磨意义轻。

秋　兰　　（感动地）翠花姐，你的想法是对的，但是谁能理解哩！我真为你担心。

翠　花　　放心吧，妹妹，群众迟早会看清楚的。——啊，想起来了，划给春土的地，你通知他了吗？

秋　兰　　通知他了。今天大伙都在帮他耕田，我这就给他送肥去。

翠　花　　你先去，我一会就来。

［二人分下。

［二幕开。

［合唱：

小扁担，三尺长，

来来往往送肥忙。

鱼帮水，水帮鱼，

团结歌儿唱四方。

［众挑肥，来来往往，过场下。

竹　叶　　春土。（大方爽朗地）

春　土　　（应）哎。

竹　叶　　翠花姐叫我告诉你，这块田划给你管理。晚饭后补个合同。大家一样。

春　土　　（应）哎。（欲下）

竹　叶　　你回来。

春　土　（折回）什么事？

竹　叶　为了这块田，翠花姐可受了不少的气——

春　土　是吗？

竹　叶　听说你对翠花还有意见？

春　土　我……没有意见。

竹　叶　没有意见更好，要是有意见就说明你没有良心。你走之后，她在家一直等你几年，后来听说你死了，才和田喜结婚，难道不应该吗？

春　土　应该应该……（又欲走）

竹　叶　别走，我还没讲完呢！

春　土　（转回，拘谨地站着）那——你说吧。

竹　叶　（递过毛巾）看你头上的汗。

春　土　（不敢接）不……我……

竹　叶　（忍住笑）你也不要悲观，男子汉，应该有点志气。别总是勾着头。初次回来虽说有些困难，但也不要着急。我们村，除了少数人，大家可团结呢。只要哪家有困难，大家争着帮助。队委已经决定了，田三嫂占用你的房料，叫她如数归还给你。秋后，大家帮忙将你的房子盖起来。

春　土　那太感谢了……还有话吗？

竹　叶　有……（从衣袋里掏出垫肩）这是我自己做的，不嫌弃，你就拿着。

春　土　（感到突然，激动地）这……（不接）

竹　叶　拿着嘛。（塞给春土）

春　土　（激动地）竹叶……我……

竹　叶　别说了，我听翠花说过，我们俩合得来。（忽觉羞涩地挑担下）

春　土　（捧着垫肩激动地）竹叶……

［正欲追下，田喜上。

田　喜　春土。

春　土　（惊喜地）你是田喜？

田　喜　春土。（二人亲热地握手但又立即感到什么，连忙放开）（讷讷地）你在外面吃苦了。

春　土　（拘谨地）……现在好了。

田　喜　大妈身体好吗？

春　土　好。……你工作忙吧？

田　喜　这两天正赶上开会，没来得及看你。——都安排好了吗？

春　土　安排好了。

田　喜　啊，春土，公社知道你初次回来一定有些困难，特地给你五百元救济款，你拿着，以后有什么困难，只管说。

春　土　不，……村邻们热心帮助，我不缺什么，我不能要。

田　喜　拿着嘛，初回家哪有没困难的呢？

春　土　这——（勉强收下）

田　喜　（沉思半晌）……春土，我有句话想对你说。

春　土　么话？

田　喜　（为难地）你走后，翠花一直念叨着你，她对你……

春　土　这都成过去的事了，还提它搞么事？

田　喜　不，我们自幼在一起长大，像亲兄弟一样，现在既然回来了，我决不能……

春　土　（打断地）别说了。我知道你的意思，我已经听翠花说过。我走之后，是你多方面帮助她，你们感情很好……

田　喜　不，春土。

春　土　（打断地）你别说了！（匆匆跑下）

田　喜　（追喊）春土——

［翠花挑化肥上。

翠　花　田喜——

田　喜　（深沉地）翠花——

翠　花　刚回来？

田　喜　刚回来。

翠　花　（内疚地）你看见爹了吗？

田　喜　看见了。

翠　花　我缺少方法，害他……

田　喜　（虚怀大度地）爹的脾气我知道，不能怪你。

翠　花　（得到宽慰，似暖流涌心，扑向田喜）田喜……

田　喜　听说春土的土地和生活问题都安排好了？

翠　花　春土回来你知道了？

田　喜　　知道了。昨天县委召开电话会议，主要是贯彻中央文件精神，帮助困难户解决生产生活问题。

翠　花　　你放心，你的部下决不给你丢脸。

田　喜　　我放心。

翠　花　　（见田喜精神异样，怀疑地）喜，你今天好像不舒服？

田　喜　　我，挺好的……，翠花，你还记得吗，我们第一次相认的时候，我真高兴。

翠　花　　（也被带进幸福的回忆）我也一样。记得那天，你从部队退伍回来，见我被一担松柴压弯了腰，连忙接过去，一直给我送到家。你的力气真大，当时我真佩服你……

田　喜　　这都是过去的事了，让它成为美好的梦吧。

翠　花　　这不是梦，是现实，我永远也不会忘记。

田　喜　　应该忘掉……

翠　花　　你到底怎么啦，田喜，（焦急地）你说呀！

田　喜　　（背唱）他那里满腔深情将我问，
真叫我有话在心难出唇。

翠　花　　（背唱）只见他吞吞吐吐话不明，
不由我一片疑云胸中生。

田　喜　　（背唱）我有心当面给她来说破，
又怕是一瓢冷水浇她心。

翠　花　　田喜，有什么话，你说吧。

田　喜　　（为难地）我——翠花。
（唱）自从我两来相认，
互相了解感情深。
当初只因春土死，
如今故人已回村。
他的不幸我同情，
你的处境我痛心。
现在是云开雾散艳阳天，
我劝你与春土重新复婚。

翠　花　　什么，你说什么？
（唱）你说此话欠思忖，

把我当作什么人。

虽与春土曾相爱，

事过境迁早说清。

莫非你，听了议论把心变，

莫非你，嫌我翠花无水平，

为工作，你应为我做后盾，

没想到，给我带来冷水一盆。

［春土挑担暗上。

田　喜　我不能破坏你们的爱情。

翠　花　爱情，我承认这是宝贵的，但不是唯一的。唯一的，是做人的态度。

田　喜　我劝你不要感情冲动，造成终生遗憾。

翠　花　（气愤地）你！（痛心地）好吧，事到如今你还不了解我不理解我，既然如此，我们……是离是合……随你怎么办吧！（冲下）

田　喜　翠花——（追下）

春　土　（见状，内疚地）我不该回来！

［切光，幕闭。

第六场　云雾散

［二幕外。

［秋兰上。

秋　兰　（唱）翠花姐发高烧卧在病床，

一夜间瘦脱了原来模样。

买一点鲜苹果前去看望，

但愿她早一日恢复健康。

［竹叶上。

竹　叶　秋兰姐。

秋　兰　啊，竹叶。

竹　叶　不好了，春土他们跑了。

秋　兰　　你怎么知道的?

竹　叶　　刚才我给他送菜种，只见屋里空空的。到处喊不到人。再看看桌上留有一张字条。你看。(递纸条)

秋　兰　　(念字条)尊敬的父老兄弟姐妹们：我们满怀希望回到阔别多年的家乡，连日来，得到你们热情的帮助和照顾，在此，表示衷心感谢。特别是翠花为了给我们安排生活，辛辛苦苦，反受委屈。我们不能再为她增添负担。特此向你们告别。对于你们的深情厚谊，我们将永远记在心里。再见吧，乡亲们。祝你们身体健康，全村太平!

王春土敬上。

竹　叶　　(抽泣地)秋兰，你说怎么办?

秋　兰　　快，告诉翠花姐去。

[二幕开。

[大娘内唱：

母子俩相依扶同把路上。

[春土扶大娘上。

春　土　　(唱)下决心离旋涡二走他乡。

春土娘　　(唱)回过头我再把家乡一望，
忍不住心里酸泪水两行。

春　土　　(唱)没回家我夜夜将你梦想，

春土娘　　(唱)没回家我日日将你盼望，

春　土　　(唱)好容易回到了你的身旁，

春土娘　　(唱)没想到却引起是非桩桩。

春　土　　(唱)乡亲们来照顾情深意长，

春土娘　　(唱)似春风驱严寒暖我心房。

春　土　　(唱)翠花她为工作满腔热情，
到头来却落得一身冤枉。
倘若是再不走继续留下
那更会给翠花带来祸殃。

(伴唱)田水村啊——
莫怪我母子俩忘恩负义，
莫怪我流浪儿抛弃家乡。

扶妈妈往前走把小桥登上。

春土娘　（唱）见河水清又清日夜奔忙，

有道是水流千里归大海，

母子俩到后来落在何方？

春　土　（唱）娘。

现如今天气好到处晴朗，

春风吹百花放鸟语花香。

更何况春土我年轻力壮，

洒汗水，凭力气，何处不是咱家乡。

娘，你别急。昨天我已经与舅舅联系好，我们还到山东去，他的海带养殖场正缺人呢。

春土娘　还到山东长岛去？

春　土　对，那里虽说尽吃杂粮，但也比甜水村受窝囊气强得多。

春土娘　说得对。

［二人欲下，幕内传来翠花的喊声：春土——

春　土　啊，翠花赶来了，我们快走。（扶娘下）

［翠花上。

翠　花　（唱）急急走，走得忙，

迈开大步追大娘。

辛辛苦苦回家来，

岂能让他们再离乡。

家乡温暖何处去，

故土情谊在何方？

（喊）春土——大娘——（追下）

［秋兰、竹叶、狗儿、女甲乙丙丁等追上。

（唱）跨小河，绕村庄，

追赶春土和大娘。

（喊）春土——大娘——

［众舞蹈下。

田三爷　（上，唱）我本想，儿子把媳妇来教训，

没想到，他却提出打离婚。

赔了媳妇蚀了本，

我到哪里抱孙孙。
清早起，公社去把儿子找，
问问是假还是真？

［幕内翠花喊：春土——

田三爷　咦？（眺望）是春土和他娘，还背着包袱？准备上哪儿？啊，翠花还追上来了。这又是啥名堂？别忙，我看看动静再说。（闪身藏于石后）

［春土扶大娘上。

春土娘　春土，我实在走不动了。

春　土　娘，他们已经追上来了。坚持一下，还是走吧。

春土娘　（咬牙坚持着，刚走一步，摔倒）哎哟。

翠　花　（追上，连忙扶起大娘）大娘！

春土娘　（惊）翠花！

春　土　（不与翠花理会）娘，我背着你走。

翠　花　（嗔怒地）大妈摔成这个样子，你还走？

春　土　翠花，还是让我们走吧。（又欲扶大娘走）

翠　花　（一把夺过春土身上的包袱）要走你走！

春土娘　翠花，你的好心我们知道，可是，我们不能再增加你的负担了，让我们走吧。

翠　花　大妈，你别这么想，我为你们安排生活是本分工作，怎么叫负担呢？

春土娘　你别瞒着我，我已经知道了。

（唱）昨晚春土对我讲，
田喜要与你离婚。
祸端都因我们起，
分裂皆为我们生。

春　土　（唱）劝你将我们来忘记，
莫为我们再操心。
田喜是个好兄弟，
与他离婚不该应。
望你们和睦相处同进步，
白头偕老共一生。

田三爷　　（在石后，背唱）别看春土年纪轻，
　　　　说起话来通人情。

翠　花　　（背唱）春土一番肺腑话，
　　　　不由翠花痛在心。
大妈，春土，
（唱）请你二位把心放，
　　离婚之事并非真。
　　一时之气过头话，
　　讲过之后化烟云。

田三爷　　（旁唱）他们离婚原是假，
　　　　我不该稀里糊涂错怪人。

春土娘　　不离婚就好。现在我想开了，你与春土不能成婚，不怪任何人，是你们命上注定的。田三爷生怕我们回来夺走他的媳妇，也情有可原，——都是旧社会过来的人嘛……

翠　花　　你别提我爹了。他样样都好，就是自私自利严重。正如报上说的：如今有的人，只顾自己，不顾别人。人家发财他嫉恨，人家受穷他高兴，自己发财不要命。

田三爷　　乖乖，这一说，我还真有些问题呢。

翠　花　　大娘，你们放心，我爹的问题我会处理好的。你们跟我回去吧。

春　土　　（望着大娘，征求地）妈，你看……

春土娘　　（欲起身，猛感一阵腿痛）哎哟，我实在走不动了……

翠　花　　春土，这儿风大，你先扶大娘到那苞谷棚里避避风，我回去找辆板车来接大娘。（下）

春　土　　那……好吧。（扶大娘进棚）

［田三嫂上。

田三嫂　　（唱）如今做人要滑头，
　　老老实实难出头。
　　捧上头，压下头，
　　喝大头，欺小头，
　　不是我有聪明的头，
　　春土哪能离村头？
　　他离村头，我喜心头，

　　消除原来死对头。
　　手提篮子上街头，
　　去买两瓶二锅头，
　　馆子切点卤猪头，
　　庆贺庆贺这甜头。

哎呀，打总没走这远的路，还真怪累的呢，咦，那边有个苞谷棚，正好歇歇脚。（刚跨进苞谷棚，惊叫着跑出来）哎呀，吓死我了，

［春土跟出。

春　土　（严正地）三嫂，你是来送我们还是接我们的？

田三嫂　（慌乱地一时答不上来）送……接……，不不不，是接，是接。

（唱）听说你们离山村，
　　怎不叫我好伤心。
　　不是亲，也是邻，
　　有难应该讲一声，
　　家里只剩一升米，
　　也要匀给你半升。

春　土　你少来这一套了。

田三嫂　你，你你这是是么话？

春　土　么话？你自己还不明白？想当年，三哥当队长的时候，实际是你掌握大权，只顾自己吃饱，不顾他人死活。逼得我们离开他乡，今天我们满怀希望回到家乡，你又暗地挑拨离间，搬弄是非。害得翠花公媳不和，夫妻几近离婚，你你你，你实在可恶至极！（气愤中，挽起袖子）

田三嫂　（恐惧地）你怎么样？青天白日，你还敢打人？

［翠花拉板车上。

田三嫂　（见翠花）队长，你来得正好，你看他这没良心的，我来接他回去，他还要打人。

翠　花　你也是来接他回去的？

田三嫂　是呀，难道你还不相信我？

翠　花　三嫂，这几天，你做了些什么？自己有数吗？

田三嫂　我……我没做事么啊！

翠　花　　你对我爹说了些什么？

田三嫂　　你爹，（推卸责任地）别提那老不死的了，满脑子封建思想，一肚子自私自利。听说春土要回，生怕媳妇保不住，想出许多怪点子，叫他匀点责任田给春土，就像挖他的心，千方百计，想把春土赶走……

［田三爷气愤地闪出。

田三爷　　嘿，你这个谎还扯得真怪有水平的呢。

田三嫂　　（惊）三爷，你也在……

田三爷　　我问你，梁山伯与祝英台死了还变蛾子飞到一起，是不是你说的？春土给翠花买布料毛衣是不是你说的？

田三嫂　　我……我该死……我不是人！

翠　花　　三嫂，你这样做对得起乡亲吗？对得起春土死去的爹吗？

田三嫂　　我有罪，我有罪！

翠　花　　告诉你，三哥下台后，队里的账目一直没有公布，你回去告诉他，三天之内，把账交出来。另外，春土走后，他们的房料和地基你们盖了房子，应该如数赔偿。另外，你在村上散布的流言蜚语，影响极坏，回去做好检查的准备！

田三嫂　　我，听队长的。（下）

田三爷　　春土，翠花，我封建，我自私，我对不起你们。

春　土　　大伯，别这么说。（与田三爷握手）

［秋兰，竹叶，狗儿，女甲、乙、丙、丁上。

秋　兰　　翠花姐。

竹　叶　　春土——（深情地）

女　甲　　三爷，你怎么也来了？

田三爷　　你们能来我为什么不能来？

女　乙　　我们是来接春土回村的，你来干吗？

田三爷　　（难堪地）我……

翠　花　　我爹也是来接春土的。

田三爷　　你们这些丫头，将来非给你们说个狠婆婆不可，

［众笑。

狗　儿　　春土哥，快跟我们一起回家吧。

春　土　　感谢大家关心，我们回家。（进苞谷棚扶出大娘）

众　　　大娘——（众拥上）

春土娘　你们都来了。

田三爷　老嫂子，让你吃苦了。

春土娘　看你说的，老三啊，我们都老了，以后得听孩子的。

田三爷　是啊是啊。

翠　花　狗儿，大娘腿摔坏了，快把她扶上板车，大伙一起把她拉回家。

众　　　拉大娘回家。

［众拥大娘，说笑着下。

［幕落。

第七场　甜水村

［半年之后。

［二幕前。

［田喜上。唱：

自从学习到省城，
半年时间没回村。
有心回家去一趟，
想起翠花难在心。

［小红挑稻谷上。

田　喜　那不是小红吗，妹妹，妹妹。

小　红　（不理睬）哼……（欲下）

田　喜　（一把抓住稻箩）妹妹，我给你买了一本书，（拿出书）你看，《高考复习大纲》。

小　红　（不屑一顾地）不稀罕。嫂嫂早给我买了。

田　喜　你嫂嫂他现在怎么样？

小　红　比你强。

田　喜　说说看，哪些方面比我强？

小　红　她不像你，听到流言蜚语，马上提出离婚。

田　喜　我是为了照顾春土。

小　红　　春土也不像你小心眼。他快要结婚了。

田　喜　　和谁？

小　红　　竹叶。

田　喜　　（惊喜地）啊！你嫂恨我吗？

小　红　　不知道。

田　喜　　她身体好吗？

小　红　　不知道。

田　喜　　她现在忙吗？

小　红　　不知道。

田　喜　　你怎么尽不知道？

小　红　　不知道。

田　喜　　小红，我给你嫂买了一双鞋，你带给你嫂嫂。

小　红　　（不接）我又不是你通信员。（挑担下）

田　喜　　妹妹，妹妹。（追下）

［二幕开。

［金秋时节，远近一片金黄。人们忙着收割。

［田三爷挑稻箩上。

［春土上。

春　土　　三爷，你怎么也来了？

田三爷　　听说今天给你帮忙的人多，我怕稻箩不够，给你送来了。

春　土　　（感激地）三爷，哪能让你亲自送呢。

田三爷　　这有啥？——春土，今年收成怎么样？

春　土　　头一季亩产就收了一千多斤。这要感谢你，这田是你原来施了不少的肥，底子打得好。

田三爷　　（似乎触到痛处，尴尬地）过去的事别提了。我也有对不起你们的地方。

春　土　　不能这么说——（向内）竹叶，快给三爷倒茶。

［竹叶提茶壶上，春土娘随上。

竹　叶　　三爷，请喝茶。

春土娘　　老三啦，你也来了？

田三爷　　老嫂子，你真有福气啊，田里丰收，媳妇也娶到家了。

竹　叶　　（看看春土，羞赧地）三爷……（扭身下）

春土娘　　哈哈哈，这要感谢大家关心，特别是翠花……

田三爷　　应该应该——嫂子，大家都在忙，我也不能在这儿闲着，我去帮忙割稻去。（下）

春土娘　　老三，哪能让你亲自动手呢。（追下）

［田喜上，女甲上，二人相遇。

田　喜　　小英。

女　甲　　原来是田大主任？来检查工作？

田　喜　　谁叫你这么喊的？喊田喜，或者叫我田喜哥。

女　甲　　那可不行，常言道，见官不喊长，办事不顺当，长字喊得勤，进门笑盈盈，如果不相信，给你冷板凳。

田　喜　　你怎么也学得油嘴滑舌的？来，我帮你挑。（欲帮女甲挑稻）

女　甲　　我不累，要帮你去帮她。（指走来的翠花，下）

［翠花挑稻上，见田喜，忙绕道。

田　喜　　（追上）翠花。

翠　花　　（冷冷地）唔，田主任……

田　喜　　翠花，我知道你对我有意见。

翠　花　　不敢。（放下担子）

田　喜　　你，瘦多了。

翠　花　　但是心里很舒服。

田　喜　　（讨好地）我给你带糖回来了。

翠　花　　你的糖已经不甜了。

田　喜　　不，这是山东高粱饴，你最爱吃的……

翠　花　　（望望糖，眼泪夺眶而出）我恨死你！（一掌打过去，田喜毫无准备，身子一歪，差点摔倒，翠花连忙扶住，二人紧紧拥抱）

［女甲、乙、丙、丁上。田喜翠花迅速松开。

女　甲　　哎呀，我们来得真不是时候……

翠　花　　（追打女甲）就你嘴多。（众笑）

女　乙　　田喜哥，半年没回来，这次回来给翠花带来么好吃的？

田　喜　　我这儿有糖。（欲给大家分糖，春土娘上）

春土娘　　吃糖？可别忘了我啊。

田　喜　　大娘。吃糖。（给大娘分糖）

春土娘　　田喜，你回来得正好，今天我也有喜糖。

田　喜　　你也有？

春土娘　　昨天，春土和竹叶把结婚证领了，今天趁大家帮我家割稻，人多，我把喜糖提前发给大家。

众　　好。刚才田喜发喜糖，现在又吃春土的喜糖……

翠花娘　　（边喊边上）我这儿还有喜糖呢。

众　　你哪来的喜糖？

翠花娘　　我这一辈子没做过媒人。今天狗儿和秋兰领结婚证硬要我陪着，还要发喜糖，（向内）狗儿，秋兰快来啊。

［狗儿、秋兰扭捏上。

翠花娘　　你们看，还怕丑呢。

狗　儿
秋　兰　　吃糖，请大家吃糖。

［幕内小红喊：嫂嫂——

翠　花　　小红——

小　红　　（上，对翠花耳语）……

翠　花　　（高兴地）报告大家一个好消息，我家小红考上大学了，她也带来喜糖来了。

［众欢呼。

翠　花　　依我看，这糖应该加在一起，甜在一块。

众　　对，加在一起，甜在一块。

［众将糖放在一起。然后逐个发糖。

［大家吃糖。

田三爷　　你们说这糖甜不甜？

众　　甜，甜，甜。

翠　花　　我说呀，糖甜不算甜，人心甜了才算甜。

众　　对。

小　红　　依我说，我们村的名字得改一个字。

众　　啥字？

小　红　　水田的田，改成苦甜的甜。

众　　对，甜水村，好。到底是大学生，有墨水。

众　　哈哈哈……

翠　花　　主任同志，你有什么指示？

田　喜　　我……没指示，我是来参加劳动的，现在下田。

众　　对，下田割稻！

［舞台上热气腾腾，来来往往。

［合唱：

甜水村，甜水村。
甜甜的山水流不尽。
同心夺得丰收果，
团结能使土变金。

［幕闭，剧终。

（原载《安徽新戏》1992年第6期）

65岁登笄山主峰之巅

无风三尺浪

时　间　粉碎“四人帮”之前。

地　点　广才婶家门口。

［幕启，广才婶提一篮衣服上。幕内传来急促的敲钟声。

广才婶　（烦躁地）该死的钟，把耳朵都震聋了！

（唱）刚把衣服搓干净，
忽听大钟敲连声。
声声震得头发炸，
锤锤敲碎我的心。
栏里的猪子还没喂，
灶上的饭碗还没清，
明知工分不值钱，
还要下地混时辰！

［幕内喊：开工啰——开工啰——广才婶——，上工快走啊！

广才婶　来了！来了！（边应边晒衣服）

［凤梅提一篮刚打的猪草上。

凤　梅　广才婶子！

广才婶　凤梅，快来帮帮忙，我都快急死了！

凤　梅　（帮助晒衣服）里外靠你一人，也真够你忙的，广才叔也不回来帮帮忙！

广才婶　别提那个瘟鬼了！一天到晚只晓得在信用社拨弄算盘珠子，连衣服还要带回来让老娘给他洗！（说着将一套新裤褂晾在竿子上）

凤　梅　（发现衣服，赞叹地）哎哟，广才叔发财了，做这么好的衣服，还是的确良的哩！

广才婶　不瞒你说，你广才叔当了八年会计，没穿过一套像样的衣服，这次硬是我逼他做的！——凤梅，这的确良真不错，好洗好穿，出水就干，明天给你连五也做一套。

凤　梅　他呀，怕今生没那份福气！

广才婶　话不能这么说，他才二十多岁，日子还长得很呢。

［幕内喊。广才婶，怎么还不走啊！

广才婶　就来就来，别清唏鬼叫的。凤梅，走吧！

凤　梅　广才婶，我想托你一件事。

广才婶　么事？

凤　梅　我家猪子断潲了，想打一天猪草，请你代我向队长请个假！

广才婶　请假？凤梅妹子，以我看你还是别请为好！

凤　梅　唔……

广才婶　你没听说，公社昨天召开干部会，说当前生产搞不好，主要是阶级敌人在搞破坏，治保主任到处抓典型，在这风头上，你——最好留点神！

凤　梅　大婶，你的好心我知道，可我的猪已没吃的了！

广才婶　我也是为你好——我要走了！（欲下）

凤　梅　（沉思片刻）你等等，我把猪草送回去，马上就来！

广才婶　来不及了。猪草放这儿，回头来带！

凤　梅　（应）哎。（将猪草篮放在门旁，与广才婶同下）

［郑小和手拎烟酒喜滋滋地上。

郑小和　（唱）满怀喜悦把路上，
郑小和终于盼来好时光。
介绍人，热情满怀对我讲，
她约我，今日相亲到赵庄。
我好比，干枯的竹竿冒绿叶，
不再把那光棍当。
昨天街上走一趟，
卖了口粮换“大江”。（示烟）
外加两瓶大曲酒，
豁出家当把门上。
走近池边用目看——（面对池水）

哎呀，一阵寒气透脊梁。
论长相，浓眉大眼不算丑，
论身材，不高不矮也漂亮。
怎奈是，一身衣服太破旧，
叫人见了真寒相。
倘若姑娘看不中。
满腔希望要泡汤。
脸红心跳步难迈——

（徘徊不定地来回走动，突然发现竿上的衣服）啊！

（接唱）这套衣服真漂亮。
银灰长裤是混纺，
洁白衬衫是的确良。
倘若穿在我身上，
浑身穷气一扫光。

（高兴中又感到自己可笑）唉！

（唱）衣服再好是人家的，
我胡思乱想真荒唐！

（感叹地）我这一米七的身躯，能文能武，一年三百六十天都是头顶青天、脚踩大地，只混得一口“大锅饭”，却挣不到一套单裤褂，身上穿得这样寒碜！唉！想来心里真不好过。（抬头看天）哎呀！时间不早，介绍人还在前面等我呢！这次错过机会，过了三十大关，我就成“处理品”啰，（焦急地）这……有了，

（接唱）我不如，暂借衣服把亲相，……

（向内喊）广才婶！——不在家。

（大声向外喊）广才婶！（仍无人应）哎呀，人不在，这……

（反复思索）哎，火烧眉毛救眼前，反正用后归还。

（接唱）主意下定不彷徨！

（顺手取下衣服，塞进提包下）

[广才婶风风火火地上。

广才婶　（念）上工敲破钟，
收工打冲锋，
公家地里蓄把力，

回到家里下苦功！

（发现衣服不在）咦！我家广才的衣服呢？莫非被风吹跑了？（对内）他大婶，看见我家衣服了吗？（内应：没有！）不好，有贼！（哭喊起来）贼把我家衣服偷去了，剜我的心啊！

（唱）一家人，省吃俭用一年整，
才让他爹换上新，
贼骨头啊黑良心，
你偷衣裹尸遭雷轰！

（白）我找治保主任去！（下）

［治保主任常天庆上。

常天庆　（唱）走东村，到西村，
这里走来我常天庆。
治保工作干了三年整。
年年先进当标兵。
经验只有七个字：
“紧跟形势抓典型”
昨天公社开大会，
布置任务，抓纲治国要立新功。
刚在东村训地主，
再到西村查敌情。

［广才婶上。

广才婶　治保主任，青天大老爷，我到处找你啊！

常天庆　（严肃地）你这个人怎么出口就是“四旧”，治保主任就治保主任呗！怎么叫青天大老爷！……要不看你是贫下中农……

广才婶　（忙解释）我错了错了，我是急的，常主任，你要为我做主啊！

常天庆　发生了什么事？

广才婶　我家广才做的一套新衣服，刚穿一水，就被人家偷走了！

常天庆　你莫瞎说，如今群众的阶级斗争觉悟大提高，还有人偷衣服？

广才婶　常主任，我说的是实话！

常天庆　你衣服晒在哪儿？

广才婶　就晒这竿子上。

常天庆　（察看）你可发现有谁从这里经过？

广才婶　人是有几个，可是他们不会偷啊？

常天庆　你先别下结论嘛，讲出来让我分析分析！

广才婶　东头的李小四，上工时从我家门口经过。

常天庆　李小四，他家是九代贫雇农，苦大仇深，不会偷。还有谁？

广才婶　还有西头的黄小毛，也从我门口经过。

常天庆　黄小毛？他爷爷是老红军，父亲是老贫农，革命家庭出身，不会偷。还有谁？

广才婶　还有，还有连五家的。

常天庆　连五家的？（立即警惕、认真地）是东村地主王老五的女儿？

广才婶　（点点头）嗯！

常天庆　（如临大敌，顺手掏出一个小红本）她来搞么事？多长时间？说了些什么话，表情怎么样？你讲具体些！

广才婶　主任啊！

（唱）早晨上工催得紧，
我里里外外忙不赢。
一篮衣服没晒完，
只见凤梅到家门。
主动帮我晒衣服，
态度诚恳又热情。

常天庆　（认真地记录）她讲了些什么话？

广才婶　（唱）她见广才衣服好，
捧在手里赞连声。

常天庆　（记录）嗯。还有呢？

广才婶　（唱）后来我要上工去，
她托我代她把假请。

常天庆　请假？

广才婶　她家猪子没吃的了，要求在家打猪草！

常天庆　花招！这是四类分子惯用的花招！

（唱）听介绍我心明如镜，
耍花招她看错门神！
偷衣贼清清楚楚，
除凤梅再无旁人！

广才婶　可她没拿过别人的东西啊！

常天庆　我说大嫂啊！

（唱）你出身贫农成分好，
可就是阶级斗争觉悟低。
只见天上红旗飘，
不见地上有污泥。
她表面老实人缘好，
心里时时藏杀机！

广才婶　可她是“子女”，不是“分子”啊！

常天庆　咳！你这是糊涂观点！

（唱）分子、子女根连根，
进进出出一个门。
人民吃好她愤恨，
人民穿好她痛心。
形势越好越要警惕，

（夹白）要记住阶级斗争这根弦，
千千万万莫放松！

你快去把你们队长找来，把基干民兵集合起来，对凤梅进行审讯！

广才婶　凤梅丈夫也是基干民兵呢！

常天庆　让他也参加，到时看他的表现！

广才婶　可凤梅是和我一道上工的呀？

常天庆　咳！这是假象！圈套！也更说明阶级敌人的狡猾！哼哼！等我给她个一审、二批、三斗争，非叫她当众现原形！

广才婶　（心里一怔，内疚、后悔地）哎呀，一套衣服……衣服丢了虽说心疼，我也不能去随便冤枉人呀！（转对常）常主任。说起来她也是个小辈人，您大人不记小人过，我衣服丢了算了，不麻烦你了，衣服我不要了。

（欲下）

常天庆　（严肃地）你回来！衣服不要是你的问题，可是作为治安工作，我们不能不抓！一套衣服事小，却反映了当前阶级斗争的新动向。你们村的生产为什么上不去？不就是，阶级敌人在破坏捣乱吗？像你这样疲疲沓沓，温情主义，还像个贫下中农的样子吗？

广才婶　我……我的衣服不要了还不行吗？

常天庆　不行，快去吧！

广才婶　啊……

常天庆　（高声喊）开会啰！——开会啰……

（边下边喊）开会——啰！……

［暗转，景同前场。

［郑小和上。

郑小和　（唱）杨柳青青山花开，

郑小和相亲转回来。

一帆风顺把亲定，

心里的石头掉下来。

这全凭，借来的衣服添光彩，

今生今世不忘怀。

急急忙忙往前走，

抓紧还衣不能挨。

（欲还衣服，见群众不断穿插上下，不好将衣拿出）哎呀，这么多人！知道我借衣相亲，岂不笑话？今日相亲虽成，但还未结婚，倘若张扬出去，让玉枝姑娘知道了，那就坏了！

（反复思索，见一猪草篮子放在门边，以为是广才婶的）我不妨把衣服放在里面，广才婶回来找着了衣服，不就没事了吗？就是这个主意！（速将衣服藏进篮子，急下）

［暗转，连五背枪上。

连　五　（唱）霹雳一声心如焚，

凤梅偷衣令人惊，

挨饿受冻我能忍，

秽气一口无法吞。

（白）凤梅呀，凤梅！你真糊涂啊！

（唱）你不爱别人一根草，

未拿别人一根针，

自家人知道自家人。

她怎会见衣起贼心?

[常天庆上。

常天庆　怪不得会上见不到你，原来你跑到这儿来了?

连　五　常主任，我……

常天庆　(冷冷地)把枪交给我吧!

连　五　枪……

常天庆　经研究决定，你这个基干民兵要做进一步考察，把枪交出来吧!

连　五　我犯了什么错?

(唱)你出身贫农根子正，
本是革命接班人!
只怪你，阶级立场不坚定。
竟与地主来结亲。

连　五　她是“子女”，不是“分子”啊!

常天庆　你懂个屁!

(唱)她虽是子女非分子，
与你不是同根生，
你是黄连树上结的果，
她是毒脚莲上一根茎。
狼羊同穴共一枕。
你错把蜈蚣当海参。
偷衣之事她不承认，
态度顽固罪非轻，
叫你揭发你不揭发，
叫你斗争你不斗争。
倘把枪杆交给你，
党和人民怎放心!

连　五　常主任，难道你还不相信我，我把心剜出来给你看，我对党无限忠诚……

常天庆　口说不行，要看行动!

连　五　行动!我……我曾把毛主席像章别在胸口上，鲜血直流我也不怕!你曾经还表扬过我，还给我树典型……

常天庆　　那你今天表现得怎样？面对惊心动魄的阶级斗争，你手软了，退缩了，这怎么解释？

连　五　　常主任，我……凤梅没偷衣服，你叫我怎么揭发，怎么斗争！我一家人还不知道一家人嘛！

常天庆　　在斗争的时刻，你还说这样的话，你和地主子女是一家人吗？（斩钉截铁地）把枪交出来吧！

连　五　　（怒吼地）我偏不交！

常天庆　　（严峻地）难道还要我亲自动手？

连　五　　（痛苦、无奈地捧着枪）枪啊枪！

（唱）你伴我连五三年整，
朝朝暮暮情意深。
我出身贫农热爱党，
一颗红心干革命，
背着你，我满面红光多荣耀，
背着你，我浑身热血在沸腾。
没想到，今日与你要分手，
怎不叫我好痛心！

（无奈地交出枪支，痛哭）

常天庆　　连五同志，作为基干民兵，枪支等于第二条生命，今天叫你交出来，心情是可以理解的。但是，这是组织的决定，是对你的考验，只要你表现好，及早地站在党和人民一边，枪还是可以还给你的。这就看你的选择了！

［凤梅上。

凤　梅　　（唱）踉踉跄跄离会场，
批斗之声犹在耳旁，
分明栽赃来陷害，
却说我，拒不交代来顽抗！
扭得双臂痛难忍，
跪得两膝鲜血淌。
昏昏沉沉往回走——

（一个趔趄倒地上）

连　五　　（下意识地连忙上前扶住）凤梅……

常天庆　（见状怒嗔地）看你！不要见到老婆的脸孔——

（接唱）便忘记斗争，丧失立场！

［连五连忙缩手退了回来。

连　五　（变怜为恨地）你……你到底偷没偷！

凤　梅　我偷没偷你还不知道？

连　五　我……（见常天庆的脸色）我，我不知道！

凤　梅　啊！你，连你也不相信我？

（唱）纵然我，凤梅生来无能力，

总是你，朝夕相处三年妻，

不图那，夫荣妻贵享安逸，

只想是，患难与共相偎依，

不求你，为我凤梅出冤气，

也应该，大公无私讲实际。

会场上，我浑身长嘴难申辩，

没想到，你烈火之上把油滴！

我好冤枉啊！

连　五　（本能地）凤梅，你……

常天庆　温情主义，哪像个民兵！

连　五　（震惊地往后一退，正好绊倒猪草篮子，衣服现出）

常天庆　啊！衣服在这里！

广才婶　（上）在哪里！

常天庆　在你自己篮子里！你怎么搞的？

广才婶　（吃惊地）这是真的！（脱口而出）这是凤梅的篮子！

连　五　（惊异地）啊！（察看篮子）

凤　梅　啊！……

常天庆　（得意地）我办事从来就没错，可你们还不信，现在人赃俱在，还有什么说的？——阶级斗争复杂啊！

凤　梅　（想申辩）常主任……

常天庆　不要再耍花招了！

凤　梅　（无法申辩，乞求地）连五，我求求你，你听我说……

连　五　（气愤地打断）你给我滚！

凤　梅　（如雷击顶）我滚，我滚！

（唱）叫我滚，我就滚，
没有大树不歇阴，
一身清白到你家，
干干净净出你门。
满天乌云我不怕，
总有一日天放晴。
我走！（踉跄冲下）

连　五　（心情矛盾地）凤梅……（欲追）

常天庆　（拦）连五同志，你是要枪还是要老婆？让她走吧！一个黑五类的老婆有什么值得留恋的，美女是个陷人坑，你……你不要没有立场……她一走，你们村全是贫下中农，像水一样清澈，像玻璃一样透明，我就是要把你们村建成一个玻璃村，这是一份好材料。

［灯暗，幕闭。

第二场

［几年之后，村办公室门口，红旗飘飘锣鼓声声。

［常天庆上。

常天庆　（唱）十年河东转河西，
一年一个新皇历。
不管千变和万化，
紧跟形势没问题。
那一年，阶级斗争抓得好，
治保主任升书记。
人家说我是不倒翁。
其中秘密谁能知？
如今扶持万元户，
看来又是好时机。
这边拎着照相机，

这边提着收录机。
单等小和一到家，
拍张照片报社寄。
只要竖起这杆旗，
铁交椅定能换下金交椅！

［赵玉枝上。

玉　枝　常书记。

常天庆　啊，玉枝来了？小和到县里开会十几天，有点想他了吧？

玉　枝　常书记，你莫笑啊！结婚都四五年了！
（幸福地回忆，一笑）
（唱）想起那一年，
他相亲到我家里，
手里拎着酒，
穿的是新衣。
脸上红扑扑，
羞得把头低。
我躲在旁边笑，
心里甜蜜蜜。
不爱他的酒，
不爱他的衣，
只看他这人，
将来有出息。
他聪明又勤劳，
生产有算计。
结婚四五年，
逢上好时机。
办起养鸡场，
外加运芦席。
银行有存款，
全村数第一。
成了万元户，
远近有名气。

都夸我玉枝，

一双好眼力。

常天庆　你的眼力确实不错，小和真是千里挑一的好小伙子啊！

玉　枝　（高兴地）你也夸奖他了！咦！看你又是录音机，又是照相机，搞么事啊！

常天庆　都是为你家小和准备的。县劳模散会回村，还能不好好宣传宣传？等会给他照相，你也参加！

玉　枝　你真会开玩笑！

常天庆　不是开玩笑，这是组织决定的。快去准备一下。把笔挺的上装穿起来，半高跟皮鞋蹬起来。到时候你跟小和同志并排一站，我就“咔嚓”一声……

玉　枝　算了，算了，我算老几？（怕羞地）

常天庆　你算老几？万元户的夫人。好比驸马与公主。你没看过古装戏，驸马走到哪里，公主就跟到哪里，离了你，唱不成戏。快去准备吧！

玉　枝　你呀，怪不得人家说你是小秃子过河——

常天庆　这话么意思？

玉　枝　一浪一个花头呗！

常天庆　（不高兴地）严肃点。这是政治任务，我还准备着开个欢迎会哩，等会还要到你家去拍那电视机、洗衣机、缝纫机，收录机……

一社员　（跑上）来了，来了，郑小和回来！

常天庆　鸣炮，奏乐！

［锣鼓齐鸣，鞭炮轰响。

［郑小和胸戴大红花，手捧光荣匾上，众社员同上。

常天庆　小和同志：

（唱）祝贺你平步青云登了天，

我们村里出状元。

书记接，县长见，

捧回一块光荣匾。

胸戴红花真精神，

你为全村把光彩添。

今日举行欢迎会，
把你的事迹来宣传。
希望你，谦虚谨慎莫骄傲，
再接再厉永向前！

郑小和　谢谢书记，谢谢大家。请抽烟，请抽烟。（散烟）

众　人　喜烟喜烟。

玉　枝　小和！（又喜又羞地望着小和）

郑小和　（高兴地）玉枝，你也来了？

［众人把他俩推到一起。

常天庆　同志们，郑小和同志成了县劳模，这与玉枝的帮助是分不开的，他们是八十年代的模范夫妻，我们一定要好好宣传，现在为他们拍照。

众　人　好！

常天庆　（对一社员）小王，你来帮个忙，等会我和他们站到一起，你把这快门一按就行了！

一社员　好。（拿起照相机）站好，笑一笑。

［常天庆急忙同郑小和夫妻站到一起，这时凤梅拎着包袱上，正好走到小和身边，照相机“咔嚓”一声。

一社员　怎么多了一个人？

众　人　凤梅回来了！

常天庆　完了，完了，这张照片报废了！（回悟过来）啊，地主分子也都摘帽了。这张不报废。

郑小和　凤梅嫂！

玉　枝　凤梅姐？

凤　梅　玉枝，多谢你同小和上次进城看我，没有招待，实在对不起！

玉　枝　看你说的。

凤　梅　常主任。

一社员　不是主任，现在是书记了！

凤　梅　常书记！

常天庆　（冷冷地）嗯，你好！

众　人　凤梅，这些年你是怎么过的？

凤　梅　我……，乡亲们。

（唱）自从离开众乡亲，
投亲靠友进县城，
洗浆补连当保姆，
光阴如水五冬春。
每当想起冤枉事，
常把眼泪肚里吞。
喜看今朝形势变，
乌云过去天放晴，
四类分子帽子摘，
冤假错案都澄清。
凤梅今日回家来，
求领导，求乡亲，
查一查，问一问。
凤梅可是偷衣人！

［欲跪倒众人面前，众人慌忙扶起。

众　人　不要这样！

郑小和　（十分尴尬）

（旁唱）她那里，一双眼睛将我瞅，
好比万箭扎心头！

玉　枝　（旁唱）他一见凤梅神色变，
不知其中么缘由！

常天庆　（旁唱）半路杀出个程咬金，
这件事儿真扎手！

众　人　常书记，你看怎么办？

常天庆　怎么办！我怎么办？

（唱）冬去春来已五秋，
谁不知她把衣偷？
当年定案有依据，
要想翻案没理由！

一社员　当年我就怀疑：哪有偷来的衣服放在猪菜篮子里，这篮又放在广才婶的家门口。

广才婶　当时我就说凤梅不是那种人！

一社员　对，要真是她偷的，还能回来翻案？

常天庆　什么？当初你们是怎么说的？现在又变了？

一社员　当初，当初还不是听你的，你说她是地主子女黑五类，除了她没别人！

常天庆　我也是根据大家的意见决定的。

众　人　你怎么把责任推到群众头上来了？

常天庆　你们不担责任，难道我就有责任？我也没有给她戴帽子，事隔多年，叫我怎么查？依我看不如一笔勾销算了！

凤　梅　不，常书记，我背了五年黑锅，不把事实澄清，我是死不瞑目的。

众　人　是呀！不能让凤梅背这个黑锅啊！

常天庆　你们吃的灯草，说得轻巧。谁有本事，谁出来调查！把那个真小偷抓出来！

郑小和　（实在忍耐不住、欲承认）常书记，我……

玉　枝　（一把拉住小和）你今天怎么啦？管你么事，多嘴多舌的！

郑小和　（为难地）我……

常天庆　玉枝，小和是县劳模，有影响的人物。既然他想发表意见，就让他说嘛！

玉　枝　（生气地踩了小和一脚）你……

郑小和　我……我也没有什么好说的了！

常天庆　（乘机顺水推舟地）那你就帮我做做凤梅的思想工作吧！（溜下）

众　人　你就让小和说说嘛！

郑小和　［玉枝生气地扭过头去，小和左右为难。

郑小和　凤梅嫂！

（唱）难为你，蒙冤受屈五年多，

害得你，离乡背井受折磨。

若不是……（吞吐难言）

若不是……当年乱批又乱斗，

怎会叫你背黑锅？

一社员　说得有道理！

一社员　开了几天会，水平硬是提高了嘛！

玉　枝　提高个鬼！

郑小和　（狠心地唱）

这件事情我有错，

玉　枝　（一惊）你有什么错？当了模范，还想包打天下！

凤　梅　小和兄弟，怎么能怪你呢？

郑小和　唉，我……

（背唱）进退两难没法说！

（抱头蹲地，痛苦，矛盾）

凤　梅　（绝望地）我好命苦啊！城里人多少冤案都澄清了，我凤梅为什么偏要受一辈子屈呢！天啦，这到底是为什么？（哭泣）

玉　枝　（同情地）唉，也真作孽啊！

一社员　常书记呢？

一社员　他倒好，撒手不管，溜了！

一社员　玉枝，你平时那么喜欢打抱不平，今天怎么不作声了？

玉　枝　（受激地）这偷衣服的人实在可恶，常书记不查，我们妇女帮助凤梅查！

众妇女　好，我们一定帮助你！

第三场

［郑小和的家。

［郑小和忧心忡忡地上。

郑小和　（唱）一见凤梅回了乡，

我好似掉进冷水缸。

原来定她“偷的衣”，

到事后才知道就是我。

借穿的那套的确良，

原只当事情已经成过去，

谁知道凤梅她背着偷衣的黑锅还在受冤枉！

唉！这叫我怎么办呢？（沉思）对！我不如叫出玉枝，

（对内喊）玉枝！玉枝！

玉　枝　（上）叫我搞么事？

郑小和　我有件事想与你商量商量！

玉　枝　么事？

郑小和　你昨天不是答应帮助凤梅查清偷衣服的事吗？

玉　技　是啊，你发现线索了？

郑小和　没有。不过，我倒有个办法。

玉　枝　么办法？快说！

郑小和　你听我说啥！

（唱）事情过去五年整，
请来包公也难断清，
不如由我来承认，
免得你们，到处调查伤脑筋！

玉　枝　（惊）什么？你承认偷衣服？

郑小和　只要我一担过来，凤梅就能洗清冤屈，也免得你们调查，这有多省事？

玉　枝　（生气地）你说得真轻巧！

（唱）只听说，以桃代李状元求，
没听说，冒名顶替当小偷。
莫非你，今天喝醉了酒，
莫非你，当了模范当昏了头。
要当英雄充好汉，
也不能不顾影响把脸面丢！

郑小和　我这是没得办法的办法，也是为凤梅好呗！

玉　枝　为凤梅好？郑小和你到底打的么鬼主意？你与凤梅究竟……

郑小和　你——千万别误会，别误会。

玉　枝　哼！尽出馊主意！

郑小和　（试探地）那要真是我偷的呢？

玉　枝　（背白）看来这个糊涂蛋，还真想把牛屎往自己头上糊哩！不给点颜色看看，他是不晓得厉害的。（对小和）要真是你偷的呀，我们就……

郑小和　就怎么样？

玉　枝　砧板上切黄瓜——一刀两断！

郑小和　离婚？

玉　枝　谁同你开玩笑！

（唱）玉枝生来怪脾气，
最讨厌偷窃扒拿的坏东西，
宁可嫁个穷光棍。
不与小偷做夫妻。
倘若衣服是你偷，
我们趁早把婚离？

郑小和　（背白）糟了。

玉　枝　（逼视地）你老实交代，衣服是不是你偷的？

郑小和　我……是是是，是我借的嘛！我那年去和你相亲。

玉　枝　（不相信地）小和！话可跟你说在前头，你要“代人受过”可不行。你在想什么歪点子？你——

［常天庆上。

常天庆　小和在家吗？

玉　枝　在在在，常书记，什么风把你给吹来了？

常天庆　东风呗！

玉　枝　常书记，凤梅的事你们到底管不管？

常天庆　玉枝同志，你没见我一天到晚忙得屁股不落凳子吗？目前连专业户都抓不过来，哪有工夫问那个陈谷子烂米的事呢！再说……算啦，我们也不究问那事了嘛。

玉　枝　你不追究，人家凤梅可要追究呀。人家真没偷，也不能让她背一辈子黑锅！

常天庆　套把衣服，事情小得不能再小了，算啦，算啦，别闲扯了，我找小和还有事！

玉　枝　么事，能告诉我吗？

常天庆　怎么不能？玉枝同志！

（唱）小和如今思想好，
带头致富做榜样，
支部研究做决定，
要我培养他入党。

玉　枝　（惊喜地）常书记，你要培养他入党呀？

常天庆　我今天就是为这事来的。

玉　枝　你们好好谈谈，酒是现成的，我去炒几个菜来！

常天庆　别……你要讲客气，我就走！

（假意欲走）

玉　枝　要走，就是看不起人，到吃饭的时候了嘛！（下）

常天庆　（看表）哟，还真不早了嘞！

郑小和　常书记，你抽烟！

常天庆　小和同志，你我不是外人。说句心里放，前几年我有很多对不起你的地方，比方说：卡了你的芦席，没收了你的鸡鸭，害你……

郑小和　还提那些干什么？

常天庆　说实在话，那时候我也没办法。

郑小和　就是就是。

常天庆　既然你这么谅解我，我也不能亏待你。你看我由一个社员当上生产队长，由队长升为治保主任，由治保主任又升为大队长，现在又当上了书记，为么事这么顺利？

郑小和　不，不知道。

常天庆　首先要具备一个条件。

郑小和　么条件？

常天庆　首先要成为无产阶级先锋队的一员！

郑小和　要入党。

常天庆　外面场虽说不能这么讲，但事实上就是这么做的。

郑小和　这我知道。

常天庆　知道就应该朝这个方向努力呀！

郑小和　我……，我这个跑运输、做生意的，过去是资本主义，现在能争取呀？

常天庆　那是哪年的皇历呀，现在不同了。小和同志！

（唱）这次你开会进县城，

区里党代会正进行。

书记台上做报告，

传达上级新精神。

会议精神我看得准，

看准就要先执行。
我提出，党员要发展万元户，
到会的同志愣了神。
区长含笑夸奖我，
说我有胆有识头脑灵。
我在会上做保证，
建党工作树典型。

郑小和　你又要树典型？

常天庆　是呀，这么多年你看我是奖状没少得，经验没少讲，年年讲先进，会会受表扬。

郑小和　是的是的。

常天庆　要做到这一点，就要头脑灵活。领导意图要猜得准，遇事比别人先走一步，带头抓典型！

郑小和　是吗？（不无讽刺地）比方说："阶级斗争一抓就灵"的时候，你抓了玻璃村、水晶队的典型，学大寨你抓了学大寨的典型，"四人帮"粉碎后你抓了批判"四人帮"的典型……

常天庆　小和呀，当个基层小干部，眼睛不跟着上级转，就会犯错误！我——哎，往事不提了。不提了。

郑小和　哦——啊——

常天庆　这次我要发展专业户入党总是没错，总算是抓对了。

郑小和　你真要发展我入党？

常天庆　我在会上做了保证，还会假吗？我给区委汇报了，说你思想先进，工作积极，从来没犯过错误……

郑小和　我……

常天庆　你要努力争取。

郑小和　怎么争取呢？

常天庆　首先要对党忠诚，遵守党纪，不说假话！

郑小和　对党忠诚，不说假话？

常天庆　当然啰，有些问题，对老婆不能说，对党可以讲。

［这时，连五来找小和，正走到窗前闻声站住、窃听。

郑小和　常书记，你这话讲到我心里了，我要向党交心。

常天庆　那好嘛，你说吧！

郑小和　我有个问题，一直没说，今天在党的面前我要交心！
常天庆　好，这就是你一大进步。
郑小和　我曾经犯了一个错误！
常天庆　犯错误，该不是跟哪个姑娘、嫂子有什么关系吧？
郑小和　不不不，不是。
常天庆　那有么错误？
郑小和　常书记，五年前广才婶掉的一套衣服是我拿的，你冤枉凤梅了！
常天庆　（凉了半截）啊！

［连五在窗外听见，欲进觉得不妥，欣喜地下，去向凤梅报信。

郑小和　（旁唱）一块石头落下地，
从今后，不为此事再着急。
常天庆　（旁唱）豆腐掸在灰窝里，
交心交出个大难题。
倘若此事传出去，
众人面前泄天机，
老的典型是虚假，
新的典型是吹牛皮。

小和！你别看这是小事一桩，可以代人受过？你是不是爱她长得……感情用事，可要闹纰漏呀！

郑小和　你说到哪里去了……
玉　枝　（端酒上）常书记，喝酒，喝酒！
常天庆　啊！好好好！
玉　枝　小和，谈得怎么样了？
郑小和　正在谈哩，你先出去转转。
玉　枝　怎么，我听都不能听呀！
常天庆　哎……，我们还是先党内后党外，等谈好了，一定告诉你，请你出去转转。
玉　枝　（背白）乖乖，入党还真不容易哩，（对小和）小和，你要好好地表现表现！

［玉枝下。

常天庆　小和同志，你刚才说的是代人受过吧？

郑小和　不是，对党我半点不敢隐瞒，再说，谁还愿意把小偷的帽子往自己头上戴？其实，这是个误会……

常天庆　哎呀，你怎么不早讲呢？

郑小和　这几年跑运输做生意，凤梅也没回来，我就把事情给忘了。我不是代人受过，我是向党交心！

常天庆　（旁白）他交心了，我可伤心了！

郑小和　要罚、要批、要处分我都愿意！

常天庆　你知道不知道这后果的严重性？

郑小和　后果是严重的，我让一个清白无辜的人，背了五年黑锅！可我……我当时就把衣服还了。

常天庆　衣服是藏在凤梅的篮子里，这么多年你一直没说。这会儿说了，你也说不清呀——你想想，连五能放过你？他会说你有意栽赃，害得他恩爱夫妻，分散了五年！他放不了你。还有，你家玉枝能相信？玉枝不会怀疑你和凤梅有什么不正常的关系？！而且政治影响也不好。

郑小和　还有政治影响？

常天庆　对。不仅如此，还给党的脸上抹了黑。

郑小和　唔！有这么严重？

常天庆　你想想，你这个万元户、区劳模、县代表是不是党培养的？

郑小和　是的。

常天庆　前天，我已向区委做了保证，马上发展你入党，区委十分关心。如果你把偷衣的事暴露出来，是不是对党建工作造成极大损失？

郑小和　（焦急，恐惧地）我……我不是偷呀，我只穿了几个小时就还了呀！

常天庆　你不是偷，这我能理解，可已经造成了偷的后果呀（倾身相向、亲切地）这样吧，我们还是先党内后党外，党内的事党内解决。今天你向党交了心，说明你对党的忠诚，你算完成了任务，以后不要再向外面讲就行了！

郑小和　那……那我还要背着包袱过日子啊！

常天庆　个人背包袱事小，党的影响事大，个人利益要服从组织利益，我上党课的时候不是讲过了吗，你忘了？

郑小和　　我进城开会没参加！

常天庆　　以后要补上。党有铁的纪律，既然要入党，就不能与党有二心。对党有二心，就会离心，离心就会变野心，有野心就危险了！

郑小和　　我还没入呢，哪会有野心？

常天庆　　那就要跟我跟党一条心，你表个态。

郑小和　　坚决和党一条心。

常天庆　　好。玉枝，玉枝！

玉　枝　　（上）哎。

常天庆　　你家小和表现很好。（拿出志愿书）这是志愿书，抓紧填好，我就是你入党介绍人。向你们祝贺！

玉　枝　　哎呀，常书记，你真是个大清官啦！小和，我们要好好地表现表现！

郑小和　　（神情恍惚地）表现，叫我怎么表现？

玉　枝　　你真糊涂，常书记前几天不是说过，大队部没有电视机，我们就买个一尺八的大电视机，送到大队部，让全队社员都能看上电视，建个文明村。

郑小和　　那钱？

玉　枝　　你真大处不算小处算，钱挣来就是花的！（跑下）

常天庆　　玉枝有水平。我马上叫广播站给你宣传宣传。

玉　枝　　（上）这五百元你带着，现在就进城！

常天庆　　你夫妻俩思想好，行动快，很好，很好！（对观众独自）这又是个典型！

［幕闭。

第四场

［路口。郑小和上。

郑小和　　（唱）风吹乌云遮满天，

我心中的石头沉甸甸。

花开花落五年整，

凤梅受屈我心不安。
实指望，向党交心为她雪此冤，
谁料想，书记却把话头拦，
说什么，党的威信要照顾，
说什么，组织纪律非等闲。
思前想后难猜透，
一团乱麻绕心间。
理不清，扯不断，
我糊里糊涂好为难。

［凤梅从另一侧拎菜篮上。

凤　梅　小和兄弟，你来赶集了？

郑小和　（抬头相见，欲避不能）凤梅嫂，你、你好！

凤　梅　好么事啊！刚从城里回来，自留地一棵菜没有，上街买点菜秧子回去栽！

郑小和　你生活一定很困难吧！

凤　梅　生活倒不困难，只是万事从头起，要一件一件地办。

郑小和　连五呢？

凤　梅　他总是要接我回玻璃村去，你想想，问题不搞清我能回去吗？小和兄弟！
（唱）人在世上活一生，
清白二字最要紧。
不怕没有下锅米，
就怕背着坏名声。

郑小和　凤梅嫂！
（唱）你的心情我理解，
有心帮忙恨无能。
我劝你，早日回到连五家，
夫妻团圆建家庭。
有朝一日机会到，
雨过天晴是非清。

凤　梅　（唱）多谢你一片火热心，
谁不想，夫妻团圆一家亲。

只因为，一身污泥没洗掉，
纵然回家也难做人！

郑小和　这……这事你别急，会搞清楚的！

凤　梅　你说能搞清楚？

郑小和　能。

凤　梅　真的么？

郑小和　包在我的身上。

凤　梅　那就感激不尽了。小和兄弟，我还想托你一事！

郑小和　么事？

凤　梅　听说养鸡收入大，我想办个家庭养鸡场，你能不能帮我在信用社申请贷点款？

郑小和　贷款，你要多少？

凤　梅　开始我不打算养多，包括买鸡苗，做鸡笼，有五百就够了。

郑小和　（高兴地背白）我这正好有五百元，电视机以后买不迟。（转向凤梅）凤梅嫂，你要的数字不大，何必去找信用社，多麻烦！我这儿有现成的五百元，你先拿去，有钱就还，没钱就算了！（将钱塞进篮子）

凤　梅　这怎么行？

郑小和　怎么不行？你快去买鸡苗吧！（跑下）

凤　梅　小和，小和兄弟！（追喊）

［连五上。

连　五　凤梅！我到处找你！

凤　梅　（爱理不理地）你站远些，当心我这黑五类妨害了你的前途！

连　五　凤梅，你还把这事放在心里！

凤　梅　我一辈子也不会忘记！

（唱）想当初，常天庆，
阶级斗争抓典型。
为了建设玻璃村，
硬说我是偷衣人！
原以为，你该为我辨冤屈，
没想到，你翻脸无情不认人！
为了保住你那杆枪，

帮助屠夫端血盆。
害我漂流到今日，
你哪有半点夫妻情？

连　五　我糊涂，我不是人啊！
（唱）只怪我当初头发昏，
是非黑白分不清，
心中只有常天庆，
“只抓大事”伤亲人。
害得你，蒙冤受屈五年整，
四处漂流受苦辛。
愧恨交集痛难忍，
恨不得，跳进大河了此生。
凤梅啊，你只当我害了一场精神病，
宽宏大量饶恕我这个糊涂人。
求你跟我回家去，
从今后累死累活我甘心。

凤　梅　（旁唱）听了连五一番话，
又气又恨泪淋淋。
想当年，我讨饭要到他家门。
又冻又饿头发晕，
是他一碗白米粥，
救我凤梅离死神。
灾难之年一粒米，
胜过当今万两金。
恨只恨，他不辨是非无头脑，
跟着歪嘴念邪经。
到头来，别人升官走红运，
他却变成穷光棍！
衣服脏又破，
满脸挂泪痕。
有心跟他回家去——不行！
这样回家太丢人！

（依然冷淡地）你，走吧，是非不弄清楚，我是坚决不回去的。

连　五　凤梅，事情已经弄清楚了！

凤　梅　（惊异地）什么，你说什么？

连　五　我就是为这事来找你的，事情已经弄明白了！

凤　梅　那偷衣服的是谁？

连　五　郑小和

凤　梅　（惊异地）是他，你别瞎说，郑小和怎会做出这种事？

连　五　是真的。我是在他窗前，亲耳听见他向常天庆透露的。

凤　梅　常天庆怎么说？

连　五　我听了半天，听不清楚，就急着给你报信来了！

凤　梅　（若有所思地）难怪啊，他说这事包在他身上！还一出手就借给我五百元。

连　五　什么？借给你五百元？

凤　梅　我想养鸡，请他贷款，他当场掏出五百元。（示钱）

连　五　卑鄙！他想用钱堵住你的嘴，这钱不能要，把它交给常天庆！

凤　梅　交给他搞么事？

连　五　有这证据，正好要常天庆给你平反！走吧！

［持凤梅下。

［幕闭。

第五场

［郑小和的家。

［玉枝上。

玉　枝　（唱）太阳照在屋顶上，

家家户户午饭香。

小和进城买电视，

半天未回我心慌。

昨天我做了一个可笑的梦，

梦见小和把城上，

他骑着崭新的凤凰车，
后面带个大姑娘，
得意扬扬一路笑，
亲亲热热情意长。
气得我两眼火星冒，
醒来却是梦一场。
莫怪玉枝心眼小，
只因小和很反常，
过去进门满脸笑，
如今回家满脸霜。
心事重重常生气，
分明嫌我配不上。
莫非迷上了小狐狸，
玉枝不能不提防！

［心事重重，收拾进屋。

［郑小和上。

郑小和　（唱）心花怒放喜盈盈，
一路春风回了村。
暗助凤梅了心愿，
千斤包袱卸了五百斤。
抬腿来把家门进，

（突然想起她）哎呀，不好，电视机没买，钱也没了！

（接唱）见了玉枝怎说明？
若把真情对她讲，
又恐玉枝起疑心。
无端风波平地起，
好事变成坏事情。

（急得团团转）这，这怎么办？咦！有了，我不妨编个故事，混过这一关，以后再慢慢对她说，就是这个主意！

（唱）脱下衣服地上滚，
脸上抹点黑灰尘。
来在门前一声叫——

　　　　玉枝——
玉　枝　（闻声上）你，怎么搞的？
　　　　（接唱）浑身污泥吓死人！
郑小和　（唉声叹气地）唉！
玉　枝　你跟谁打架了？
郑小和　（摇头）
玉　枝　你撞上汽车了？
郑小和　（摇头）
玉　枝　（着急地）你到底怎么搞的啊？
郑小和　唉，真没想到啊！
　　　　（唱）高高兴兴上县城，
　　　　　　十字街口散散心。
　　　　　　来了一个气功队，
　　　　　　群众争看围几层。
　　　　　　我挤进人群抬头看，
　　　　　　单手劈砖真惊人！
玉　枝　那是练气功的！
郑小和　（唱）我凝神观看真带劲，
　　　　　　一摸口袋掉了魂。
玉　枝　怎么？
郑小和　（唱）五百元钱不见影，
玉　枝　啊！
郑小和　（唱）转身就抓可疑人。
　　　　　　不料上来四五个，
　　　　　　你推我搡起纠纷。
　　　　　　拳打脚踢对着干，
玉　枝　双拳难敌四手，你怎么打过他们？
郑小和　是的哟！
　　　　（唱）惊动了街头巡逻警。
　　　　　　小偷纷纷都逃跑，
　　　　　　我丢钱反而挨批评。
　　　　　　电视机，成泡影，

两手空空回家门！

玉　枝　唉，算了，算了，破财免灾。没伤着身子吧！

郑小和　还好。就是舍不得那钱！

玉　枝　好了好了，钱是人挣的，你也不要放在心上。

郑小和　唉，那是整整五百元呀！

玉　枝　就算给小偷抓药吃了。我玉枝也不是那种小头小脑的人，只要人没伤着，一切算了，快进屋洗洗澡，换换衣服。

郑小和　（旁白）这一关总算闯过去了。

玉　枝　刚才常书记来打招呼，叫你把入党志愿书填好，早点送去。

郑小和　好，我马上填。

［小和下，玉枝进屋。

［常天庆上。

常天庆　（唱）刚才连五到我家，

气势汹汹来揭发，

状告小和偷衣服，

语中带刺火辣辣。

证据就是五百元，

要我立即来处罚。

幸亏凤梅讲实话，

说是小和帮助她。

扶贫救困风格高，

这个典型更要抓。

这个连五，真是胆大包天，敢在窗下听壁脚，散布小和偷衣服。这事让群众知道那还得了？幸亏我还有三斧头，连砍他几下，唬得他哑口无言。不过，这小和也太多事，你干吗要借给凤梅五百元呢？这不是惹祸上身吗？正好最近领导号召扶贫救困，我何不借此机会树个榜样，压压阵脚，以防万一。（对内）小和回来了吗？

玉　枝　（上）是常书记？小和回来了，正在洗澡。

常天庆　大白天，洗个么澡？

玉　枝　你哪晓得啊，一下午他进城买电视机，五百块钱给小偷偷去了。

常天庆　（不解地）啊！小偷偷去。（旁白）这小和葫芦里卖的是什么药?

玉　枝　还跟小偷打了一架，身上弄得一团糟!

常天庆　（按照自己的逻辑思索）嗯。他一定是学雷锋，做好事不留名，这又多了一条先进事迹!

玉　枝　怎么又多了一条先进事迹?

常天庆　你还不知道，刚才凤梅对我说，小和借给她五百元。

玉　枝　（顿生疑心）借给她!

常天庆　凤梅要办养鸡场，没有本钱，小和主动借给她五百元。

玉　枝　（气愤地旁白）啊，他为什么回来撒谎?这里面一定有鬼!

常天庆　玉枝，小和洗罢澡叫他别走，我去把大队文书找来，这材料要好好地整一整。

［常天庆下。

玉　枝　（气极地）我的妈也!

（唱）难怪早晨眼皮跳，
果然祸事就来到。
往日见他品行好，
今天有钱就作烧。
那一天，他与凤梅一见面，
我心里就有点小苗苗。
一个是亲亲热热眉眼笑。
一个是吞吞吐吐脸害臊。
只怪我呆头又呆脑，
如今变成受气包。

（怒吼地）郑小和，你给我出来!

［郑小和手拿志愿书上。

郑小和　么事啊!

玉　枝　你老实说，五百元搞到哪里去了!

郑小和　我不是告诉你了吗?

玉　枝　（拉郑小和）走，带我去问问，究竟送给哪一家了!走哇!

郑小和　（知事不妙）你，你怎么不相信我?

玉　枝　（气愤地打小和一耳光）我相信你，可你不做人!

郑小和　你，怎么打人!

玉　枝　你你你，

（唱）郑小和你黑良心，
忘恩负义不是人！
当初来到你的家，
四壁空空如寒亭。
一只破锅两个洞，
两只饭碗三个钉。
一张板凳三只腿，
一床破絮四条筋，
不嫌你没有下锅米，
不嫌你没有油点灯，
只图你待我心眼好，
和和睦睦建家庭。
没想到好日子刚刚开个头，
你就迷上了狐狸精。

你老实说，五百元钱到底给准了？

郑小和　我……

玉　枝　你不说我也知道，你给了凤梅那个野婆娘，我早就看出苗头，你们眉来眼去，勾勾搭搭，还编出故事来骗我！

郑小和　玉枝，你听我说！……

玉　枝　我再也不受你的骗了！我找那个野婆娘算账去！

［匆匆跑下。

（追喊）玉枝，玉枝——

［灯暗，幕闭。

第六场

［紧接前场。

［灯光复明。郑小和呼喊着上。

郑小和　玉枝，玉枝，你不该这样做，你不能去！（猛跑，被石块绊倒在地）啊！我跑到什么地方来了？我怎么连家门前的路也认不出来了？

（唱）小和如同雷击顶，
两眼发黑昏沉沉。
村前熟路认不得，
东西南北分不清。

（幻觉中，听见玉枝的骂声）

玉　枝　（幕内声）郑小和！你忘恩负义，你欺负人，我赵玉枝哪点对你不好，你的良心叫狗吃了？

郑小和　玉枝，你错了，我不是那种人，你听我说！

（唱）自从你到我家来，
同甘共苦度光阴。
你不嫌小和家境苦，
半糠半菜无怨声。
自从当上专业户，
你四处奔波受苦辛，
我收芦席你算账，
我拉板车你背绳。
日晒雨淋同饥饿，
致富路上一条心。
为何今日变了态，
错把小和当坏人！

（白）唉，这不能怪她，都怨我。

（唱）只怪当年日子苦，
借衣相亲惹祸生，
连累凤梅受冤屈，
一条祸根到如今。
实指望，帮助凤梅了心愿，
谁料到，反为凤梅加罪名。

（幻觉中，听到凤梅的哭声）

凤　梅　（幕内声）我好冤屈啊！

郑小和　凤梅，你别哭了，是我对不起你！

（唱）伤口加伤伤更痛，
雪上加霜霜更浓。
只怪小和私心重，
瞻前顾后隐私情。
早该快刀斩乱麻，
不该等到入党才交心。
交心碰到常天庆，
拖拖拉拉祸酿成。

（看着手中入党志愿书）我还能入党？我……

（唱）我不够入党条件，
我怎样对党忠诚，
我不配胸戴红花，
我怎能当作典型？
我要挺起腰杆去承认，
我要做有良心的洁白人！

［郑小和跑下。

［二幕启。凤梅家门口。

［赵玉枝气冲冲地上。

玉　枝　（唱）满腔怒火跑得急，
两腿发颤汗水滴。
去找凤梅把账算，
抽她的筋来剥她的皮。

（来到凤梅家门口，见门关着，站在门口大骂）小婊子，野婆娘，你给我滚出来！

（唱）别看你模样长得俊，
本是狐狸来托身。
自己有家你不归，
单身独居勾男人！
全村老少都来看啰，
这里出个狐狸精。

［众社员三三两两地上。

［凤梅从自留地回来。

凤　梅　（见状）玉枝妹子，你骂谁啊！

玉　枝　骂那个偷人养汉的狐狸精。

凤　梅　（莫名其妙地）你怎么跑到我家门口来骂呢？

玉　枝　天是公的，地是公的，我想在哪儿骂就在哪儿骂！你心虚了，你害怕了？

凤　梅　你这是什么意思？为人不做亏心事，半夜敲门心不惊，我怕么事？

玉　枝　骚和尚念佛——假正经。

凤　梅　（气恼地）你血口喷人！

玉　枝　我血口喷人，你还暗刀杀人哩！

（唱）只怪我玉枝瞎眼睛，
错把妲己当观音。
我处处为你叫冤屈，
你却背地挖墙根。
你一偷衣服二偷人，
勾引小和卖风情，
暗中来往瞒着我，
今朝跟你把命拼。

［众人慌忙拉住，凤梅气极昏倒。

众　人　凤梅姐，凤梅——

凤　梅　天啦，你为什么这样不公平！

（唱）冤案未平又受辱，
叫我凤梅怎做人。
人人都说世道变，
枯藤死树重返青，
凤梅为何这般苦，
跌落悬崖难翻身！
无中生有咬一口，
入骨三分痛在心。
你你你，恶言中伤有何证？

玉　枝　（接唱）五百块钱是证人！

凤　梅　啊？

众　人　（纷纷议论）五百块钱！

玉　枝　乡亲们，你们听着，这个骚婆娘，全靠勾引男人过日子。本来我家小和是个老实人，往日回家和我谈什么都开肠见肚，自从她回来之后，小和就变了，和我说什么都吞吞吐吐，还要窥窥我的脸色，那一双眼睛，显的做贼心虚……哦，原来他还是迷上这个狐狸精了，硬是把五百块钱塞在她手里，不是书记告诉我，我还蒙在鼓里呢！

凤　梅　书记告诉你的？难道他不知道，这五百元钱是小和借给我办养鸡场的？

玉　枝　借给你办养鸡场？为什么不借给别人？偏要借给你？为什么他还编出故事来骗我？还不是你模样长得好，在男人面前会温存！

凤　梅　（气极地，用头向玉枝撞去）你……

［二人又扭打起来。

连　五　（见状）住手！（将玉枝推倒在地）

玉　枝　（从地上爬起）你打人！你这个乌龟头，自己老婆管不住，偷人养汉，还想对我撒野！

连　五　你胡说八道！

玉　枝　我胡说八道，五百块钱就是证据！

连　五　别提那五百元钱了，你家小和当年偷衣服至今不吭声，害得凤梅受苦，想用五百块钱堵住她的嘴，我正要上县城告状哩！

玉　枝　啊！你还倒打一耙。你是看我家发了财红了眼咋的？你是看我家小和要入党不服气咋的？

众　人　连五，你说这话有根据吗？

连　五　根据在常天庆那里，你们问他去！

一社员　你们看，常天庆来了！

［常天庆上。

常天庆　（见状）你们都在这儿？玉枝，你怎么了？小和呢？大队文书来了，快去把小和找来，抓紧整材料！

玉　枝　我的大书记，你别开心了，我家小和成了偷衣贼，要去劳改了！

常天庆　谁说的？（见连五在场）连五，是不是你又在造谣？

连　五　（一反常态，严正地）我造谣？你还想扣大帽子？告诉你，当年你一口气能吹起三尺浪，我的头脑又发热，吃了你的苦，上了你的当，现在……现在我不怕你了，无风你也掀不起大浪了！郑小和对你讲了什么话，我记得清清楚楚。我警告你，凤梅的冤案是你一手造成的，你不给她平反，我上法院告你！

常天庆　（有些心虚，但仍装镇定地）哈哈哈！告吧告吧，你去告吧！（悲天悯人地）我说，郑小和可真是“好心得不到好报，烧香惹鬼叫”。么事要代人受过啥。如今我要告诉他，不能代人受过！连五我告诉你，陷害万元户，破坏农村改革的大好形势，到时候，坐大牢的还不知道是谁呢！——同志们，专业户是新生事物，决不允许往他们脸上抹黑，你们不要听信谣言，郑小和主动拿出五百块支援困难户，这是我们党提倡的，是千真万确的，是80年代新农民的新思想，你们要好好向他学习，你们……

［郑小和上。

郑小和　常书记，你别再说了。同志们，我有罪！

［众惊，议论。

常天庆　你，郑小和同志，你是怎么了？你要注意身份，注意影响！

郑小和　我什么也顾不了啦！我再也憋不住了，我要说！

（唱）我不够条件当先进，
　　我不能欺骗组织和乡亲。
　　五年前，我拿了衣服去相亲，
　　害得凤梅蒙冤情。
　　指望向党把心交，
　　老常硬叫不交心。
　　每次见到凤梅面，
　　又羞又愧无地容。
　　实指望，五百块钱减轻良心债，
　　谁知道，更为凤梅添伤痕。
　　凤梅呀！
　　千错万错是我错，
　　今日上门来赔情。

（扑地跪在凤梅面前）凤梅，我对不起你！

凤　梅　（惊诧地）小和兄弟，有你这话我就知足了，快起来。

［扶起小和。

［众人感慨唏嘘。

（幕后伴唱）

一次典型祸造就。
酿成多少苦和愁。
春风吹来乌云散，
怎不叫人热泪流。

［玉枝在一旁放声大哭。

广才婶　玉枝妹子，你别难受……

玉　枝　我……我恨小和，为什么不把真话告诉我！我无脸见人了，呜呜呜……

连　五　常书记，你看怎么办？

常天庆　好典型。

众　人　你还要抓典型！

常天庆　不抓典型我哪来的工作？不抓典型我怎么向上级汇报？（边说边溜，退到台口）

连　五　你要下台了！

常天庆　要我下台？没那么容易！

连　五　你跑到台下去了！

常天庆　（仔细一看，大吃一惊）哎哎，危险，（身子一歪连忙抱住台口大叫）我不能下台，我不能……

众　人　（大笑）哈哈哈。

［幕落，剧终。

（与著名剧作家李骐骥老师合作，原载《安徽新戏》1985年第2期）

桐川第一官

（原名《范仲淹卖马》）

时　间　宋大中祥符八年（1015）至天禧元年（1017）。

地　点　江南东路广德军。（即今安徽广德县）

人　物　范仲淹　27—29岁，宋大中祥符八年进士，广德军司理参军，仕途由此而发轫。

范　母　50岁，知书达理，勤劳俭朴。范仲淹进士及第任广德司理参军后，即迎母归养。

辛　儿　范仲淹表弟，随身马弁，18岁。聪明机智，深受仲淹喜爱。

裴应龙　广德军司户参军，30岁。范仲淹少年同乡同窗。比范仲淹早三年入仕。

香　雪　裴应龙妹，18岁。聪慧机敏，有见地。后为范母的义女。

白光斗　地方绅士，60多岁。曾任陕西沿边招讨使，因指挥失误，罢职免罪归田。

白晓驷　白光斗原管家。后被逐出白府。

魏　昱　广德军知军（太守），50岁。白光斗好友。

桐　花　17岁，村姑。

孙大胆　20岁，村民。

冬　梅　19岁，村姑。大胆未过门媳妇。

史　去　白光斗家丁。

何　来　白光斗家丁。

衙役甲乙、捕快甲乙。

男女百姓若干。

第一场

［大幕如同历史的大门徐徐拉开。舞台深处传来庄重而深沉的声音：据宋史记载："北宋大中祥符八年，范仲淹以进士释褐，为广德军司理参军。日抱狱牍，与守争是非，守数以盛怒临之，公不为屈，归必记其往复辩论之语于屏，比去，字无所容，贫止一马，鬻马徒步而归。"

［天幕渐明，远方，山峦起伏，云蒸霞蔚；近处，竹木参天，花香鸟语。山道边，有一接官亭。

［一阵清脆的马蹄声，由远而近。

［紧接着，身着青衣小帽的范仲淹与辛儿策马上。

范仲淹　（唱）

十年寒窗求报国，
一朝金榜梦始成。
琼林宴上接圣命，
鼓乐声中离京城。
策马扬鞭赴任来，
一路马蹄伴春风。

辛儿，为何不走？

辛　儿　表兄，你看，"接官亭"。（指接官亭）

范仲淹　"接官亭"，如此说来，我们已到广德军治？

辛　儿　表兄，既是接官亭，为何一点动静都没有？

范仲淹　你想要何种动静？

辛　儿　常听说，新官上任，接官亭前旗牌簇拥，大小官员，冠袍毕至，行礼如仪，今天怎么连州府官员的影子也没见到？

范仲淹　一个小小的九品参军，何必劳师动众？本来明天到任，我特意改在了今天。

辛　儿　原来如此。

范仲淹　辛儿，你看我像个朝廷命官吗？

辛　儿　不像。

范仲淹　不像？那朝廷命官应该是何等模样呢？

辛　儿　应该是，

（唱）纱帽头上顶，
　　朝靴脚下蹬。
　　走路八字步，
　　说话嗯嗯嗯。

（学）嗯，哈，大胆！放肆！

范仲淹　哈哈哈，辛儿，你是戏看多了，把当官看得太容易。其实呀，并非如此。

（唱）纱帽头上顶，
　　好比轭上颈，
　　为民当头牛，
　　那才是根本。

［幕内突然传来急促的呼救声："救救我，救救我。"随着喊声，民女桐花匆匆跑上，扑通一声跪在范仲淹面前。"大哥救救我！"）

范仲淹　（懵懂地）姑娘，为了何事？

桐　花　有人抓我，你们看，已经追来了。

［史去、何来追上。

［周围老百姓纷纷赶来观看。

史　去　（抓住桐花）看你还往哪儿跑！

桐　花　（拼命挣扎）放开我，放开我！

何　来　说得轻巧，放开你。你要是再跑了我们如何交差？

桐　花　（愤愤地）不放开我，就别想我活着跟你们走！（说完就向一棵大树撞去）

史　去　（连忙上前抱住）想死？没那么容易。何来，快拿绳子绑起来！

何　来　（拿出绳子欲绑）

范仲淹　（厉声地）住手！

［围观的群众渐渐多起来。

史　去　（惊愕地）哟，你是哪路客人，竟敢管到我们头上来了。

辛　儿　大白天你们随便抓人，还有没有王法！

史　去　（蔑视地）谁说没王法？她爹输了官司。衙门要她交罚金，她交不起，咱老爷为她垫付了罚金。当时讲定，三天内必须还清银子，否则，以人作抵。而今期限早过，她仍然拿不出银子，你说，我不抓人咋办？

桐　花　大哥，你别听他胡说，我不欠他们的银子。我是冤枉。乡亲们都知道。

范仲淹　冤枉！

桐　花　大哥，（唱）白府霸道太凶狠，
勾结官府欺压人。
分明是他逞霸道，
反说我爹诬告人。
田地被他霸占去，
还要逼我认罚金。
爹爹含恨赴黄泉，
丢下我孤女度艰辛。
家贫罚金交不起，
他们就，如狼似虎来抓人。

范仲淹　（唱）姑娘含恨道冤情，
泪洒荒郊天地惊。
是非一时难确定，
取证还得问乡亲。
（对围观群众）乡亲们，这位姑娘讲的可是实话？
［众面面相觑，点头，又摇头。

范仲淹　（接唱）乡亲点头又摇头，
分明其中隐情深。

史　去　（不耐烦地）好了好了，我可没工夫给你们磨牙。（抓住桐花）走吧走吧！

桐　花　（蹲在地上不走）——

何　来　不走？那就别怪我不客气了。来呀，咱俩抬也要把她抬回去。
（二人欲抬）

范仲淹　慢！

史　去　（惊愣地）你想咋样？

范仲淹　放下。

史　去　放下？

范仲淹　放下！

何　来　放下她白老爷那儿如何交代？

范仲淹　叫你白老爷明日到府衙找我！

史　去　到府衙找你？你算老几？

辛　儿　朝廷命官，广德军新任司理参军范大人。

何　来　（始惊）唔，失敬失敬。早听咱家老爷说，州衙要来一位新参军，没想到今天能在这儿碰上。不过，范大人，我得提醒你几句，过去凡到广德来做官的人，都要先到咱家拜望咱老爷，这你不知道？

辛　儿　岂有此理，范大人到广德来做官为何先要拜望你家老爷？

史　去　这就是咱们这儿的乡风。

范仲淹　岂言乡风？这分明是一股歪风！

史　去　不信？好，算我白说。不过，范大人，你得先打听一下这里的历史，你知道这儿是个什么地方吗？锁三吴，襟两江。历来为兵家常争之地。这里出过不少大人物，但也让好多大人物在这里栽过筋斗。就拿这条桐汭河来说吧，你看她弯弯曲曲，碧波荡漾，流淌了几千年，她美丽，她好看，可她也淹死过不少的人。这怪桐汭河吗？不能怪。（双关地）要怪只能怪那些不知河中深浅的人。

范仲淹　危言耸听。

史　去　不信？那好。不信就请你闪开。（推）

范仲淹　我要是不闪开呢？

史　去　那就别怪我不懂礼貌！（厉声地推）闪开！

范仲淹　辛儿，对待不懂礼貌的人如何处置？

辛　儿　那就教教他，必须懂礼貌！（伸手抓住史去的臂膀轻轻一扭，史去痛得直叫）

史　去　大人饶命，大人饶命！

［史、何二人狼狈逃下。

桐　花　（跪在范仲淹面前）谢谢范大人的救命之恩。

［众百姓议论纷纷。

孙大胆　（跑到范仲淹面前伸出大拇指）范大人，佩服！

一老者　是呀，我活了八十多岁，第一次看到这样的好官。

一老者　范大人，你得防着点，那姓白的不好惹呀！

范仲淹　感谢乡亲提醒，下官有一事相求。

众百姓　大人请讲。

范仲淹　桐花家的冤情大家都知道否？

众百姓　知道。

范仲淹　如果请大家出来作证，大家是否愿意？

［众不敢言。

一老者　（颤巍巍地）不是不敢，是那白老虎太毒！

孙大胆　（从人群中站出）我不怕，头掉了碗大个疤，范大人，啥时候作证，我去。

冬　梅　（连忙阻拦）就你胆大！你有几个脑袋？

村民甲　哟，还没拜堂成亲哩，就这么护着他？

孙大胆　（对冬梅）冬梅，我知道你关心我，可我是个男子汉呐，我实在看不过这丧尽天良的事。我不说我难受！

冬　梅　（对范仲淹）范大人，你知道白光斗是个啥样人吗？吃人不吐骨头。在咱们这儿，没人没吃过他的亏，受过他的害的。可又有谁敢动它一根汗毛呢？老百姓不死就是大安啊！

范仲淹　（深受震动）老百姓不死就是大安！

（唱）一句话似惊雷让人震颤，
老百姓求不死皆是求安。
看官场互弹冠升平一片，
又有谁近黎庶知温知寒。
望群山睁双眼将我期盼，
为百姓解倒悬任重如山。

范仲淹　桐花姑娘，速将状子写好，于明天交付于我。

桐　花　是。

范仲淹　辛儿，带马！

［范仲淹上马。

范仲淹　乡亲们，告辞。

［众送别。

［幕闭。

第二场

[紧接前场。

[范仲淹府第一侧。

[新来乍到，辛儿和范仲淹正在收拾住所，整理马厩。

范仲淹　辛儿，母亲大人不知何日能到？

辛　儿　老姨妈十日前已从彭城动身，估计今日即可到达。

范仲淹　老人家一生辛苦，体弱多病，应该给她收拾个舒适的卧间。

辛　儿　表兄放心，我办事她老人家一定会满意的。

[一阵近似狂欢的马叫。打破屋内的沉寂。

范仲淹　（喜悦地）辛儿，这小白龙今天为何如此高兴？

辛　儿　（风趣地）因为它的主人新官上任呗！

范仲淹　说得好，（手扶白龙马）我的白龙兄啊！

（唱）手扶白龙心潮涌，
知我心者小白龙。
兄虽畜类不说话，
却与范仲淹心相通。
你深知，范仲淹人微志不小，
效国必须先修身。
搏击学海你为伴，
攀登书山你相从。
你深知，苦读为求报国路。
不做良相也要做“好郎中”。
十年寒窗我虽苦，
十年相伴你也不轻松。
金榜之上吾有名，
乌纱顶端你有功。
从今后，你我更要相扶持，
古道山径共寒风。

[又是一阵马叫，似是对主人的回应。

辛　儿　（上）表兄，外面有人求见。

范仲淹　何人求见？

辛　儿　一男一女，说是你的同乡同窗。

范仲淹　啊，此地还有我的同乡同窗？快快请进！

［裴应龙携小妹香雪上。

裴应龙　范仲淹兄。

范仲淹　（辨认良久，惊喜地）原来是你——，应龙兄。

裴应龙　范仲淹兄。（二人相拥）

范仲淹　应龙兄，你如何知道我在此地？

裴应龙　数月前即闻仁兄来此就任，军台定于明日接驾，未想到仁兄今日即到，有失远迎，望乞海涵。

范仲淹　如此说来，兄台也在此地为官？

裴应龙　正是。

范仲淹　（欣喜地）幸哉幸哉。（见香雪）这位小姐——

裴应龙　在下的小妹，名叫香雪。

范仲淹　香雪？在澧泉读书时我怎么没听你说过？

裴应龙　那时她年龄尚小，常在外婆家。你们虽然未曾谋面，但你的大名，你的诗文她早就仰慕在心了。这次听说你来了，硬是要跟着我来认识认识。

范仲淹　哈哈哈，那一定是你在她面前夸大粉饰、有意谬奖了。

裴应龙　哪里哪里。

范仲淹　哈哈哈，二位快请坐。（对内）辛儿，上茶。

［辛儿上茶，走至香雪身边惊愣良久。香雪也同时站起。

辛　儿　香雪姐！

香　雪　辛儿。

范仲淹　你们也认识？

辛　儿　香雪姐的外婆与我同村，他小时候到外婆家去玩我们经常在一起。

裴应龙　如此说来，刚好应了一句话。

香　雪　哪一句话？

辛　儿　“他乡遇故知。”

香　雪　“他乡遇故知”，说得好。辛儿，你长进不小啊，从哪学来的？

辛　儿　　常与表兄在一起，有喝不完的墨水呢。

范仲淹　　辛儿，快领香雪姐去后屋休息，我与应龙兄有话要说。

辛　儿　　好嘞。（领香雪下）

范仲淹　　应龙兄，多年不见，阁下仕途发达，建树一定不小啊。

裴应龙　　惭愧惭愧。不瞒学兄说，未当官时想当官，当上官时才知难。

范仲淹　　此话怎讲？

裴应龙　　范仲淹兄，

（唱）想当年咱们俩同窗澧泉，
苦心志饿体肤视苦为甘。
读经史阅子集博闻广见，
咱俩的诗与文屡屡领先。
曾记得文昌阁同立誓愿，
中进士登士版要做大官。
岂料得少年志全是梦幻，
至今日方觉得当官太难。

范仲淹　　何以见得？

裴应龙　　范仲淹兄，

（唱）未过河不知道水中深浅，
入宦海方明白礁石浅滩。
看官场表面上天高云淡，
实际上藏暗机变化多端。
口头上为朝廷忠心赤胆，
暗地里为权钱不择手段。
尤其是地方官盘根错节，
欺朝廷骗百姓排斥外官。
好事将你忘，
坏事推上前。
有道是，手中无钱难进展，
朝廷无人莫做官。
在下奉旨来上任，
辗转春秋已两年。
九品任上常徘徊，

至今仍是，一介寒士，两袖清风，三餐不饱，四面楚歌，怎不叫人心胆寒。

范仲淹 （唱）听仁兄一番话令人嗟叹，
道出了官场上流弊多端。
仁兄啊，自古官场多凶险，
腐败之风非今天，
倘若世上无脏烂，
你我为何来为官？
我劝仁兄心莫灰，
振作精神待明天。

裴应龙 明天？我已经没有明天了。

范仲淹 仁兄言重了。何来没有明天？

裴应龙 不瞒仁兄说，我今天一是来向你表示欢迎的，二是来向仁兄辞行的。

范仲淹 辞行？

［香雪暗上。

裴应龙 对！吏部我有一位年兄，已在京城为我谋一空缺。

范仲淹 （沉寂良久）应龙兄，你能否听我一劝？

裴应龙 铁心已定，劝也无用。

范仲淹 理由就是你上述的理由？

裴应龙 正是。

范仲淹 应龙兄，你错矣。论世事混浊，官场腐败，这我不同你争辩，然而，你就因此逃而避之，却不是我能苟同的。

裴应龙 （欲辩）范仲淹兄——

范仲淹 （打断地）你听我说。
（唱）虽说是，人各有志莫阻拦，
但对你，我岂能袖手旁观？
同窗情谊胜兄弟，
当直言时不拐弯。
你道广德弊政多，
别处焉是桃花源？

香　雪 （上前）范仲淹哥所言极是！

裴应龙　你——一个女孩家懂得什么？休得多言！

香　雪　范仲淹大哥视你为兄弟，此地亦非外人家，我为何不能说？

裴应龙　（尴尬地）这——你看——

范仲淹　自家人，这又何妨？就让她说说吧。香雪，你说。

香　雪　（唱）莫怪小妹失闺训，
不揣冒昧吐真言。
哥哥任职三年整，
骏马不逢伯乐缘。
同僚之间常掣肘，
上峰也给小鞋穿。
蝶入蜂巢投错处，
一身芒刺难动弹。
满腹才华无人识，
邪恶面前腰常弯。
穷困潦倒遭白眼，
满腔怨气对谁言？

裴应龙　你——

香　雪　不是这样吗？哥，
（接唱）小妹并非揭你短，
知己面前莫羞惭。
怨天尤人恨难解，
只因自己心不宽。

裴应龙　（尴尬地）你——

香　雪　哥哥，我不该说这些不该说的话，但你是我的亲哥哥，自从父母去世之后，是你一手把我拉扯成人，教我读书，教我做事，让我从书中学到了做人的知识，我应该感谢你。但对你的为官之道我却有我的想法，平日在家争论时，每一次都是以你哥哥至高无上的权威而告终。今天是在你亲密无间的学兄家，我才敢于口无遮拦，乱说一通。我认为，你的心胸应该更博大一些，不要见别人升官你就眼红，见别人发财，你就嫉恨，在高官面前，卑微琐细，在富人面前人穷气短。你不该这样，你也是朝廷命官，你应该像孟轲老所说的那样，富贵不淫，贫贱不移，威武不屈。更应像王勃说得那样，穷且益坚，不坠青云之志。这样才是我的好哥哥！

范仲淹　（兴奋不已）说得好！应龙兄，真没想到，你还有这样一位有才华、有见识的好妹妹。应龙兄，我真为你高兴啊！

（唱）香雪说话有道理，
满腹才华胜须眉。
为人只要有志气，
权贵面前无高低。
劝你从今腰挺起，
扬眉吐气再展翅。
咱俩携手在一起，
前进路上不孤寂。

应龙兄，你就别走了吧！

香　雪　哥，别走。你不是常说范仲淹哥学富五车，诗文盖世吗？你一走我上哪儿去找这样的好老师呀？

裴应龙　这——

［辛儿领范母上。

辛　儿　表兄，你看谁来啦？

范仲淹　（见母亲连忙迎上）母亲。

裴应龙　（也同时迎上）伯母。

范　母　这位是？

范仲淹　不认识啦？他叫裴应龙，我小时的同窗。

范　母　应龙？哎呀，多年没见，你也阔气啦。

范仲淹　他也在本地州衙任司户参军，与我同衙当差。

范　母　好，我正愁你孤身一人来江南做官也没个伴，现在有了，应龙即是同乡又是同窗，多好啊！（见香雪）这位姑娘——

裴应龙　我的妹妹，叫香雪。

香　雪　见过伯母。（施礼）

范　母　香雪，多好听的名字，人也长得秀气。

辛　儿　姨妈，他的外婆与我住在一村，小时候我们还在一起玩过哩。

范　母　是吗？哎，只怪我命苦，老天只给我两个儿子，一个仲温，一个仲淹。要是再给我像香雪一样的闺女那该有多好啊。

裴应龙　　伯母，那就叫香雪给你做义女吧。这样也可帮帮范仲淹兄照顾照顾你。

范仲淹　　那可不行，生为人子，孝敬父母乃分内之事，岂能让人代劳？

香　雪　　那又有何不可？即为义女，同样有照顾父母之责。

范　母　　这么说，你愿意了？

香　雪　　愿意。（跪喊）娘——

范　母　　（高兴地应）哎——（二人相拥）。

范仲淹　　母亲一路劳顿，该休息了。

香　雪　　让我来。（扶范母下）

［桐花、孙大胆、冬梅等上。

桐　花　　范大人，状子已写好，请你过目。

范仲淹　　（接状子）好的。审理之日一定告诉你。

［桐花、孙大胆、冬梅等下。

裴应龙　　（接状一看）范仲淹兄，这是个棘手的案子啊。

［幕闭。

第三场

［接前场。

［白光斗家花厅。雕窗画栋，陈设豪华。

［白光斗一边品茶一边唱：

曾统五州兵马，
挥戈塞北黄沙。
只因一场误判，
惨遭西夏围杀。
边事震怒皇上，
罢官削职解甲。
皇上姑念旧情，
免罪赋闲回家。
幸好友人遍天下，

重整旗鼓又发达。
田产聚得百万亩，
妻妾成群富贵家。
闲时府衙串串门，
闷时野外观观花。
虽无战场威风大，
却也是，地方豪门第一家。
万事如意样样好，
唯叹枕上心如麻。
昨日幸得桐花女，
为何至今不到家？

［史去何来匆匆跑上。

史　去　报告老爷，大事不妙！

白光斗　何事惊慌？

何　来　刚把桐花抓到手，半路上却遇到个“程咬金”，硬是被他截走了。

白光斗　这还了得？是谁如此大胆！

史　去　据说是新上任的司理参军。

白光斗　新上任的司理参军？你们没通报我的名字？

何　来　报了。可他根本不予理睬，还说——

白光斗　还说啥？

史　去　还说要你明天亲自到府衙走一趟。

白光斗　（气极地）这这这——还欺到我的头上来了。不就是一个司理参军吗？九品芝麻官，给老爷倒尿壶我还不要呢！

史　去　倒尿壶便宜了他，叫他倒屎盆！

白光斗　少啰唆，备轿！

［切光。

［知军魏显府第。室内檀香缭绕，香气馥郁。魏显正伏案画一幅凌霄图，挥洒自如，十分得意。

魏　显　（唱）闲来无事绘凌霄，
青藤随树绕。
叶儿茂，花儿娇，

恨不能直上云霄。

[老仆上。

老　仆　启禀老爷，外面白老爷驾到。

魏　显　（高兴地）白老爷？来得正好，快快有请。

老　仆　有请白老爷。

白光斗　（匆匆上）军台大人，别来无恙。

魏　显　白老爷，您来得正好，您不来我还要去府上请教呢！

白光斗　请教我何事？

魏　显　你看，我正在画一幅凌霄图。

白光斗　（无心地）什么小头大头？

魏　显　不是小头大头，是凌霄图。你看，中间这棵大松树，好比是您，这缠在树上的藤子，好比是我——

白光斗　（不耐烦地）我不懂画，不就是一串死藤子缠着一棵树吗？这有啥意思？

魏　显　有意思。白老啊。

（唱）您德高望重是个宝，
好比青松粗又高。
虽说赋闲归乡里，
威望依然在当朝。
晚生有心依大树，
顺着杆儿上九霄。

白光斗　别急着上九霄了，我都气得快上吊了。

魏　显　（惊）啊！何事惹得您老人家大动肝火？

白光斗　休提啦。

（唱）可脑可恼真可脑，
耗子居然来欺猫。
分明是我口中食，
半途竟被鼠来刁。

魏　显　白老，您能否把话说明白点？

白光斗　这事你应该明白。

魏　显　我不明白。

白光斗　当初我与桐花的父亲因田产一案对簿公堂这事你忘了？

魏　显　　没有哇。

白光斗　　谁败诉？

魏　显　　他败诉。

白光斗　　败诉者应交罚金，对否？

魏　显　　对呀。

白光斗　　谁交的？

魏　显　　你——不不不，是你看他拿不出银子，小桐花又生得可爱，于是，你就为他代交了银子。

白光斗　　当时为她代交罚金时可曾约法三章？

魏　显　　是啊，三个月还不起银子就以人作抵。

白光斗　　照哇。三个月早就过去，可现在既看不到银子又看不到人。昨天我家仆人费了九牛二虎之力把她抓到手，可半路上却碰上了新上任的司理参军。强行将她拦下，你说，这事我能不气吗？

魏　显　　（惊异地）这——我怎么没听说？

白光斗　　别装了，分明是你麾下的人干的事，你能不知道吗？

魏　显　　白老，这你就冤枉好人了，这新任的司理参军分明是明天到任，今天就发生了这档事情，我哪能知道呢？

白光斗　　那我不管，反正这事就交给你了，如何处置你就看着办吧。

魏　显　　这你放心，你老的事就是晚生的事，我会尽力为你办好的。不过，你也不用太急。

白光斗　　不急？我能不急吗？

魏　显　　您家不是有那么多风姿绰约、花枝招展的宝贝吗？哪一个不比村姑强？

白光斗　　你懂个屁！

魏　显　　得得得，你也别发火。这事我一定抓紧办。不过，这事光靠我一人不行，你也得出出血。

白光斗　　我？

魏　显　　对。

白光斗　　我的血已经出过了，还要出啥血呀？

魏　显　　你知道这新任的司理参军是谁吗？

白光斗　　谁？

魏　显　　范仲淹。这个范仲淹可不能小看。

白光斗　怎么不能小看，不就会写两篇小文章吗，有啥了不起？

魏　显　不，他不仅文章锦绣，才华盖世，而且人有志气有骨气。

白光斗　别懵我。

魏　显　我讲个故事你听，当年范仲淹就读南都学舍时，有一天真宗皇帝去亳州朝拜太清宫，在路过南都时，许多学子都争先恐后跑去看望皇帝，唯范仲淹坐而不动，埋头看书。别人问他，看望皇帝是千载难逢的好机会，你为何不去看？你道他怎么说？

白光斗　他怎么说？

魏　显　“现在好好读书，将来看皇帝也不晚！”你看这话不是给他言中了吗？那些争着去看皇帝的人，后来不一定看到皇帝，而他当时不去看皇帝，今天却同皇帝面对面地说话。还当官拿俸禄，你说，这种人你能小看吗？

白光斗　这么说你有畏于他了？

魏　显　那也未必。我何来要怕他？我毕竟是一军之长啊。但是，对于他，不能像前任司理参军那样，必须动动脑筋。光硬不行，光硬，他是鸡蛋，我是石头，他肯定碰不过，但他如果硬拚到底，鸡蛋虽然破了，不也弄得我一身脏吗？当然，光软更不行。一味地软下去，他会得寸进尺。软硬兼施才为上策。

白光斗　软硬兼施？怎么个软硬兼施法？

魏　显　这里有一个人，我们大有用处。

白光斗　谁？

魏　显　司户参军裴应龙。

白光斗　就是那个管土地的小白脸？

魏　显　对。他与范仲淹既是同乡又是同窗。亲密无间，近似兄弟。此事让他出面，或许有用。这叫四两拨千斤。

白光斗　那小白脸愿意出面斡旋吗？

魏　显　我有办法叫他愿意。

白光斗　何种办法？

魏　显　这小白脸是一位既想升官又想发财的人物。他自上任以来，官位未动，囊内羞涩。怀才不遇，怨天尤人。前几天还说要离开广德，另谋高就。这一次只要咱们给他升官给他发财，事情准成。

白光斗　此事如何操办？

魏　显　眼下本府正缺一位主簿，我立马写一奏折上报朝廷。提升的问题我来解决。至于银子的问题，自然归你。

白光斗　多少？

魏　显　二千两。

白光斗　二千两？

魏　显　少了不行。要想事成，必须重锤。再说，两千两对于你来说不是一根毫毛吗？

白光斗　那好。（起身欲走）魏大人，关于阁下晋升一事，上次进京，我已拜托吕参政，不日将有消息。

魏　显　谢谢白老。

白光斗　不必。告辞。（欲下）

魏　显　白老留步。

白光斗　还有何事？

魏　显　你原来的管家现在何处？

白光斗　你问他何事？

魏　显　白老，你可别大意呀！你别忘记，桐花的父亲只卖给你一亩地，是你叫你那位管家写为十亩。桐花的父亲不识字，当时的案子又是我主审，你才打赢官事。事情如果败露，你我都不好收场。

白光斗　你放心，这事我会处理好的。

［幕闭。

第四场

［夜。裴应龙的家。普通官员家庭，朴素而简洁。

［一阵寒风吹开窗户，孤灯在寒风中明明灭灭。

裴应龙　（唱）夜风阵阵入寒窗，
　　　　孤灯明灭意彷徨。
　　　　昨日范仲淹一番话，
　　　　让我进退两茫茫。

留者非我愿，

去者负同窗。

去留两难难决定，——也罢！

（接唱）同窗情谊岂能忘。

权且留下吧，范仲淹托我取证一事还得抓紧呢。

［突然听见门外有响动。警觉地。

裴应龙　谁？

门外声　是我。

裴应龙　你是谁？

白晓驷　白晓驷。

裴应龙　（高兴地）取证正要找他他就来了。（开门）晓驷，你怎么来了？

白晓驷　我已经三天没吃啦。家里有现成的吗？

裴应龙　有。（扶白晓驷进门）刚好，还剩一碗饭，一碟腌萝卜。你就凑合着吃吧。

白晓驷　够了。（狼吞虎咽地吃起来）

裴应龙　晓驷，你怎么会到我家来要吃的？

白晓驷　一来，咱们原来打过交道，认识；二来，听说新来的司理参军是你的同窗。

裴应龙　是的，这对你有用吗？

白晓驷　有？

裴应龙　有何用处？

白晓驷　我要告那老狗白光斗。

裴应龙　你原来是他家管家，相处不是很好吗？为何要告他？

白晓驷　别提了。那老狗不是个东西。太没良心。妈的，他那万贯家产，硬是我一笔笔给他挣回来的。现在忘得干干净净。

裴应龙　他为何要把你逐出家门呢？

白晓驷　说我和他小老婆（两手伸出食指并在一起状）……

裴应龙　到底有无此事呢？

白晓驷　有啊。可那不能怪我啊。是他小老婆硬往我被窝里钻啊。老家伙真狠毒啊，把我扔进水缸里泡了一天一夜，你想想，我这把骨头，还能见冷水吗？

裴应龙　他是把你往死处整。

白晓驷　对，要不然我哪来这身病，如今流落街头、讨吃讨喝呢？

裴应龙　你有何打算？

白晓驷　我放不了他，那老狗干的坏事全在我手里。有机会我一定会告他。

裴应龙　关于桐花与白光斗田产一案你知道吗？

白晓驷　这个案子我最清楚。是个大冤案。

裴应龙　你有证据？

白晓驷　那卖字是我写的。分明卖给他一亩，白光斗硬逼我在卖字上作假，把一亩写成十亩。另外还打他女儿桐花的主意。想弄去做小老婆。

裴应龙　那桐花爹不知道？

白晓驷　桐花爹不识字。我们在念卖字时又把十亩念成一亩。

裴应龙　你能否写一证字？

白晓驷　那有何不可？拿纸笔来。

［裴应龙拿出纸笔，白晓驷一挥而就。然后交给裴应龙。

白晓驷　（喝完一杯水）裴大人，我也不讲多谢了，告辞。

裴应龙　晓驷，你要注意安全。白府现在正在到处抓你。

白晓驷　没事，白光斗不死我就死不了。

裴应龙　你一般常住在哪里？

白晓驷　（小声地）太极洞（下）

［裴应龙小心地收好证字。

［香雪捧一碗南瓜馍上。敲门。

香　雪　哥，快开门。

裴应龙　（开门）小妹，你怎么来啦？

香　雪　义母听说你有胃疾，特地做了一碗南瓜馍给你吃。快，还是热的呢。

裴应龙　伯母真好，一点小病他还放在心上。你得好好照顾她。

香　雪　那还用说。

裴应龙　香雪，假如把你嫁给范仲淹，你愿意吗？

香　雪　（羞赧地）哥，你说啥呢！

裴应龙　男大当婚，女大当嫁嘛。

香　雪　现在范仲淹哥正忙着案件呢，哪有工夫谈这些。啊，哥，范仲淹哥托你找的那个证人，有消息吗？

裴应龙　你不说我差点忘了。（拿出证件）你看，刚写好。

香　雪　太好了。让我带给范仲淹哥吧。

裴应龙　路上不安全，还是放在我这儿吧。（收起）

香　雪　我回家告诉范仲淹哥去。（下）

［外面又有人敲门。

裴应龙　谁？

门外声　应龙公。

裴应龙　（犹豫片刻）是谁？

门外声　应龙公，请开门。

裴应龙　（似乎听出军首的声音，自言自语的）是军台大人？不会，他是从来不上我家的。（门外又响）

门外声　应龙公，请开门。

裴应龙　是他。（忙开门）军首大人．

魏　显　没想到吧？

裴应龙　真不知是你大驾光临？让您在外久等。抱歉抱歉。快。请进。

魏　显　（进屋，随行仆人将一盒礼物放在桌上）

裴应龙　魏大人，你这是——

魏　显　一点薄礼，不成敬意。

裴应龙　军台大人，您能光临寒舍，在下已受宠若惊，无上荣幸了，哪还能让您破费呢？

魏　显　应龙公，对你，我很惭愧哟。

（唱）阁下已来三年整，
本府对你少关心。
房屋破敝漏风雨，
院内狼藉荒草深。
忠心耿耿忙功曹，
辛辛苦苦为百姓。
有功从不自标榜，
受累没听哼一声。
至今官阶仍九品，

你不寒心我寒心。

裴应龙　（言不由衷地）这——哪能怪你呢？只怪在下无能——

魏　显　不过，今天我却给你办了件好事。

裴应龙　大人，在下还能有什么好事？

魏　显　本府正缺一位主簿，我决定上奏朝廷，把这一空缺让给你。你看，奏折已写好。（拿出奏折）

裴应龙　（手捧奏折，受宠若惊，双手发抖）这——（但立即又镇静下来）大人，我有何能担此重任？

魏　显　裴公此言差矣，当官还要何能？关键是你的上峰是否赏识你。说句笑话，假如皇上看重你，叫你当个宰职，你照样一呼百应。

裴应龙　大人过奖，大人过奖。

魏　显　另外，你这府第也该整修了。（拿出银票）这是两千两银子。雇工把房屋修理修理，银两不够，再告诉我一声。

裴应龙　（推辞）大人，我无功受禄，实不敢当啊。

魏　显　这话就讲差了，你是有功之臣，只怪我们发现太晚啊。此外，昨天闲暇无事我特地画了一张画，不知可入阁下青眼。

裴应龙　（看画）凌霄图！画得好。大人不仅经纶满腹，才华横溢，丹青妙笔也闻名遐迩。

魏　显　哪里哪里。胡乱涂鸦，自娱而已。

裴应龙　有大人这张画，寒舍就满屋生辉了，我现在就把它挂起来。（挂画）大人，叫我怎么感谢你呢。

魏　显　同衙为官，岂言感谢？

（唱）往日疏忽太大意，
望公不要放心里。
从今后，咱们捆绑在一起，
共为朝廷来效力。

裴应龙　（唱）感谢大人来提携，
知遇之恩永铭记，
只要大人看得起，
甘当犬马来效力。

魏　显　好好好，有你这句话我就放心了。应龙兄，目前本府就遇到个棘手的问题。

裴应龙　　什么问题？
魏　显　　新上任的司理参军范仲淹，真是初生牛犊不怕虎，竟将白老买下的桐花女截走了。
裴应龙　　这事我听说过。
魏　显　　你也听说过？
裴应龙　　听说过。
魏　显　　应龙公，白老可是个不能得罪的人物啊。他虽说免罪归田，朝廷可有不少权臣都是他的好朋友啊。再说，白老回乡以后，兴建庙宇，修桥铺路，也做了不少好事啊，连皇上都姑息他，我们何必与他过不去呢。
裴应龙　　这个——
魏　显　　应龙公，听说你与范仲淹既是同乡又是同窗？
裴应龙　　对。
魏　显　　你得好好提醒他，此事千万不能鲁莽，否则，大家都不好看。
裴应龙　　大人，我与他虽是同乡同窗，但我的话他不一定听得进去。
魏　显　　事在人为嘛。是人，都有向上向好的欲望。关键是你有没有把话说到位。
裴应龙　　那——我尽力而为吧。

［门外范仲淹呼喊：应龙兄在家吗？

裴应龙　　（略显惊慌地）范仲淹。
魏　显　　范仲淹？（欲走已来不及）
裴应龙　　范仲淹。（慌忙将礼物藏进室内）
范仲淹　　应龙兄，为何还不开门啊？
裴应龙　　（急应）来了来了。（开门）范仲淹兄，你怎么来了？
范仲淹　　我为何不能来呀，莫非你家金屋藏娇我一来就坏了你的好事？
裴应龙　　范仲淹兄真会开玩笑。（引范入室内）范仲淹兄，我来介绍一下，这位就是军台魏大人。
范仲淹　　唔！魏大人，（施礼）下官昨天去府衙拜见军台，正巧军台不在，今天能在这儿晤面实在荣幸。
魏　显　　你就是那位大名鼎鼎的范仲淹？
范仲淹　　初出茅庐，何来大名？下官实在经当不起。
魏　显　　不，你未考中进士之前，我就读过你的大作，什么“多乱未应歌凤鸟，薄才犹可赋鷦鷯。但使斯文天未丧，涧松何必怨山苗？”“以天下为己任，不为良相也为良医”说得多好啊，年轻人嘛，应该有这种志气。不瞒你们说，我年轻的时候，比你们想得还高。

范仲淹　是吗？在下愿洗耳恭听。

魏　显　孔子说，修身齐家治国平天下。孟子说，故天将降大任于斯人也，必须苦其心志，劳其筋骨，饿其体肤，空乏其身，行拂乱其所为，所以动心忍性，曾益其所不能——孔子，孟老夫子的话我能倒背如流。但是，中了进士，当了军宰之后，才悟到抱负和当官是两回事。

范仲淹　抱负和当官何来是两回事呢？

魏　显　这个——以后你会明白的。

范仲淹　以后明白不如现在明白有用。大人，下官初出茅庐，切望当面垂教。

魏　显　这——

裴应龙　（解围）好了好了，请教的机会多着呢，咱们还是来欣赏画吧。范仲淹兄，你看这幅画怎么样？

范仲淹　（赏画）笔墨遒健，章法得体，此公的画不仅画得好，书法也不凡。

裴应龙　何以见得？

范仲淹　水墨丹青源于书法，没有书法，就谈不上画之风骨与神韵。你看这藤蔓，这茎叶，没有书法功底是难以达到这种艺术效果的。

裴应龙　范仲淹兄不愧行家里手，你看这幅画出自哪位名家之手？

范仲淹　（近看）啊，原来是军台大人。

魏　显　献丑献丑。

范仲淹　大人过谦了。

魏　显　刚才听足下一番宏论，足下原来也深谙画艺？

范仲淹　小有兴趣而已。

魏　显　不。你说水墨丹青源于书法，确实不假，鄙人开始就是从练习书法入手的。

范仲淹　从提款墨迹来看，你是先从柳公权，后师颜正卿，大草又融王羲之之神韵，然后自成一家。

魏　显　（高兴地）范公真慧眼也。

范仲淹　不过，魏大人，恕我直言，你书、画俱佳，但选材却令人遗憾，根本原因是胸襟狭小，缺乏大家风度。

魏　显　（有些意外）这——

裴应龙　（有些担心，耳语）范仲淹兄，他是军台——

范仲淹　我知道，在府衙，他是军台，在你家，他是客人。现在，我们是在家中谈字画，不是在府衙论公务。切磋技艺本来就是平等的。岂不闻齐桓公与管仲下棋，因一步棋子之争，管仲竟掀了棋盘，齐桓公还笑哈哈的帮他拾棋子呢。君臣之间尚能如此，部僚之间不也应如此吗？你说呢？魏大人？

魏　显　对对对。切磋画艺嘛，应该毫无禁忌，畅所欲言。

范仲淹　我所以说此画选材有遗憾，是因为凌霄花媚态太重不足以入画。

魏　显　这——，范仲淹公，此话我可不敢苟同。《诗经》上说“苕之华，其叶青青”“苕之华，芸芝贵矣”，还有本朝贾昌朝的绝句“披云似有凌云志，向日从无捧日心。珍重青松好依托，直从平地起千寻。”范公，此话又做何解释？

范仲淹　《诗经》之说，重在于形，贾公之说，流于表层。唐代大诗人白居易的诗才意中肯綮。“有木名凌霄，擢修腓孤标，——朝为拂云花，暮为萎地樵”。你看，把那些趋炎附势、攀附上升的人表现得淋漓尽致，别看他得意忘形，一旦依附的大树一倒，自己也前功尽弃。

魏　显　这——

裴应龙　（连忙倒茶企图和缓气氛）来来来，喝茶喝茶。对技艺之事纯属仁者见仁，智者见智，范仲淹公的一番话纯属一家之言。

范仲淹　应龙公说得对，一家之言，今天我所以敢于出此谬论，全在魏大人的雅士风度，对艺术的见解，他是不会放在心上的。

魏　显　那是那是。

范仲淹　魏大人，今天机会正好，关于桐花与白光斗一案向你禀报一下。

魏　显　（起身欲走）这个案子我已经向应龙公说过，你们好好商量商量吧。

范仲淹　与他商量能够算数？

魏　显　算数。

范仲淹　　假如我明天就开庭审理呢？

魏　显　　明天？

范仲淹　　对。

魏　显　　案头工作都做好了？

范仲淹　　做好了。

魏　显　　证据齐全了？

范仲淹　　齐全了。

魏　显　　（沉吟良久）范大人，白光斗可是皇上作免罪处理的老臣啊。

范仲淹　　魏大人，皇上是免他过去在战场上所犯的罪行，并未免他今天的罪行。

魏　显　　白光斗虽说解甲归田，但在京城他还有许多手握重权的朋友。

范仲淹　　与白光斗做朋友的人比白光斗强不了多少。大宋江山是靠千万个忠于朝廷忠于社稷的文臣武将来支撑的，而不是靠这群乌合之众，他们迟早会像白光斗一样受到惩罚！

魏　显　　（理穷词缺）说得好，明天见。（气愤地下）

裴应龙　　（追之门外）魏大人，你走好。（进屋）范仲淹公，你怎么还是那个老脾气呢？

范仲淹　　怎么。我说得不好？对待这号人，就得这样。卖弄斯文，附庸风雅。还要别人对他唯唯诺诺。休想！应龙兄，你一生就是吃的这种亏。我问你，他今天来你家有何勾当？

裴应龙　　看你想哪儿去了，不就是来坐坐嘛。

范仲淹　　坐坐？据你所说，你来了三年就未来过一次，今天突然来了，你不感到奇怪吗？

裴应龙　　这——

范仲淹　　关于审案一事，叫我与你商量，是何用意？

裴应龙　　随便谈谈，有何用意？

范仲淹　　应龙兄，当官为人本是一回事，关键是气节二字，气节者，立身之本也。

裴应龙　　范仲淹兄所言极是。

范仲淹　　刚才香雪告诉我，说你已将证字拿到？

裴应龙　　拿——拿到。

范仲淹　　（兴奋地）好，应龙兄，明天升堂，我们一定要开个好头，让广德百姓，挺起腰杆，扬眉吐气。

［幕闭。

第五场

［军衙大堂，“明镜高悬”四个大字高挂中央。肃静、回避的虎头牌分列案前。众衙役手持水火棍林立两旁。

［魏显、范仲淹、裴应龙鱼贯上。

魏　显　（唱）不想上堂逼上堂，
上堂对我又何妨？
一切机关安排好，
看你小范能玩啥名堂？

范仲淹　（唱）平生首次上大堂，
理直气壮对上苍。
为民平冤申正义，
何惧歪风势力强？

裴应龙　（唱）硬着头皮来上堂，
进退两难真肮脏。
大堂之上观风云，
吉凶祸福难猜详。

［魏显入座正中，范仲淹、裴应龙分坐两旁。

魏　显　来呀，带原告上堂。

衙役甲　带原告上堂！

桐　花　（上，唱）一入公堂泪汪汪，
难按怒气满胸膛。
“明镜高悬”空标榜，
几回为民平冤枉？
本不想，再进这肮脏地，
是范大人，给了我信心和力量。
挺胸再把大堂进，

［众衙役呼堂威：唔——
（接唱）吼声似雷如虎狼。（跪地）

魏　显　下跪何人？

桐　花　民女桐花。

魏　显　状告何人？

桐　花　白光斗。

魏　显　有无状子？

桐　花　状子在此。

魏　显　呈上。

桐　花　（呈状子）

范仲淹　原告桐花，今天魏大人重审你与白光斗田产一案，你不要怕，要如实讲来。

桐　花　大人，（唱）皇上颁旨兴开垦，
开出田地归个人。
我爹为了有地种，
五更半夜受苦辛。
白天战风雨，
夜晚月当灯。
饿了喝泉水，
累了卧山林。
辛苦开了十亩地，
一家大小得饱温。
没想到，好日子刚刚才开头，
却被白狼来侵吞。
爹爹告到大堂上，
有理反判诬告名。
爹爹气死在大堂上，
还要我来抵罚金。
小女无钱交不起，
他们就，如狼似虎来抓人。

范仲淹　我来问你，你爹为何要将地卖给他？

桐　花　禀大人，白光斗是先占后买。

范仲淹　　先占后买？

桐　花　　白光斗扩建庄园，未经同意便在我的土地上盖起了房屋，我爹找他理论时，他依仗权势，说房屋已盖，别想再拆，想要钱他给钱。没办法，我爹在他威胁下，只好卖给了他，当时卖的只是他占用的一亩，时隔不久，我爹上地里种庄稼时，白光斗却说所有土地都是他的。我爹不服，告上大堂，哪晓得打开地契一看，原来卖给他一亩却变成了十亩，我爹当时就气死在这大堂上。这还不算，打败了官司还要认罚金，交不起，就抓我以人作抵。大人，我实在是冤枉啊！

范仲淹　　原告所言句句属实？

桐　花　　不敢有半句谎言。

魏　显　　来呀，带被告白光斗！

捕快甲　　启禀大人，白老爷正在洗澡。

范仲淹　　岂有此理，升堂之日岂可洗澡？分明是藐视法堂。大人应速派捕快抓来受审。

衙役乙　　范大人，我们去了，白老爷洗澡全是妻妾陪浴，那叫我们如何下手？

魏　显　　这——范参军，这——是没法下手啊。

裴应龙　　那就改日升堂吧。

范仲淹　　荒唐！改日升堂，王法尊严何在？

魏　显　　那你说怎办？

范仲淹　　抓！

魏　显　　范参军，自古以来男女有别啊。

范仲淹　　自古以来还没听说洗浴间不能抓坏人！抓！

魏　显　　那就请——不，抓！

［捕快甲、乙推白光斗上，白光斗看样子刚从浴桶起来，衣衫不整。他气喘吁吁，怒目瞪视。

白光斗　　呸！是谁如此大胆，老爷连洗澡都洗不安分！

魏　显　　给白老爷赐座。

范仲淹　　慢。被告岂有座位？跪下！

魏　显　　（轻声）白老年纪大，让他站着吧。

范仲淹　　欺压百姓他从不言老。跪下！

魏　显　白老——啊，白光斗，桐花女告你强占田地一案可有此事？

白光斗　魏大人，这个问题要问你自己。此案你不是审过了吗，为何要问我呢？

范仲淹　审过了就不能再审？

白光斗　你小子进衙门才几个时辰？你懂衙门的规矩吗？你懂审案吗？魏大人，你怎么让一个嘴上无毛的小子来胡闹呢？

范仲淹　（拿过惊堂木一拍）大胆白光斗！我告诉你，这是大宋王朝审理案件的法堂，不是你的酒楼花厅。你倚老卖老，辱没朝廷命官，该当何罪！

魏　显　好了好了。闲话少说，言归正传。有关霸占桐花土地一案，你必须从实招来！

范仲淹　我来问你，桐花爹究竟卖给你多少地？

白光斗　十亩。

桐　花　不，一亩。

白光斗　那地契上明写着十亩怎么会变成一亩呢？

桐　花　那地契上有假。

白光斗　有假？有假你爹还会在地契上盖手啰？

桐　花　他不识字。

白光斗　不识字可他耳朵没聋啊，念地契的时候他听不出来？

范仲淹　明明地契上写的是十亩你们念地契的时候却念成一亩。

白光斗　你说这话有证据吗？

范仲淹　有。

白光斗　拿出来看看。

范仲淹　裴大人，拿出来让他们看看。

裴应龙　（木讷地支吾）证据？

范仲淹　白晓驷写给你的证据？

魏　显　裴参军，（暗示地）你是快当主簿的人了，说话怎么吞吞吐吐的？

范仲淹　裴参军，身为朝廷命官，要对得起黎民百姓。

裴应龙　（为难焦躁地）我我我——（往后一仰，昏倒）

［众惊。衙役急扶。

衙役甲　不好，裴参军昏过去了。

衙役乙　（用手摸）还尿了一裤子尿。

［全场哗然。

范仲淹　赶快请郎中抢救（衙役抬下）

魏　显　成何体统？退堂！

白光斗　慢。退堂？随随便便把我从浴桶里拉起来，又随随便便叫我回去，没那么容易吧。

范仲淹　你想怎样？

白光斗　没有证据，就得按原判执行，桐花我必须带回家去。

范仲淹　谁说没有证据？裴参军突然发病另有原因，并非没有证据。

白光斗　大宋王法不是专为你们制定的。你们想咋样就咋样？

魏　显　好了好了，你老也是多年老臣了，范参军初次上任，刑征难免瑕疵，请您老不要深究。本案仍按原判执行，桐花姑娘暂随白老爷回府。

［魏显话刚一落音，桐花即向墙上撞去，顿时血污满面。

范仲淹　（唱）见桐花血污满面泪滚滚，

我心中俨如打破五味瓶。

裴应龙突然发病非所料，

魏大人冷嘲热讽更刺人，

白光斗借题发挥推波澜，

大堂上正气顿消邪气升。

面对逆风须冷静，

以退为守待时辰。

白光斗，本案暂时可以休审，但它绝对不是终结。关于桐花——

白光斗　我必须带回去。

范仲淹　不可。你不是有过约法三章吗？

白光斗　对，有钱给钱，无钱给人。

范仲淹　好，现在按你所说的办，给银子。

白光斗　给银子？

范仲淹　辛儿。

辛　儿　在。

范仲淹　回府拿银子。

辛　儿　是。（拿银子下，复上）

范仲淹　　（交与白光斗）白老爷，你点清楚了。

白光斗　　我要的是桐花的银子。

范仲淹　　大宋的纹银谁的都一样。

白光斗　　（无可奈何，气呼呼地）我——我饶不了你们！（下）

魏　显　　范参军，这个头没开好啊。

范仲淹　　请军台放心，还有下一次。

魏　显　　你还审？

范仲淹　　还审！

［幕闭。

第六场

［清晨。范仲淹书房。

［范仲淹推开窗户，桐川河尽收眼底。

范仲淹　　（唱）晓风入窗凉生生，
桐川河上雾沉沉。
都道广德山河美，
是谁蒙上纱一层？
大堂上，本来是一帆风顺，
半途中，断桅杆帆降船停。
魏大人，阴阳脸眼前常现，
白光斗，虎狼像记忆犹新。
更遗憾，老百姓希望破灭，
一个个，低下头寒蝉无声。
旧同窗，本来是可赖可信，
为什么，关键时突发病情。
一桩桩，一幕幕令人生疑，
破迷雾，究根底弄清原因。

［范母捧一碗鸡汤上。

范　母　　淹儿，你又是一夜没睡吧。

范仲淹　　娘，你这是——

范　母　　昨晚我起来几次，都看见你窗户亮着，肯定又是一夜没睡，来，娘为你做了一碗鸡汤，快趁热吃吧。

范仲淹　　娘，辛儿说，银子都拿去为桐花垫付了罚金，家里连买米买菜的钱都没了，这哪来的鸡汤啊？

范　母　　这你就别问了，快趁热吃吧。

范仲淹　　娘，你不说，我就不吃。

范　母　　你这孩子。

（唱）连日来忙案件你又黑又瘦，
为娘我看在眼急在心头。
一对镯戴在手不中大用，
叫辛儿上当铺换了银筹。

范仲淹　　（唱）听母亲一番话我又愧又羞，
七尺男不尽孝反而增忧。

范　母　　（唱）我的儿切不要柔肠软肚，
为正义对困难要高昂其头。

我儿，你父亲生前说的一句话，至今我还记在心里。

范仲淹　　哪句话？

范　母　　他说，作为一名朝廷官员，别人笑你穷不要紧，骂你严也不要紧，但不能骂你脏！

范仲淹　　（重复掂量）作为一名朝廷官员，别人笑你穷不要紧，骂你严也不要紧，但不能骂你脏！娘，你这句话比这碗鸡汤还有营养。

范　母　　那你就更应该喝！

范仲淹　　儿喝。（唱）母亲话儿虽寻常，
却比鸡汤更营养。
为让母亲把心放，
孩儿喝下这碗汤。

范　母　　我的好儿子。（母子相拥）

香　雪　　（拿棉背心上）哥，娘，你也在这儿？

范　母　　给你哥缝的背心缝好了？

香　雪　　缝好了。

范　母　　这孩子真懂事。昨天晚上见你一夜没睡，怕你冻坏身子，连夜给你缝了个背心。

范仲淹　小妹，我不冷。

范　母　三九天，你穿的还是读书时穿的袄子，哪有不冷的？

范仲淹　你看，为了我一人，把你们都累坏了。香雪，鸡汤喝过了吗？

香　雪　我和辛儿一人喝了两大碗，肚子就撑破了。

范仲淹　你又在夸张了。

香　雪　就是嘛，不信你问娘。

范　母　哈哈哈，你们聊，我去收拾碗筷去。（下）

香　雪　哥，来试试背心吧。

范仲淹　不用试。

香　雪　不试怎么知道合适不合适呢？

范仲淹　因为你眼睛就是一把尺。

香　雪　你又给我戴高帽了，小妹可不喜欢。

范仲淹　（穿好背心）你看，不是正合适吗？

香　雪　（左右品看，也满意地点点头）还凑合。

范仲淹　我讲你眼睛是把尺嘛。

香　雪　（羞赧地）哥，听娘说，你还未曾提亲？

范仲淹　没有。

香　雪　你都二十七了，还不提亲啦？

范仲淹　年轻时只顾读书，考进士，哪顾上婚事呢？

香　雪　现在进士也考上了，官也做了，该提婚事了吧？

范仲淹　是呀，结婚生子不仅是个人的事，也是一种责任，假如人人都不结婚，那世界就不存在了。

香　雪　既然如此，你就应该抓紧了。

范仲淹　你不看我现在正忙吗？

香　雪　（突然发现挂在墙上的木勺和木铲）哥，你这是干啥用的？

范仲淹　吃饭用的嘛。

香　雪　是不是你读书时用的？

范仲淹　你怎么知道？

香　雪　听我哥说过，他说当年你在醴泉寺读书时，因家庭贫困，全靠僧粥过日子，僧粥吃不饱，就把韭菜切成一段段放进粥里搅拌，冷冻后切成四块，早中晚各一块 ，还有一块留在晚间做夜餐。

同窗们把你这种方法取了个名，叫“划粥断韭”，是这样的吗？

范仲淹　是的。

香　雪　听辛儿说，你一直把勺子铲子带在身边？

范仲淹　对，看见它，我就会想起那段难熬的日子，看见它，我认为没有过不去的难关。

香　雪　（将勺和铲紧紧抱在怀里）那用处还真不小呢。

（唱）木勺木铲抱胸间，
似抱住，范仲淹哥高大伟岸的树一杆。
有心与树常相伴，
又愁无人把线牵。
正巧借助勺与铲，
为我执柯送心愿。

范仲淹哥，听你这一说，我也很喜欢这把勺和铲，两样你送给我一样吧。

范仲淹　送给你一样？

香　雪　对。舍得吗？

范仲淹　这——你要它何用？

香　雪　用处可大呢！

（唱）哥哥送我勺与铲，
胜过金山和银山。
看见它，三九严寒不觉冷，
看见它，再苦的日子也觉甜。
愿与勺铲常相伴，
终身幸福不孤单。

范仲淹　（唱）香雪话中藏心愿，
面如桃花绽羞颜，
岂知我，心中也曾梦桃花，
同驾春风度巫山。
怎奈是，新植乔木根底浅，
无力为花蔽风寒。
待到冰消雪化时，
再与桃花共春天。

香雪，你是真的喜欢这把勺和铲吗？

香　雪　那还有假？

范仲淹　那好，待桐花这一案件审罢之后，我一定送给你。

香　雪　说话算数。

范仲淹　君子一言，

香　雪　驷马难追。（击掌）

范仲淹　哈哈哈，你这丫头！

香　雪　哥，昨天晚上我也一夜没睡觉。

范仲淹　为什么？

香　雪　恨我哥呗。

范仲淹　恨他？

香　雪　昨天在府衙大堂上，他要是不生病，当场把证字亮出来，桐花的案子就翻过来了。可他偏偏不争气。

范仲淹　这里面一定有原因。

香　雪　我哥是个好人，但缺点也不小。那就是关键时拿不定主意。

范仲淹　这使我想到一个问题，前天我上你哥家去时，魏大人也在那儿，听你哥说，魏大人是从来不到他家去的。为什么突然出现在他家，并且还送给他一幅凌霄图呢？

香　雪　这事的确很蹊跷。

范仲淹　香雪，昨天你哥突然发病，原因暂不待说，但他毕竟是你亲哥，买点礼物去看看他吧。

香　雪　好，顺便再看看白晓驷写的证字，是不是还在他那儿。

范仲淹　对，你先去，我办完事后也过去看看。

香　雪　那我去了。

［幕闭。

第七场

［裴应龙府第。

［裴应龙精神不振，面色焦黄。端碗喝了两口汤，只觉口中无

味，又懒懒地放下。

裴应龙　（唱）口干舌燥汤无味，
浑身瘫软力气微。
升堂因我胜变败，
满城上下论是非。
军台喜，百姓悲，
范仲淹迎头遭闷雷。
都道应龙身不正，
谁能理解我心扉
双方都不能得罪
我不装病又何为？

（怏怏入内）

［衙役甲乙手提装着乌纱官袍的包袱上。

衙役甲　衙门奇事多，

衙役乙　见了你莫说。

衙役甲　干吗不能说？

衙役乙　说了就是祸。

衙役甲　干吗就是祸呢？

衙役乙　干吗？你小子想套我是吧？

衙役甲　咱俩谁跟谁呀。这儿也没外人，讲出来让我乐乐呗。

衙役乙　司户参军裴应龙你知道吧？

衙役甲　不就是那个小白脸嘛，谁不知道？

衙役乙　这个小白脸一心想当官。一直没机会。这回新调来的参军要为桐花重审地产一案，此案原系魏大人所审，为阻止重审，魏大人便利用裴应龙是新来参军同窗的关系，要裴应龙从中斡旋，并答应提升他为主簿。此案中有个至关重要的证件在裴应龙手里。开审这天，当被告要原告拿出证件时，裴应龙居然装病昏倒，造成原告败诉。魏大人十分高兴，兑现承诺，提升他为七品主簿。这不，冠袍就给他送来了。

衙役甲　这裴应龙真不够人味。

衙役乙　别说他，轮到你也一样。

衙役甲　我？我哪有这个机会呢。

衙役乙　闲话少说，送冠袍要紧。快敲门。

［衙役甲敲门。

衙役甲　开门开门！

裴应龙　（内声）谁呀？

衙役甲　裴大人，给你送冠袍来了。

裴应龙　别笑我，谁能给我送冠袍？

衙役乙　是魏大人，你快开门呀！

裴应龙　魏大人，他当真给我送冠袍来了？（开门）

衙役甲　（进门）恭喜恭喜，恭喜裴大人，你已晋升主簿了。

裴应龙　同喜同喜，快，请坐，喝水。

衙役乙　裴大人，我们跑这么远的路给你送冠袍来，就一碗白开水就打发了？

裴应龙　啊，赏银赏银。（在荷包里掏了许久，一个子也没掏出，尴尬地）实在对不起，改日加倍酬谢。

衙役甲乙　（扫兴地）真倒霉，比咱还穷。走吧！

（二人下）

裴应龙　（小心地打开包袱，捧出乌纱、官袍，兴奋至极）盼望的一天，终于来了。

（唱）乌纱旧换新，
官袍青变红，
莫道来路正不正，
穿在身上有精神。
魏大人讲话能算数，
管他正经不正经。

（兴奋地在家弹冠挥袖，来回走动）

裴应龙　（突然停止表演）不行，范仲淹兄和香雪妹若看见，这如何交代呢？他们肯定会骂我是可怜虫，败类！还是不能穿。（脱掉冠袍扔在一边）哎，话也不能这么说，想升官也不是坏事，你范仲淹不是冲着做官来的吗？再说，走正路等提拔那该有多难呢？那些受提拔的官员当真都是走正路的吗？我不相信。还是穿上吧，范仲淹和小妹若看见，当时可能不高兴，时间一久，看顺眼了，也就过去了，还是穿上吧。（又穿）

香　雪　（手提礼品上）

（唱）听说哥哥得急病，
几经抢救才苏醒。
哥哥生来多不幸，
但愿此次逢吉星。（敲门）

哥哥，哥哥，开门！

裴应龙　谁呀！

香　雪　是我。

裴应龙　是妹妹。（连忙脱掉冠袍）我就来了。（开门）

香　雪　哥，你能起床了？

裴应龙　能起床了。

香　雪　你的气色还不错嘛。

裴应龙　昨天不行，今天好多了。

香　雪　哥，这是我给你的一包银耳，这是范仲淹哥给你的枸杞子，补正祛邪的。

裴应龙　（敏感地）补正祛邪？

香　雪　对，你的身体太虚弱了，经不起邪风侵蚀，必须补补正气。

裴应龙　你说得对，必须补正气。

香　雪　（发现官袍）冠袍，哥，这是你的？

裴应龙　对。新官袍。

香　雪　（发现官袍换了颜色）袍子由青变成绯红，哥，你升官了？

裴应龙　升——，嘿嘿，略微高了一点。

香　雪　是谁送给你的？

裴应龙　除了魏大人，还有谁？

香　雪　他现在开始器重你了？

裴应龙　人嘛，总是有变化的。

香　雪　那小妹应该祝贺你了。

裴应龙　自家人吗，何必多礼？

香　雪　你现在应该满足了。

裴应龙　基本满足了。

香　雪　再也不想离开广德了？

裴应龙　不离开了。

香　雪　（唱）看样子他好像春风得意，

裴应龙　（唱）我自己也不知是忧是喜。

香　雪　（唱）一夜间变化太令人生奇，

裴应龙　（唱）兄妹间她不会相煎太急。

香　雪　哥，你昨天在大堂上怎么会一下子就昏倒了呢？

裴应龙　连我自己也不明白。

香　雪　哥，你这一次真是令人失望啊。范仲淹哥昨天一夜没睡觉。

裴应龙　你告诉他，说我对不起，实在没办法。

香　雪　白晓驷写给你的那张证字还在你这儿吗？

裴应龙　证字？

香　雪　对。

裴应龙　（编谎）证字，昨天我昏倒以后就不在了，也可能在路上给弄丢了。

香　雪　（大惊）弄丢了？哥，这可是范仲淹哥审案的关键证件啊！

裴应龙　谁不知道呢。可它实在是丢了，我也没办法。

香　雪　（气极地）你，你也太大意了，什么都可丢，唯独证件是不能丢的。

裴应龙　现在后悔已经晚了。

香　雪　哥啊，你叫我怎么说你呢！

（唱）放声叫一次亲哥哥，

应龙哥啊——

你叫我对你怎么说。

打你妹妹难伸手。

骂你妹妹无道德。

打你骂你都不可，

只有把泪水肚里落。

你不该，忘记做人讲诚信，

你不该　负却同窗寄重托。

现如今，证件丢失全功弃，

你一掌，将我们统统推下河。

我我我，我再也不想见你这样的哥哥了！

（转身进房）

裴应龙　　你要干什么?

香　雪　　拿我的书本，拿我的衣服，我再也不进这个门了！

（翻检抽屉，突然发现证字）证字！

裴应龙　　（立即冲上去）给我。

香　雪　　（藏在身后）骗我，你不说丢了吗?

裴应龙　　给我！

香　雪　　不给！

裴应龙　　给我给我！

香　雪　　不给不给！

裴应龙　　（顺手抓起一把裁纸刀，高高举起）你给是不给?

香　雪　　你想杀我！杀吧，我让你杀！（将头伸过去）你杀呀！

裴应龙　　（扑通一声跪在地上）我的亲妹妹，哥哥求你了。

（唱）莫怪哥哥太鲁莽，
举刀不过做做样。
你静下心来想一想，
我何时，向你动过刀和枪?
小时候，爹妈对你娇惯养，
在我面前你总逞强。
踢我揪我不还手，
笑我骂我不还腔。
为何对你有容量，
因为我是你兄长
今日哥哥欠修养，
还请妹妹多原谅。

香　雪　　哥——（扶起哥哥）你别说了。

（唱）哥哥不要泪汪汪，
你的恩情不会忘。
自从父母去世后，
你又当爹又当娘。
洗衣浆裳我未占手，
挑柴买米你担当。
教我读书学孔孟，

背诵平仄写诗章。
哥哥啊，
小妹如若不读书，
岂知世界藏万象。
古今先贤是榜样，
当官为人要有脊梁。

裴应龙 （唱）妹妹未曾把官当，
不知当官苦断肠。
上峰面前讲好话，
下属面前不逞强。

香　雪 （唱）当官既然如此难，
干脆回家薅禾秧。

裴应龙 你说得轻巧。
（唱）倘若回家薅禾秧，
我十年寒窗白泡汤？

香　雪 （唱）当官怕窝囊，
种田又冤枉。
两样都为难，
究竟何主张？

裴应龙 （唱）忍得一时气，
来日创辉煌。

香　雪 （唱）你读书当官为什么？

裴应龙 （唱）既富且贵，
不受人欺把头扬。

香　雪 哥，今天，我才听你讲出一句真心话。

裴应龙 举个例子你听，假如桐花的爹要是朝廷官员，她的地别人敢占嘛？

香　雪 假如所有的官员都像你一样，桐花的利益谁来管呢？国子监培养的学子要都像你一样，那国子监就应该关门！

裴应龙 你怎么变成了范仲淹呢？

香　雪 我担心我成不了范仲淹！

裴应龙 我真后悔当初不该带你去见范仲淹。

香　雪 我真后悔为什么范仲淹见得这么晚！

裴应龙　　不给你啰唆，快把证件交给我！

香　雪　　交给你，休想！

裴应龙　　（冲上去一把夺过证件撕得粉碎）

香　雪　　（气愤地）你会撕，我也会撕。（抓住冠袍也大撕起来）

裴应龙　　（急忙上前阻止，二人扭打一起）

［范仲淹上。

范仲淹　　好了，别撕了。

香　雪　　范仲淹哥，证件没啦。

范仲淹　　这在我的预料之中。

香　雪　　那桐花的案子——前功尽弃了。

范仲淹　　辛儿，把白晓驷先生领进来。

［辛儿领白晓驷上。

范仲淹　　有他不是比证件更强吗？

香　雪　　（高兴地）辛儿，你是怎么找到白先生的？

辛　儿　　昨天得到消息，说白先生在太极洞，我们连夜就把他请来了。

白晓驷　　（走进裴应龙）裴大人，我差点又看错人了。

［幕闭。

第八场

［范仲淹府第门前。院门紧闭。

［府第背景是远山叠翠，桐川环绕。

［幕后合唱：

桐川河，弯又弯，
桐川水，绿如蓝。
要问河水底事变，
只因来了范青天。

［桐花手提装满鸡蛋、笋干的竹篮上。

桐　花　　（唱）多年的沉冤翻了案，
多年的泪水今始干。

手提笋干和鸡蛋，

感谢恩人范仲淹。

［一阵锣鼓声传来。

桐　花　（向远处张望）啊，村邻们都来了。

［孙大胆、冬梅等男女百姓，抬着一块书有“桐川第一官”的牌匾，敲锣打鼓上。

［合唱：

敲锣鼓，送牌匾，

感谢桐川第一官。

他为人民平冤案，

黎民百姓笑开颜。

桐　花　大胆、冬梅，你们都来啦？

大　胆　桐花，范大人把你的冤案翻过来了，这不仅是你一人的喜事，也是全广德人的大喜事。所以，我们大伙给范大人送了一块金扁——你看：

众　合　“桐川第一官”。

桐　花　写得好。

（唱）司理参军范仲淹，

自古桐川第一官。

但愿空前不绝后，

桐川河上永青天。

大　胆　大伙给他挂起来吧。

众　挂起来！

［孙大胆敲门，无人应。

孙大胆　怎么没人答应？

桐　花　上哪儿去了呢？

一青年　（跑上）别等了。范大人不得来了。

孙大胆　你怎么知道？

一青年　刚才听衙门的人说，范大人奉旨调离广德，因无钱做路费，卖马去了。

［众惊惜。

孙大胆　（惋惜地）这么好的官怎么能调走呢？

一老者　这应了一句古话。

众　哪句古话？

一老者　“桐川向西流，清官不到头”。

一青年　范大人怎么穷得连路费都没了呢？

桐　花　你不知道，范大人一家人省吃俭用，把省下的钱都周济给了穷人，上次打官司，他还为我垫付了一百两银子。

孙大胆　这样的好官，如果卖马做路费，那太给广德人丢脸啦。乡亲们，我们给范大人凑路费行不行？

众　行！

［切光。

［初春的桐川河畔，乍暖还寒。

［不成规矩的乡贸集市，人们来来往往。

［范仲淹与辛儿牵马上。

朱　说　（唱）奉旨调离广德城，
阮囊羞涩难启程，
手牵白龙风前站，
难将“卖”字喊出唇。

辛　儿　表兄，这儿风大，你进屋去吧，这儿由我来看着。

范仲淹　不，让我与白龙多待一会儿。（将脸贴在马背上抚摸）白龙兄啊。
（唱）莫怪范仲淹心肠狠，
无奈之举我也数夜睡不宁。
十年风雨情谊厚，
岂愿一刀两离分？
只因圣命催得紧，
到任日子渐渐临。
盘缠不济难上路，
只有请你来帮衬。
（白龙昂首一阵嘶鸣）
（接唱）一声嘶鸣精神抖，
不愧万马一骢骏。
虽无能力把话讲，
却以长鸣表心声。

当官只要解民忧，
何惧别人笑你穷？

［已升为主簿的裴应龙匆匆忙忙上。

裴应龙　范仲淹兄，范仲淹兄！

范仲淹　主簿大人，不在衙门理事，找我有何吩咐？

裴应龙　范仲淹兄，你是越来越生分了。你我之间虽在桐花一案上有过不愉快的经历，但我们永远是兄弟，大可不必以官阶相称。

范仲淹　不敢。如果那样做，岂不有丧大人尊严？

裴应龙　你看你看，又来了。

范仲淹　好了好了，主簿大人，您公务繁忙，我的私事也不小，咱们各忙各的事吧，恕不奉陪！

裴应龙　不，你不奉陪我，我却要奉陪你。听说你要卖马做盘缠？

范仲淹　需要向你禀告吗？

裴应龙　缺少盘缠应该告诉我一声嘛，何必卖马呢？

范仲淹　那又有何不可？

裴应龙　据我所知，这匹马与你相伴多年，卖它，你不感到有愧于它吗？

范仲淹　我这匹马比人懂事？他能理解我。裴大人，

（唱）别看我小白龙是个畜生，
明事理懂人情特有个性。
饿死不吃龌龊草，
一身洁白不染尘。
有的人，倘若与它比一比，
不差十分差九分。

裴应龙　范仲淹兄，我知道你在骂我，但我不计较。在我们即将分手的时候，我要奉劝你几句。

范仲淹　劝我？好哇，在下洗耳恭听。

裴应龙　（唱）尽管你对应龙意见耿耿，
我对你绝对是一片赤诚。
想当年醴泉寺共读书文，
咱们俩都树立做官雄心。

范仲淹　（唱）苦读书求仕进咱俩一致，
咋当官当何官泾渭分明。

你当官为自己升官发财，
老百姓死与活不管不问。

裴应龙　（唱）老百姓死与活责在朝廷，
为臣者何必要自作多情？

范仲淹　（唱）倘若是为臣者与你一样，
大宋的江山谁来支撑？

裴应龙　（唱）范仲淹兄咱们俩莫谈高论，
眼前的利与害认真权衡。
我乌纱戴在头不到三月，
车马换俸禄提府第翻新。
你虽然当清官政声好听，
到头来却落得卖马启程。

范仲淹　（唱）我卖马只觉得两手清净，
你升官总感到心里不宁。

裴应龙　我何乃不宁？

范仲淹　长江东流，日月东升，天之法则也！

裴应龙　（恨铁不成钢地）榆木不可雕！

范仲淹　顽石当自明。

裴应龙　告辞。

范仲淹　不送。

［话刚落音，幕后传来魏大人的声音：裴应龙接旨。

［魏大人上，衙役甲乙随上。

［孙大胆、冬梅、桐花等男女百姓围上看热闹。

［裴应龙接旨。

魏大人　（念旨）奉天承运，皇帝诏曰，查裴应龙，身为朝廷命官，心怀不轨，助腐为虐，革除一切职务，就地述职听用，钦此。

裴应龙　（接旨）万岁万岁，万万岁！

魏大人　脱下冠带。

［衙役从裴应龙身上脱下冠带。

裴应龙　（薄衣单衫，瑟瑟发抖，拽住魏大人）魏大人，我对您可是忠心耿耿啊！

魏大人　忠不忠，你自己有数。（拂袖下，裴应龙追下）

孙大胆　（抓住衙役甲）老哥，这是咋回事？

衙役甲　办事不力，魏大人用不着他了。

［衙役甲乙下。

冬　梅　罪有应得。

孙大胆　别管他。桐花，大家凑的银两一共多少？

桐　花　九百九十八贯，够吗？

孙大胆　要凑一千贯更好。

桐　花　我这儿还有五十文。

冬　梅　我这儿有二十文。

一老者　我这儿有二十五文。

［众都掏荷包，我这还有，我这还有——

孙大胆　够了够了，还有多的呢。

冬　梅　一起都给他。

孙大胆　桐花，干脆，咱将银子都送给范大人，叫他别卖马了。

桐　花　不行，范大人的性格我知道，你若是送银子给他，他连马也不会卖给你了。

孙大胆　那只有买？

桐　花　买。

孙大胆　（走近范仲淹）范大人，这马我买了。

范仲淹　你买？

孙大胆　对。

范仲淹　你哪来这么多钱？

孙大胆　范大人，这你就放心了，我一不偷，二不抢，正正规规，自己的银子。

范仲淹　你和冬梅还没结婚，却拿银子来买马，我不信。

桐　花　范大人，你想卖，他想买，何必管他那么多呢。

范仲淹　桐花，我知道你们的主意。

（唱）看见我，风中卖马，无人问，
同计议，共凑银两，来做买马人。
好，我卖了。

孙大胆　（高兴地）你卖了？

范仲淹　卖了。辛儿，收银两。

乡亲们啊。

（唱）感谢乡亲来帮衬，
卖给你们我放心。
此马虽然性情烈，
从不偷懒耍脾性。
它一身洁白喜干净，
下地回来要洗清。
夏天马棚燃艾蒿，
免得蚊蝇叮其身。
见它犹如见到我，
万水千山心连心。

众　范大人，你放心，见到它如同见到你，我们一定会好好照料它。

［范仲淹将马缰绳交给孙大胆，又转身低首吟泣。

［伴唱：

春料峭，寒风烈，
泪洒桐川痛离别。
莫道人马不同类，
异躯同心惊天阙。

［辛儿扶范母上。

范仲淹　母亲。

范　母　听辛儿说，马已卖了？

范仲淹　卖了。是大胆买去了。

范　母　那就好。大胆，请你一定要好好关照这匹马，我们本来是不想卖的——（抹泪）

范仲淹　娘——娘。香雪怎么没来？

辛　儿　刚准备来的时候，听说她哥疯了，她去看他去了。

范仲淹　应龙疯了？

［香雪匆匆上。

香　雪　范仲淹哥，娘。

范仲淹　香雪，你哥他——

香　雪　一时神经错乱——现在正躺下休息。

范仲淹　香雪，看来，你得留下照顾你哥了。

香　雪　　范仲淹哥，你答应过我，等桐花案子审好以后——

范仲淹　　对对对，木勺——（从衣袋里掏出木勺）香雪。

香　雪　　（接过木勺，脸上绽出幸福的微笑）范仲淹哥——

［对面山上，一道瀑布飞流直下，十分壮观。

范仲淹　　香雪，你看，那瀑布多么壮观。

香　雪　　飞流直下，一尘不染，气势磅礴。

范仲淹　　好个一尘不染，气势磅礴。香雪，这是写诗的好题材呀！

香　雪　　范仲淹哥，你好久没作诗了，写一首吧。

范仲淹　　辛儿，拿纸笔来！

［辛儿与香雪抬纸，范仲淹挥动大笔。

（合唱）迥与众流异，
发源高更孤。
下山犹直在，
到海得清无？
势斗蛟龙恶，
声吹雨雹粗。
晚来云一色，
诗句自成图。

香　雪　　好一个“到海得清无？”范仲淹哥，这是写你自己啊！

范仲淹　　香雪，这首诗赠送你哥，让他病好后多多看看。

香　雪　　谢谢范仲淹哥。（收好诗作）

范仲淹　　乡亲们，保重，再见。

众乡亲　　范大人，一路顺风！

［与乡亲们挥泪告别。

（合唱）
宋代名相范仲淹，
仕途发轫在桐川。
穷官不短清官志，
一曲卖马万古传。

［幕闭。

［全剧终。

2008年9月11日七十初度草于桐川

#戏剧小品

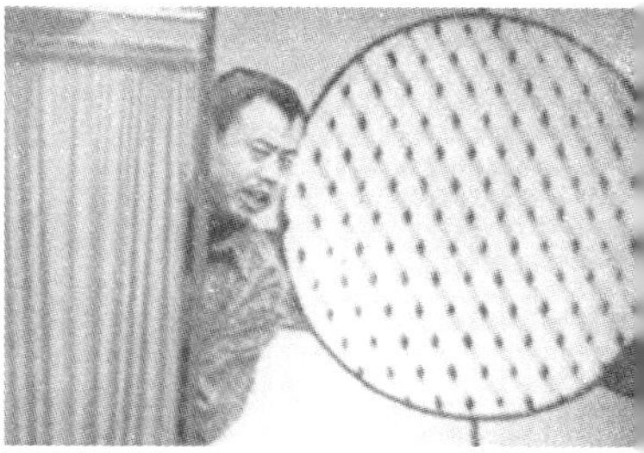

尊　　严

人　物　何师傅、张亚文、李丽芳、饭店服务员

［某县城饭店一角、店内陈设俗中见雅，服务态度土中见洋。

［张亚文偕李丽芳一前一后上。张亚文正欲跨进饭店，突然被李喝住。

李丽芳　喂，你上哪儿？

张亚文　进饭店吃饭呗！

李丽芳　（正色地）前面不是有面摊嘛，吃碗面条不就行了？

张亚文　（讪笑地）好久没上街，干吗那么寒碜？

李丽芳　你不知道，饭店的饭菜都是对本利，花钱吃不到东西，干吗把钱白白送给他们。

张亚文　（不情愿地）那——好吧，听夫人的。

［二人刚转身，何师傅匆匆上。他西装革履，头戴呢帽，眼架墨镜，俨然一个港商老板的派头。一见张、李，喜出望外，连忙伸过手去（洋腔洋调地）哈啰！

［张、李抬头惊呆，不知所措。

何师傅　（取下墨镜，放声大笑）哈哈哈——

张亚文　（认出何，惊喜地）你是何师傅！

李丽芳　（笑嗔地给何一拳）你这俏薄鬼，差点把我吓蒙了！

何师傅　哈哈哈——，你们俩怎么有时间逛街啊！

张亚文　星期天呗！

李丽芳　何师傅，你一搬家就见不到影子了，是不是混阔了，把我们给忘了？

何师傅　哪能呢？我家小兰经常埋怨我不该搬家，要是与你们做邻居，

学英语不愁没地方请教！

李丽芳　（指张）我这位也一样啊，每当煤炉坏了，电灯不亮，就想起你。

张亚文　提起你，我就得挨骂，说我不如你，不配做男子汉！哈哈哈——

［三人同笑。

何师傅　（突然想起）咦，都站在这儿干什么？快进去啊！（示意进饭店）

张、李　（脸红，语塞地）这——

何师傅　（果断地推搡着）进吧进吧，站在门口，讨饭似的。

（三人进屋落座）

何师傅　你们坐着别动，我去叫服务员！

（入内）

（张、李忐忑不安）

张亚文　这老何变化真大！

李丽芳　如今谁没变化？只有你，“百年如一日”！

张亚文　今天一碗面条的计划打破了！

李丽芳　都怪你，进什么饭店，要不然，怎会碰上他呢？

张亚文　老邻居嘛，老何这人挺不错的。

李丽芳　我也没说他不好。

张亚文　今天我们该表示表示！

李丽芳　你是男子汉，爱咋办就咋办！

张亚文　干脆，那两百元奖金不是还没动吗？拿它顶着！

李丽芳　你毛衣不买了？

张亚文　你看，天不是暖和了吗？

［何师傅领服务小姐上。

何师傅　张老师、李老师，请点菜吧！

张、李　这——还是你点吧！

何师傅　今天我请客，菜应该你们点，这是规矩！

张亚文　（也不示弱地）那不行，应该我们请客！

何师傅　你们请？你带了多少银子？

张亚文　（心虚嘴硬地）保你吃饱喝醉！

何师傅　你拉倒吧！李老师，他不点你来点：喜欢吃啥点啥！（说完将

一沓钞票往桌上一掼）

［张亚文心里一怔。

李丽芳　（接过菜谱，迟迟未点）——

服务员　（催促地）快点啊，那边顾客还等着我呢！

李丽芳　（心里隐隐不悦）好吧，那就该我们有口福了！（胡乱地点了几样，交给服务员）

何师傅　（夺过菜单）让我看看。（念菜单）炒韭菜，烧豆腐、鸡蛋汤——李老师，你还在过荒年啊！就凭这几样菜也叫请客？这不是丢人吗？

（说着自己拿起笔点起来，点罢交给服务员）

［服务员算账，撕票。

服务员　十菜二汤，正好两百元！

张、李　（惊异地）两百元？

何师傅　（无所谓地）便宜，要在深圳，少说也有五百元！（付钱）小姐，请快点！

服务员　（恭敬地）先生，请稍候，马上就来。（下）

张亚文　先生！嘻嘻，真是士别三日，当刮目相看啊！

何师傅　论文化我不及你们；论抓钱，你们不如我！

李丽芳　你发财了？

何师傅　不瞒你们说，去年我离厂之后，跑了几趟生意，算我走运，半年就赚了两万多块！

张亚文　难怪啊！

何师傅　想当年，我们做邻居的时候，穷得叮当响，他妈的，那叫什么日子，谁看得起？

李丽芳　那时你们家是够苦的。

何师傅　说实话，那时我们没少打扰你们；有时连买包香烟就没钱，半夜敲开你们的门找你们借，你们——你们从来没说半个不字——（说着竟感动地抹起眼泪来）要说世界上有好人，那就是你们俩！

张亚文　过奖过奖！互相帮助嘛，应该的！

何师傅　可有的人就不同，自己穷得卵子露在外面，还笑别人穿破裤子！

张、李　　（忍俊不禁地）你这比喻真有意思。

何师傅　　他妈的，我就不信我会穷一辈子！我老何就是要让别人看看老子也是人，不比谁差，不比谁笨。你有钱，老子也有！

张亚文　　老何，说得对，做人，应该有这个志气！

［服务员端菜上。

何师傅　　（见无酒）怎么没酒！

服务员　　酒在那边，请自个买去。先生，对不起！（下）

［何师傅正欲起身，被张按住。

张亚文　　别动，酒我去买！

何师傅　　（将张一推）你胡说啥！（又欲起身）

张亚文　　（坚持地）何师傅，这酒如果不让我买，就是瞧不起我，我宣布退席！

何师傅　　（愣愣地）这——

李丽芳　　何师傅，让他买去吧！

何师傅　　好吧，买便宜的，白干也行。

张亚文　　这你就别管了！

［张离席走至舞台一侧，李跟上。

［何师傅沉思片刻，离席，从另一侧下。

张亚文　　（征询地）买啥酒？

李丽芳　　他不是说买白干吗？

张亚文　　他说买白干，你当真买白干！

李丽芳　　那你说买啥酒！

张亚文　　古井贡！

李丽芳　　多少钱一瓶？

张亚文　　好的四十八！

李丽芳　　（惊诧地）四十八？

张亚文　　你没看那桌菜吗？他拿出两百元呢！

李丽芳　　那——由你吧！

［二人下拿古井贡复上，走至桌前，见无人。

张亚文　　咦！何师傅呢？

李丽芳　　刚才还在这儿哩。

（正在此时，何师傅拎一盒杧果易拉罐上）

张亚文　何师傅，你又买啥去了？
何师傅　香港杧果易拉罐，味道好极了！（折盒，每人面前一瓶）
李丽芳　挺贵的吧！
何师傅　不贵，一盒十二瓶，才五十二块钱。
（张、李瞠目）
张亚文　何师傅，你把我们的肚皮当仓库了！
李丽芳　何必这样浪费！
何师傅　浪费？你错了。钱是人挣的，也是人用的。光挣不用，那才是浪费！不瞒你说，我家那口子，是一天三瓶，缺一天就把脊背对着我！
（三人同笑）
张亚文　（自惭形秽应付地）是你有本事啊！
何师傅　哈哈哈！咦！只顾说话，喝酒啊！
张亚文　（已无酒兴，仍应付地）喝。（端杯）
何师傅　李老师，你为什么不端杯酒。
李丽芳　我——不善喝酒。
何师傅　有道是“酒逢知己饮”哪能不喝呢！
（替李端起杯子强塞在李手里）
李丽芳　（勉强端杯起立）好吧，为了今天的巧逢。
何师傅　也为过去的友谊。
张亚文　更为我们何先生财源茂盛，
三　人　（举杯）干杯！
何师傅　（发现张李未干）咦！你们怎么不干！有道是“感情深一口吞”，快干掉！
张亚文　这酒太厉害！
李丽芳　是啊，这酒好苦哩！
何师傅　苦？我怎么喝着甜呢？
张亚文　你久经沙场，常胜不败，哪能同你比呢？
李丽芳　是啊，你啥样的场面没见过？啥样的酒没喝过？
何师傅　（受宠若惊，沾沾自喜地）那也不假！从最差的白干到最好的茅台——
（讲到茅台，突然想起地）咦！茅台你们喝过吗？

张、李　（面面相觑地）——没有。

何师傅　（酒劲发作、忘形地）告诉你们，那酒的味道——（无词形容）日奶奶的，没得话说！你们也活得太冤枉了！连茅台也没喝过，可怜啊可怜，如果像你们这样活下去，还对得起“人”字两撇吗？

［张、李为之一震。

［何师傅“哗”的一声，从衣袋里掏出一沓钞票，向张面前一推。

何师傅　你去，给我买一瓶茅台酒来！

张亚文　（瞪视着何的脸，一丝不动）——

何师傅　去啊！怎么不动？还要我亲自去买吗？（见张、李仍然不动）好吧，你们不去，我去，我去买来给你们享受享受！（抓钱下）

张亚文　（愠怒地）他是不是醉了？

李丽芳　我看没醉！

张亚文　那究竟是啥意思？

李丽芳　这还不明白？

张亚文　抖他有钱？

李丽芳　也是，也不完全是。

张亚文　我实在受不了啦！

李丽芳　我们走吧。

张亚文　走？

李丽芳　不走，你还陪到底？

张亚文　（起身欲走，又站住）你把钱给我！

李丽芳　干吗？（递钱）

张亚文　我们也不能当穷光蛋！（说着将钱压在桌上，二人匆匆下）

（何师傅捧着一瓶茅台酒，一路唠叨上）

何师傅　哈哈哈，张老师、李老师，今天我要让你们好好开开眼界，享受享受这茅台是什么滋味。（走到桌前，发现无人）咦！人呢？上哪儿去了？（向周围呼喊）张老师、李老师，你们上哪儿去啦？快来喝茅台酒啊！（见无人应，诧异地）怎么，走了？不辞而别？他妈的，也太不讲人味了。老子一不怕你、二不求你，我干吗花那么多钱来请你？我为的啥？还不是因为我过去穷的时候，你看得起我，我老何不是猪，我懂得知恩报恩。谁知你们，狗子坐轿，不受抬举！滚吧，滚得越远越好。（走至桌前，发现钞票，连忙拿起）钱？整整二百块！是留给我算账的？（有所意识地）我说了些啥？我没有说啥啊，更没向他们要钱啊，一餐二百块，他们吃得起吗？他们为啥这样做？为啥这样做？（愤恨地举起茅台摔得粉碎，然后伏在桌上痛哭）

［剧终。

（此剧 1993 年获全国小品大赛三等奖）

插图 杨挺

夏天的故事

人　物　　一对离婚不久的青年，男为甲、女为乙。
时　间　　夏天。

［舞台中，立着一棵百年古枫，枝粗叶浓可遮阳，可避雨。

［幕启，一阵响雷过后下起倾盆大雨。

［甲头顶皮包匆匆跑上，他抬头看看浓密的树叶，又看看干燥的地面，觉得这是个避雨的好地方。于是他取下变色镜坐在树下，掏出手帕，细心地揩着变色镜的水。

［乙头顶花手帕，扛着一只竹篮从另一侧跑上。竹篮用布褂盖着，里面装有刚从城里买来的小鸭。她小心地放下竹篮，掀开布褂，检查小鸭是否被雨淋着。

甲　（揩罢变色镜，起身甩手，水洒在乙的背上）

乙　（猛觉背上着凉，惊异地转身）哎哟，同志，你……当心点！

甲　（转身发现乙，惊诧地）是你……？

乙　（辨认地）你是谁？

甲　（取下变色镜）离婚才几天？就不认得啦？

乙　（认出甲）是你？讨厌！

甲　（也不示弱地回敬）讨厌？！

乙　（气愤，逞强地）谁讨厌？！

甲　（连忙改口）天。……天不下雨，你想见我还见不着哩！

乙　这辈子我也不想见到你！

甲　彼此彼此！

乙　谁同你彼此？

甲　（忙改口）一样！

乙　谁同你一样？

甲　（解释地）离婚后，你不想见我，我也不想见你，彼此不是一样吗？

乙　（无语，气坐一旁）……

［二人无话，同时注视着雨淋。

［又是一阵响雷，大雨如注。

［雨太大。树上多处滴水，唯独树干处不漏，却被乙占领着。甲想朝她靠拢，见状又退了回来。只好重新顶起皮包、笔挺挺地站着，任凭雨点打在脸上身上，样子十分狼狈。

乙　（见甲的狼狈像，似乎很解气，很快慰）……

甲　（见乙有些幸灾乐祸，故意把身体挺得更直，装出一副没有什么了不起的样子，唱道："妹妹呀，你莫焦急，莫担心，我本是钢筋水泥来浇成，大风大浪我不怕，何惧这毛毛细雨淋？"唱着唱着，不禁连打两个喷嚏，头上的皮包滚落下来）

乙　（见状。下意识地"噗哧"笑出声来）

甲　（拾起皮包，走至乙的身边）你笑我？

乙　（不理）……

甲　喂，能不能让块地方，让我也避避雨。

乙　（不理，反将两腿伸直，甲无法靠近）

甲　总有个先来后到啊？

乙　你先来？

甲　那还用问？

乙　这地方你拿钱买了？

甲　你说话怎么这么难听？

乙　要好听的，上戏院里去！

甲　总得讲点文明礼貌啊！

乙　文明礼貌？对别人可以，对你这号人——就这样！

甲　（佯装气愤地举起拳头）看我不揍你！

乙　（立即站起）你敢！

甲　（气馁地收回拳头，口气平和地）我说，有道是："一日夫妻百日恩"，好歹我们也有三年多的夫妻生活，现在虽说离婚了，可往日的感情不能说一点也没有啊！

乙　　还感情，我恨不能杀了你！

甲　　（佯装吓一跳）别吓唬我，我从小就胆小。

乙　　你胆小？

甲　　这你还不知道？夜晚睡觉听见猫叫就害怕！

乙　　严肃点！你说你胆小，政府三令五申不准赌博，你怎么不听，怎么不怕？

甲　　那时候，厂里吃大锅饭，干好干坏一个样，大伙都没劲，凑起来玩玩牌，也是正常现象嘛！

乙　　还正常现象？家里的钱都被你输光了，差点没把我卖作赌本，你怎么不怕？

甲　　还不是想赢嘛！

乙　　你赢的呢？在哪儿？

甲　　连老婆都不跟我了，输光了！

乙　　活该！

甲　　是活该！

［二人无话。

［突然，一声炸雷，篮中的小鸭惊跳出来，跑进雨中，乙慌忙追捉小鸭。

［鸭跑着，乙追着。

［甲像看孩子游戏一样，看乙捉鸭。

乙　　（边捉边骂）该死的瘟鸭！该死的瘟鸭……

（越气越是捉不住，浑身淋得透湿）

［鸭跑到甲的身边，甲伸手将鸭捉住。

甲　　（递鸭）给。

乙　　（又气又恨，举鸭欲掼）……

甲　　（连忙拦住）别掼，一只鸭五元多钱，你舍得我还舍不得呢！（将鸭放进篮里）

乙　　（不知是泪水还是雨水模糊了她的眼睛，她站在树下，湿衣裹着她的身体，线条显得十分美丽）

甲　　（似乎第一次发现她的美，用眼睛抚摸着她那熟悉而又陌生的部位）……

乙　　（似乎感到什么）你……干吗看我？

甲　我没看。

乙　你——不老实！

甲　我——只看了一秒钟！

乙　有啥好看的？

甲　你好像比原来漂亮多了？

乙　少来这一套！

甲　这是心里话！过去，和你在一起的时候，我整天稀里糊涂地过，好像从来没发现你像今天……（说着向乙走去）

乙　你走开，别靠近我！

甲　（站住）……

［一阵凉风吹来，乙感到寒冷，抱紧身子。

［甲迅速打开皮包，拿出一件花衬衫。

甲　来，换上。

乙　（瞥了一眼，转过脸去）……

甲　换上嘛，当心感冒！

乙　（依然不理不接）……

甲　不换？那我收起来了！

乙　（不客气地）拿来！

甲　对嘛。这儿又没别人，快换上！

乙　没别人，你算老几？

甲　那……我把眼睛闭上。

乙　（欲换又止）这衣服多少钱？我给钱！

甲　不卖！

乙　不卖，你给谁买的？

甲　样品。

乙　样品？你开缝纫店？

甲　我承包了乡里的服装厂！

乙　（不信地）你？

甲　不信？（掏出名片）

乙　（接名片）你还是厂长？

甲　不像？

乙　（望着甲，不知是喜是恨）你不赌了？

甲　　没工夫了！

乙　　心不想？手不痒？

甲　　现在搞承包，我又是厂长。百十号人跟我要吃要喝，我能马虎吗？

乙　　（笑嗔地）我不信狗能改了吃屎！

甲　　狗也有不吃屎的。这次我到广州、深圳跑了一趟。亲眼看见港商大老板家养的狗就不吃屎！

乙　　那吃啥！

甲　　专吃罐头肉，还喝啤酒！

乙　　我不信，你胡扯！

甲　　真的！吃屎的狗是穷人家养的狗，野狗，没出息的狗！

乙　　（戏谑地）那你是啥样的狗？

甲　　我……你骂人？（笑着追打乙）

乙　　（迅速藏在树后）你走开。我要换衣服！

［甲闭上眼睛。

乙　　（换好衣服）哎呀！这衣服，我穿合适吗？

甲　　正合适，真漂亮！

乙　　（似乎想到什么）衣服给我，你不怕有人吃醋？

甲　　光杆司令。谁也管不着！

乙　　（高兴地）是吗？

甲　　你不怕？

乙　　同你一样！

［二人相视无语。心里爱火燃烧。

甲　　（许久后），你看，雨停了！

乙　　停了？

甲　　啥时候停的？

乙　　谁知道？

甲　　我真想再下一会儿雨。

乙　　我也一样。

［二人说着话，丝毫没有分手的意思，相反却越靠越近。

［剧终，幕闭。

（原载辽宁《戏剧与电影》1993年第2期）

一杯碧螺春

人　物　局长，40 多岁。

老范，40 多岁，某局股长，高度近视。

［省城宾馆内。这是个套间，中为客厅，右有门通幕内，标志卧室；左有门通幕内，标志卫生间。

［幕启，卧室门渐渐被拉开，接着，慢慢露出老范的半个身子，他蹑手蹑脚正欲跨出房门，幕内突然传出局长的声音。

局　长　老范啦，现在几点啦?

老　范　（惶恐地看表）局长，六点还差五分。

局　长　（语气烦躁地）哎呀，还早嘛，你干吗就起来呢? 再躺一会儿吧!

老　范　局长，你今天不是要做报告吗? 我想早点给你准备好，以免到时匆匆忙忙。

局　长　那就谢谢你了。

《一杯碧螺春》，1992 年获省大赛一等奖，1994 年获文化部颁发的创作三等奖，著名演员张忠信、朱通主演

老　范　（心情放平地）谢啥哩——局长，你安心睡吧，到时我叫您。

［老范轻轻地掩好房门，走至台前，喜形于色。

老　范　往日的太阳，一年四季照房顶，没想到，如今的阳光也会拐弯，居然照到了墙脚跟。这一次，局长参加全省“三产”经验报告会，点名点将，要我陪他到省城。虽不算受宠若惊，倒也为三生有幸。可叹我，一生孤僻，不善逢迎，与领导总是隔山隔水又隔心。领导不靠近，万事不顺心。老婆骂我，出土文物；朋友批我，时代弃婴：我也笑我，麻秆撑腰，孤芳自赏，强打精神。莫非局长大梦醒，改弦更张，不重浮华重才华，有意将我来器重？我不想升官发大财，只求领导眼里像个人；他尊重我，我尊重他：他热情我更热情。临行前，老婆一再叮嘱我：放下臭架子，热情加虚心，要让局长吃好、喝好、玩好、睡好，样样满意、事事顺心。（抬腕看表）六点半，离起床还有半个小时。据了解，局长第一大嗜好就是喝茶，而且非名茶不喝，为此，临行前我特地为他买来一盒“碧螺春”，待我将他的茶杯洗好，香茶泡好，到时局长起来一看，那个满意劲儿啊，就甭提了！哈哈……（捂嘴）。（拿起局长的茶杯）局长的茶杯，就是与众不同，肚大腰圆，美观实惠。（揭开杯盖，发现有水，摇摇，听见响声）咦！这里面装的啥？（用近视眼瞅瞅）唔，原来是块猪骨头。这个局长啊，你昨晚啃了两个猪脚爪，还没吃够？把骨头还留着，也不怕别人笑话！（随手往卫生间一倒，同时传出骨头的撞击声）我的天，这骨头真不小呢，别把抽水马桶打破了。

［幕内局长喊。

局　长　老范啊，几点啦？

老　范　局长，七点了，您好起床了。洗脸水已给您打好，您起来亲自洗吧！我去准备早点去。（欲下又回）局长，你是吃油炸糍粑还是小笼汤包呢？

局　长　你买啥我吃啥，由你安排吧！

老　范　好的，我去了。（下）

［局长由卧室出，他打了一个呵欠，伸了一个懒腰，又随意打了两下不知是什么拳。然后在室内巡视一番。

局　长　（满意地）都说老范穷酸清高难接近，我看他办事待人挺热情。也许是改革大潮把他冲醒：有本领也要懂社会人情。（走近桌前，高兴地）啊！这个老范，连茶都给我泡好了。（凑近一闻）好香的碧螺春，（急不可耐地端起茶杯抿了一口，也许烫了牙床，方觉口中无牙）哎呀，我的牙，我的牙，我的假牙呢？（在桌上桌下翻找，没发现，拍打脑袋，苦苦回忆地）啊……想起来了，昨天晚上睡觉前，我将假牙放进茶杯泡着，大概是老范泡茶时给我收起来了。

［老范捧着一盘油炸糍粑上。

老　范　（远远高兴地喊着）局长，滚热的油炸糍粑，快趁热吃吧！

局　长　（入座）老范啦，我想在咱们的报告中加上一条“尊重知识、尊重人才”的措施，你看怎么样？

老　范　局长，还是你想得周到。

局　长　你笔头子来得快，又有文采，这事就交给你了，不过，一定要在我做报告之前完成。

老　范　举手之劳，局长放心，保证你满意！（见局长不动筷子。诧异地）咦！局长，你怎么不吃啊！

局　长　（指指嘴巴）吃不成啊！

老　范　为什么？

局　长　没有牙齿。

老　范　局长别说笑话，您要是不喜欢油炸糍粑，我去换别的。

局　长　不是笑话，（张一嘴）你看！

老　范　啊！局长，你牙齿呢？

局　长　不是你给我收起来了吗？

老　范　我？

局　长　你没收？

老　范　（微笑地）嘻嘻，局长，牙齿长在你嘴里，我怎么好收呢？

局　长　那是假牙。我昨晚睡觉前泡在茶杯里？

老　范　假牙？

局　长　你没发现？

老　范　没……没有。

局　长　我这茶是你泡的吗？

老　范　　是啊!

局　长　　泡茶时你没发现里面有东西?

老　范　　没……有。

局　长　　你当真没发现?

老　范　　(回忆地)啊，想起来了，好像，好像有一块……

局　长　　一块啥?

老　范　　骨头!

局　长　　唉!那……骨头呢?

老　范　　我……倒了!

局　长　　倒哪儿啦?

老　范　　抽……水马桶里。

局　长　　唉!(气得往椅上一倒)你这个老范(饭)啊!

老　范　　(愧疚地)局长，怪我粗心大意;不过也难怪，我哪知道那骨头就是你的牙齿呢?

局　长　　(不高兴地)你当真看不清?

老　范　　(尴尬、微愠地)照你说我还是有意的?

局　长　　我……不是这个意思，我是说，我们相处十几年，你对我嘴巴的基本情况一点不了解?

老　范　　相处十几年不错，但你是上级，我是下级，许多事你不找我，我也不必打扰你，彼此很少往来，我哪有机会去研究你的嘴巴呢?

局　长　　难道你也没听别人议论?

老　范　　我认为议论别人的隐秘是极不道德的，我老范从不参加!

局　长　　(气馁地)完了!

老　范　　啥完了?

局　长　　没有牙齿我怎么去介绍经验，作报告?

老　范　　局长，我看你说话不是挺好的吗?

局　长　　挺好?难道你听不出?我常把知道的“知”念成“日”，报告材料中有“知己知彼，百战百胜”一句话，那我不念成“日己日彼，百战百胜”了吗?

老　范　　那也无关大局啊!

局　长　　怎么叫无关大局?要知道，我们这次参加全省“三产”经验报告会，是受县委的委托，肩负着全县人民的厚望，是绝对不能马虎的。听说报告之后，首长要接见，要合影，要录像；出席宴会，参加舞会，像我这个样子，连吐词都吐不清楚，不是给全县人民丢脸吗？

老　范　局长，既然牙齿这么重要，我去给你买一副吧，保证不让你出钱！

局　长　你上哪儿买？

老　范　百货公司呗？

局　长　也不是鞋子、袜子哩，随便能买到吗？

老　范　那你在哪儿买的？

局　长　上海大医院定做的，半年才能拿到。

老　范　照你这么一说，那实在没有办法了。局长，依我看，你就凑合着做一次没有牙齿的报告吧！

局　长　废话！

老　范　有什么办法呢？我不能把我的牙齿拔下来安在你的嘴巴上啊！

局　长　你的牙齿……

老　范　对呀，股长的牙齿安在局长的嘴巴里，虽然差一个级别，有点攀高之嫌，但我这牙毕竟是真的。比你那假的强多了！

局　长　都什么时候了，你还有心思开玩笑！

老　范　不是玩笑，现在科技进步，医学发达，心肝都移植，何况牙齿哩！局长，你若同意，我马上就拔。别看我人不像样，牙齿还是够标准的。老婆就是看中我的牙齿才同我结婚的。现在牙生在我的嘴里也是浪费，除了消耗粮食以外，其他啥作用也不起！要是安在你的嘴里，也不致委屈到今天。为了给全县人民争气争光，我愿意奉献全部牙齿，局长，给我一个立功赎罪的机会吧！

局　长　（生气地）你，你，乱弹琴！

老　范　局长，不是弹琴，我是在想办法！

局　长　（蔑视地）想办法？就凭你这模样，这能耐，能想到办法？

老　范　（受到刺激，顿生怒火）局长，你别总是瞧不起我。（逼视地）我问你，兴办第三产业的规划是谁给你制定的？拉赞助、跑贷款又是谁给你干的？就连你这次在全省大会上的报告，又是谁给你写的？今天，我虽说弄丢了你一副牙齿，但是，我付出的劳动，远远超过你十副牙齿，百副牙齿，千副牙齿！

局　长　我不要百副千副，我只要我的一副，我要作报告，我现在就需要牙齿！

老　范　好！（气极地）你逼我，别看兔子平时跳不高，逼急了，也能蹦它几下！（说着，便脱掉上衣和裤子，只穿背搭和裤头）

局　长　（见状不解，害怕地）你……你要干啥？

老　范　你等着！！（欲下）

局　长　老范，你干啥！你上哪儿？

老　范　你管不着！（冲进卫生间，紧接着传来叮叮当当的声音，少顷，老范捧着水淋淋的假牙上）你，你的牙齿，完好无损！

局　长　（欲接又止）你，你从哪儿弄来的？

老　范　我掏……

局　长　掏？在哪儿掏的？

老　范　你要的是牙齿，问那么具体干吗？

局　长　是不是在抽水马桶？

老　范　是的又怎么样？

局　长　（气愤地一掌将假牙打掉）你这是污辱我的嘴巴！

老　范　我污辱你仅仅是一张嘴，你污辱我却是全身！

局　长　你……（气极无词，拿起皮包欲下）我真后悔，干吗要你陪我出差！

老　范　（也不示弱地）你后悔难道我就不后悔吗？我干吗要陪你出差呢？干吗还要孝敬你，为你泡茶呢？（说完，拾起皮包，抱起衣服，昂首挺胸，阔步而下）

局　长　（不知何种感觉，呆立不动，少顷突然起想地）不好，他走了，我报告中还要加一条措施，叫谁写？（忙喊）老范！老范！（追下）

［幕落。

（此剧 1995 年参加安徽省首届艺术节获编剧一等奖。1996 年参加全国小品大赛获文化部颁发的三等奖）

钱哪里去了

人　物　小胡子　原名李德厚，30 岁，工人。
李　妻　30 岁，工人。
老　虎　30 岁，工人。

［李德厚的家。

［李德厚身材矮小，嘴唇上留有一撇小胡子。所以人们都叫他小胡子。他性情憨厚，对外乐于助人，对内百依百顺。是一位典型忠厚的老百姓。

［幕启。小胡子正准备洗菜做饭。妻子气喘吁吁地跑上。

李　妻　小胡子！

小胡子　（听见喊声吓了一跳）唔！

李　妻　你老实向我交代！

小胡子　（懵懂不解地）交代？我交代啥？

《钱哪里去了》，1996 年省大赛一等奖，中央电视台 134 期综艺大观播出，著名笑星潘长江主演

李　妻　我问你，昨天叫你到银行取钱，钱到哪里去了？

小胡子　我不是已经向你交代了吗？——被小偷偷去了。

李　妻　（愤愤地）好哇，你个小胡子，居然骗到我的头上来了。看我不拔掉你那嘴上的毛！（说着就要去拔胡子）

小胡子　（急得到处躲闪）别别别，别拔别拔！

李　妻　告诉你，你骗不了我！我全知道了。

小胡子　你知道啥？

李　妻　你从银行取钱回来，骑车在路上撞了人，把钱全部给人家治伤去了。

小胡子　（焦急地）不不不，我没撞人，我发誓。

李　妻　没撞人你干吗给人家治伤？

小胡子　这……情况是这样的。我老实向你交代。昨天，我从银行取钱回来，正巧碰到一个女孩被摩托车撞倒在地，摩托车见势不妙，一溜烟跑了。我不忍心看着女孩倒在血泊中，于是把她背进医院。医生说女孩伤势很重，需要开刀抢救。开刀前要交一千元押金，当时女孩又无亲人在场，我不能见死不救，所以就把钱先垫上去了。

李　妻　那你干吗说是小偷偷去了呢？

小胡子　因为平时你总是谆谆教导我，多一事不如少一事，该管的就管，不该管的坚决不管，——这小孩是属于不该管的事，我却管了，我没有听你的指示，所以只好说是小偷偷去了。

李　妻　不听老婆言，吃亏在眼前！

小胡子　眼前？眼前还有啥亏要吃？

李　妻　那女孩的哥哥又找来了。

小胡子　（惊）什么，又找来了？

李　妻　刚才我回家，碰到居委会王主任，说有个三十多岁的大汉，要找小胡子算账，我说，为什么要找小胡子算账？她说，大汉的妹妹被车撞伤之后，是小胡子送进医院的，临走连个姓名也不敢丢。

小胡子　没丢姓名她怎么知道是我呢？

李　妻　你上嘴唇不是留着小胡子吗？

小胡子　（意识到问题的严重性，狠狠地拔胡子）这该死的胡子，早知今日，何必当初……

李　妻　我早说过，把你那胡子剃掉，可你不信，还说什么“不留胡子就没有男人味”，今天倒好，有好味给你尝了！

小胡子　他找来了我也不怕，她妹妹被车撞了，我送她上医院，这还能有错？

李　妻　你这呆瓜，三十多岁的人了，还不开窍。你没想想，如今有几个人敢做好事？——你说你没撞人，你干吗送他上医院？你说你没撞人，干吗还花钱给她治伤？

小胡子　你你你，连你也不相信我？

李　妻　我相信你管屁用？弄不好我们还得出护理费、医药费、精神损失费，有花不尽的钱！

小胡子　（语塞）这……有办法。

李　妻　什么办法？

小胡子　赶快把胡子剃掉。

李　妻　（果断地）对，把胡子剃掉！

［二人准备剃胡子。

［老虎一路数着门牌号码上。

老　虎　101、102、103，就这一家。（敲门）有人吗？

李　妻　谁呀？

老　虎　老虎。

李　妻　老虎！多厉害的名字。——你找谁？

老　虎　小胡子！

李　妻　（对小胡子）说来就来了，怎么办？

小胡子　快剃胡子啊！

李　妻　来不及了。

小胡子　那咋办？

李　妻　干脆，找块橡皮膏贴起来。

小胡子　你快点。

［李妻用橡皮膏贴在小胡子嘴唇上。

老　虎　（性急地敲门）怎么还不开门？

李　妻　我这就开门。（开门）

老　虎　小胡子是住这儿吗？

李　妻　对不起，我们家没有小胡子。

小胡子　你找错门了。

老　虎　错了？居委会王主任明明说小胡子住这儿，怎么会错呢？

李　妻　我们家就两人，都在这儿，看看谁是小胡子？

老　虎　唔？（走近小胡子盯住小胡子的嘴唇，二人旋转对视）

老　虎　（自言自语地）妹妹说，此人矮小的个子，大大的眼睛，上嘴唇上留有一撇小胡子……

小胡子　（被盯得十分尴尬，下意识地摸了一下橡皮膏）

老　虎　（警觉地）你嘴唇上贴橡皮膏干啥？

小胡子　这……

李　妻　（连忙接过话头）他嘴唇上生疮，刚开刀不久。

小胡子　对对对，大疔疮，刚开刀不久。

老　虎　不对呀，那橡皮膏边上怎么还露出毛来了呢？

小胡子　毛……

李　妻　那是带毛的疔疮。

老　虎　还有带毛的疔疮？我不信。让我看看。（伸手撕下橡皮膏，露出小胡子）

小胡子
李　妻　你……

老　虎　小胡子，哈哈哈，踏破铁鞋无觅处，今天才算找到你了。（顿露不悦之色）我说小胡子，你好歹也是个男子汉吧，怎么也来这一套？既然这么胆小，为什么有胆量送我妹妹上医院？

小胡子　你说什么，我怎么不知道？

老　虎　别装糊涂，你送她上医院还付了一千元医药费。

小胡子　你……你别弄错了，我没有，真的没有。

李　妻　我说老虎兄弟，一千块钱不是个小数目啊，你看他舍得拿出来吗？

老　虎　那不一定，需要拿的时候，他不得不拿！

小胡子　反正我没有抢救小孩，更没有垫付医药费。

老　虎　那好，既然你们都不承认，那就麻烦你们陪我走一趟吧。

李　妻　上哪儿？

老　虎　上医院。让我妹妹辨认是不是你。

小胡子　这……

李　妻　（拦）我家小胡子没工夫!

老　虎　没工夫？这么说你们当真要做无名英雄了？

李　妻
小胡子　什么无名英雄，我们从来没想过。

老　虎　实话告诉你，我今天是专程来还钱的。

李　妻
小胡子　还钱？

老　虎　对，我妹妹醒来以后告诉我，撞她的摩托车跑了，是一位长着小胡子的工人同志救了她，不仅送她到医院，还垫付了一千元医药费。我查遍了全城就只有你家大哥留有小胡子。

小胡子　（欲承认）这……

李　妻　（连忙拦住）别忙承认，当心是圈套。

小胡子　……

老　虎　大哥大嫂，别看我人生得粗，可我是人，人就应有良心。欠钱当还，知恩当报。

李　妻　你说的都是实话？

老　虎　我老虎说话从不骗人。不信你看，（从衣袋里拿出一千二百块钱）这一千元是还你垫付的医药费钱，这二百元，是我给你们的感谢金。

李　妻
小胡子　（惊疑地）这……你不是骗我们的吧？

老　虎　骗？我老虎不是那号人。不瞒你们说，我妹妹聪明可爱，今年又刚刚考上大学，这回……要不是碰上你救了她，她就没命了。今天，我代表全家向你表示衷心的感谢。（说罢弯腰90度向小胡子鞠了一躬）

小胡子　别别别，别这样，这样我受不了。

李　妻　老虎兄弟，一千元钱我收下了，但这二百块钱感谢金我们是万万不能收的。你拿回去，算我们买点营养品送你妹妹吧。

老　虎　这不行，这样完不成任务，我回家不好交代。另外，我还想请人写篇报道登在报上向你们表示感谢呢。

李　妻　使不得使不得。老虎兄弟，有你这份心，我们就很满足了。

再说，你刚才来的时候，我们有些误会，请你不要见笑。

小胡子　对，误会误会，不要见笑。

老　虎　看你说的。你们的心情我理解。如今想做点好事不是那么容易啊！

小胡子　……不过，真要做好事还是会被人理解的。

李　妻　（高兴地吻了一下小胡子）亲爱的，我发现你的个子比原来长得更高了。

小胡子　是的吗？（踮起脚跟与妻子比高矮）

［众笑。

［幕落。

（此剧1996年参加安徽省第九届小品大赛获得编剧一等奖。1997年由笑星潘长江主演，在中央电视台第134期《综艺大观》播出）

《钱哪里去了》剧照

（右为笑星潘长江，左边和中间分别为电影演员高亚麟和刘艺）

心　狱

时　间　现代。

人　物　卞科长　县劳动局劳务科科长，50 岁。

王大姐　卞科长妻。

朱一刀　原名朱益道，屠工，40 岁。

地　点　卞科长的家。

［卞科长半卧病榻上，面容憔悴，心事重重，似睡非睡，床头柜上放满了药瓶药罐和高级营养品。

［幕内突然传来母鸡挣扎时的叫声，卞科长被惊醒。

卞科长　（烦躁、生气地）老王，你在干啥呢？

王大姐　（轻手轻脚上）我在关鸡。

卞科长　关鸡？哪来的鸡？

王大姐　女儿送来给你补养身体的。已经三天了，还请不到人杀。

卞科长　（愤愤地）你啊你，硬是存心不让我安静地睡一觉，不是捉鸡就是弄鸭。你还有完没完！

王大姐　老卞，你干吗总是这么大的火气呢？我哪一点对不住你？你生病三天，我陪你三天，伺候得像亲爹似的……（说着说着竟伤心地哭了起来）

卞科长　（怕听哭声，厌烦地）好了好了，我还没死呢！就嚎！我怕烦，我要安静，你让我安安静静地躺一会儿，行不行？

王大姐　（忍住泪水）好吧，你安静地躺着，我再不打扰你了。

［为其掖好被子，转身欲下。

卞科长　（蓦地从床上坐起，大声地）你别走！

王大姐　干啥？

卞科长　我怕！

王大姐　怕啥？

卞科长　眼……眼睛！

王大姐　眼睛？啥眼睛？

卞科长　人的眼睛！

王大姐　在哪儿？

卞科长　窗户上。

王大姐　窗户上？（观察地）这窗户关着，窗帘拉着，哪来的眼睛？

卞科长　（指大门）又跑到大门上去了！

王大姐　（看大门）这大门不是关得严严的吗？

卞科长　你看，又跑到你身边来了！

王大姐　（恐慌地）啊？我身边？（转动身体）我……
在哪儿，我怎么看不见？

卞科长　不不不，又跑到墙壁上、天花板上、床脚下。

王大姐　我说老卞啦，你在说梦话吧！

卞科长　不，不是梦话，那是一双愤怒的眼睛，时时刻刻都在盯着我！

王大姐　你看……像谁的眼睛？

卞科长　朱一刀！

王大姐　杀猪佬？你干吗总是看见他的眼睛呢？

卞科长　老王，有件事我一直瞒着你。

王大姐　啥事？

卞科长　五年前，我任劳务科长时，朱益道要我给他安排个工作，给了我两千元钱好处费。当时我想买套家具正缺钱，就收下来了。可是后来因指标紧张，他的工作一直未能解决。

王大姐　白花两千块，你说他心里好受吗？

卞科长　是啊，有一次，我在街上碰见他，走到跟前，他把两眼一瞪，就擦身而过。

王大姐　这说明他恨你恨得很深。

卞科长　从此以后，我一闭上眼睛，就看见他那双血红血红的眼睛，叫我时刻坐卧不安。

王大姐　我说老卞啦，干脆把钱还他吧，免得心里总是不安啊。

卞科长　呆话！目前正在反腐倡廉，我若还他钱，岂不是不打自招、惹祸上身吗？

王大姐　这倒也是……不过朱一刀这个人可不是好惹的。

［一阵摩托声后，朱一刀拿杀猪刀上。

朱一刀　（敲门）开门开门！

王大姐　谁呀？

朱一刀　是我。

王大姐　你是谁？

朱一刀　朱一刀。

卞、王　（惊惶地）啊！朱一刀，他来干吗？

朱一刀　（敲门）开门开门。

王大姐　（焦急地）怎么办？

卞科长　这……干脆开门吧！

［王大姐开门，朱一刀闯入。

朱一刀　唔，你们都在家，干吗不开门？

王大姐　这……老卞头痛不舒服，我也脚痛不方便。

卞科长　（发现朱一刀手上的杀猪刀，警惕地）你。你拿刀干什么？

朱一刀　（愣愣地）拿刀干什么？你还不知道？

卞科长　（误解、颤抖地）不不不……知道知道！

王大姐　（见状，求情地）一刀兄弟，过去老卞确实做了对不住你的事，但是，看在老姐姐我的面上，饶他一回吧！

朱一刀　（懵懂不解地）饶他？我干吗要饶他？

卞科长　（见求情无效）老王呀。别求了，人生在世，迟早难免一死，（扯开胸襟，露出胸膛，大义凛然地）一刀同志，来吧。这把老骨头，也没多大用处了，你爱往哪戳就往哪儿戳吧！

王大姐　（连忙冲过去护住卞科长）别，老卞，你不能死，（转对朱）一刀兄弟，要戳就戳我吧！

朱一刀　（顿时明白过来，气得将刀往桌上使劲一拍，厉声吼道）扯淡！！

［卞、王被这一声巨吼震住。

朱一刀　你们把我朱一刀当成什么人了？我是土匪？我是强盗？

卞科长　那……那你拿刀干什么？

王大姐　是啊，你拿刀干什么？吓死人的。

朱一刀　拿刀干什么？不是你女儿叫我来帮你们杀鸡的吗？

王大姐　请你来杀鸡？

朱一刀　是啊，你女儿是我孩子的班主任，她说她买了一只鸡送给你们补养身体，可你们都不敢杀鸡，要我路过你家时，帮忙把鸡杀掉！

卞、王　（放下心来）原来是这样！

朱一刀　鸡在哪儿？快让我杀吧！

王大姐　（不好意思的）这……当真麻烦你？

朱一刀　别客气了，快点吧！我还要上肉案卖肉去。

王大姐　那……，我领你去！（二人入内）

王大姐　（上）老卞，我看今天是个机会，把钱还他吧！

卞科长　是该还他。但是，又怕他到处宣扬！

王大姐　我看他不像那种人！

卞科长　那就还他。（从柜里取出二千元，包好）

朱一刀　（边擦刀边上）鸡杀好了，我得走了。

王大姐　（拦）慢走！

朱一刀　什么事？

卞科长　一刀兄弟，劳动局又有指标下来了，我给你留一个，怎么样？

朱一刀　谢谢。现在我每月进账至少千把块。你安的工作能给我多少钱？

卞科长　（尴尬地）这……（拿出钱包）工作不要，这钱你总应该收下吧！

朱一刀　钱？啥钱？

卞科长　这……实在说不出口啊，五年前，你找我安排工作……

朱一刀　（佯作恍然大悟）啊，哈哈哈，你说那事我早忘了！（收拾刀具、昂首阔步下）

王大姐　（焦急地）一刀兄弟，你别走。

卞科长　（捧着钱包，为难地）这……，他是真不要还是假不要呢？

王大姐　谁知道呢？

卞科长　唉！我这病怕是好不了啦！

［幕落。

（此剧1993年荣获省第八届小品大赛一等奖，全国小品大赛三等奖）

牌中自有黄金屋

人　物　蓝丘林　40多岁，农艺师，人称蓝专家。
　　　　梅　芳　40多岁，蓝丘林妻。
　　　　樊股长　40多岁，县农业局人秘股长。

［幕启。蓝丘林的家。台上有桌椅、电话等。时钟敲了七下，梅芳生气地上。

梅　芳　都七点了，还不回家，死到哪里去了？（电话铃响，梅芳接电话）

梅　芳　喂，你哪里？省科技出版社？——你是黄老？——找蓝丘林？——他已经三天没归家了。——什么？你们要出版他那部《不育系水稻栽培技术》？哎呀，他还一字没改呢！好，好，我一定转告他。谢谢！

［在梅芳接电话时，蓝丘林蹑手蹑脚地上。梅芳转身吓了一跳。

梅　芳　你？吓死我了！我问你，这几天上哪儿去了？

蓝丘林　开会啊！

梅　芳　我怎么不知道？

蓝丘林　干吗让你知道？

梅　芳　告诉你，省科技出版社黄老又来电话催稿了！

蓝丘林　催我改那篇《不育系水稻栽培技术》？

梅　芳　对！

蓝丘林　你告诉他。我没时间！

梅　芳　你都忙什么了？

蓝丘林　（神秘地）干这个。（做打麻将的动作）

梅　芳　（不解地）弹钢琴？

蓝丘林　　不是，是这个。（又重复打麻将的动作）

梅　芳　　（似乎明白）哦——打麻将？

蓝丘林　　是的。

梅　芳　　（气愤地）好哇，专业不干，你去赌博！

蓝丘林　　打麻将不一定就是赌博！

梅　芳　　还狡辩，我找你们领导去！

蓝丘林　　别找，我们天天在一起，是牌友！

梅　芳　　啊！难怪！上梁不正下梁歪嘛！

蓝丘林　　你错了，打麻将是一件极有意义的工作！

梅　芳　　“荒田的棋子卖田的牌”，有啥意义！

蓝丘林　　你的观念也太陈旧了！如今是什么年代了，还在“荒田”“卖田”的？告诉你，时代进步了，麻将的功能也在扩大。只要你参加了麻将大军，领导的关系能改善，群众的关系会融洽，工作难题得解决，个人要求可满足！

梅　芳　　简直胡说八道！

蓝丘林　　不，我的亲身经历可以证明。过去，我一天到晚躲在试验室里，不仅不打麻将，还反对别人打麻将干扰工作。后来，我的试验虽然成功了，但我却变成了光杆司令！

梅　芳　　为什么？

蓝丘林　　你想想，别人打你不打。这就说明你和别人想不到一块去，别人就要对你保持警惕。上次他们打麻将挨了批评，硬是怀疑我打的小报告。从此，领导见我绕道走，群众骂我愣头青！

梅　芳　　你到底打没打小报告呢？

蓝丘林　　我哪有那份闲心呢？

梅　芳　　那你怕啥？

蓝丘林　　不怕？我试验还搞不搞？

梅　芳　　当然要搞。

蓝丘林　　经费哪里来？

梅　芳　　找领导批呗！

蓝丘林　　领导见我绕道走，他能批吗？

梅　芳　　这……

蓝丘林　　还有我们这住了几十年的破房子，今后还要不要分新房？

梅　芳　就凭你打麻将能把房子打来?

蓝丘林　不管你信不信，上次局长、股长、会计坐在桌子上，正为三缺一发愁。碰巧我去了，被他们逮住。三圈下来，我就打得熟了。从此以后，我是招之即去。去之能打，不到三个月，我就不是光杆司令了!

梅　芳　你是麻将司令了!

蓝丘林　那还不够格!

梅　芳　（突然想起地）咦，你是什么时候学会打麻将的?我怎么不知道?

蓝丘林　哎呀，打麻将有何神秘的?不就是中发白、条饼万、东南西北随风转吗?十几万字的论文我能写得出，麻将我就学不会?

梅　芳　你能干!学会打麻将没好处!

蓝丘林　不，好处大大的有哇!现在是：领导见我点头笑，群众说我不清高。昨天召开局务会，新房钥匙就到腰包了!

梅　芳　（惊喜地）真的?

蓝丘林　（拿出钥匙）你看——新宿舍楼288房间，三室一厅外加厨房卫生间!

梅　芳　（把钥匙贴在胸口上）哎呀，这麻将的作用可真不小哩!

蓝丘林　（猛觉一阵胃痛，欲呕吐）哇……

梅　芳　你怎么啦，是不是老胃病又犯了?

蓝丘林　（用手抵着胃处）快，把我的药拿来!

梅　芳　（拿药复上）我看你呀，今后就别打了!

蓝丘林　什么?房子到手就不打了?那我成什么人了?上楼要一步一步地上，下楼也要一步一步地下。

梅　芳　就怕你下不来了!

［樊股长匆匆上。

樊股长　蓝专家、蓝专家!

梅　芳　樊股长，有事吗?快请坐!

樊股长　不坐了，局长叫我来请蓝专家!

梅　芳　老蓝胃病又犯了。

樊股长　哎呀，这可怎么办?省厅来人了，是专为拨款而来，局长非叫我把蓝专家请去陪客打两圈!

蓝丘林	（一听拨款，精神抖擞）什么？拨款？
梅　芳	你不能另找人陪陪？
樊股长	梅芳，你不知道啊，我们蓝专家有文化、有修养，不仅牌打得熟，打得精，而且打得十分有风度，我们这些土八路，上不了桌啊！
蓝丘林	别夸了，我去！（毅然起身欲走）
梅　芳	（连忙拦住）你不要命了？
蓝丘林	（认真地）不要光顾自己，也要想想工作嘛。我们试验经费还没到手哩！樊股长，我们快走！
	（两人下）
梅　芳	哎，老蓝，你的胃药！（举药追下）
	［幕落。

（原载《安徽新戏》1993 年第 6 期）

插图　杨挺

走出迷宫

时　间　　现代。

人　物　　吴道雄，某建筑公司老总，简称“吴”。

丁大虎，农民工，简称“丁”。

地　址　　江南某地。

［幕起，溶洞内，一片漆黑，看不清任何东西。唯有岩石的滴水声依稀可鉴。每滴一声，洞内就会产生经久不息的共鸣。

［一束追光打在吴老总身上。他蓬头垢面，衣衫褴褛，拄着一根用树枝代替的拐杖，艰难地行走着。

吴老总　（上气不接下气地）哎哟，这……这是哪儿啦？哪是东，哪是西，看不见，分不清。当地老百姓说这山洞有九九八十一个岔洞，是座迷宫，进来的人十有八九走不出去。哎，我真后悔哟，为了追猎一只野羊，我鬼使神差般地追了进来。

（他想抽烟，在身上摸了很久，拿出的却是一个空烟盒，扔掉；想喝水，抓起水壶，摇摇，无水，扔掉。最后无力地倒坐在地上）三天了，矿灯熄灭，带来的干粮早已吃光。死神一步步向我逼近。难道我就这样死在迷宫吗？不，我不能死。我死了我那上千万的公司怎么办？我那上百万的“宝马”怎么办？还有我那刚结婚不久的爱妻小莉怎么办？我不能死，我得走。（站起欲走因乏力而倒下）

［洞的另一处又有声音传来。

［声音渐近，似乎是人的喘息。

［一束灯光打在丁虎身上。他手拿铁铲，肩搭编织袋，步履艰难地上。

丁　哎哟，我这是走到哪儿啦？哎，我糊涂胆大啊，有人说，迷宫里蝙蝠粪值钱，就是没人敢采，为了孩子的学费我毫不犹豫地跑了进来。我以为我备好了矿灯和路标，能进来就能出去，哪晓得我只顾铲粪，忘记矿灯电尽，到处一片漆黑……（突然听到动静）好像有人？

吴　（也同时觉得有人）有人？

丁　（用鼻子嗅嗅）难道还有不怕死的？

［两人渐渐走到一起，先用耳朵仔细听，后左右乱摸，再脸对脸上下打量，都觉得没人。

吴
丁　（同时地）唉，我这是自己吓唬自己哟！

［两人各自坐到一边。

吴　唉，这叫什么事嘛，想我一堂堂大公司老板，为了追猎一只野羊，跑到这鬼地方来了。

丁　我这不是自找的嘛，明知迷宫好进不好出，我却偏偏往里钻。

吴　现在是叫天天不应，呼地地不灵。

丁　我娘生我七尺躯，没想到就要葬送在这里了。

吴　哦，我那上千万的公司啊。

丁　哦，我那虽穷但可爱的家啊。

吴　我的宝马车。

丁　我的小三轮。

吴　我的小莉。

丁　我的儿子。

吴　我知道你一天见不到我就魂不守舍。

丁　我知道你正瞪大双眼盼着我给你凑齐学费。

吴　不行，我不能死，我一定要活着回去。

丁　为了儿子为了家，我不能匆匆结束生命。

吴　我要跟外面联系（找手机）我的手机呢？

丁　我要挖开一条通道（找铲子）我的铲子呢？

吴　一定是刚才弄丢的。

丁　对，摔了一跤，把铲子摔没了。

吴　怎么办？

丁　　得想办法。

［两人四处寻觅，突然，两人背对背撞上。

吴、丁　（大惊）啊！谁！？

吴　　你是人还是鬼？

丁　　我是人，你才是鬼呢！

吴　　不可能，你怎么进来的？

丁　　为了儿子学费钱，一脚踏入鬼门关。那你呢？

吴　　我是乐极生悲，一失足成千古恨，嗳，兄弟，咱们俩“同是天涯沦落人”啊！

丁　　什么沦落人，别卖斯文了，一条绳上的蚂蚱。

吴　　我已经三天没吃东西了，我饿。

丁　　（连忙掏出半个馒头，递给吴）吃吧。

吴　　（接过馒头，两口吃光，显然还没吃饱，又伸手）还有吗？

丁　　没了。

吴　　没了？你就半个馒头？（突然想起）哦，对了，我这有钱，还有这衣服，这可是五千多块钱买的，皮尔卡丹的，我都给你，我求求你再给我一个。

丁　　皮尔卡丹？还五千块？在这鬼地方，你五万块有啥用？实话告诉你，我就剩这半块馒头，全给你了。

吴　　对不起，我错怪你了，你很仗义，常言道，滴水之恩当涌泉相报，兄弟，我不会忘记你的，只要你能领我出洞，你要多少钱我给多少钱，要不你开个价？

丁　　噢，我领你出洞？让我开个价？要多少钱你就给多少钱？

吴　　对，对！

丁　　对个屁！不错，我很穷，我也缺钱。孩子的学费没钱交。辛辛苦苦打工的钱又要不到。我需要钱。但我要告诉你，在这个地方你再给我多少钱也没用。

吴　　为什么？

丁　　因为连我也不知道出路在哪里呢。

吴　　（失望地）完了，彻底地完了。

丁　　哎，你这又是干啥呀？

吴　　没有吃，没有喝，又没有路，这下是彻底地没希望了。

丁　你瞧你这熊样儿，你还没断气吧？起来！

吴　起来干啥？

丁　走啊！

吴　走？往哪儿走？

丁　往前走。

吴　往前走？

丁　只要有口气就要找生路啊！

吴　你肯帮我？

丁　我当然要帮你了，我们能在这里相遇，那就是我们的缘分。

吴　可我实在走不动了。

丁　我背你。（背着吴艰难地往前走）

吴　兄弟，你真是个好人。

丁　别说话，话说多了会丧力气的！

吴　不，我要说，兄弟，你记着，尽管你不愿意听，但我还是要说，今天你帮了我，你就是我的恩人，出去后，我的公司就有你的一半儿。

丁　是吗？你还有公司？

吴　兄弟，别看我现在不像人样，出了洞我可是海天公司大老总！

丁　什么？你是海天公司老总？

吴　对呀。你听说过？

丁　（气愤地将吴往地上一扔）呸！

吴　哎哟，你这是干啥？怎么说翻脸就翻脸？

丁　你认识我吗？

吴　看不清。

丁　我叫丁大虎。

吴　丁大虎？

丁　没想到吧？咱们会在这儿碰面，去年我在你公司整整打了一年工，到年底结账时，你借种种理由，不给工资，你的保安还说我无理取闹，你还有一点人性吗？

吴　这这……还有这事？我真的不知道啊，大虎兄弟你别发火……

丁　我不发火，我能不发火吗？我一家老小到了年关都眼巴巴地盼着我拿钱回家过年，我上有八十多岁的老母亲重病卧床没钱看，上学的儿子没钱交学费，我这两手空空的回去我有脸见他们吗？当时我自杀的念头都有啊。

吴　大虎兄弟，你听我说，当时我的资金周转不灵，只是想欠你们一下，没想到你们连年都过不去，我有愧啊，不过请你放心，只要能出洞，你的工钱我保证加倍还你。

丁　光我一个人的工钱吗？你知道像我这样的还有几百号人呢，他们都有老有小，辛辛苦苦累了一年就等工钱回家，可你倒好，开着宝马车，吃喝玩乐，到处风光，你知道吗，你挣的是我们血汗钱，哼，你也有今天，你就在这等死吧！（说完转身欲走）

吴　（一把抱住丁腿）大虎兄弟，你别走，兄弟，不瞒你说，我也是从一个打工者的路上走过来的，农民工的酸甜苦辣我都尝过，我真的不该这样对待你们，就连你们的工资都不想给。我做了不少对不起你们的事，谁家没老没小，可你的母亲生病没钱看，孩子上学学费没钱交，我……我欠你们的太多太多了，我不是人！（哭泣）

丁　（不理会）

吴　大虎兄弟，我也是父母生的，我也有子女，好了，别的我也不多说了，我只有一个请求，你能答应吗？

丁　有话就说。

吴　我想拜托你一件事，我这有把钥匙交给你，如果你能出洞，请把这钥匙交给我的秘书，也是我的妻子，她叫小莉，让她打开保险柜，按照民工的名单，把拖欠你们的工资彻底还清。就这样，我知道我也不能弥补我过去所做的一切，那只能请你和其他的兄弟们原谅了。（交钥匙）你走吧，别管我，你一定能找到出洞的洞口。

［音乐起，丁沉思，然后坚定地。

丁　不，我不能把他一个人扔在这儿，他虽然有错，但错不至死，我要是把他丢在这，我良心何在？来，要走咱们一起走，你给我起来，我背你。

吴　兄弟，别……你的情意我领了，我知道，你的精力已耗费得差不多了，你若背我，说不定我们都活不了。都会死在这儿，如果那样就太不值得了。（推丁）你给我快走！

丁　（终于按捺不住，哭泣地）吴总……吴大哥！咱们要活一块儿活，要死一块儿死。

吴　大虎兄弟！（二人紧紧拥抱）

［一阵电闪雷鸣。

丁　雷声？对，是雷声，你听见了吗？

吴　听到又怎么样？

丁　吴总，你糊涂啊，只要能听到打雷声，就说明我们离洞口不远了，来，我们走！（相互搀扶着快步向前走，又电闪雷鸣）你看，闪电！

吴　闪电，这么说，我们的路走对啦？

丁　没错。

吴
丁　我们的路走对啦！

［拥抱。

［定格。

（此剧2007年获得江苏省徐州市首届戏剧剧本征集大赛二等奖）

文论

戏曲是“诗”的戏曲化；或者说是戏曲化的诗。

——《戏曲现代戏也应是“剧诗”》

有的戏曲名曰戏曲现代戏，实际上是“话剧”加“唱词”而已。从剧本选材到戏剧架构、人物设置，都是按照话剧模式进行的，其美学源头是亚里士多德的“模仿”说和西方戏剧的“再现”论。因此，这种“话剧加唱词”的所谓现代戏，实际上是中国“剧诗”的“写意性”和西方“写实性”的大拼凑。就像国画上贴上油画，让人看了很不是滋味。

——《戏曲现代戏也应是“剧诗”》

所谓“风险”人物，我给它的定义是：既有一腔正气又有超前意识的人物。这种人物在社会发展的某一阶段，往往被人误解、曲解，甚至陷害，所以，每前进一步都伴随着极大风险。而写这种“风险”人物的作家也将经受着同样的风险。

——《独特的创造品格》

回顾与思考

一、关于创作观的思考

记得在纪念毛泽东同志《在延安文艺座谈会上的讲话》发表50周年之际，我曾应《安徽新戏》编辑部之约，写了一篇文稿，题目是《做生活的有心人》（载《安徽新戏》1982年第2期），文中对我多年来的创作得失做过一些回顾和思考，其重点讲的是作为创作主体的作者对待生活的态度问题。限于篇幅，对有关创作观念的问题，很少涉及。现在想来，仍然值得深思。

我步入剧坛的年代，正是人们常说的“十七年”的后半期，“十七年”的戏剧状况，已有人做过中肯的评价，本文不再赘述。但到了后期，“左”的路线渐渐露出端倪。那时候，对戏剧“高台教化”和“为中心服务”的要求，虽不及“文化大革命”时期强调得厉害，但是，剧作家写什么，怎么写，仍然要服从当时的政治（或领导）的需要。为了适应（或适合）这种需要，作者只有凭着臆想编造。至于生活本身是什么样子，人本身是什么样子，那是另一回事。因此，一种背离生活的创作观念在不知不觉中形成。记得1958年，我写了个小戏，名叫《姐妹俩》，妹妹是大办钢铁的积极分子，在砌高楼时缺少砖头，她背着姐姐将自家的锅台拆了，不料被姐姐发现，遭到反对，于是姐妹之间展开了激烈的冲突，此剧在演出时十分热闹，领导也很满意，区里演过，还调至县城为全县钢铁元帅升帐动员大会演出，其声誉之大，曾令我陶醉很久。但是，未等钢铁元帅下马，《姐妹俩》就“寿终正寝”了。现在想来仍觉得汗颜。《姐妹俩》中的人和事，生活中没有，观众不相信，连我自己也没有见过，但为什么要写？还不是为了应付当时的政治需要？哪顾得观众的审美要求？

作者写作的根本任务是为了观众，而观众对作者的要求则是从生活出发，写出真实可信有血有肉的人，从而在欣赏和娱乐中，得到启迪和升华，一旦观众对舞台上发生的事情，表现的人物关系不相信，对所描写的人物没有认同感，没有情感共鸣，其戏剧艺术的审美价值、认识价值从何谈起？普列汉诺夫曾经说过“利益是道德的基础”，王夫之也说：“理存于欲。”像《姐妹俩》中的妹妹，居然把自家的锅台拆掉去大办钢铁，对人的利益采取蔑视与否定的态度，观众岂能接受？

中国戏剧创作界值得思索的现象，不仅仅是一般的无名作者，就连一些闻名中外的戏剧大家也曾留下遗憾的笔墨。例如老舍先生在创作话剧之瑰宝《茶馆》的同时，还写了像《青年突击队》这样的作品；新戏剧的开拓者之一的田汉在创作出传世之作《关汉卿》《白蛇传》的同时，也写了《十三陵畅想曲》这样的作品。为什么同一剧作家会写出审美价值截然不同的作品？为什么同一时期绝大多数的作品具有惊人的相似？其创作观念不能说没有关系。

请原谅，我所以请出以上两位大师来做佐证，并非出自不恭，更不是为自己辩解，因为本文的题目就叫“回顾与思考”啊！

今天，产生可悲创作观念的客观因素似乎已经不存在了。然而，错误的创作观念是否彻底根除了呢？不尽然。就拿近几年戏剧创作和评论来说，有人认为，凡是歌颂的，都是为政治服务的，浅的；凡是揭露的都是真实的，深的。这种偏见和误解使创作观念由一个极端走向另一个极端。有的作者（或作品），为了避开“为政治服务”之嫌，不敢接触“歌颂类题材”；有的作者，为了标榜自己彻底与“为政治服务”决裂，挖空心思编造所谓的“社会阴暗面”，充当“揭露”的勇士。如果长此下去，一种新的“概念化”“公式化”不可避免地将在戏剧创作中形成。我认为歌颂和揭露都是需要的，但同样不能趋逢编造。

二、关于形式问题的思考

当前，戏剧界对“戏曲危机”问题的议论颇多，集中一点，就是戏曲形式问题。有人说，戏曲形式已不能表现当代的生活内容，不符合当代观众的审美趣味，甚至还有人耸人听闻地说，戏曲改革最大的障碍就是形式。对此我不敢苟同。

不可讳言，古老的戏曲形式在形成阶段，为了表现当时的生活内容，如京剧中的起霸、旦角的踩跷、小生的假嗓子……与现代生活相差万里。写现代戏如果照搬旧有的戏曲程序来表现现代生活，那显然是愚笨的。但是，对戏曲形式一概排斥，我认为也是不恰当的，因为戏曲形式虽有它“过时”的一面，但也有它丰富的可供借鉴的艺术手段。诸如它不同于话剧的假定性和写意性。当然，也有人对“写意性”不屑一顾，认为写意性仅仅是“时、空的自由”，并说时代进步了，现代科学发达了，声、光、布景现代化了，梅兰芳提出的“集布景于演员一身”的见解已经过时了。且不说梅氏见解是否完全过时，单就对写意性的理解也不尽全面。我认为写意性不仅仅是时空的自由，它应该包括戏曲创作的全过程，包括唱、做、念、打，还有服装、道具。就像一幅国画，你能说哪一笔不是写意的？那梅枝、山、水、云雾，难道都是真实的？非也！然而，人们欣赏国画时却不去追求它的真伪，而是在不真实中去感觉最大的真实——无穷无尽的美的享受。

一味责怪形式的人，关键是不能把内容和形式很好的统一。就拿现代戏曲来说，如今有电扇了，你就不应在舞台上生硬地表演扇子功；如今交通发达了，有飞机、火车，你更不应不加选择地在舞台上表演推车、跑马。否则，观众是不感兴趣的。

内容和形式的统一，主要是选材（也即内容）问题。湖北有个现代戏《弹吉他的姑娘》其中有一场戏：打电话。台上五个人，拿着五只话筒（这可是现代通信工具）向五个地方打电话，载歌载舞、情景交融、十分精彩。其表现形式都是戏曲的，或说是经过改造的戏曲程序。

运用戏曲形式表现现代生活，我曾经做过尝试。如《春嫂》一剧，写一个 80 年代的年轻寡妇，追求一个憨厚老实的农村青年。生活是现代的，形式是戏曲的。为了充分发挥戏曲特别是皖南花鼓戏的表演特长，我在人物设计和情节安排上，尽力做到简练突出和内涵丰富，以情感的流动和性格的差异展开冲突。事件的选择是人们常见的垒鸡窝、喝鸡汤等，加上导演的创造，演出效果是比较满意的。试想一下，如果让王小波开汽车，春嫂开拖拉机，或者让王小波摇动白纸扇，春嫂绣荷包，这出戏就不堪想象了。因此，我认为恰当的选择题材，准确地把握戏曲表现形式，并加以改造，戏曲这种形式，仍然大有作为。

当然，戏剧的生命就是时代感，在选材上，既要注意戏曲表现形式，也应让人感到强烈的时代气息。在这方面，《弹吉他的姑娘》为我们提供了有益的经验。

三、独立思考，探索新路

“戏剧不景气”的呼声时常在耳边鸣噪，它曾经使我焦虑、困惑。为此，我翻阅过大量报刊资料，急切地想从中找到一条可供行走的道路，然而，我却大大失望了。在我接触的资料中，除了一些空谈提高质量的议论，真正能在创作实践中起指导作用的却是寥寥。即使有，也是在形式上大谈所谓“出新”，很难“解饿解渴”。

今天，我在翻阅一份资料时，意外地发现：最喜欢在艺术形式、创作方法上出新招的美国，居然对玛丽·诺曼的一部严格按照“三一律”写作的现实主义新作《晚安，妈妈》授予普利兹策戏剧奖，这条例证的发现，顿使我从困惑中醒来，我觉得戏剧质量并不完全决定于形式，“新瓶装新酒”固然很好，“旧瓶装新酒”也未尝不可。关键问题还是要写人、写情，只要能写出真实的人，生动感人的情，戏剧创作不会没有出路。当然，在写人和情的时候，作者的观念必须是新的。特别是对宏观和微观、继承与创新、竞争与共存、民主与法律的当代意识，应有充分地理解和把握，否则，你写的人和情，观众也很难接受。

1987年，我创作的大型现代戏曲《好人难当》就是采用原有的结构方法和表现形式，描写了一个人们称其为“傻子”的人物。由于我以重点笔墨写了他的遭遇，写了他的性格和美德，并在意识、行动、语言上注意他的时代气息，三稿完成后即被浙江湖州越剧团看中，江苏刁铺职业剧团看了本子，也要求上演；安徽省《安徽新戏》对此剧也做了热情的肯定。一个现代戏，能得到如此青睐，足以可慰了。

当前，戏曲面临着各路“劲敌”的挑战，诸多理论也令人眼花缭乱。但是，我认为，作为一个剧作者，千万不能人云亦云，随人俯仰，应该用自己的思维方式，自己的表现技法，去描写自己熟悉、喜爱的人物，探索和创新是需要的，但应该是自己独立思考的结果。

（1983年在安徽省戏剧创作研讨会上的发言）

戏曲现代戏也应该是“剧诗”

戏曲（尤其是戏曲现代戏）“不景气”的现状，使戏剧界许多朋友忧心忡忡。他们怀着热爱戏曲，甚至与戏曲共存亡的悲壮心理，在痛苦中思索，在困惑中探求，以期寻找出“不景气”症结所在，从而达到振兴戏曲现代戏的目的。其良苦用心，令人感佩至极。然而，听罢朋友们的议论，读罢朋友们的文章，平心静想，我总觉得缺少点什么。比如，在论及“不景气”的原因时，大多是离开戏曲本身，泛谈所谓的客观因素，诸如电视的冲击呀，观众欣赏的多元化呀，等等。探讨的结果，便产生一种悲观的结论，即戏剧消亡论。我认为，朋友们的探讨精神可敬可佩，然而这种探讨方法未免失之偏颇。为什么这样说？因为在广阔的文化消费市场中，不景气的不仅仅是戏曲，还有电影（电影院门可罗雀），还有书店（新华书店改为商场），如果按照消亡论者的观点，电影岂不也要消亡？书店岂不也要消亡？这显然是不可能的。为了全面探讨戏剧“不景气”的原因，我建议，能否将我们的探讨视角，来一个转变，从戏曲本体出发，认真研究一下，我们今天奉献给广大观众的戏曲作品质量究竟如何？应该从哪些地方来提高质量？对于这样一个宏大的命题，笔者不敢高谈阔论。现仅就自己多年来的感受，谈一点粗浅的认识，以求教于各位方家。

我以为，戏曲现代戏就应该是“剧诗”。

一、什么是“剧诗”

张庚先生在《中国戏曲的美学特点》中谈道：“中国文学家，向来把戏剧看成一种诗，称之为戏曲，曲就是诗的一种。戏曲也就是剧诗，是一种新体诗，也带有浓厚的抒情色彩。”在烟台全国中青年戏曲作者读书班上，张老为我们讲课时也说道：“词是诗之余，曲是词之余，曲是从诗演变而来的，与诗有着亲密的血缘关系。戏曲实质上是有人物、有故事，可以唱，可以演，有舞台形象的叙事诗。”根据张老这一论述，我们可以这么说：戏曲是“诗”的戏曲化；或者说是戏曲化的诗。

在张老提出的“剧诗”说之前，我国也早就有人对戏曲做过理论性的探讨。如清代李渔的《闲情偶寄》，曾对戏曲做过经验性的总结。但李渔时代正是“雅部”发达时期，那时的文人学者都是论“曲”而不论“戏”。到了近代学者王国维时期，“花部”已经兴起，“剧”的意识逐渐强化，这时王国维便提出：“以歌舞演故事”之说。王国维的贡献是大的，但是，“以歌舞演故事”之说，也只是论及形式而未触及本质，张庚老师的“剧诗”说则是融“剧”与“诗”为一体，他言前人所未言，对戏曲艺术在本质和总体上做了最精确最深入的概括。

二、戏剧现代戏是不是“剧诗”

有人说，“剧诗”说是针对中国古典戏曲或者是针对反映古代生活内容的戏曲而言的，戏曲现代戏不在其列。这种说法值得商榷。

所谓戏曲现代戏的概念，即是以戏曲形式反映现代生活内容。它与反映古代生活的戏曲同属一个范畴，即戏曲范畴。它们的血型相同，基因相同，都应该是“剧诗”。

在1983年烟台全国中青年戏曲作者读书班上，老戏剧家张庚先生曾说：“唐代发达的是诗，宋代发达的是词，元代是曲，明代的是传奇，到了我们这一代应该是什么？现代戏。（反映现代生活的现代戏——作者注）写现代戏是我们这一代的责任。但是，现代戏怎么写？不要忘记，它也是一种诗，剧诗。”

既然现代戏也是“剧诗”，那么，中华人民共和国成立以来我们创作的现代戏是不是“剧诗”呢？这个问题很难回答。

不可否认，中华人民共和国成立以来，戏曲现代戏的创作成绩是肯定的。在中国戏曲舞台上曾有过辉煌时期。然而，真正符合“剧诗”要求的作品却为数不多。但这不能说明戏曲现代戏就不能写成剧诗，在我所接触的现代戏曲中，川剧《四姑娘》、越剧《花落知多少》、平剧《高山下的花环》、汉剧《弹吉他的姑娘》、淮剧《明月照母心》等，它们在继承中国“剧诗”传统方面确实取得了可喜的成就，也博得了广大观众的厚爱。它们反映的都是现代生活，它们是“剧诗”，是现代“剧诗”。

例如越剧《花落知多少》（作者魏巍）。该剧描写的是在极“左”年代，一个知识分子受迫害的故事。戏剧一开始，就为我们营造了一个诗一样的氛围。

（幕启合唱）流水无情草自春，
怎知人世有落英，
飘零风雨香如故，
无限悲欢无限情。

接着，作者又以诗的意境，展开了戏剧布局。其中有这样一段戏：某大医院外科医生白鸥，因批评院长（松涛）的官僚主义，被打成右派，押送到农村劳动改造，在农村受尽磨难和人格侮辱，可是时隔不久，官僚主义的院长松涛也被打成右派同样被押送到农村劳动改造。人为的巧合又把一对“仇人”凑到一起。在一次劳动中，院长因车祸受伤，左派们不准送往城里治疗。在缺医少药的农村，谁来为他治疗？只有白鸥。然而，白鸥却是院长的“仇人”。白鸥愿不愿意为他治疗？院长愿不愿意接受他的治疗？于是戏来了，诗也来了。且听院长在无奈中接受治疗的一段唱：

松　涛　（院长）（激动地硬撑起来）
（唱）眼前事，好似狂风卷巨浪，
触目惊心费思量。
为什么右派舍身愿救我？
为什么号称左派凶似狼？
……
当年他说我武断又外行，
我整他目无领导是反党。
扪心自问愧难禁，
不学无术实外行。
他当年批评条条对，
我却害他受尽屈辱在山乡。
不经大雪刺骨寒，
哪知梅花扑鼻香？

这段唱词把人、情、事糅在一起，让人联想万千，荡气回肠。因此，可以说它是诗话了的戏剧，又是戏剧化了的诗。

又如川剧《四姑娘》（作者魏明伦）中《咫尺天涯》（即“三叩门”）一场。金东水与四姑娘，在经历了来自家庭和社会种种磨难之后，在是非标准一致的基础上，心灵有了沟通。一天夜里，四姑娘去探望金东水。金东水为了不连累四姑娘，把爱心藏在心底，四姑娘三敲门而不开。二人隔着一道薄薄的门板，各自抒发自己的情感心声，十分感人。如第二次敲门的一段唱：

四姑娘　　（唱）
　　二叩门，
　　茅屋内，声响俱无。
　　回头望，未圆的月亮天边孤。
　　（帮腔：啊，弯弯的月亮啊）

四姑娘　　（唱）
　　弯弯的月亮照枯树，
　　高高山上风刺骨，
　　竹叶沙沙似诉苦，
　　露水汪汪湿衣服。
　　隔门如隔万里路，
　　门内亲人装睡熟，
　　不怕仇人拳头舞，
　　最怕亲人心冷漠。

金东水　　（唱）不怕自己吃大苦，
　　怕的是连累四妹受侮辱。
　　冷冰冰的样儿被迫做，
　　热滚滚的泪水欲流出。

四姑娘　　（唱）他可知，我内心伤痕千百处，
　　千百处，轻轻抚啊，暗暗哭！

金东水　　（唱）她可知，我内心深情未流露，
　　未流露，默默关怀暗祝福。

这些忧伤的唱段，不仅诗意浓厚，而且始终贯穿在戏剧的发展中，给人以深沉委婉的美的享受。

三、戏曲现代戏要不要写成“剧诗”

回答是肯定的。

我十分赞同“观众艺术欣赏多元化”的论点，但戏曲现代戏也是多元中的一元。如果想保住一元的位置，就必须提高戏曲现代戏的艺术质量。这不仅是广大观众的要求，也是戏剧家的责任，但怎样去提高质量？我以为关键是要抓住“剧诗”这个本质。

多年来，戏曲现代戏创作上的根本问题，主要是戏曲美学观念上的模糊。

有的戏曲名曰戏曲现代戏，实际上是“话剧”加“唱词”而已。从剧本选材到戏剧架构、人物设置，都是按照话剧模式进行的，其美学源头是亚里士多德的“模仿”说和西方戏剧的“再现”论。因此，这种“话剧加唱词”的所谓现代戏，实际上是中国“剧诗”的“写意性”和西方“写实性”的大拼凑。就像国画上贴上油画，让人看了很不是滋味。例如我曾看过这样一出现代戏：一对情人坐在汽车上各自抒发内心情感，当他们唱到“汽车一吼行千里”时（幕后传来汽车行驶的声响效果），可是汽车是实景，别说是行千里，连一步也行不了。其审美效果可想而知。

有人认为，“话剧加唱”也是一种创造，是出新的创造，笔者不敢苟同。记得戏剧家张真老师曾经说过：“戏曲与话剧的区别，不是唱与不唱，中国古代戏曲也有无唱词的。如汉剧《审焦大》从头讲到尾；又如《酒楼珍珠衫》也没有唱词，但他们都是戏曲。戏曲和话剧美学特征的不同，在创作方法上也绝然不同。”清代诗论家吴乔在《答诗与文之辨》中也说：“意喻之米，文喻之炊而饭，诗喻之酿而为酒。饭不变米形，酒形质尽变；看饭则饱，可以养生，可以尽年，为人事之正道；饮酒之醉，忧在以乐，喜在以悲，有不知其所以然者。”由此可知，中国戏曲既然是诗，那么，它必然有一个酿造过程，它与话剧的“不变米形”与戏曲能“形质尽变”是截然不同的。戏曲现代戏不仅要求编剧必须遵循“剧诗”的美学原则，而且同样要求表、导演不能擅离这一原则，我不反对话剧导演去导演戏曲，但我也不赞成用导演话剧的手法去导演戏曲。

总之，提高戏曲现代戏艺术质量是一项综合工程，它需要各个方面的共同努力，只要我们下定决心，在继承和发展中寻找出路，我想戏曲现代戏的“不景气”状况一定会得到改变。

（原载《戏剧之友》1990 年第 2 期）

独特的创造品格

中国当代剧作家选集《张亚集》由中国戏剧出版社正式推出之后，产生不小的反响。

张亚作品大部分我已读过，我曾为他的作品享誉京华而兴奋，也曾为他的作品所引起的无奈争议而瞠目。此次重读他的作品又有新的感受，我发现他在创造品格上有三个鲜明的特色：

一、钟情农村题材

在收入集子里的9个剧本中，有6个是直接描写农村生活的，而且这些作品一经面世，便产生非凡之响。如《郑贵献谎》1980年在《江淮文艺》发表后，立即引起省内文坛重视：《安徽日报》《安徽文化周报》先后载文给予高度评价，称其为“关注农民，直面人生的佳作”。紧接着是《两家春》，这个描写新时期新人新风的现代小戏，以巧妙的构思，鲜活的人物和浓厚的乡土气息赢得观众的广泛赞誉，1982年参加全省会演，在获奖名单上荣登榜首。再就是《柯老二入党》，此剧无论从选材角度、人物塑造或思想开掘都达到新的高度，在全省称为最具影响的剧目之一；1984年应邀晋京参加献礼演出，并进入中南海，为中央首长演出；尤其是拍成电视剧后，更是蜚声全国；剧本由《剧本》月刊发表；在获得全国最高剧本奖“曹禺奖”后，电视剧“长城杯”“飞天奖”“金鹰奖”也相继而至。从此，在全国知名剧作家的名单上又多了一个新人，那就是从敬亭山下、青弋江畔走来的张亚。继《柯剧》之后他又接连创作了《草色青青》《续弦记》《养贤圩的风情案》等。《草》剧参加1995年安徽向全国征集黄梅戏戏剧本活动，在入围作品中名列第一，是省团唯一投排的剧目；《续弦记》参加“榕城杯”全国剧本征集活动，荣获二等奖（一等奖空缺）。

也许有人会问，张亚乃一介书生，举止儒雅，何以对农村题材如此钟情？探讨这个问题，我想借用剧作家刘鹏春的一句话：“从根本上说，我以为我们这个民族所有的正面与负面皆与农民有关，从广义上说，中国人的血管里流淌着农民的血液。”是的，在我们这个具有几千年历史的农业大国里，国民的生命意识、生存意识和思维方式、行为方式，哪一样不是打着农民的烙印？正是因为这个烙印，才使我们的剧作家与农民有着与生俱来的情结和强烈的忧患意识，因此，关注农民，书写农民也就成了剧作家们神圣的使命。张亚无疑承担了这个使命。

二、善写“风险”人物

所谓“风险”人物，我给它的定义是：既有一腔正气又有超前意识的人物。这种人物在社会发展的某一阶段，往往被人误解、曲解，甚至陷害，所以，每前进一步都伴随着极大风险。而写这种“风险”人物的作家也将经受着同样的风险。

张亚笔下的第一位“风险”人物就是郑贵（《郑贵献谎》），这位担任多年生产队长的老共产党员，一向对党忠诚，敢为老百姓谋利。在极左浮夸的年代里，公社党委为了谎报产量，向上邀功请赏，硬逼着郑贵卖掉生产队一万三千斤“超购粮”（实为老百姓保命的口粮）。摊上别人，这是个难得的靠近领导、向上攀登的好机会。然而，郑贵不是那种人，他不仅不听公社党委指示，反而采取“献谎”的绝招将粮食分掉。他这样做，按说是为民谋利的行为，是对党真正的忠诚。然而，在那黑白颠倒、良知和正气驱至一隅的年代里，有谁敢站出来说话？郑贵将面临什么，那就不言而喻了。

第二个风险人物是柯老二（《柯老二入党》），这个三中全会后富起来的农民，在物质生活改善之后有了入党的要求。这本是一件值得肯定的事，有何险可言？有。首先是身份问题：支书傅明德说：“只听说发展知识分子入党，可没听说专业户、冒尖户呀……钱多就入党，不晓得上面有没有政策……”言下之意发展这类人入党是危险的。其次是他的“表现”问题：他反对入党“送礼”，并向一贯惧内的支书揭发其妻（书记娘子）有受贿行为；在办厂问题上他接受困难户入股，而不接受书记娘子入干股；与入党介绍人发生冲突：在经商问题上，柯老二坚守诚信，而入党介绍人却“以假充真”卖高价，柯老二坚决退款，而入党介绍人却暴跳如雷，说柯老二这样做是“要他的好看”，是

“一个群众来给他（正式党员）上党课！”

柯老二的行为，若是对群众，纯属正常，无任何风险可言，问题是他针对的是“党内人”，尽管这些人是极少数，但毕竟属于党的“肌体”，在那个“乍暖还寒”的季节最容易触痛某些人的敏感神经，因此，柯老二岂能无险？

第三个风险人物是养贤圩的大队书记郑怀山（《养贤圩的风情案》）。因为他太关心孤儿寡母的生活，因为他太“纵容”青年男女的自由恋爱，因为他工作能力太棒，因为他那大队书记的宝座太招人眼馋，于是一起闻名遐迩的“养贤圩的风情案”发生了。当上级派专人来调查时，多年觊觎书记宝座的民兵营长便乘机大做文章。然而，性格倔强的郑怀山根本不买他的账。“让我干一天我就这么干！”他依然如故架电线办工厂，他依然如故支持自由恋爱，依然如故关心孤儿寡母的生活……。在那样的年代他这样做其后果将意味着什么？

张亚笔下的“风险”人物，个个“险象环生”，但个个又“化险为夷”成为光彩照人的艺术典型，诀窍在哪里，我认为有两点：

第一，准确判断，挥洒有度。这来源于作者敏锐的政治眼光和准确的判断力。仔细分析他笔下的“风险”人物，都存在着不同程度的“敏感性”。写这类人物没有一定的政治修养和准确判断能力是难以驾驭的。要么糊涂胆大，粗制滥造；要么谨小慎微，平平庸庸。张亚在处理这些问题上所以能做到恰到好处，关键是他在写作之前首先给他笔下的人物有一个基本定位：真诚、热忱、爱党、爱民，他们行动的出发点和归宿，都是真的善的美的，都是与党和人民利益保持高度一致的。《郑贵献谎》，目的是为了全队人的生存；《柯老二入党》，体现了党的伟大和人民对党的热爱。

第二，写“险”不是目的，重在艺术创造。只要我们闭上眼睛，郑贵、柯老二、郑怀山都会来到我们面前，他们或憨厚、或幽默、或刚毅，形象生动，性格迥异，充分显示作者扎实的艺术创造功力。如郑贵果断采用“献谎”的决策时，好心的小宋说：“郑队长，你抹了他（鲍书记）的脸，他不会放过你的！”郑贵将行李卷往肩上一扛说：“我准备着呢，上午出来（学习班）下午进去！”一个动作，一句台词，把一个共产党员的一腔正气和幽默风趣的形象活脱脱的勾勒出来。又如对柯老二的刻画：当柯老二上书记家递入党申请时，发现书记娘子有收贿行为，立即感到不是滋味，当他出门之时，正巧碰上书记回家，出于对党的爱护，他想将书记娘子收贿的事告诉书记，但又不知书记是何种态度，于是在门外辗转反侧犹豫不决，最后终于做出决断：一定告诉书记。通过这一系列的舞台行动和内心独白，把一个要求入党的普通老百姓爱党又担心党受到玷污的复杂心理表现得细致入微，感人至深。相比之下，郑怀山是一位开放型的人物，他敢想敢干，敢恨敢爱，在那样的年代，他有一套“不成文但成功”的小聪明。正人尊敬他，邪者害怕他。养贤圩因为有了他，在那种年代，仍能保持“圩堤不破，庄稼照收……要饭的都朝养贤圩跑。”

三、巧用妙语警句

所谓“妙语警句”，即好听好懂，形象生动，看上去像俚言俗语，实则为诗化了的戏剧语言。这类语言用得恰当，有点破层雾、一石千浪、发人深思、耐人寻味的作用，如在《柯老二入党》中，柯老二想办个粉丝加工厂，林志高（入党介绍人）想参加，二人有段对话：

柯老二　　我想领个头办个粉丝加工厂。

林志高　　慢慌，先搞起来再说，你管生产技术，我管外交，需要盖个章找个人什么的，组织同志要强些！

柯老二　　好，就这么定！

林志高　　这就叫，政治上我帮你，经济上你帮我，我们互相帮助！

没有卖弄辞藻，没有故作高深，简单几句台词，把人们心中早已明白却不愿说明白的意思一语道破，余味无穷。该剧每演到这里，台下就响起热烈的掌声。

在《草色青青》中小草的一段唱也颇有特色：

我是青青草一棵
命不精贵好养活，
爹亲我，妈亲我，
打个滚就长尺把多，
长大挣钱买皮袄，
让爹妈穿着好暖和。

多么形象，多么亲切，多么纯真，听起来像童谣，实际上是一首赞美弱小、颂扬普通人生命欲望和美好道德的诗句。

俗话说，文如其人。张亚独特创作品格的形成与确立，与他的做人准则有着密切的关系。凡与他共过事或有过交道的人都知道，他是一位善思慎行，严谨务实的人。做人如此，作文同样如此。前不久楹联家吴茂昌为张亚撰写了一副嵌名对联，联曰“弛张有度春秋笔，冠亚无争梅竹风”。“弛张有度”“冠亚无争”，概括精当，文采熠熠。这是对张亚为文为人独特品格最好的评价。

（原载《张亚戏剧作品研讨会论文集》）

小说、散文

两张电影票

眼看影片《卖花姑娘》放映的时间快要到了，可是，史德贵还没有找到电影票。他搜遍全身所有的口袋，查找了大大小小的笔记本和皮夹子，最后连煤炉边的字纸篓也翻了个底朝天，仍旧不见电影票的影子。他又气又急，额上沁出了汗水，嘴里不断地咕噜着：“怪事，难道它还长翅膀飞了不成？”

“你呀，总是慌手慌脚的，一辈子也办不了大事！”他的妻子一边帮他寻找，一边埋怨道，“你冷静地想一想，票究竟放在哪里，又去过哪些地方？”

“票就放在这里。”他指着左边的上衣口袋，“我哪里也没去过！”“我就不信！”妻子把手伸进他的上衣口袋，“就凭你这迷迷糊糊的劲头，也不知丢过多少东西！”说着从口袋里抓出一把揉成团子的钞票、粮票、澡票、空烟盒之类，撒在桌面上，一边清理一边说：“你过细想想，有没有从口袋里拿钱买东西？”

“没有。”

“没有？”妻子帮他回忆着：“小玲不是向你要钱买铅笔的吗？”

“小玲，对。”史德贵想起来了。他中午酒醉之后躺在床上，曾恍恍惚惚听见女儿小玲在他的上衣口袋里掏过钱。嗯，说不定电影票就是她给弄丢了。想到这里，他连忙喊道：“小玲玲！”

小玲今年五岁，是史德贵最心爱的小女儿。此时，她正手握铅笔，歪着小脑袋，聚精会神地描着“小鸽子”。听见爸爸叫唤，她连忙捧着画儿走过来说：“爸爸，爸爸，你看我画的鸽子像吗？”

要在平时，史德贵一定会接过女儿的作品，俯下身子，用他那长满胡茬儿的下颌亲亲女儿苹果似的小脸蛋，并大大地夸奖一番。可是现在他却没有这样的兴致。

他瞪着一双布满红丝的眼睛，像审判一个小罪犯似的吼道：“你说，你掏钱的时候，可看见两张电影票？”

小玲从未见过爸爸发这么大的脾气，她惊恐地看着爸爸，摇着小脑袋说："没……没有。"

"撒谎！""啪"的一声，五个指印出现在小圆脸上。

"哇——"小玲哭着扑向妈妈。

"你别抓不住老虎逮猫骑（欺）！"妻子心疼地搂着孩子。"自己不小心，拿孩子出气，管屁用！"

墙上的时钟，悄悄地敲了六下。还有半个小时，影片就要开场了。他沮丧地瘫坐在椅子上，有气无力地说："完——了。"

两张电影票居然使史德贵大动肝火，看来近乎可笑。其实倒是事出有因，并非偶然。

史德贵在县图书馆工作。他一家五口人，住在一间不到十六平方米的旧式小瓦屋里。幸好他的妻子是一个心灵手巧，善于料理家务的人。房间虽然窄小，但是经过她的精心设计，布置得井井有条：三张床摆成一个凹字形，占去房屋的百分之八十；中间的巷道上摞起两个木箱算是桌子，坐在床上可以吃饭写字；五斗橱吊在梁上，小碗柜挂在墙上；床脚下整齐地堆着蜂窝煤和各种书报杂志；右床头放着水缸，上面盖着杉木盖，可以当凳子；紧靠门外放着煤炉……总之，屋子里所有空间该利用的都利用上了。

与妻子相反，史德贵是一个马马虎虎，什么事都能将就的乐天派。他对这十六平方米并不嫌弃：钻进床下找书看，他不觉得麻烦；坐在水缸上吃饭，他感到新鲜。那墙上挂着的"室雅何须大，花香不在多"的条幅，就是他在兴奋之余，饱蘸浓墨，挥笔疾书的。特别是近几年，他学会了一种特殊的本领——好睡觉。每逢饭后，他就点上一支烟，一边同别人说话，一边就扯起了香甜的鼾声，直到香烟烧着了手，他才大吃一惊，扔掉烟蒂，揉揉惺忪的眼睛，不一会儿又进入了甜蜜的梦乡。

但是，随着时间的推移，孩子们都大了，再住在一起很不方便。有一次午睡的时候，天才的妻子环视着屋子，感到非改变现状不可了。

"喂！你别尽顾睡觉，得想个办法！"她推醒正在打鼾的史德贵。

他睁开眼睛，定了定神，半晌才说："想什么办法？"

"大女儿都十九岁了，还能同我们住在一起吗？"

"嘿嘿嘿。"史德贵憨笑着说："你是我们家的当权派，办法多，还是你想吧。"说完他又闭上眼睛。妻子连忙在他背后轻轻地捅了一拳。

"我想？"她有点火了，"除非到百货公司买瓶糨糊来！"

“买糨糊做么事？”大女儿不解地问。

“把你贴在墙上呗！”

一句话把孩子们都逗笑了。

史德贵这回没笑。他翕动着嘴唇想申辩，但终于没有说出口来。他在想，自己何尝没有想过办法？房管会他找过不下十次。第一次是在1975年底，他打了一份报告，请求房管会安排两间房屋。那时房管会的工作由一位王主任负责。报告送去后，王主任第二天就来做了调查，答应新楼盖好以后给予安排。一家人高高兴兴地盼啊盼啊。三个月过去了，新楼终于盖好了。这一天，他高高兴兴地来到房管会，打算办一办迁居手续。可是一打听，王主任被打成走资派，遣送到五·七干校劳动去了。他顿时全身凉了半截，愣了许久，对管理员说：“你能不能办一下，反正王主任已经答复过了。”管理员摇摇头，同情而又为难地说：“原来的计划统统作废。你去找新提拔的邵主任吧，住房问题一律由他安排。”

他来到邵主任的办公室，推门一看，只见四个人正在打扑克。其中一个四十来岁的人，坐在办公桌上，鼻子上还贴了一张小纸条。这大概是对输者的惩罚吧！他轻轻地走了过去，“请问谁是邵主任？”

“什么事？”鼻子上贴纸条的人一边抓牌一边说，纸条一飘一飘的，那模样真是滑稽可笑。史德贵好容易忍住了，没有笑出声来。

这位邵主任蓄着满发，一张常带酒后红晕的脸上，嵌着一对喜怒无常的眼睛。听说他以前是房管会木工组的组长。在“文化大革命”中，他参加了造反派组织，曾经用公家的木头给他的头头打了几样家具，后来被提为大联委主任，现在居然当上了房管会一把手。

“是这样的，”史德贵谨慎地凑过去说：“房管会原先答应给我安排两间住房，说是等新楼盖好以后，就叫我搬进去。今天特地来办一办手续！”

“什么？办手续？”邵主任瞥了他一眼。“那都是走资派笼络人心建筑的修正主义温床，批还没批得透，你敢住？！”

“反正房子已经盖好，总得有人住啊！”史德贵试着顶了一句。

“什么！”邵主任瞪了他一眼，“你有意见？那你找县委提去吧！——枪毙！”

说着他抽了一张牌连忙向桌上掷去。

此后，史德贵又打了几次报告，仍旧是石沉大海，杳无回音。他曾经想到县委去告状，但又怕弄得不好反而落得一个“破坏什么”的帽子戴在头上，心想何必自讨苦吃呢？更何况他还要按时上班，尽管到图书馆借书的人很少，但他感到擅自离开工作岗位是很可耻的。特别是最近农机厂的技术员小洪正在设计一个新的革新项目，要求他供应一些科技资料。这些资料已经被破"四旧"的铁扫帚扫得所剩无几，而且破烂不堪了，他还得花时间去搜集整理。他哪有时间为房子去奔走磨舌呢？他灰心，烦闷，但又无法解脱。他觉得只有睡觉最快活——一旦进入那美妙的梦境，他便能忘却一切，纵情神游了。

但是，生活就像一个顽皮的孩子，你不惹他，他偏要找你的麻烦。夏天一到，"十六平方米"又闷又热，变成一个大蒸笼，下过暴雨后，床毯上还要留下由水迹染成的各式各样的图案。面对这种状况，史德贵坐立不安了。

这一天是星期六。雨，整整下了一天。傍晚时分，邻居王大婶来串门，见史德贵正在为住房问题发愁，便劝道："你也不能太死板啦！不能再去找找邵主任？"

"找他有什么用？"史德贵皱皱眉头。

王大婶做了个拿酒杯的动作，神秘地说："听说他就爱这么一口。你不能去试试？"

"我可做不出那等事！"史德贵苦笑一声说，"宁可——""哗啦！"又一阵雨点落在床上，打断了他的话。他慌忙拿起脸盆去接。王大婶摇摇头走了。

雨停之后，他靠在床上，再也不能心安理得地呼呼入睡了。他点上一支烟，望着窗外黑漆漆的天空，无限茫然地念道："春归何处？寂寞无行路……"蓦地，他想起王大婶的话。他咬了咬嘴唇，猝然跳下床，取下墙上的提包，向百货公司走去。

第二天上午，他拎着两瓶白兰地蹒跚地走在通往邵主任住处的路上，心里说不出是什么滋味。过去他曾经鄙视过那些行贿谋利的卑劣作风，表示坚决不做那些违背自己意愿的伤风败俗的下流行为。可是现在呢？想到这里，他脸红了，心也跳得特别厉害。可是，当他停住脚步，想要转身回去的时候，脑海里又闪现出十六平方米的"蒸笼"和印着各式各样"图案"的床毯。于是他重新振作精神，又迈开艰难的步伐。

他沿着天蓝色花纹的扶梯登上了邵主任的宿舍。对这座楼他是再熟悉不过的了，因为自从王主任答应安排他住在这里以后，每次下班之后，他都要来到工地帮助搬砖、运泥。这墙壁的砖块上印着他的手迹，洒着他的汗水。可是，现在新楼的主人不是他，而是邵主任。

他轻轻地推开房门，走了进去。这时邵主任正在和老婆一起陪着一个中年人喝酒，见他走进来，脸上显出老大不高兴的表情。

“老史，有事吗？”

“哎，有。”史德贵尴尬地说。

“是关于房子问题吧？”

“哎，对！”

“家里不谈公事，明天到办公室去说吧！”

史德贵卡壳了。他呆呆地站在那里，如同置身于高温的蒸笼，浑身冒着汗水。他想立即冲出去，逃离这令人窘迫的困境。但是，他又想到自己的“使命”，于是硬了硬头皮：“可以……不过……”他把手伸进提包，拿出两瓶白兰地：“邵主任，这是我的一点心意，如不嫌弃……”说着把酒瓶放到桌上。

邵主任的眼睛突然一亮，但瞬间又变得十分严肃：

“你这是干什么？我们共产党人从来不来这一套，收回去吧！”

邵主任嘴里这么说，可眼睛始终恋恋不舍地盯着酒瓶上耀人眼目的商标。史德贵听王大婶介绍过，邵主任每次接受贿赂之前，总要讲上这样几句话，因而并不感到突然，镇静地站在那里。

“我看这样吧，”邵主任的老婆十分了解丈夫的心思，“胡主任在这儿也不是外人。老史既然拿来了，说明他是诚心实意的。再叫他拿回去也不像话，多少钱我们以后照付。你看呢？”说完她又望了望那位中年人。

“对对对！”中年人掏出手帕揩了一下油腻的嘴。

“那也好。”邵主任脸上的肌肉松弛了。他拿起酒瓶说：“他妈的，这白兰地目前倒是缺货。老兄，”他用拳头捅了一下那位中年人，“该我们有口福，来，尝尝我们老史同志的心意吧！”一边说一边熟练地打开酒瓶，红扑扑的脸上开始挂上了笑容：“唔！老史，你怎么不坐？”说着又对老婆挥挥手：“快，给老史同志泡茶！”

“不用了。你们喝酒，我走了！”

邵主任一把将他拉住：“既来之，就是一家人。来，介绍一下，”他指着中年人说，“他是地区房管局的胡主任，以前和我是战友，现在是我的上级。这次光临我县视察工作，实在难得呀！”

“老邵啊，老史找过你几次了。”邵主任的老婆把茶杯放在史德贵身边的茶几上。“他的房子问题，你也该想想办法。”

“我何尝不愿想办法？唉！难啦！”邵主任现出十分为难的样子。突然，他把视线移向酒瓶，眯起眼睛，像是对白兰地说话：“这样吧，候东门那座新楼盖好后，给你两间，怎么样？”

“那太感谢邵主任了！”史德贵说着恨不能一步跨出房门。

“等等！”邵主任突然想起地说：“胡主任难得到县里来一次，今晚我想陪他看一场《卖花姑娘》。你和电影院是一个系统的，能不能给我弄两张票？”

“这……好，我尽量办到。”史德贵犹豫一下，答应了。

“好，关于房子问题，你明天再打个报告来。到时候我一定通知你！”邵主任握着史德贵的手，把他送出门外。

史德贵跨出邵主任的大门，顿觉一身轻松。他掏出手帕揩了揩额上的汗水，又深深地吸了一口新鲜空气。他回头望望邵主任的门楼，心想白兰地真的起作用了。可是，邵主任的胃口真不小啊！两瓶白兰地不算，还要两张电影票。这任务虽说不难，可也不那么容易完成啊！最近几年舞台和银幕上就那么几样腔调，现在来了个朝鲜影片《卖花姑娘》，谁不想看看？电影票紧张到何种程度，那就可想而知了。但是，从某种意义上说，关键时刻的两张电影票相当于半个立方的木材或四瓶金奖白兰地。因此，电影票事关重大，非想办法弄到不可。

他一路思考着，不一会来到电影院门口，只见售票处已经挂上了“客满”的牌子。他伸手敲了敲窗户，屋里没有回声。他透过窗缝向里一看，只见他认识的那个小张正从抽屉里拿出几张票塞进口袋，便高兴地喊道：“小张！小张！”

“谁呀？”窗口开了，露出小张的脑袋：“找我有事吗？”

“有特殊情况，给我弄两张票。”

“你没看见牌子上的字吗？客满！”说着“呼啦”一声关上窗门。

史德贵呆了。他站在窗下，胸中的怒火陡然升起。变了，小张也变了。想当初自己倒霉时曾在豆制品商店站柜台，小张常常来买豆腐，对自己是多么亲热呵，每逢放映好影片，总是亲自把票送上门来。可是，现在……唉！悔不该回到图书馆来。如今，啃书本的人能有几个？图书不如豆腐，可悲呀可悲！

“老史！”忽然有人在他背后猛击一掌，“在这儿发什么呆呀？”

史德贵回头一看，原来是农机厂技术员小洪，连忙摇摇头说：“有特殊情况，想买两张电影票，谁知……”

“我有。”小洪从衣袋里拿出两张票来。

“那你……”史德贵不好意思地说。

“你有特殊情况嘛！我不看了。”

史德贵接过电影票，顺手装进上衣口袋，感激地握着小洪的手说：“你帮了我一个大忙，谢谢！”

他兴冲冲地回到家里。吃午饭的时候他还特地喝了两杯酒，倒床就睡着了。一觉醒来，已是下午五点。他突然想起，电影票还没给邵主任送去，于是连忙翻身下床。可是，当他伸手到口袋里去拿，电影票却不见了。

……他坐在椅子上，耷拉着脑袋。他恨小张的翻面无情；恨邵主任的贪得无厌；恨自己的粗心大意。他越想越感到妻子批评得对：“一辈子也办不了大事！”

小玲这时不哭了。她擦着眼泪跟在妈妈身后在满屋里找票。她们从地下找到床上。“票！票！”小玲忽然惊喜地叫起来。只见她从枕头下抓出两张电影票，那张挂着两滴泪珠的小圆脸上露出了笑容。

“是真的？”史德贵从椅子上跳起来，夺过电影票：“不错，十五排，一、二！”说完拔腿飞出大门，给邵主任送票去了。

不一会，史德贵就回来了。他一进门就举起小玲，又是亲又是吻，不断地说：

“我的好乖乖，爸爸不该打你，爸爸向你道歉，你打爸爸一巴掌吧！……对！使劲打！使劲打……”

“嘻嘻嘻！”“哈哈哈！”屋里充满了笑声。

隔壁的王大婶闻声走了过来：“什么事啊？看把你们乐的！”

“邵主任同意了！大婶，谢谢你帮我出了个好主意！”史德贵高兴地说。

“那太好了。”王大婶也笑呵呵地分享着他们的欢乐，但马上又认真地说：“常言道‘贵人多忘事’，以后你还得多盯几次，防止变卦！”

“王大婶说的是！”妻子说。

“不会的！”史德贵满怀信心地说：“堂堂的主任说话还能不算话？”说话间，他放下小玲，拉过妻子：“这回搬进新宿舍，该我设计了。王大婶来得正好，给我们当个参谋！”于是，他摊开一张白纸，一边画一边说：“两间楼房，分四处；大房间是我们的，里间是女儿的，外间是儿子的，最外间是厨房。蜂窝煤可以放在阳台上，啊，不，不，不，阳台上要养花，最好是养菊花，对，要选名种！再养两盆茉莉、海棠……夏天一到，夜晚搬张椅子，坐在阳台上，轻风送爽，馨香除累，你看……”他画着画着，仿佛已经坐在阳台上沉浸在醉人的夜景里。

“咚咚咚！”一阵急促的敲门声把他从沉醉中惊醒。他慌忙开门一看：

“啊？是邵主任！”

“混蛋！”邵主任一把抓住史德贵的衣领，通红的脸上怒目圆睁，嘴里喷着酒气：“老子的脸给你丢尽了！”

“这、这、这……怎么一回事？”史德贵被弄得丈二和尚摸不着头脑。

“怎么一回事？”邵主任将电影票往桌上一掼，“你睁眼看看，这是什么票？”

“什么票？”史德贵一看，不禁“啊”了一声……

事情原来是这样的：当史德贵找到电影票慌忙送到邵主任家里的时候，已是六点二十分。邵、胡二主任接过票带着一股酒气旋风般地赶到电影院，对号入了座。不一会，影片就开始放映了。当他们看得正来兴的时候，突然走来两个小伙子，叫他们让位。邵主任把眼一斜，没有理睬。小伙子又叫了第二声，邵主任依然没动。当催到第三遍的时候，邵主任火了。

“你有什么权力要我们让位？”

“这位子是我们的！”

“放屁！”邵主任酒性发作了。

“你骂人！”小伙子也不示弱。

“谁叫你无理取闹？”

“你坐我们的位子，无理取闹的是你！”

这么一闹，引起了周围观众的议论。有人指着邵主任的鼻子说：“你干吗坐别人的位子？”

这时，电影院的检票员走了过来。邵主任昂着头，“哼”了一声，扭头又去望着银幕。

“把你的票拿出来看看！”检票员对邵主任说。

“太不像话！我陪胡主任看电影能没有票吗？”

“拿出来看看嘛！”检票员冷静地说。

“真是笑话，哼！”邵主任愤愤地拿出电影票。

检票员接过电影票一看：“对不起，邵主任，这是明天的票！请让位吧！”

“把他们抓出去！”“真卑鄙！”“哈哈哈！”顿时，影院里爆发出一阵哄笑声。

邵主任从来没有像今天这样威风扫地。他气得脸色通红，像猪肝似的，碰碰胡主任的手臂说：“走吧！他妈的，老子今天算倒了霉！这是史德贵做的好事！”

说着便悻悻地冲出电影院。他把胡主任送回家，便怒气冲冲地直奔史德贵家而来。

……史德贵的妻子见邵主任大发雷霆，赶紧道歉："对不起，邵主任！只怪他粗心大意，别人给票的时候，没看清楚。我们以后再补吧！"

"补？我……特别是地区房管会胡主任的面子，你们补得了吗？"说着一甩手出了大门。

王大婶望着邵主任的背影，气得直咬牙："呸！被窝里的跳蚤，看你能蹦多高！"转身又对史德贵说："老史，别着急。我孙女儿下放农村，明天就要走了。你大女儿搬到我家去住一阵再说。"

"那……要住到什么时候？"妻子不好意思地说。

"什么时候？"王大婶慷慨地说："一直住到你们有新屋住的时候！……我就不相信，我们这些被共产党解放出来的老百姓，会永远这样过下去！"

"大婶，你真好！"妻子跑过去紧紧抱住王大婶。两行热泪顺着她的脸颊掉在王大婶的肩上。

一直沉浸在痛苦、激愤之中的史德贵抬起头来。他感激地望着王大婶，随即微微点了点头，转身把桌上的电影票抓在手里，揉成团子，抛进了熊熊燃烧的煤炉。

（原载《安徽文学》1979 年第 8 期）

鲁股长寻杯记

鲁股长费了九牛二虎之力，才将濒于缴械的败局扭转过来。他抹了一把脸上的汗水。点上一支烟，趁对方的一隙疏忽，举棋猛攻，终于以3比0的战果取得了全胜。顿时，他那红扑扑的脸上泛起了笑容。他把台子一拍，俨然以一个胜利者的口气，居高临下地说："怎么样？服不服？不服再战！"

对方显然不服，但考虑有人前来办理业务，不得不放下棋子，惋惜而自负地说："后会有期。"说完悻悻地出了大门。

鲁股长一边收拾着棋子，一边目送着被自己击败的对手。这时他的喉咙突然向他命令道："该喝茶了。"他连忙伸手打开身边椅子上的手提拉链包，可是任凭他如何翻找，茶杯却不见了。接着，他又翻开散乱在桌上的报纸：没有。打开自己的抽屉：依然没有。茶杯哪儿去了呢？他清楚地记得下午上班的时候，是泡着满满一杯新茶捧到办公室来的。难道就这样不翼而飞了？他着急了，脸上刚浮上的一丝胜利者的微笑不见了。

鲁股长是县物资局计划股的股长。他干这一角已经十几年了，一直没升没降。说实在话，他不想升。升，是要付出一定的心血，做一番艰苦的工作的。何苦呢？降，那也是不体面的，特别是他这个行当，无人不求，怎么能轻易丢掉呢？话说回来，丢，也没那么容易，十几年的工作，没有功劳也有苦劳。原则错误不犯，生活上的缺点谁能保证自己没有？因此，他的处世方针便是八个字："不好不坏，自由自在，"别看他已过了五十大关，看上去只有四十来岁。

鲁股长不仅喜欢喝茶，特别喜欢研究茶杯。近几年来，他研究了各式各样的茶杯，从式样的美观到耐用程度，从价格的贵贱到实用价值。他的经验足足可以写一本书，他的资格完全可以当一个茶杯设计工程师。他家里陈列的茶杯有二十余种。有上海的，无锡的，广州的，景德镇的，……也有果酱瓶，药物瓶代替的，黄盖的，绿盖的，银盖的，塑料盖的，大大小小，琳琅满目。特别是最近，他好容易弄来一只有机玻璃的茶杯，不大不小，玲珑剔透，那翡翠般的玻璃上嵌有“三潭印月”的花纹。为了耐用，回家后又用盐水足足煮了半个小时。可惜就是盖子不太美观。为此，他特地花了一整天时间跑到农机厂守着工人给他车了一个钢种杯盖。镌上“为四个现代化服务”的字样，并镀上水银。他捧着它，左看看，右看看，前看看，后看看，十分满意，爱不释手，上班捧在手上，行走装在袋里。在他看来，故宫里的玲珑琥珀杯、瑶台上的莲花玉雕杯也要打个对折——可是，这个杯子却不见了，叫他如何不急？

“究竟是谁拿走了呢？”他苦苦地思考着，脑海里开始排起队来：郑局长？不对！他上午下乡搞调查农机分配情况去了；财务股的小李？不，这个刚从部队转业的小伙子，没有喝茶的习惯，真正渴了，抓起大茶缸，咕咕噜噜喝一阵就解决了问题；那么是统计股的小徐？更不是，他是刚从学校分配来的大学生，自己不喜欢喝茶，还经常反对他谈“茶杯经”。是机械股的小洪吗？嗯，很可能。这小伙子最调皮，动不动就把他的茶缸藏起来，害他找了好几次。不过，下午他很早就到农机厂协助设计新农具去了，从未靠近他的办公桌，更何况他的杯子是装进拉链包里的。那么是谁呢？他的目光又重新回到拉链包上。“唔！”他突然想起来了：下午不是有一个乡下人拎着同样的包来批石灰的吗？会不会是他？他又认真地回忆起来：

下午，鲁股长捧着崭新的旅行茶杯，漫步登上了办公大楼，那镌有“为四个现代化服务”的银色的杯盖在阳光下闪闪发光；那金黄色的茶叶像一条条鲜丽多姿的金鱼，在翡翠般的茶杯里上下游动着，他的脸上不时浮现出得意的微笑。

他跨进了办公室，人们立即投以羡慕的目光。

“鲁股长，你又置了一个新茶杯？”

“这是第几号？”

“欢迎！欢迎！”

“啪啪”，办公室里顿时活跃起来。

鲁股长坦然地走到办公桌边，把银灰色的手提拉链包往身边的长椅上一放，在藤椅上坐了下来。他点上一支烟，慢条斯理、饶有风味地说起来。

“说来也很简单！”他举起茶杯，“杯子产于祖国第一大城市——上海。其质量是有机玻璃的。它的特点是……”

“鲁股长在吗？”东风公社李家边生产队李队长，手提一个银灰色的拉链包走进来，打断了鲁股长的讲话。

“有事吗？”鲁股长颇有不快之意。

"有。"李队长把拉链包顺手放在鲁股长身边的椅子上，掏出介绍信，"我们生产队新建仓库，急需两千斤石灰，请你开个介绍信。"

鲁股长接过介绍信，扫了一眼，顺手压在烟灰缸下。

"这茶杯的特点是："鲁股长接着说，"第一，美观大方；第二，经久耐用。比方说，一般的杯子掉在地上就会摔破，然而它，连丢三下，完美无损。另外，它还有一个特点，在零下十度，你用沸腾的开水泡茶，不会炸裂。另外……"

"鲁股长，"李队长着急了，"请你把介绍信开给我吧，买了石灰我还得赶回去呢。"

"你这个同志真是！这么急，怎么不早点来？"鲁股长悻悻地打开抽屉，拿出一张空白介绍信，摊在桌上。"你坐一会，好事不在忙中起嘛。"他又介绍起来：

"由于这杯子具备受剧震而不损，遇严寒而不裂的性能，所以，它便于携带，有特殊的实用价值，不过……"

"鲁股长，去迟了，怕仓库要下班，请你……"

"你这人真是！"鲁股长无可奈何地瞥了李队长一眼，愤愤地抓起毛笔，匆匆写好介绍信，递给李队长，"去吧！"

李队长接过介绍信，抓起拉链包，离开了办公室。

"嗯，可能是他！"想到这里鲁股长连忙锁上抽屉，出了办公室，直向仓库奔去。

仓库离办公室有三里多路，中途还要通过繁华的街道。他快速地穿行在行人中间，叫卖声，说话声，夹杂着汽车的轰鸣声一起向他袭来，只觉得一阵阵心烦，他恨那个乡下人的粗犷无理，也后悔自己不该粗心大意。

他路过菜市场门市部，见一个老人捧着一个茶杯，样子很像他那一只，他连忙走了过去，仔细一看，不禁摇了摇头。"多好的一只杯，竟让盖子生了锈，为什么不托人车一只不锈钢的？要是我……"

"鲁股长！"有人在他背后叫了一声，他回头一看，原来是机训班的黄站长。"鲁股长，我们的两台拖拉机什么时候才能批下来啊，都快半年了！"

"你急什么？研究好了，自然会通知你。"

"春耕时间就要到了，下面急等拖拉机，怎能不叫我们急呢？"

"我说你这个同志啊，也太不体谅我们的困难了，这么大个县，今天这个报告，明天那个申请，饭要一口一口地吃，路要一步一步地走嘛！你急，难道我就不急？”讲到这里，他突然发现一个人用网兜拎着一个果酱瓶代替的茶杯走了过来。他轻蔑地笑了笑：“多难看，活像一只粪桶。我那一只要比你这强万倍。”当他看到那人远去的背影时，他想到了自己的杯子。

他急忙离开追问拖拉机的人，挤进了拥挤的人群，匆匆地走去。突然，他被迎面走来的一个人抓住：

“鲁股长！”来人看样子有点不高兴。

“唔，你！”鲁股长一见正是批石灰的李队长，一股恼火油然而生。“你拿我的茶杯了吧？”

“茶杯倒有一个。不知是怎么跑到我的包里来的。”说着他从包里拿出了杯子。

鲁股长捧着杯子喜形于色，转身就走，李队长一把抓住他“你别走！”

“什么事？”鲁股长停住脚步说。“石灰不是批给你了吗？”

“批是批了？”李队长掏出介绍信，“你看吧，你是怎么写的。”

鲁股长展开介绍信一看，不禁大吃一惊，原来他把“请供应石灰二千斤”写成“请供应茶杯二千斤”。停了片刻，他自我解嘲地笑着说：“怪我，也怪你！我说‘好事不从忙中起’，你偏不信，害得你我都白跑路。”

李队长苦笑着摇了摇头。

“怎么办？”李队长问。

“那只有重开一张嘛！”

原来，鲁股长的“茶杯经”被李队长打断以后，很不高兴。在装茶杯的时候，不慎把杯子装进了李队长的手提拉链包。

李队长拿着重开的介绍信，穿大街，走小巷，一路小跑。当他拉着板车来到仓库门口时，已经下班了。

李队长叹了口气，趁着天还没有黑透，拉着空板车急忙忙赶回家去。然而，也正在此时，鲁股长已经洗过澡，吃过饭，正捧着他那失而复得的心爱的茶杯，躺在新式的三用躺椅上，尽情地欣赏着。那金黄色的茶叶像一条条金鱼，在翡翠般的茶杯里上下游动着，那镌着“为四个现代化服务”的银色的杯盖闪烁着耀眼的光亮。

（原载《江淮文艺》1980 年第 9 期）

夜宿春风店

清明时节，公社派我和老王到江南地区调运一批耕牛，为春耕作准备。

这天，我们赶着牛群刚刚上路，就下起了蒙蒙细雨。那头刚满周岁的小牛犊，一个劲地撒欢，不是窜到牛群的前头，就是掉在牛群的后头，害得我们一路追护，累得浑身是汗。

老王的两只深筒胶靴已经趴满了黄泥，每走一步，就发出“咯吱咯吱”的叫声，他紧锁着眉头，望望天空，忧虑地说：“小陈，按这个速度，今晚到达火车站是不可能了，干脆到前面桃花渡春风旅社住一夜吧！”

“春风旅社？”一提起这个名字，我脑海里立即涌上一层阴云。愤愤地说：“呸，就是摸到半夜也要赶到火车站，那个旅社我是不住的！”

“唔！”老王不解地望着我，“为什么？”

“为什么？”我认真地说，“那里我有一个冤家对头！”

一句话引起了老王的兴趣，他似乎忘记了疲劳，一步跨到我跟前，“什么样一个冤家对头？快说我听听。”

那还是1976年的春天，公社为了发展家禽事业，派我到柳林大队采购一批鸭苗。这天，我挑着鸭担来到春风旅社，一进大门，只见一个二十来岁的姑娘，黑黑的脸蛋，大大的眼睛，头上扎着一对刷锅把似的辫子，工作服上印有02号的字样，正在挂一幅标语，那标语上写道：“狠批三项指示，不为修正主义路线服务！”挂好之后，听见小鸭的叫声，转身踢踢鸭担说：“这是谁的？”

“我的。”我连忙说，“同志，时间晚了，赶不上火车，想在你们这儿住一夜。”

姑娘不高兴地瞥了我一眼。“我们这儿是住人的地方，可不是歇畜生的鸭棚！”说完刷锅辫一甩，钻进了登记房。

吃了根“大棒冰”，我顿时凉了半截。说实在话，要在平时，我这火爆脾气，早向她开火了。可现在不能。春风旅社是桃花渡唯一的一家旅社，万一弄僵，人还其次，鸭苗放哪儿？我按住火气，跑到登记窗口，拿出介绍信，央求道：“同志，我只住一夜，明天一早就走，请你照顾一下吧。”

“刷锅辫”一声不吭，只顾低头打她的毛线。当我再准备开口时，她把脸一虎，说：“没有床位了！”说完“呼啦”一声关上窗门，要不是我的头缩得快，鼻子还会被窗门刮掉半截。

我站在窗口外，再也按捺不住，用拳头狠狠地擂着窗门，“你这是什么态度？你们是不是为人民服务的？”

“为人民服务也不是为你一个人服务！”

“你不配当人民服务员！”

“那你又有什么办法？”“刷锅辫”打开窗门藐视地看着我。

我肺都快气炸了，狠狠地说：“我找你们领导去！”

“刷锅辫”冷笑道：“去找吧，他正在公社里写检查呢！”

“写检查？”我懵了半天，再看看墙上正写着：“彻底批判旅社领导人大搞业务挂帅，推行修正主义路线的罪行！”

我明白了。

眼看旅社是住不成了，索性来个破釜沉舟，一气之下跑到街上买来纸笔，“呼呼呼”写了一张大字报：“春风店，无春风，态度不好冷如冰。特别是那02号，对待旅客像仇人。此种作风如不改，将来必定关店门！”写完，顺手贴在墙上，挑起鸭担冲出大门。

老王听到这里，对“刷锅辫”也很不满，但又说：“‘四人帮’粉碎了，她也许不是那时候的样子了。”

“不一定。”我说，“‘四人帮’虽说粉碎了，但是，我写的那张大字报不见得就忘记了；更何况，上次我挑的是鸭，这次赶的又是牛呢？”

老王垂下了头，没有反驳。

雨下得更大了。愚蠢的牛一点也不理解我们的心情，慢吞吞地走着；原来十分顽皮的小牛犊也像筋疲力尽，几乎要我们推一步走一步。

到了桃花渡已是灯火通明。正准备赶牛过渡，忽见一人迎面走来：“你们是过渡的吗？渡不成了，上游涨水，浮桥被冲断，渡不成了，别去了。”

我和老王站在雨里，面面相觑，半天说不出话来。最后还是老王先开口：“‘人到弯腰树，不得不低头’，小陈，还是到春风旅社去试试看吧。”

“要试你去试，我是不去的。”

老王走了。我也赶着牛群来到春风旅社门口，等了好久也没见老王出来，心想，一定是又碰上那个“刷锅辫”了。正在纳闷，不争气的小牛犊突然跑到大门边“劈呢吧啦”拉下一大堆牛粪。糟了，这要是被那“刷锅辫”看见了不又是一场斗争？我想赶快将牛粪扫掉，可到处找不到扫帚。正急得没法，只见一个服务员一手拿帚，一手拿锹，“通通通”走了出来。我一见，黑黑的脸蛋，大大的眼睛，头上还扎着一对刷锅把似的辫子，不是别人，正式 02 号。说时迟，那时快，我连忙转身欲走，可是已来不及了。

“咦，同志，你别走！”

“别走，你还能吃掉我！”我心里想着，转过身来，没好气地说：“畜生可不像人，拉大便还会选个地方！”

“刷锅辫”扫罢牛粪，一听话中带刺，抬头一见是我，连忙说：“唔，原来是你？”

“是我，怎么样？”我一板一眼地说：“同意住就住，不同意照样来个雨夜行军，吓不倒人！”

“哈哈哈”“刷锅辫”居然笑起来，“你的火气还真不小呢。小陈同志，过去我有很多缺点，现在……”一阵大风吹来，掀掉了我头顶上的雨衣帽子，一滴滴豆大的雨点打在我的脸上，她忙说：“你看，这么大的雨，还站在这里干什么？快进屋啊！”

“你这儿是住人的地方，也不是住畜生的牛棚。”我故意又挑逗一句。

“小陈同志，别尽捅我的痛处。”她脸上露出一层内疚的神色，但马上又笑着说，“刚才我和你们那位同志一起收拾了一间空屋，放心吧，要损失你们一根牛毛，我负责！”说着就拉着牛绳走进一间空屋。接着，又为我们摊好床铺，安排晚餐，烧水洗脚；不一会儿，又从外面背进一捆牛草，放进空屋。虽说忙得不亦乐乎，脸上总是挂着笑容。

眼前此情此景，倒使我反而不安起来。夜晚躺在床上，老王已扯起香甜的鼾声，可我怎么也睡不着。过去的“刷锅辫”和现在的 02 号，时时在我的脑海里浮现。我细细地琢磨着，是什么力量给春风旅社带这么大的变化？我睁开眼睛，对面墙上鲜的标语映入眼帘：“紧跟领袖华主席，为实现新时期的总任务而奋斗。”我明白了。是华主席、党中央粉碎了“四人帮”，也粉碎了这里的流毒影响……想着想着，突然，从隔壁的空屋里传来“旺旺”的狗叫声。接着是“扑扑通通”的追逐声。我连忙翻身下床，走到空屋一看，不好，小牛犊不见了。我转身奔到门口，值班的老妈妈说：“刚才不知是从哪里蹿来一只狗，把小牛犊吓跑了。”我拔腿就要去追，老妈妈一把拉住我说：“别去，小冯已经去了！”

“哪个小冯？”

“就是02号。她刚才为一个旅客买药回来，发现小牛犊跑了，立即追了出去。”

“天这么黑，她一个人不行。”我执意要去。

“放心吧，”老妈妈说，“小冯一声喊，旅社的同志都出去了。你看，就剩下我这个老兵看大门了。”说着她又拉我坐在对面唠叨起来，“这小冯你还不了解吧，这两年变化可大呢；前几年动不动就跟旅客吵嘴，现在可不同了；学习认真，服务热情，为了提高服务质量，根据我们山区旅社的特点，她还利用休息时间，学会了针灸、接生。说来也巧，前天也有个卖牛的住在这儿，谁知那牛不敢听我们蒸汽炉的吼叫声，没进门就撒腿跑了，买牛的同志没捉住还摔了一跤。我们的小冯有办法，她一把扣住牛鼻子，那牛就老实了。不信，你看那感谢信。”我顺着她手指的方向望去，表扬栏里“感谢信”三字在灯光下闪闪发光。

听完老妈妈的介绍，我仍然放心不下，喊醒老王，冲出大门。

雨停了，天还是黑得伸手不见五指。我和老王找遍了桃花渡，也未见小牛的影子。忽然听到镇外的田野里传来一声声喝牛声，奔去一看，只见四把手电围住一头东奔西撞的小牛犊。小冯刚抓住牛鼻，不料受惊的牛犊，头一昂，四蹄一蹬，将小冯摔进一个半人深的水沟。我心里一急，纵深跳下水沟拉起小冯，只见她顺手抹了一下脸上的泥水，又一个翻身跳上田埂，使劲抓住牛鼻，小牛挣扎了几下，服输了。小冯的脸上也露出了胜利的笑容。

回到旅社，我再也不能入睡。迅速找来纸笔，奋笔疾书：“华主席领导真英明，春风店里春意浓。挥笔感谢02号，共为四化立新功。”

写完感谢信，东方已升起瑰丽的朝霞。我打开窗户，一阵春风迎面扑来，顿觉心旷神怡；放眼望去，桃花渡上桃花盛开，喷火蒸霞。门头上“春风旅社”四个大字，沐浴着金色的朝霞，显得更加绚丽多彩。

（原载《安徽群众文化》1978年第10期）

远去的狗吠声

我不怕狗，无论是家狗、野狗、疯狂的狗、阴险的狗，我都不怕。我敢说，在我一生中，还未曾被狗吓唬过。然而，我却怕听那令人恐怖的狗吠声，尤其是寂静的深夜，天上没有星星，地上没有灯火，整个世界都被黑色包裹着，这时如果传来一声狗叫，紧接着四面八方的狗一起响应，吠成一片，那情境真让人毛骨悚然。

我这种恐狗声症不是今天才有的，早在孩提时代就已深深地扎下了根。

我出生在抗日战争开始的第二年。听母亲说，第一次“跑鬼子”（逃避日军侵略），我是“躲”在她的肚皮里，那当然听不到狗声、听不到枪声，更不知“刺啦刺啦”是什么意思。可是母亲为我却是九死一生——她面前吊着个大“包袱”，还要钻刺林、爬山沟、跳牛绳（当时老百姓都跑了，散在山上的牛无人看管，任其牛绳横在路上。母亲经常被牛绳绊倒，半天爬不起来）。如今我的智商所以低下，笨得像牛，据母亲说，是她怀着我时跳了许多牛绳的缘故。

我最初害怕狗声的时候，也是我开始认识世界的时候。如果我的大脑皮层是一卷磁带，那么，第一次刻录在上面最可怕的声音，那便是狗声。

记得一次深夜，我正睡在温暖的被窝里做甜蜜的梦，突然一阵急剧的狗吠声把我惊醒。睁眼一看，父母已经起床，父亲一边整理扁担、箩筐，一面埋怨母亲动作太慢；母亲也不吭声，只顾埋头捆被褥、捡衣服。她先将姐姐抱进箩筐又来抱我，可是我不知发生了什么事，赖在床上不愿起来。母亲急了，她把脸一沉说：“鬼子来了，你还不快起来！”

一听鬼子，我怕了。当时，我虽没见过鬼子，但鬼子的厉害和残忍已有所闻。隔壁的潘大叔就是被鬼子用刺刀杀死的，抬回家来，头不见了，只剩下我能辨认的身躯和那双粗糙的手；因为那双手经常为我搔痒，逮麻雀、捉画眉……可是，他死了，是鬼子杀死的。我怕看他，但又舍不得离开他，只好背着身子哭。

想起鬼子的残忍，我慌忙从床上爬起来，自动跳进箩筐，让父亲挑着，从后门登上山路。

这一夜我明白了一个深刻的道理：狗一叫，鬼子就会来；鬼子可怕，难道狗吠声不可怕？

天漆黑，路难走。父亲挑着我和姐姐，累得气喘吁吁；母亲跟在后面总是赶不上趟，每逢上坡时父亲便转过身来狠狠地拉她一把。后面好像还有大妈、姑姑、小娘和奶奶……大都不敢说话，即便是摔倒了，也不吭一声，爬起来再走。

不知走了多少路，也不知什么时候我睡着了。一觉醒来，发现头顶上蒙着的黑布褂透进点点亮光。我用手将布褂掀开一条缝，啊，天亮了。透过衣缝我可以看到跳动的山奔腾的水和一闪而过的麻雀……我多么想跳出箩筐下地走一走、玩一玩啊，可是我的两条腿已经麻木了，怎么也不听使唤。我曾几次想叫父亲停一停，歇一歇，让我下地活动活动手脚，可每一次话未出口，都被远处的狗吠声所打断。我只好取消这个念头。忍耐着、期盼着听不到狗吠声的这一天。可是，这一天却迟迟不能到来。

五岁那年，姑妈接我到她家去玩。听奶奶说，她不仅精于针黹，而且善于当家理财。自从嫁到姑父家后，不到三年，就将姑父那座茅棚变成三间大瓦房，还买了一头驴，一套磨具，办起了磨坊；姑父也由挑着八根系的小货郎一跃成为磨坊小老板。乡亲们见了他，都跷起大拇指说：“你，好样的！”姑父听了，总是喜滋滋的。可是姑妈听了却是满脸忧虑。因为在那种社会里，穷难过富也难熬。姑妈经常告诫姑父：“你别傻来傻去的，肉藏在碗里吃饿不死你，好衣放在里面穿冻不死你，为么事非要露出去？”姑父是个马虎人，他毫不在乎地说：“怕么事？不偷不抢，谁敢对我怎么样！”

不听姑妈言，吃亏在眼前。

就在我去姑妈家的当天夜里，姑父被绑走了。

那也是一个漆黑的夜晚，我睡得正香，突然被一阵狗吠声惊醒。姑妈翻身起床，擦火柴正准备点灯，只听“呼”的一声从窗外跳进两个蒙面大汉，手里拿着大刀，直逼床上的姑父。平常姑父大话连天，什么也不怕，可此时，他却像鸡一样瑟瑟发抖，跪在床上向大汉磕头求饶，大汉哪里肯依？架起姑父就往外走，临走时塞给姑妈一张纸条。

姑妈吓得不知所措，一连擦了几根火柴，怎么也点不着灯。好容易将灯点着，但一看那纸条，他呆了。

那纸条上写着：限期三天，将一千大洋送到鹰嘴石下，逾期不送，头身分家。

姑妈急了。一千大洋，上哪儿去弄一千大洋？但不送不行啊，不送，姑父就得头身分家，姑妈能不急吗？

第二天，她把磨坊卖了，好容易凑足了一千大洋，总算把姑父赎回来了，但是只隔三天，姑父已判若两人。他一进门就笑，无止境地笑，笑得那么难看，那么令人胆战心惊——他疯了。

这一切都是由狗吠声造成的。

我厌恶狗，憎恨狗，真希望世上的狗都死绝；但我更恨那养狗的人。我不理解，他们为什么有那么浓厚的兴趣养狗。狗，究竟对人类有多少好处呢——这一切，童年时期的我是无法理解的。

近几十年，我很少听见那可怕的狗吠声了。偶尔在梦中听见一次两次，醒来一身冷汗，但那毕竟是梦。梦，是没有什么可怕的。

我常将我害怕狗吠声的经历讲给儿子们听，但儿子们都不屑一听，甚至嗤之以鼻，笑我胆小；唯使我感到欣慰的是我的孙子，他们是我最忠实的听众和知音，每当我讲这些故事时，他们都歪着小脑袋，听得那么专注，那么认真，讲了一遍，还要再在讲一遍。

我望着孙子那天真的面孔，算来与我坐箩筐跑鬼子的年龄差不多。但他们没坐过箩筐，而坐的是电动小三轮、小转车。

令人恐怖的狗吠声远去了，去得很远很远。

但愿永远听不见那可怕的狗吠声。

永远永远 ……

（原载《皖东南文艺》1996 年第 2 期）

雕工郑

柳河老雕工

弯弯曲曲的柳河，绕过一道道青山，流向一望无际的平原。在青山与平原的毗连处，有一个小镇，名曰柳河镇。镇里有一个老工人，名字叫郑山河。因为他一生从事雕刻艺术，所以人们都习惯叫他老雕匠，又称他雕工郑。老伴一生无出，五十来岁时，抱养一女名字叫翠娥，不久前下放农村，家里面只有老夫妻俩相依为生。

提起老雕匠的雕刻艺术，中华人民共和国成立前就远近闻名。他设计雕刻的宫娥彩女、飞禽走兽，千姿百态、栩栩如生；他绘制的亭台楼阁飞檐翘角、画栋雕梁，色彩灿烂，绚丽夺目，观者无不惊叹。据说杭州灵隐寺、上海的城隍庙都有他的作品。

旧社会，雕刻匠同样居于下等人物，他们的辛勤劳动，只不过是为那些达官显贵，纨绔子弟消愁解闷、寻欢作乐而已。生活是相当拮据的。中华人民共和国成立后，他和其他劳动人民一样翻身做了主人，虽说没有庙宇可修、佛像可雕，但由于贯彻了党的“百花齐放”的方针，老雕匠并没有失业，相反他以惊人的才智、精湛的技艺、大胆的创新，将传统的民间形式，赋予新的内容。他设计雕刻的“百万雄师过大江”“朵朵葵花向太阳”“孙悟空三打白骨精”等曾得到县文化部门的高度赞扬。公社党委为了发挥他的艺术专长，把他安排到公社农具厂工艺车间。

可是好景不长，史无前例的群众运动一开始，他和他的作品都遭到了灭顶之灾。但他没有绝望。他扔掉了小刻刀，却拿起了小斧子，走进了家具车间。说来也怪，做木活虽说是“半路出家”，但打出来的家具却别具风格，什么捷克式、波兰式……古今结合，中西并用，顾客们赞不绝口，先购为快。虽说运动初期他被“铁扫帚”扫了一下，但由于他为人忠厚老实、安分守己，也没对他怎么样，生活过得倒也风平浪静。可是，时隔不久，又一阵狂风吹来，把他卷进了灾难性的惊涛骇浪。

半夜敲门声

却说1968年初秋的一天，柳河两岸，枫叶红了，桂花开了。眼下正是“三忠于”的群众运动处于鼎盛时期。红旗红墙映红了柳河水；“三忠于”的歌声，大批判的吼声震撼着柳河镇；大街小巷，锣鼓喧天，丝竹之声，不绝于耳。

这天夜里老雕匠下班前因为学跳“忠字舞”不小心扭伤了腿，瘸到家，连晚饭也没吃就上床睡了。半夜时分，突然被一阵急促的敲门声惊醒，他顺手拉开床头电灯，侧耳一听，声音尖锐刺耳：

“老雕！老雕！”

郑老雕正准备翻身起床，被老伴一把按住。“老雕不舒服，找他有事吗？”老伴说。

“公社林部长找他有急事，叫他赶紧去一趟！”

“公社林部长？”老雕匠不禁打了个寒战。他知道，林部长原来是公社武装部长，成立三结合的领导班子时，当上主要负责人。听说这人点子多，好整人。但他又想：我是一个小工人，素日与他无往，半夜三更找我何事呢？他想打听打听。

他推开老伴的手，咬着牙，吃力地从被窝里抽出疼痛的瘸腿，爬下床来，开门一看，啊？原来是通讯员小李，笑问道：“小李同志，林部长找我有什么事？”

“我只负责传达命令，”小李冷冷地说：“什么事是领导的事，我哪知道！”说完转身就走了。

讨了个“闭门羹”，他心里打了一连串问号：莫非是学跳“忠字舞”扭伤了脚，属于态度不恭？不是。这是下午发生的事，告密者不会这么快。莫非是平时言语不慎，有“污蔑攻击”之嫌？不会。我终日与哑木头打交道，性格也像木头一样，落落寡欢、很少言语，自知没讲任何坏话。莫非林部长需要我给他打家具？更不会，他的家具有人给他打好，送到家里，根本不需他亲自动嘴。这不是，那不是，究竟是为什么呢？想着想着，眉宇间突然出现了几道雕刻的皱纹，满头银发也似乎根根站了起来。啊，他想起来了。

那是三天前的事了。

这天，郑老雕吃罢午饭正准备上班，林部长突然闯了进来。他想，大菩萨轻易不进小庙，这回定有公事要办。于是便热情地倒茶让座。

“老雕师傅！”林部长十分和蔼地说，“今天想请您办点事，不知怎么样？”

林部长谦和的态度，使老雕的心情松弛下来，“我是块朽木头了，”他说，“林部长有什么事，尽管说，只要我能办到的。”

“你一定能办到，”林部长从口袋里掏出一张图，摊在老雕面前，“见过吗？这是我托人从邻村临摹来的，叫宝像台，放宝像的。想请你按图纸做一个，怎么样？”

老雕匠接过图纸一看，只见上面画着一个天安门的牌楼，两侧是金龙盘柱，后面是滔滔大海，一轮红日喷薄而出；正面悬额是一幅葵花忠字图。不知怎的。这幅图一下唤醒了他沉睡多年的艺术雕刻之心。看着看着，脸上的皱纹绽开了，眉宇间出现了赞许的笑意。

“好，好，”他说着，“不过，林部长，话得讲在前头，按图纸难度较大，加上这行当丢了多年，未免生疏，做得不好，请你多包涵。”

“哪里！哪里！”林部长高兴地走了。

接受了任务，不能怠慢。他像骑士遇到了骏马，歌手听到了琴声，集中全力扑在上面。刻、削、涂、漆、写、绘，两天工夫宝像台成功了。他独自欣赏着，果然效果不坏；特别是他增制的两株劲松，苍翠多姿，加上漆涂金粉的葵花忠字图，更是耀人眼目。

他按期交差了。

“莫非问题就出在宝像台上？”想到这里他全身一震。昨天隔壁的李奇贵老师，不就因为在墙上画葵花忠字图，没注意把葵花画成十二个瓣，被说成梦想国民党复辟，打成现行反革命，半夜被带走的吗？我画那葵花莫非也是十二个瓣？否则他恨不能当小偷，把宝像台偷回来，或者变成小虫，飞进林部长的家，去抠掉那要命的葵花瓣，可是这办得到吗？

他木偶似的站在门边，凝望着屋檐上空的几颗寒星，似乎在问：我去不去呢？去，怕是凶多吉少；不去，逃得掉今晚逃不掉明晚。最后他下定决心：去！

他走到房间，从枕下取出一个小纸包拿出一沓票子，交给老伴，哽咽地说:“他娘，我这一去，怕是回不来了。这八十元钱，是我瞒着你积下的早点钱，总想给你买件皮袄，就是碰不上机会，你拿去吧，有机会你自己买一件，你身体不好，要保重啊！”说着老泪扑簌簌地掉了下来。

“他爹，”老伴扑到老雕的身上哭起来，“你别这么想，我们是好人，他们不会……”

“小声点，”老雕说:“拿着吧，我比你看得多！”说完他恋恋不舍地环视了一下屋子，发现墙上女儿的照片，他取下来看了一遍又一遍，老泪一滴滴掉在女儿稚气娟秀的脸上，泣不成声地说:“我这把老骨头死了没什么，可翠娥怎么办？我要是死了，你一定要把她照顾好。适当的时候，给她安个家，你也去和他们一起生活，给她带带孩子……”

“别说了，别说了！”老伴控制不住竟哭出声来。

“咚咚咚！”门外又响起了敲门声。

老夫妻俩连忙擦掉眼泪，正待开门，老伴一把将他拉住，“等等！”她慌手慌脚地从箱子里拿出棉裤，说:“快，穿上！”

老雕不解地说:“这……！”

“快穿上，有好处！”她一边给他穿一边说:“你老胳膊老腿，怎能经起棍子敲打？还有跪石子、跪沙……，穿厚点也好受些！”

穿好衣服，打开大门，一见还是小李。他一声没吭，一瘸一拐地消失在夜幕中。

金风去暑，玉露生凉，才及新秋，寒气已布满了柳河镇。

柳河镇，夜已阑，但人却不静：大礼堂灯火辉煌，锣鼓阵阵，大概又在排演什么“三忠于”的新节目；小学校里大批判的烈火正在燃烧，口号声震荡着夜空：

“打倒李其贵！”

“砸烂李其贵的狗头！！”

镇头大柳树上的老鸦被惊醒了，“呱呱呱”地叫个不停。

李其贵不是画了十二只葵花的李老师吗？批了一天怎么还在批呢？啊！大概批了他就该轮到我了？这年头“夜战通宵”的事是常有的，否则他们怎么能领到双分加班费呢？

老雕匠一路想着，来到公社大院门口。这里他平时很少来。记得开初基建时，他来过一次，那是原公社王书记叫他设计一个带图案的大门，他很快地完成了，名叫“公社好比万年青”。装上后，王书记很满意。可是，现在已经砸烂殆尽了，只剩下一个框框。他从框框里钻了进去，抬头一看，只见正面二楼上亮着灯火，林部长正在开会：

“……这是一项政治任务，一定要按期完成，现在散会！”

散会的人纷纷走下楼梯，同他擦身而过。要在平时，人们准会热情地向他打招呼，然而今天变了。他们不仅不理睬他，有的还朝他轻蔑地一笑；特别是农具厂的赵厂长走到他身边，向他瞪了一眼。想说什么，又合上嘴，走了。

老雕匠感到奇怪，难道我真的变成了阶级敌人？都要与我划清界限？他不敢多想，顺着扶梯爬上了会议室的门口，向里一望，只见林部长穿着长袖白衬衫，外套黑色绒坎襟。正聚精会神看着宝像台。郑老雕轻轻地叫了一声：“林部长！”

“啊！老雕师傅，你到底是来了！”林部长出乎意料地迎了上来，把他拉到一张椅子上坐下，又忙着去倒水。这一系列的动作把老雕弄得目瞪口呆，他也顾不得细琢磨，只把眼睛盯在宝像台的葵花瓣上，一个个地数着，数完之后，竟无一个是十二只花瓣的。他长长地嘘了一口气，心里一块石头落地了。

林部长大大咧咧，风度十分洒脱。他把茶杯放在老雕面前，又递过一支带嘴的凤凰烟，“叭”的一声打着打火机，给老雕点上；然后笑容可掬地说：“老雕师傅，祝贺你啊，你给我们公社立了一大功啊！”

老雕拿着“凤凰烟”，也顾不得吸，直瞪瞪地望着林部长，莫名其妙地不知说什么好。

“真的。你立功了！”林部长亲切地同他坐在一起，讲起事情的经过来。

原来，林部长从老雕家取回宝像台时，正巧碰上县革委钱主任来视察忠字化工作。钱主任一见宝像台，觉得美观庄重、形式新颖，大有推广价值。于是他当面把林部长夸奖了一番，并要求按照这种式样，一户一个，抓出典型。七大后，县里来开现场会。

钱主任的夸奖，使林部长受宠若惊，他拍着胸脯说：“请首长放心，抓不好这个点型，开除我的党籍。”

当即一言为定。

送走了钱主任，林部长兴奋得一夜没合眼。他想，人走运，山让路，水倒流，真不假。一个小小的宝像台，竟能起如此大的作用——到时候，事一办成，首长一看，报上一登……听说县里正缺个副主任哩！哈哈哈！怪不得昨天晚上他母亲对他说：“猴（林部长的乳名），你将来要当大官哩！你不信？我生你的时候，看见东方亮了一下，这还能假？这虽然有点迷信，但迷信有时也不能不信啊！”他越想他越高兴，一骨碌从床上跳下来，走到穿衣镜前，看着自己的模样：高高的鼻梁，聪明的大眼睛，白里透红的脸盘，虽说四十出头，看上去顶多三十几岁，可就一样使他终生遗憾，就是前额上有一个疤，这是小时候偷人母鸡翻墙头跌的，至今还闪闪发光。但他又想，这有什么关系呢？多少大首长脸上不也有缺陷吗？更何况我这疤在额上头，搭一撮头发，就能遮得严严实实的，丝毫无损尊容，就凭这副模样，别说当个主任，就是当个省长，中央部长照样能干！

飞黄腾达，在此一举，所以他把郑老雕叫到办公室。

“老雕师傅，”林部长拍了一下郑老雕的肩膀说，“以前我对你不太了解，原来你是一个最忠于红太阳的无产阶级革命战士！”

“哪里，哪里，”老雕也有些兴奋了，他笨拙地说，“忠于毛主席是我应该……应该做的嘛！”

“说的好，我们就是要有一颗忠心！”讲到这里他突然发现老雕穿着棉裤棉袄，“咦！好家伙，你已经过冬啦？”

“不……”老雕有些慌了，“我，我有点不舒服，所以……”

“不舒服？”他似乎感到很惊讶，“哎呀，你怎么不请医生看？身体是革命的本钱嘛！说实在话，今天我找你来还有大任务呢！”

“任务？”老雕望着林部长说，“什么任务？”

“这还不明白吗？我们公社三百多户，一户一个宝象台，七天内完成，这任务全靠你啊！”

老雕惊呆了。

“有困难？老雕，忠不忠靠行动嘛！县革委在我们这儿开现场会，是对我们最大的信任、最大的鞭策、最大的鼓舞；也是我们每一个人忠不忠于红太阳的严峻考验，老雕，机会难得啊！”

老雕张了张嘴，想说什么，又合上了。

“我知道你有困难，别怕，刚才我已经召开了大队负责人会议，给你们厂长也打了招呼，下达了任务。叫他支持你，大胆干吧，完成了任务，党不会亏待你！……咦！听说你女儿下放了？哎呀，也怪我太官僚了，像你这种情况，年老体弱，只有一个女儿，根本不能下放！……这样吧，我明天打个电话，把她调回来，怎么样？”

“那……太感谢你了！”

“谢什么，党的工作嘛！”说着，他紧紧地握住老雕的手，说：“时间不早，你也该休息了，宝像台的事，就这么定了！”

不做缺德事

郑老雕一步一瘸地往家里走着。

想起原来在家的那场虚惊，不禁暗暗好笑；转而又感到非常内疚：我不该怀疑林部长。你看他多热情，多客气？不仅关心我的身体，而且还要把我的女儿调上来，真是党的好干部啊！我为什么不相信他呢？不相信他，就是不相信党，不相信党就是对党不忠，对党不忠就是对红太阳不忠。想到这里，他用拳头连连捶着自己的脑袋，骂道：“罪该万死！罪该万死！”

不过，主动赎罪的机会还是有的，那就是全心全意做好宝像台，开好现场会，为林部长争光，为全社人民争光！

他低着头往前走着，突然，一个黑影迎面扑来，把他吓了一大跳，他用马灯一照，啊！原来是老伴！

“你怎么来了？”他惊愕地说。

老伴满脸泪痕，浑身哆嗦，颤巍巍地说：“我，我放心不下，要死，我们死在一起，所以……？怎么，你怎么又出来了？”

“哈哈！”老雕扶着老伴说，“没事，那是我们瞎猜疑，吓自己，人家林部长可客气哩，走！回去吧！”

“阿弥陀佛！”老伴朝天做了两个揖，然后搀着老伴，慢慢向家里移动。

如同吃了兴奋剂，郑老雕躺在床上怎么也睡不着。他干脆不睡了，从床下抽出“靠边”多年的大大小小的工具刀，霍霍地磨起来。看那劲头，犹如当年又承包了一批大的雕刻工程。当他把一把把刻刀磨得闪闪发光时，东方已经出现了彩霞。

他草草地吃罢了早饭，就直奔农具厂。当他一跨进厂门时，意外的事又发生了：只见车间里电锯不转，斧凿不响，空空荡荡、冷冷清清。人呢？他奇怪了。他用眼扫了扫周围，发现墙角蹲着两个老工人正小声谈话，他想过去打听打听。可是，当他刚走近时，谈话突然嘎然而止。他问：“人都上哪儿去了？”

老工人淡淡地一笑：“谁知道。”

他急了，连忙去找厂长。厂长正在准备工具袋，看样子马上就要下乡。他连忙问：“厂长，做宝像台的事，林部长对你……”

“知道了。”厂长连头也没抬，冷冷地说，“你做呗！”

“我做！”老雕慌了，“厂长，三百多个宝像台，我一个人能完成吗？”

“那我也没办法！”厂长说着，挎上工具袋就要走，老雕一把拉住，“厂长，这可是林部长布置的政治任务啊，他还说，这是忠不忠于红太阳的具体考验！”

“考验！”厂长从鼻子里“哼”了一声，想发火，但又克制住，语重心长地说：“老雕师傅，我们共事十几年，相处不坏，无所不谈，眼下正是秋收大忙季节，许多打稻机需要修理，人都不够用，难道是贫下中农热爱毛主席非要做一个宝像台吗？不搞好生产，别说一户一个宝像台，就是一户一百个、一千个又有什么用？”说完大踏步地走了。

赵厂长的一番话，犹如一瓢冷水泼来，他心冷了。但转念一想，厂长的话何尝没有道理？难怪昨夜厂长朝他瞪了一眼，原来是这么个意思。

“嘀铃铃”，郑老雕正左右为难，一辆自行车飞到他身边，他抬头一看，是林部长。

“怎么样！动工了吗？”林部长一边锁车一边说。

“动……”老雕语塞了。

按道理老雕这时完全可以把厂长刚才的一番话如实向林部长汇报，这样不仅推卸了自己的政治责任，而且免得他劳神费力，如果讲一番“想干没法干”的漂亮话，说不定还能得到林部长的表扬。然而他没有这么做。他想，这年头，弄得不好，一句话就可以把人送进“大号子”。他决不能这样做，宁可自己坐监狱，也不能让厂长蒙受灾难。于是硬了硬头皮说：“放心吧！林部长，保证七天完成任务！”

“七天？不行啊！”林部长说，“刚才钱主任打来电话，说省革委毕主任来视察工作，要我们的会议提前三天召开！”

“三天？”老雕只觉得脑袋“嗡”的一声，眼前发黑，他顺手抱着一根柱子，才保持身子的稳定，嘴里喃喃道：“三……天怕……”

林部长似乎看出老雕的心思，说：“你们厂长呢？我找他去！”

老雕慌了，连忙搪塞道：“他，他已经运木头去了，马上就来！”

“好吧！”林部长皱了一下眉头：“我还有事，回头转告你们厂长一下，三天之后，我来‘请’宝像台！”说完跨上自行车飞奔走了。

祸闯大了。提前三天，不睡觉也完不成啊！怎么办？他决定回家找老伴商量，必要时请老伴和女儿出来帮忙，好在祖传的手艺，他们都会干。

回到家，他把事情的经过和自己的打算对老伴说了一遍。老伴一听，吓得面如土色，埋怨道："他爹，你真糊涂啊！女儿路远，一天赶不到家，我又耳聋眼花，手脚不灵。这年头都是黄牛角水牛角各（角）顾各（角），你何苦护着厂长啊！干脆找林部长汇报清楚，分清责任！"

"你错了，"老雕深沉地说："我们厂长是个好人啊！家里还有老有小，靠他养活，怎么能害他呢？"

"那你也不能往火坑里跳啊！"老伴急得几乎要哭出来。

"宁可全家累死，"郑老雕斩钉截铁地说："也不能做缺德事！"

"老雕师傅！"郑老雕的话刚落音，门外突然闯进一个人来，只见他满脸泪水，抓住老雕的手，老雕一看，是厂长。

原来，厂长一气之下，跑下乡去，走在半路，想起自己的态度感到内疚：是啊，能怪老雕吗？他也是无可奈何啊！于是，便抽调了几个工人，赶了回来。见厂里没人，就跑到老雕家里，正好老雕对老伴说的话，他在门外听得清清楚楚。

常言道："黄金万两容易得，知心话儿难得求，背地一番贴心话，能叫铁汉泪双流。"

"老雕师傅，我不该怪你，我有错！"说着竟扑到老雕肩头"嘤"地哭起来。

"我懂得你的意思。"老雕也泣不成声了，"我不怪你。"

老伴拧了个湿毛巾，递给厂长，说："厂长，事到如今，你说怎么办？"

厂长用毛巾擦了把眼泪，咬了咬牙，说："胳膊拧不过大腿，我们协助老雕师傅，干！"

罪该万死

宝像台按期完成了。

这天，柳河镇显得空前热闹。太阳刚刚爬上了山顶，人们就举着红旗，敲锣打鼓，从四面八方赶到柳河镇，家家户户，张灯结彩，街头巷尾，锣鼓喧天。

会场就设在宽敞的大礼堂门口。正中挂着毛主席的巨幅画像，像下是大型葵花忠字图；两侧的红底金字对联是："红太阳万寿无疆，副统帅永远健康"，横联是："柳河公社请购宝像台大会"；台下人山人海、红旗如林；持枪民兵站立周围，英姿飒爽，枪上的刺刀在阳光下闪闪发光。

林部长显得格外精神，他身穿一套崭新的毛涤制服，胸前挂着球拍大的红色桃形忠字；乌黑的头发，经过修饰显得油光闪亮，脸上红扑扑的，总是掩饰不住对未来美好希望的微笑。他今天的任务很重，既要指挥会场秩序，又要负责接待首长。听说省里的毕主任有个古怪脾气——喜怒无常，不易应付。心里不免有点胆寒。因此，他想了个办法，选一个群众代表，先与首长周旋，自己退到第二线，等瞅准了机会，再出头露面。想来想去，唯独老雕匠最合适，他出身好，忠厚老实，又是制作宝像台的能手，挺可靠，想到这里，他把老雕匠叫到面前。

“老雕师傅，首长马上就要到，你准备一下向首长汇报！”

“我？”老雕张了张嘴巴，“林部长，你知道我从来不会讲话！”

“这次你一定要讲！”林部长严肃地似乎在下命令，“因为宝像台是你做的，有功劳嘛！”

“我，我讲什么呢？”

“就讲你怎样忠于红太阳，为什么要制作宝像台么！”

“我，我怕讲不好，你还是找别人吧！”老雕恳求地说。

“讲不好不要紧，来，我给你理个稿，到时照着念。”说完他掏出钢笔和纸，就在大腿上写起来：

敬爱的首长：

在光焰无际的毛泽东思想的照耀下，在省革委的关怀下，在县革委的领导下，在公社三结合领导组织的直接支持下，在广大革命造反派的大力帮助下，为了把群众性的忠字化运动推向高潮，我怀着一颗无限忠于红太阳的红心，制作了宝像台，我决心在无产阶级革命路线的指引下，读一辈子红太阳的书，听一辈子红太阳的话，干一辈子革命，忠于一辈子红太阳。

“嘀嘀——”刚刚写完，一辆银灰色的小包车出现在街头马路上。他连忙将稿子往老雕手里一塞，抓住他的手，连拖带搡迎了上去。

汽车在公社门口停了下来，这是首长检查工作的惯例，未检查前必须先听听当地负责人的汇报。

林部长赶到公社门口，钱主任已经走下车来，然后打开后门，从车里钻出一个人，此人约莫五十来岁，大大的个子，着一身青灰色料子制服，满面红光，举止洒脱，气度不凡，他笑容可掬地举手向周围的人打着招呼。钱主任连忙介绍：“这就是省革委会毕主任，这是柳河公社负责同志林向东！”（当时公社革委会正在筹建）。

“首长辛苦了！”林部长连忙握了一下毕主任的手，他感到毕主任的手大而且软。

“毕主任，先进办公室休息一下吧！”林部长准备去当向导。

毕主任脾气果然古怪。他似乎没有听见林部长的话，昂着头，叉着腰。环视着周围的山山水水，颇有感慨地说：“哎呀，这里的空气挺好！”

“也好。”钱主任说，“老林，就在外面坐坐，你先给毕主任汇报汇报吧！”

林部长紧张起来，他抹了一把头上的汗水，无意中把掩盖在头发下的红疤露了出来，他也顾不得重新整理，结结巴巴地背诵起来：“天上的群星朝……朝北斗，地……下的人心向着红太阳，为了实现忠字化， 干群汗往一处淌；特别在制作宝像台中，涌现了许多先进人物，这位师傅，就是其中的一名老将！”说着他把老雕推到毕主任面前，“老雕师傅，你向毕主任汇报汇报吧！”

老雕从未见过这种场面，心里“扑通扑通”直跳。正待开口，几个记者围了上来，举起照相机，“咔嚓咔嚓”，镁光灯直闪，他不知在干什么，一下子把想好的话忘得干干净净，他摸了摸口袋，稿子也不知什么时候丢了，急得满头大汗。还是毕主任挺和气，他笑着说：“老同志，别害怕，随便讲！”

老雕这才平静下来，他清了清嗓子：“是这样的，我是一个穷工人，是毛主席把我从苦海里救出来的，他老人家普度众生，光照四海。领导今天来开现场会，是对我们的关怀和鼓励。想当年，我跟师傅一道修庙宇塑佛像，开光正位那天，也像今天这样热闹，不同的是，你们不相信迷信，没有烧香叩头……”

开始林部长听得很高兴，后来越听越不对劲，连忙打断他说：“是这样的，这位老同志，过去受三座大山压迫，没有文化，所以，满肚子话讲不出，我来代他说一说，他家是九代贫农，一贯对红太阳最忠最忠，学跳忠字舞，扭伤了腿，还坚持天天跳；为实现一户一个宝像台，他带病工作……”讲到这里，他发现毕主任眉头直皱，连忙把话停止，望着钱主任。

钱主任对刚才的“刹风景”也很感不快，见毕主任皱眉头，把手一挥说：“好吧，毕主任很忙，到会场看看吧！”

山区的农民，从未见过大首长，见林部长领着一群大人物走来，一个个离开座位，挤到前头探头探脑，看个稀奇，顿时，会场秩序乱了套。林部长向民兵直瞪眼睛：“你们是干什么的？尽吃干饭！”民兵伸了伸舌头，连忙用枪杆子把群众赶回了原位。

会场好容易静了下来，林部长宣布："请购宝像台开始。"霎时间，锣鼓喧天，鞭炮雷鸣，大喇叭奏起《舵手歌》，群众捧着宝像台排着长队一一从主席台前经过，那脸上的表情酷似往日庙会上求神拜佛时的虔诚与庄重。

林部长一边发放宝像台，一边用眼睛偷睨着毕主任，心想，怎么样？我老林抓的点，就是不赖！可是，他发现毕主任突然眉头一皱，脸色一沉，气汹汹地走出了会场。

会场顿时紧张起来。

钱主任连忙跟出会场，小心翼翼地说："毕主任，你……"他的舌头似乎也太不灵了。

"太不像话！"毕主任脸色很不好看，"这叫宝像台？简直是侮辱！记得我们老家，人死了以后就做这样的家伙，像灵屋，把亡人牌子供在里面！"

钱主任呆了。

林部长打着哆嗦。

"不过，你们也不用害怕，"毕主任说，"你们的用心是好的，问题是，被阶级敌人利用了，你们说的那位老雕，叫雕什么？嗯？他过去不就雕过菩萨吗？嗯？同志们，阶级敌人是无孔不入的，他们就是要利用我们忠于毛主席的红心，行恶毒攻击之实嘛！不是吗？红太阳还健在哩！怎么能把他老人家的宝像供在这里面，要彻底查查！"说罢，大手一挥，钻进了包车，开走了。

林部长的升官图，被撕得粉碎，他把恼火全集中在老雕身上，当晚写了一份材料，上报县革委。

县革委：

查我社农具厂工人郑山河，现年六十二岁。解放[1]前一贯从事雕佛像、画鬼神，宣扬封建迷信活动，为帝国主义、封建主义服务。解放后，仍不思悔改，恶毒攻击"文化大革命"。反对知识青年上山下乡，特别是近来利用广大革命群众的无限忠于最红最红的红太阳的心情。恶毒侮辱攻击伟大领袖，已构成现行反革命罪行，经公社调查核实，报请县革委逮捕查办。

抄报省革委、县公检法领导组

柳河公社三结合领导组

一九七五年九月十日

---

① 此处"解放"指中华人民共和国成立前。

钱主任批复：转公检法领导组，速办！！

第二天清晨，一辆黑色小包车驶到柳河镇，在郑老雕门口停下。车门打开，第一个走下来的是林部长，他向拿着手铐的两位公安人员点了点头，走了进去。

屋里烟雾缭绕、灰尘蒙蒙。郑老雕的老伴和女儿翠娥正跪在床前，低声地，偷偷地，悲痛欲绝地抽泣。公安人员走到床前掀起被子一看，只见郑老雕像一尊雕刻的木偶，直挺挺地躺在床上，颈子上留下一道紫红色的绳印。

“畏罪自杀！”林部长说着，从枕下搜出一张纸条，上面工整地写道：

最最敬爱的红太阳：

是您老人家把我从苦海里救出来，您是我的大救星。我太没良心，不该做那样的宝像台，我有罪，罪该万死！我没有脸见你了。如果阴曹地府还允许我还世的话，我一定要好好报答你的恩情！

打倒郑老雕！

郑老雕罪该万死！

罪人：郑山河

（原载1982年《春风丛刊》）

附 录

（笔者子女注）父亲一生笔耕不辍，但从来没有为自己写过一篇自传。今天从他的资料袋中选取一篇小结和一篇新闻稿，逐字打出放入文集，既是对他个人资料的补充，也是表达我们的敬意和深深的怀念。原文如下：

业务自传

一个偶然的机会，使我走上了戏剧创作道路。

那是 1957 年，我中学毕业后，被分配到一所乡下小学教书。为了迎接县里的会演，我创作了一个歌剧，名曰《台湾人民的吼声》（在中学读书时，我就酷爱文学，曾创作诗歌《插秧》，后转载《江淮文艺》），演出后，居然获得一等奖，于是，我被调到大区文化站，从此，便开始了文化工作和戏剧创作生涯。

基层文化工作给我提供了三个有利条件：第一，报纸杂志多，学习资料丰富。当时我还不知道从理论上丰富自己的素养，只知道读别人的剧作。凡能订到买到的剧本，无论是戏曲、话剧，现代的、古代的，大家的、小家的、无名氏的，我都读，如《天仙配》《女驸马》《雷雨》《日出》等，剧本读多了，方知自己的不足，也进一步领略了戏剧创作的奥秘。第二是接触剧团多。当时凡到区里演出的剧团，必须首先与文化站取得联系，因此，使我有机会接触很多编剧、导演和演员，有时还带领剧团下乡，协助安排演出场地。剧团人手紧张时，我还帮助点汽灯，搬道具，拉胡琴，这使我进一步熟悉了舞台，懂得了调度，还学会了不少传统戏，如传统戏《双合镜》《小尼姑下山》，当时我能全本背诵，这对我的戏剧创作有很大的帮助。第三是联系群众。基层文化干部，实际上是区政府一盒"万金油"，本身业务要干，还要参加中心工作，这就给我更多接触群众的机会，所以我对农村生活是比较熟悉的。

1958 年，大区成立了文工团，我既担任编剧又兼导演。在文工团期间，除了排演古装戏，还创作、导演了现代戏《秋收时节》《前进路上》等。

1961 年，我被调至县文化馆，从事戏剧创作和辅导。到了城市，我的生活进入了一个新的层次，有机会接触大剧团，熟悉了很多有经验的老师。视野开阔了，也愈觉得自己浅薄，其原因是读书不多，功底不厚。“失晨之鸡，思补更鸣”，我决心读书。在县馆的三年中，我读完了王力主编的《古代汉语》《文学概论》及一些中国古典文学名著，同时还涉猎了有关戏剧理论知识，如《李笠翁曲话》等。

1963 年，县文化局决定对皮影戏剧团进行改革，派我去任编剧。这个团原来上演的都是无剧本的“幕表戏”，我去后，帮助整理改编十多个剧目，如《渭水访贤》《二龙山》《青龙山》《血灵碑》《玉枕瓶》（原资料篇名模糊）《双麒麟》《万寿亭》《红书剑》等。还创作了现代戏《瓜田审》《单枪突围》，这些戏直到今天仍为剧团常年上演的剧目。但由于安徽省对皮影剧种没举行任何形式的戏剧活动（调演或会演），出版界对此种剧种也表示冷淡，所以整理创作的皮影戏难以付梓。

1966 年，“文化大革命”开始，皮影戏剧团和花鼓戏剧团合并搞运动，作为编剧的我所受的礼遇和厚待是不言而喻的。后来我被“解放”，领导要我立功，歌颂好人好事，于是，我编写了大量的快板、鼓词和表演唱，作为剧团每到一地的幕前演出。同时，我还创作、改编了大型现代戏《雨露重生》《生命线》和反映民兵剿匪斗争的《青山岭》，这几个戏在未普及样板戏前，曾一度是县剧团的当家戏，《青山岭》还参加了芜湖地区民兵汇演。

粉碎“四人帮”后，戏剧创作进入正轨。1979 年，我创作了皖南花鼓戏《送喜包》，参加地区调演后，收入安徽人民出版社《清明雨》戏剧集。1980 年，我创作了现代戏《春嫂》，这个戏首发于《江淮文艺》（1980 年第 12 期），1981 年参加省现代戏调演，获得好评，《安徽新戏》和群艺馆编印的《戏剧集》再次发表。1982 年 9 月，该剧作为省优秀剧目之一，参加了全国调演，并为党的十二大演出。在京演出期间，受到首都文艺界的热烈赞扬。中央话剧院院长舒强同志发表文章说：“《春嫂》成功地塑造了春嫂和王小波两个勤劳、朴实、忠厚、善良的 80 年代新农民的生动形象，不但把他们独特的恋爱方式描绘的情深意挚，妙趣横生，而且通过爱情的描写自然而然地揭示出随着社会主义建设新时期的到来，农民心理状况、思想愿望、精神面貌以及人与人之间的关系都发生了深刻的变化。”原文化部副部长吴雪同志在一次座谈会上说：“《春嫂》一剧在戏曲现代化方面、现代戏曲化方面，提供了有益的经验”；

著名戏剧家马少波也撰文说："《春嫂》这个戏，较充分地运用了戏曲的表现手法，细致地刻画了一对青年恋人的性格和心理活动。"此外，《人民日报》《光明日报》等十多家报刊发表了评介文章；中央电台、中央电视台分别录音录像；中国唱片社灌制了唱片，向全国发行。《剧本》月刊发表了剧本（1982 年第 12 期）。1983 年，安徽人民出版社又予以出版，最近接到中国戏剧家出版社通知，《春嫂》已收入《现代好戏》第二集将出版。

1982 年，省、京调演均未设奖（所有参加剧目都一样），但作为编剧，我被省文化局列为"特邀个人"，出席了省农村文化艺术先进集体、先进工作者代表大会，并受到省人事局给予晋升一级的工资奖励，还被中国戏剧家协会吸收为会员。

《春嫂》的创作，是我采用戏曲写意手法表现现代生活的一次尝试。力避了过去创作上交代故事、展现情节的毛病。首先在人物设计上，注意到简练突出，内涵丰富，在矛盾冲突中，以感情流动和性格的差异来展示冲突，这样就为表导演提供了充分展示才能和再创作的余地。饰演春嫂的徐建华和饰演王小波的王伟平同志都因此剧的演出而蜚声剧坛，他们已成为皖南花鼓戏的主要力量，徐建华同志在全省中青年演员大奖赛中（演唱《春嫂》一段），荣获了一等奖。

1983 年，我参加了文化部、中国剧协在山东烟台举办的"全国中青年戏曲作家读书会"，这对我又是一次深造的机会。读书会上，我比较系统地读了《中国戏曲史资料》《李笠翁曲话》、钟林斌的《中国古典戏曲简论》和一些外国名著，并听了著名的专家张庚、张真、王肯、范均宏、宁宗一、胡小孩等的辅导报告。通过这次读书学习，使我比较系统地掌握了戏曲理论知识，这对我无疑是一次很大的提高。1985 年，我省举办首届戏剧节，宣城地区推荐我为评议员，在评议中结识了很多专家、老师，这对我又是一次难得的提高机会。

继《春嫂》之后，我创作了皖南花鼓戏《赵老八看山》（载《江淮文艺》1983 年第 8 期）和《无风三尺浪》（合作，载《安徽新戏》1985 年第 5 期）。近年编写的历史故事连台戏《天子误》（上下集）已由中国百花剧本公司列为第三批剧目，向全国推广。今年创作的大型现代戏《傻子进城》将由《安徽新戏》第 6 期发表。

在从事专业创作的同时，积极参加对业余作者的辅导。我县业余作者解宗来同志创作的小戏《儿女包办》（原名《爸爸陪嫁》），地区和县领导派我辅导修改。在省地的指导下，经过多次加工，于 1985 年参加全国业余创作评奖，荣获文化部颁布的三等奖。

在从事戏剧创作的同时，为了活跃思想，拓宽创作之路，我还写了一些诗歌、散文、小说，如《放牛》《辣椒爷爷》《两张电影票》《鲁股长寻杯记》《夜宿春风店》《江南竹器街》等，分别在《江淮文艺》《安徽民间诗歌选》《人民日报》《安徽文学》《江淮文艺》等刊物上发表（见附件）。

认真地回忆起来，三十年的戏剧创作生涯，成功的作品不多，失败的教训不少，但从中也悟到一个真理：戏剧创作必须真实地反映生活。特别是在新的历史变革时期，科学发达，信息灵通，剧作家更应该到生活中去，更新观念，只有这样，才能写出无愧于时代、无愧于人民的好作品来。

我熟悉农村，热爱农村，乐于农村题材的创作。这条路我将永远走到底。

一九八七年十月二十二日

发表或上演的作品

一、第一阶段（1963—1973 年）

名称	形式	创作/改编	上演、发表时间	上演、发表单位
《插秧》	诗歌	创作	1959 年	《江淮文学》
《放牛》	诗歌	创作	1959 年	《安徽民间诗歌选》
《种荞麦》	诗歌	创作	1959 年	《安徽民间诗歌选》
《渭水访贤》	皮影戏	改编	1963 年	县皮影剧团
《二龙山》	皮影戏	改编	1963 年	县皮影剧团
《青龙山》	皮影戏	整理	1964 年	县皮影剧团
《白鹦鹉》	皮影戏	改编	1964 年	县皮影剧团
《岳飞传》（三集）	皮影戏	改编	1965 年	县皮影剧团
《三打祝家庄》	皮影戏	整理	1965 年	县皮影剧团
《瓜天审》	现代皮影戏	创作	1965 年	县皮影剧团
《单枪突围》	现代皮影戏	创作	1965 年	县皮影剧团
《雨露重生》	现代花鼓戏	创作	1968 年	县花鼓戏剧团
《生命线》	现代花鼓戏	改编	1969 年	县花鼓戏剧团
《青山岭》	现代花鼓戏	创作	1973 年	县花鼓戏剧团

二、第二阶段（十一届三中全会以后）

名称	形式	创作/改编	上演、发表时间	上演、发表单位
《夜宿春风店》	小说	创作	1978 年 10 月	《安徽群众文化》
《两张电影票》	小说	创作	1979 年第 8 期	《安徽文学》
《送喜包》	现代花鼓戏	创作	1979 年	县花鼓戏剧团演出、安徽人民出版社出版
《鲁股长寻杯记》	小说	创作	1980 年第 9 期	《江淮文艺》
《春嫂》	现代花鼓戏	创作	1980 年	地区代表队演出。1982 年晋京调演，《剧本》《安徽新戏》《戏剧集》《江淮文艺》均发表，安徽出版社出版，中央台录音录像并管制了唱片
《雕工郑》	中篇小说	创作	1982 年	《春风丛刊》
《做生活的有心人》	笔谈	创作	1982 年第 2 期	《安徽新戏》
《赵老八看山》	现代戏曲	创作	1983 年第 8 期	《江淮文艺》
《无风三尺浪》	现代戏曲	创作（与著名剧作家李骐骥老师合作）	1985 年第 2 期	《安徽新戏》
《江南竹器街》	散文	创作	1987 年 1 月 8 日	《人民日报》海外版副刊
《木瓜红枣的故事》	大型现代戏曲	创作	1987 年第 6 期	原名《好人难当》，载《安徽新戏》
《天子误》（上下集）	古装连台戏	创作	1988 年 7 月	中国百花剧本公司
《僧尼泪》	大型现代戏曲	创作	1989 年	原名《木鱼声声》，载《安徽新戏》增刊

续表

名称	形式	创作/改编	上演、发表时间	上演、发表单位
《水香》	大型现代戏曲	创作	1990 年第 6 期	《安徽新戏》
《甜水村》	大型现代戏曲	创作	1992 年	《安徽新戏》
《心狱》	戏剧小品	创作	1993 年	荣获省第八届小品大赛一等奖，全国小品大赛三等奖
《尊严》	戏剧小品	创作	1993 年	获全国小品大赛三等奖
《夏天的故事》	戏剧小品	创作	1993 年第 2 期	辽宁《戏剧与电影》
《牌中自有黄金屋》	戏剧小品	创作	1993 年第 6 期	《安徽新戏》
《一杯碧螺春》	戏剧小品	创作	1995 年	1995 年参加安徽省首届艺术节获编剧一等奖。1996 年参加全国小品大赛获文化部颁发的三等奖
《青竹溪》	大型现代戏曲	创作	1995 年第 4 期	《安徽新戏》
《钱哪里去了》	戏剧小品	创作	1996 年	1996 年参加省小品大赛获一等奖，1997 年由著名笑星潘长江主演，在中央电视台 134 期综艺大观播出
《送瓜苗》	皖南花鼓戏	创作	2004 年	获第 11 届“中国曹禺戏剧奖”剧目一等奖
《走出迷宫》	戏剧小品	创作	2007 年	获得江苏徐州市首届戏剧剧本征集大赛二等奖
《桐川第一官》	新编历史剧	创作	2008 年 9 月	七十初度于桐川
《文房四宝风云录》	电视连续剧	创作（合作）	2009 年	2015 年由八一电影制片厂拍摄、安徽电视台“影视频道”播出。（后电视剧改名为《文房四宝》）

《文房四宝》阶段总结

（摘自2009年4月日记）

《文房四宝》剧本创作从搜集资料、体验生活到架构大纲再到今天的拿出部分剧本初稿，回头来看，这一路走的是十分艰辛的。从已经写出的17集（清末9集，民国6集，抗日部分2集）来看是成功的。整个剧本由模糊走向清晰，如果按照现在的态势走下去，定能写出一个有思想、有看头的好本子，其艺术效果不会亚于《闯关东》《走西口》。初稿部分有以下几个特色：

一、故事新颖，基本达到预期所要求的：讲一个别人没讲过的故事，这不仅表现在文房四宝题材本身的独特性，尤其表现在围绕文房四宝四家人之间的纠葛关系以及围绕他们之间所展开的戏剧冲突，在中国电视剧的画廊中也是独一无二的。

电视剧是离不开故事的，没有好的故事，电视剧几乎不能成立。我们这个电视剧抓住了这个要核，从已经写出的几集电视剧来看，可以说是险象环生、高潮迭起，美不胜收。

二、没有为故事而写故事，而是紧贴文房四宝这个中心来展开故事。例如小玲办厂、石头冰、两代人出国推销文房四宝，王爷斗字、赵天柱日本之行，尤其是清末部分徐三娘试研丹顶鹤墨宝，造成双目失明，这反映了文房四宝宣传人为弘扬中华传统文化的牺牲精神，中华文明之所以能传承至今，就是因为一代代人的努力，才能有今天这个样子，读后感人至深。

此外，在人物情感开掘，人物设置纠葛等方面还有很多闪光之处，就不一一列举。总之，从目前的创作态势而言，有望写成一部不负领导重托，不负宣城人民期望的，不亚于《闯关东》《走西口》的好本子。

当然，由于剧本是分人分段写作，难免出现一些人物走向不一和设置事件重复之处，再加上各人的行文语言风格有所不同，这都是小问题，好处理。有待在以后的统稿中加以解决。

2016 年重阳节在滨河公园

唐流聚会

（自由长短句）

2008年5月下旬，梅龙剧社一行九人相聚广德桃花山下唐流小镇，探讨当今戏剧创作。抬头观山，低首听泉，简寝素餐，陶然怡性；山居五日，虽苦犹甜。特作长短句以纪之。

江南四月春正暮，
燕语田畴，碧桃挂满树。
乡间小镇忙底事？
迎来剧坛九宿。

莫道诸公顽愚，
只缘痴迷戏剧。
不羡华堂雅居，
偏爱农家小屋。

鲜笋蕨芽慰肠肚，
板床木椅练筋骨。
更有农家米酒性甘烈，
醒也舒服，醉也舒服。

探讨形式不拘，
意见发自肺腑。
卧室里“吵”出灵感，

餐桌上“吃”进妙句。

山居五日转瞬去，
留下遐想无数。
诗仙李白若在世，
或许赶来相聚。

2008年5月梅龙剧社唐流剧本讨论会纪念

从皖南竹乡走向全国剧坛

——记剧作家杨跃庭

杨跃庭（1938—），安徽省广德县人，中国戏剧家协会会员、安徽剧协会员、安徽作家协会会员、宣城地区文联常委、剧协副主席、原广德县文艺创作研究室主任、国家一级编剧。

杨跃庭1957年参加工作，先后当过乡村教师，文化干部。30多年来，由业余到专业，共整理、改编、创作大戏30余部，小戏10余个，小品20余篇；小说、散文20余万字，均在省以上刊物发表或获奖。

十一届三中全会给农村带来生机，也为文艺创作吹来春风。杨跃庭以其敏锐的目光和满腔热情，积极投入创作。1979年至1983年，他创作了小戏《送喜包》《赵老八看山》《春嫂》，另有小说《夜宿春风店》《两张电影票》和《鲁股长寻杯记》，均在省刊发表。其中尤以皖南花鼓戏《春嫂》反响最为强烈。该剧以三中全会后的农村为背景，描写一对青年男女，在新生活的感召下冲破来自社会和个人心理的障碍大胆走到一起，共同建立新的幸福家庭。剧本在省刊发表后，1981年全省举行调演，宣城行署文化局组织力量将该剧投入排练，11月赴省调演，获得成功。省委书记张劲夫走上舞台接见了编创人员。11月8日《安徽日报》在显著位置上发表了题为《色彩鲜明，情趣盎然》的评论文章；接着剧作家刘云程也在省《文化报》上载文称赞："《春嫂》是表现现代生活最好的现代戏……它好就好在曲而不直、深而不晦、藏而不露。剧本虽有政治倾向，但不是借剧中人之口讲出来，而是'从场景和情节自然流露出来'（恩格斯语）"。

1982年，全国举行调演，《春嫂》作为首推剧目选调晋京。调演期间，适逢党的十二大召开，《春嫂》作为优秀剧目首场为党的十二大献演。

《春嫂》在京演出期间，在新闻界、艺术界引起强烈反响。《人民日报》以

《饶有新意的〈春嫂〉》为题发表了评论文章。接着《光明日报》也以《老树新枝春意浓》为题给予热情肯定。《文汇报》《戏剧报》《北京日报》相继发表了评价文章和剧照。《剧本》月刊发表了剧本，中央电视台专场录制了电视剧、中国唱片社灌制了唱片，向海内外发行。与此同时，文化部、中国剧协联合召开座谈会，邀请在京专家、学者对《春嫂》的艺术成就展开了热烈讨论。文化部副部长吴雪说："《春嫂》以新颖的构思、朴素的演技和浓郁的乡土气息赢得首都观众的好评……它的艺术成就表现在以戏曲形式表现现代生活，在戏曲现代化和现代戏戏曲化方面为我们提供了有益的经验。"著名戏剧家曲六乙说："我多年没有看到《春嫂》这样好的现代戏了，它好就好在不仅有人物美，而且有表现人物的形式美。"

《春嫂》的晋京演出，开创了皖南花鼓戏首次登上京城舞台的历史。从此，一个名不见经传的地方剧种，通过首都的无线电波和报刊文字，传向全国、传向世界。

继《春嫂》之后，杨跃庭接连创作了7部大戏，如《青竹溪》《竹叶青春》《水香》《木鱼声声》《无风三尺浪》《好人难当》等，均在《安徽新戏》发表，其中《好人难当》在江、浙舞台上受到好评;《竹叶青青》参加全国剧本征集活动获得入围奖；另有八集电视剧《竹林湾的丫头娃子》（合作）正式列入南京电视台摄制计划。

为拓宽戏剧创作之路，适应广大观众的欣赏需求，在创作大型戏剧的同时，他还积极探索小品创作。其中《一杯碧螺春》获文化部颁发的三等奖;《尊严》《心狱》获中国剧协颁发的二、三等奖。另有《一撮毛》在获得省大赛一等奖后改为《钱哪里去了》，由著名笑星潘长江主演，在中央电视台134期"综艺大观"播出。

杨跃庭不仅是一位勤奋的专业作家，同时还肩负着全县业余创作的组织辅导任务。自担任创研室主任以来，在局领导的重视下，积极组织全县业余创作和开展艺术研讨活动，辅导业余作者，培养文学新人。1984年，业余作家解宗来同志创作了一个现代戏，名曰《爸爸陪嫁》（后改为《儿女包办》），此剧生活气息浓厚，颇有修改加工苗头，于是，杨跃庭积极向上推荐，并二上地区四上合肥邀请专家座谈，广泛听取意见，尽力为作者走向成功铺路搭桥。后来，该剧参加全国业余创作调演，获得文化部颁发的三等奖。解宗来同志也是一位普通农民转为全国干部，安排在文化馆工作。解宗来的脱颖而出，又带动一大批业余作者迅速成长。1994年《安徽新戏》小品专栏，有10篇作品，都是出自本县业余作者之手。

在辅导业余创作的同时，杨跃庭还积极从事当地民间文学的搜集整理工作。1997年，在局领导的带领下，四方奔走，筹措资金，编辑出版了《广德民间故事集》，发行后，受到专家读者的青睐（上海《故事会》来函拟发其中三篇故事）。该书的出版，不仅丰富了群众文化生活，也为本县开展乡土教育和精神文化建设起了很大作用。

杨跃庭生活简朴，淡泊名利，默默笔耕，三十余年来由一位业余作者成长为专业作家，整个创作过程是一个“爬坡”的过程。为了夯实创作基础，他十分注意两个方面的积累。

一、文学知识的积累

古语云：“行万里路，破万卷书”，这句话，对于作者尤为重要。杨跃庭深明此理。平时，除了写作、工作，便是读书，图书馆、新华书店是他常去的地方。特别是前些年，他工资低时，家庭常为柴米油盐发愁，然而，这并未妨碍他读书。1980年，他到南京观摩，在逛书店时，突然发现一套渴望已久的书，他毫不犹豫倾其囊而购之，临回时没有路费，结果还是到友人家借钱回家的。到过杨跃庭同志家的朋友，都知道他的卧室有三多：即书多、笔多、烟多，故而戏称他的卧室为“三多斋”。

1983年，他接到中国剧协的通知，要他参加中国剧协在烟台举办的“全国青年作者读书班”，这对他来说，是一个难得的学习机会。这次读书班，汇集了全国有成就的作者，比较系统地学习了中国戏剧发展史和中外戏剧名著，杨跃庭同志不失时机勤奋读书，诚恳请教，半年时间不算长，但收获是大的，他说：“以前创作只凭热情，读书班后，我仿佛站上了一个新的台阶，视野更加开阔，思想更加明晰。这对指导后来的创作无疑起了很大作用。”

二、生活素材的积累

创作离不开素材，素材来源于生活。

十一届三中全会后，杨跃庭的作品，无论戏剧或是小说，都是表现现代生活且描写的对象多为基层干部和普通百姓。为了作品更加贴近生活，更有时代气息，他十分注意生活素材的积累。每年他都抽出一定时间，以不同的方式，下乡体验生活，搜集素材。为了创作大型戏剧《竹叶青青》，他曾深入盛产毛竹的家乡住了半个多月。同乡亲一道上山砍竹、挖笋，帮助他们调解邻里纠纷。亲友们把他当作自家人，对他无所不讲，无所不说。由于了解深入，生活扎实，创作素材源源不断，人物形象也跃跃欲出。《竹叶青青》所以能在大赛中榜上有名，这与杨跃庭同志扎实的生活态度分不开的。

深入生活，虽说是一种"古老"的生活办法，但也是一种行之有效的方法，他的每一部作品，都有鲜明的人物形象。他们有的是被颂扬的人物，有的是被针砭的人物；有他喜欢的人，也有他厌恶唾弃的人。

讴歌真善美，鞭挞假恶丑，以优秀的作品鼓舞人，是每位作家的责任。杨跃庭同志虽已耳顺之年，但创作精神依然未减，特别是近几年，他妻子因病瘫痪在床，平时除了延医购药，精心照料之外，买菜、做饭的担子也落在他的身上。此事若对别人，创作肯定会"洗手不干"了。然而杨跃庭却"秉性难改"，他利用休息时间构思，利用夜晚睡觉时间创作。2008 年春天，他又着手写了一部大型历史剧《范仲淹卖马》。此剧取材于《宋史》和《广德州志》，主要描述范仲淹初入仕途，在广德为官期间，"因清而贫"，离任时不得不卖马做盘费的故事。为了不重复前人之路，该剧在创作时，大胆采用喜剧手法，表现范仲淹为实现"先忧后乐"思想，不屈上锋、不顾亲离、不畏讥谤，即便落的"家徒四壁，贫只一马"，仍然潇洒自如，不弯脊梁，笑斥贪官污吏。

杨跃庭的作品在全省乃至全国都产生过一定影响，他的名字已上了《中国当代艺术界名人词典》。然而，纵观他的作品，无论是戏剧或小说，都没有离开广德这块土地，没有离开四季青葱的竹乡，如《春嫂》《竹林溪》《竹叶青青》《竹林湾的丫头娃子》《水香》《一杯碧螺春》……，每一部作品，都流露出浓浓的乡情，同行们曾风趣地称他为创作上的"毛竹贩子"，这虽然是句趣话，然而确也道出一番真情——作家是没有不热爱家乡的。

（出自新闻稿）

怀念杨跃庭先生

黄廷洪

初夏的一个早晨，突然接到广德解宗来先生的电话，说杨跃庭先生走了。放下电话，我默默地愣了好半天。

跃庭先生患病多年，又年近八旬，他的离去让我们很悲痛。前几天，合肥凌树声导演路过宣城，专程前往广德看望了跃庭先生。我们几个戏剧同仁得知以后相约要去广德看望这位一直和病魔作斗争的老剧作家，没想到他却走了。

我第一次见到杨跃庭先生是 1981 年夏天，在原宣城地区文化局组织的九华山戏剧创作会上。那时候，他创作的小戏《春嫂》已经确定为进京演出的剧目，而且是为党的十二大代表演出，这不仅是他个人的荣誉，当然也是宣城戏剧人共同的荣誉。四十出头的杨跃庭先生朴实得像个刚刚从田间地头走来的农民，操一口浓重的湖北、河南一带移民方言。那是一个傍晚，我们围坐在一起，听着从一只卡式录音机里传出的皖南花鼓戏《春嫂》，说实话，我并没有感觉到有多么“高大上”。那时我还不到二十岁，算是个刚刚闯进编剧队伍的小辈，无论是艺术修养还是时代敏锐感都还不够。后来的事就经常被圈内人当作一段历史所提及了:《春嫂》赴京演出，大获成功，《人民日报》《安徽日报》都刊文评论，业内赞赏有加，成为新时期皖南花鼓戏的开山之作，也是人们说起改革开放后宣城的戏剧发展所必须要谈论的经典作品之一。

此后的一段时间里，我因为要捧上所谓的铁饭碗不得不暂时放下创作，错过了宣城戏派鼎盛时期的一些活动，也就没能和杨跃庭先生谋面。直到 1992 年调到文化局，走上编剧岗位以后，每次参加笔会都能见到杨跃庭先生。他为人朴实，不善言辞，有时候请他为我写的剧本提意见，他从不说一些云里雾里的套话，有一说一，有二说二，最后总要说“仅供参考”。他自己写的剧本也常常不耻下问，很谦虚地请我辈“多提宝贵意见”。这种相互间的切磋交流，是宣城戏剧创作的优良传统，让我学到了不少东西，用创研室主任王士能先生的话说，是“比上戏剧学院还管用”。从九华山到泾县茂林，再到溪口的梅龙，我们就如同同窗学友，某一次笔会若是他没到，大家便有一种怅然之感。

杨跃庭先生的戏剧创作，大多以农村为背景。他熟悉农村，熟悉农民，熟知他们的喜怒哀乐，熟知皖南的风土人情。除了名闻遐迩的《春嫂》，他还创作了大戏《木瓜红枣的故事》《水香》《甜水村》《无风三尺浪》等。这些剧本无一例外都是农村题材，我很早有幸读到它们的手稿，一个强烈的印象就是杨先生的人物语言不仅风趣优美，而且极富戏剧化，因为条件限制这些剧本没能搬上舞台。这不仅是杨先生的遗憾，也是宣城戏派的缺憾。时光进入20世纪90年代中后期，跃庭先生创作的众多小品，成为他戏剧创作的又一个高度，也形成了宣城戏剧创作的又一个亮点。这个时候，戏剧舞台相对沉寂，宣城的一班剧作家们另辟蹊径，将目光转向了方兴未艾的戏剧小品创作，曾连续十年在安徽省小品大赛中力拔头筹，这显然是一个了不起的成绩，也是“宣城戏派”值得载入史册的荣耀。而杨跃庭先生显然是宣城小品创作的领军人物。他的小品一反他的剧本温文尔雅、如诗如画的既有风格，选择了另一种路子：既生动幽默，又不乏思想的深度与艺术的力度，最著名的作品如《一杯碧螺春》《钱哪里去了》等，被誉为当时安徽戏剧小品大赛十年间难得的优秀作品，即便是今天看来，一点也不过时。其中《钱哪里去了》由潘长江主演，登上了央视的《综艺大观》，也是宣城乃至安徽作者创作的小品难得在央视亮相。

杨跃庭先生的小品和他的戏曲剧本不一样，他的小品泼辣，深刻，爱憎分明，入木三分，这和他宽容、绵柔的性格大相径庭。

来到杨先生简陋的灵堂，望着那张熟悉的照片，仿佛又看到他醇厚的笑容、听到他浓重的移民口音，而今他已远去，我们的心里是无比的悲伤与不舍。

第十五届中国戏剧节期间，在银川见到了省里的几个戏剧界同行，自然会谈起宣城戏派，谈起宣城的作者。曾经有过的热闹与辉煌早已渐行渐远，当年和宣城戏派联系热络的省里同行有的已经退休，没有退休的也是两鬓如霜，难得见面，总要说起当年的九华山笔会，当年宣城戏派的“八大金刚”。我告诉他们，就在我动身前往银川前不久，杨跃庭先生走了，省里的同行一个个唏嘘感叹。

在银川看戏之余，为杨跃庭先生草成挽联一副，以志怀念：

呕心沥血数本戏，唱出乡村悲欢离合，
废寝忘食几段词，道尽人间冷暖沧桑。

（《宣州文艺》2017 年第 2 期）

饱蘸浓墨写师情

——缅怀我的老师杨跃庭

解宗来

“文化是人类永恒的精神植被，创造文化的繁荣与昌盛，是一代又一代人伟大而光荣的使命。”2017 年 6 月 7 日，我正伏案构思一个小戏《二大爷告状》，一阵激烈的电话铃声打乱了我创作思路。电话是程少琦打来的，说是杨跃庭老师不幸离世……这突如其来的事情让我感到一片茫然！咋回事呀，几天前我和杨老师还在一起聊天，谈论些有关文学戏剧创作方面的话题，并且还特意把我新近写的一个历史剧《江南大禹——张渤》下载给他，请他赐教。他非常高兴，并说：张渤这个戏难写，历史上能留下的资料不多，都是一些书面上的文章，在创作时很难把握。你这个剧本写得如何，待我看过之后再给你打电话详谈。谁知就在这短短的几天内，我没能等到杨老师的电话，却等来了杨老师不幸离世的噩耗。使我震撼不已，万分悲恸，简直不相信这一事实！

在离开杨老师的这段日子里，我常在想：我出生在一个农民的家庭，在那黑白颠倒的疯狂年代，对文化的毁弃和像我这样求知无门的青年在社会上比比皆是。被迫无奈之下，唯有的选择就是走“自学”这条艰辛的路子！1986 年，时年 34 岁，已进入“而立”之龄的我却被县委组织部、人事局破格录用为国家干部，并安排在文化系统工作。难道在这冥冥之中还真有命运的存在吗？我百思不得其解……

那是 1982 年，一次偶然的机会，我在收音机里听到皖南花鼓戏《春嫂》，编剧：广德县文化馆杨跃庭，使我整个身心得到震撼，一直把它听完。听完后我想：“我热爱戏剧，也还有些文学功底，何不学写戏呢？写戏多好哇，写戏一旦被选中，演出成功能享誉全国。”于是我夜以继日，只要有时间就拼命地写。且知，真正接触到戏剧，自己忽觉汗颜，原来戏剧是那么深邃而博大的一座艺术殿堂。寄出的拙稿得到的都是一张张铅印的退稿信。于是我懊恼、自责、迷茫，也许我压根就不是写戏这块料，又何须去假充“大头鬼”呢？但我还是不甘心失败，锲而不舍地追求。

莎士比亚说过：“本来无望的事，大胆去尝试，往往能成功”。记得那也是1982年冬，我接到县文化局的通知，邀我在文化局大楼参加戏剧创作会议。那时年逾30的我，能参加这样的会议尚属首次，对到会的新老作者都很陌生，对杨跃庭老师也是第一次见面。但对他创作的小说《夜宿春风店》《两张电影票》我早就拜读过了，尤其是响誉京城的《春嫂》，更是深深地印在我脑海里。这次会议局领导很重视，时任局长刘芳久、副局长雷天庆和卜功泽等都参加了会议。会议由创研室主任程劲枫老师主持，杨跃庭老师做重点发言。局领导这样安排的含义是让杨老师给我们这些业余作者讲述《春嫂》晋京为党的十二大献演的全过程，一则是让到会人员了解粉碎“四人帮”后我县文化艺术所做出的成绩；二则是激励我们这些业余作者要以《春嫂》为奋斗目标，勤奋耕耘，努力创作，写出更多像《春嫂》这样的力作，为我县争光！

会上，据杨老师所言：为庆祝党的十二大胜利召开，文化部早在1980年就向全国做了创作部署，决定在十二大召开期间有计划地从一些省、市、自治区、部队和中直文艺团体选调一批优秀剧目进京演出。为此，全国各地创作了一大批新剧目。截至1982年7月，各地上报进京演出的节目约50台之多。后经中宣部和文化部研究，按照保证质量，又能体现“百花齐放”的方针，确定38台进京演出。《春嫂》就是在这一背景下进京的。

听完杨老师讲述《春嫂》进京的全过程后，我们这些到会者都非常激动，群情振奋。1983年县文化局在卢村水库召开业余作者剧本创作会议，全县20多个作者带了30多个剧本。可以这么说，这30多个剧本都是在杨老师创作《春嫂》进京的感召带动下创作出来的。在对30多个剧本进行相互传阅、讨论、修改后，我的剧本《爸爸“陪嫁”》受到了一致好评。记得一次午餐时，黄万震老师指着一盘肉丝说：“小解，我读了《爸爸‘陪嫁’》就像吃了这盘小炒一样，真有味道。”程劲枫老师接过话题风趣地说：“对，我就爱吃这盘‘小炒’。”杨跃庭老师读了这个剧本后，在尾页批了这么几个字：“这个剧本读过之后真有味道。”在三位老师的鼓励帮助下，我数易其稿。后刊发在《广德演唱》。

1984年秋，宣城地区业余剧本创作会议在当涂县召开，广德由杨跃庭老师带队。省群艺馆陈仲和孟冉老师受省文化厅委托，特意赶到会上，为安徽省1985年参加全国农村业余戏剧作品创作大赛选拔剧本。《爸爸“陪嫁”》竟在全区30多个剧本中占领先位置。会议拟定半个月，一个星期后，这20多个作者中只留下6人。这时，杨老师自始至终都是在陪着我修改剧本。这天，杨老师悄悄地对我说：“宗来，我发现你这些天很累，再说你整天埋头干也不行，明天我带你出去转转，改变一下思维方式。”我一听当然高兴，问他去哪儿。他说：“采石矶，采石矶你没去过吧？”我一听当然高兴，立即和他出发了。记得李白是尊用木质雕塑的坐像，腰间还佩一柄长剑，栩栩如生。只可惜，穿靴子的脚尖被老鼠啃了个豁。估计那时刚对外开放，还没顾上修补，就让我们先睹了。在江边，那是数丈高的悬崖，一块硕大的岩石横空伸延。站在这块岩石上可以看到滔滔不尽的江河。我和杨老师在此留了个影。同时还在旁边的石洞里喝茶，吃了些茶干（萝卜干，豆干）什么的。听杨老师讲些有关李白的故事。

“纵然是万里征程，它少不了踏踏实实的第一步”。我的剧本在杨老师的耐心辅导下，终于改好了，在全省名列前茅。时任的省文化厅厅长蓝天亲自审阅了这个剧本，并将剧本更名为《儿女“包办”》，作为安徽省代表作参加由文化部举办的全国农村业余戏剧节目评奖，荣获文化部颁发的创作三等奖。并给我这将近中年的农民汉子“化茧为蝶”，破格录用为国家干部，安排在文化部门上班。上班后，杨老师看我年轻，勤奋好学，在创作上能找到该写的“戏眼”，勉励我多看书。同时还向《剧本》月刊推荐我参加“戏剧、影视剧”函授学习，掌握了大量的创作技巧。尤其是电视剧创作，对我今后的创作之路大有裨益。

1987年，也就是我参加工作的第二年，我写了个现代戏名曰《黑憨嫂闹店》，这个剧本发表在《宣州新戏》。同年又写了个古代剧《秀才遭劫》，剧本的初稿完成后就交给程劲枫老师和杨老师，向他们请教。二位老师看过之后都非常高兴说：“宗来，你这个剧本写得好，有新意，它打破了当前老戏新写的模式。”我从他们的表情上看得出来，他们恐怕是不想看这个本子。因为作为一个剧作家而言，时间对他们来说是太宝贵了，但他们还是接受了这个本子。过了一段时间，我到文化局创研室，他俩都高兴地站了起来，第一句话就说：“宗来，你来得正好，我们还正想找你，你写的《东郭先生和狼》我们都看过了，并且还看了几遍，写得真好，比先几个剧本都要高一个层次。说实话，你在交这个剧本给我们的时候还真不感兴趣，谁知几页一翻就给我们吸引住了。”1990 年 2 月 18 日，宣城地区的戏剧小品创作会议在绩溪县召开，我县程劲枫老师、杨跃庭老师和我参加了这次会议。上午报到时，正好碰上《安徽新戏》的编辑徐崇六。杨老师高兴地上前同他握手，并给我介绍说：“宗来，这位就是你《秀才遭劫》的责任编辑徐崇六老师。”我一听当然高兴，徐崇六老师也很高兴说：“解宗来，你年轻得很嘛，我还以为你是五十多岁的人呢。你寄给我们的《中山狼》我读了，写得真好。”然后一番赞扬和鼓励。会议结束后的 3 月份，《安徽新戏》第 2 期刊发了《东郭先生和狼》(原名为《中山狼》)。在这次会议期间，行署文化局还带我们参观了胡适故居和“胡开文”制墨厂。

1991 年 5 月 12 日，全国戏剧节在江苏扬州市举行，行署文化局组织全区剧作家前去观摩。我县程劲枫、杨跃庭、欧阳英雄还有我，(欧阳副局长带队)时间也是半个月。利用自由活动时间，下午和夜晚都是看戏。我和杨老师利用自由活动期间游览了扬州几个景点，像扬州的禅智寺、历史博物馆、瘦西湖等，在游禅智寺时杨老师给我讲了禅智寺的来历以及隋炀帝开辟大运河的初衷。

印象最深的是到瘦西湖二十四桥，记得桥头立着一块石碑，上面用楷书刻着晚唐杰出诗人杜牧留下的一首诗：

青山隐隐水迢迢，秋尽江南草未凋。
二十四桥明月夜，玉人何处教吹箫。

看过石碑上的诗文杨老师对我说：“宗来，你知道吗？原来的桥已毁坏，现在你看到的是扬州市政府重新修建的二十四桥。此桥无论你从哪一头上，到桥中均系二十四个台阶。诗中的作者杜牧含有和韩绰开玩笑的意思……”听了杨老师讲述了这些典故之后，我们上桥去数，果不其然，上桥至下桥都系二十四踏。我有点莫名其妙，杨老师咋就晓得这么多呢？答案只有一个，那就是一个剧作家所具备的“知识面”。

“宣城戏派”在全国久负盛名。杨跃庭与詹硕夫、王士能、程劲枫、张亚、胡永杰等八位老师人送雅号“八大金刚”，他们自《春嫂》在京城露脸后，在当时宣城“五县一市”组成了一个戏剧创作团体，每年在炎热的夏天都要把这些剧作家们集中在九华山召开戏剧创作会议。并且连续十年之多。1993 年 6 月份，我有幸参加了这样的会议，由于九华山我没去过，杨老师特意在休息时间带我去了肉身宝殿、百岁宫、回香阁、慧居寺、东崖揽秀、闵园、观音拜佛和天台峰等这些自然景观及人文景观，让人耳目一新。

据悉，“宣城戏派”有始以来，杨老师有好几个大型现代戏剧本都是在九华山创作打磨出来的。像《甜水村》《青竹溪》《竹叶青青》《水香》《木鱼声声》《无风三尺浪》《好人难当》等均在《安徽新戏》刊物上发表。其中《木鱼声声》为了演出的需要稍作改动，易名为《僧尼泪》；讴歌真善美，鞭挞假恶丑，以优秀的作品鼓舞人的《好人难当》后改名为《木瓜红枣的故事》，在苏、浙舞台上受到好评；《竹叶青青》参加全国剧本征集获得入围奖。这次杨老师带到九华山的是小品《无齿的报告》，后更名为《一杯碧螺春》，在会上成为亮点。1995 年参加安徽省首届艺术节获编剧一等奖。1996 年参加全国小品大赛获文化部颁发的三等奖。同时还有《尊严》《心狱》分别获中国剧协二、三等奖；另有《一撮毛》在获得省大赛一等奖后改为《钱哪里去了》，由著名笑星潘长江主演，在中央电视台 134 期倪萍主持的《综艺大观》播出；2004 年，中国曹禺戏剧奖第十一届“飞彩杯”全国百优在宣城市举办。杨老师创作的《送瓜苗》经宣城市皖南花鼓戏剧团排练后参加比赛，获得一等奖。《安徽日报》《宣城日报》均发表了评论文章，安徽电视台、宣城市电视台均进行录像，并播放。《宣城日报》记者对杨老师进行了专访。与人合作的大型电视连续剧《文房四宝风云录》（后改名为《文房四宝》）由八一电影制片厂拍摄，张铁林导演并主演，已在安徽电视台影视频道播出。此外还创作了小说、论文等 20 多万字，均在各大刊物上发表。

2009 年，他在我县宣传部、文联创办的《桐汭河》刊物上看到我的短篇小说《县长拉车》很高兴，打电话给我说：“宗来，你写的小说《县长拉车》我看了，写得好。你要是能把它改成小戏一定会成功的，因为你整篇小说的结构和情节都适合写戏。”

当时我正在接受县委宣传部、文联“自编、自导、自演”的电视剧《村官——陈富强》的创作，对杨老师要我把小说《县长拉车》改成剧本，说实话我还真不感兴趣，因为改戏是好，可这年头哪个来演呢？但在电话里我又答应了杨老师，不写咋交差呢？待电视剧本写好后，我还真坐下来悉心改编《县长拉车》这个小戏了。那时我还不会电脑，全靠手写。这天，我拿着手稿本来到杨老师的书房里，把剧本交给他。当时我们只顾聊天。我回去的第二天杨老师就来电话了，这个电话打了足有半个多小时说：“宗来，这个剧本改得好，比你以前写的所有剧本都好，特别是女主人公周晓芳这个人物写得活。”2016 年机会来了，宣城市要在全市域内举办一个皖南花鼓戏小戏大赛。我县文广新局找到杨老师要参赛剧本，杨老师就推荐了《县长拉车》，后由宣城市一家剧团排练，是年 12 月份参加比赛，在全区八个剧本中荣获二等奖。2017 年《县长拉车》作为宣城市代表作参加“皖江八市”小戏大赛，获得金奖（一等奖）。说实话，要不是杨老师鼓励我去写，并为我推荐，我还真连想都不会去想。只可惜，《县长拉车》在“皖江八市”荣获金奖他未能知晓，因为他之前就走了，他若晓得一定会非常高兴！

程劲枫老师退休后，杨老师自接任创研主任以来，和程老师一样，对业余文学创作非常重视，常抓不懈，创作会议也极为频繁。并还为广大业余作者开辟些创作园地，像《广德演唱》《民间故事专辑》《小戏小品专辑》等。还带着我结识了一批文学爱好朋友，像工商局的副局长唐国平、杨滩的耿崇喜、卢村笄山的程少琦、陈良，东亭的倪光明、陈良明，同溪的沈再林，桃山的冯永成、梅成林，砖桥的王玉坤、张良才等，他们都是我县的业余文艺骨干。

“书山有路勤为径，学海无涯苦作舟”。走进杨老师的书室，满屋子都是油墨香味，十来平方米的书屋，除了写字台和安卧就寝的一张床外，满书架堆放的都是书。一直以来，杨老师一走进这间书室，除了文学创作就是看书练字。和程劲枫老师一样，他的书法作品很受文化系统和社会各界人士推崇，但在全县各大书画展厅里很难看到他的作品，因为他一生谦虚低调，只有他的文学挚友和学生方能得到他的墨宝。

“父母乃是孩儿们的依托，家庭是生活中的温馨港湾”。杨老师有他绚丽多彩的人生，也有他艰难困苦的时刻。年轻时他和夫人王老师相濡以沫，同甘共苦。虽然都在上班，但拿到的工资和所有工作人员一样都很微薄，要抚养三个孩子，培养他（她）们读书，还要为他们安家立业。一天到晚总是忙忙碌碌，精打细算地过日子。后来孩子们都成了家，有了自己的归宿。刚喘过气来，王老师又中风了，半身不遂！这对杨老师的打击太大了！王老师勤劳，在这个家庭可谓贤妻良母，在她病前除了上班，所有的家务事都有她包揽了。一天忙到晚没有休息的时候！如今她瘫痪在床，虽然后来请了保姆，但整个家庭的琐事不是保姆和孩子们能完成的，全落在杨老师身上，他要买菜、做饭，有时还要配合保姆照看妻子。几十年如一日，付出的艰辛与烦恼不是用文字和语言所表述的。但他从不把这些压抑搁在脸上，而是装在心里默默地承受着，也从来没有心焦发脾气的时候。对外还装着若无其事，很坦然的样子！

记得丁玲在一篇文章里说道：“一个人生活在世界上，最可怕的是精神上的空虚。”杨老师一生没有别的爱好，除了戏剧文学创作就是练书法。就王老师瘫痪后二十多年的岁月里，他忙完家务还尽力腾出时间从事戏剧创作。像《一杯碧螺春》《心狱》《钱哪里去了》《送瓜苗》等，获得的成就与王老师共同分享。特别是由市委宣传部牵头，与人合作的大型电视连续剧《文房四宝》，杨老师与其他四位剧作家为该剧付出了很大心血。在他查出患有“尿毒症”这一病魔时，我去看他，他告诫我说：“宗来，在创作上你的路还很长，但一定要注意身体，千万不要没完没了地去硬拼。”我说：“杨老师您放心，我没有您那么坚强的毅力，我在创作时一旦受到剧情的束缚就会出去转转，或是搁置一段时间再写。”同时我还提醒他要把毕生创作的作品搜集起来，出一本专辑，那才是您留于社会，惠及未来的精神财富。

一直以来，我和杨老师接触的时间较多，他不仅是我的老师，还是我的挚友，是我的尊长。但我在他面前从来是无拘无束，在一起无话不谈，非常投机。特别是最近两年，他身体不适，我常常去看望他，带些世外桃源里的故事讲给他听，让他高兴。而每一次都谈到十一点半，他还不舍得让我走，总想留我吃午饭。2014 年正月初七我去拜年对他说：“杨老师，今年我来的时间少了，因我明天就要去上海带孙女，到年底才能回来。”他听了半晌没说话，我知道那是一种不舍。特别是近些年，只要有人约我到附近的农村去玩，我都会邀杨老师，让他和我们出去转转，多接触些外界的生活环境和新鲜事物。

“文锦书馨同绿常在，德高学富风范长流”。这是程劲枫老师仙逝时，杨老师为他题的一副挽联。今天用在杨老师身上再恰当不过了。程劲枫老师和杨老师都是我最尊崇爱戴的恩师，尤其是在现代文化生活领域中，他们既是我市文化界引领时尚潮流的开拓者，又是我市文化领域的老前辈。他们给后辈们留下的宝贵精神财富是用之不完、取之不尽的，并深深影响着广大文学爱好者和广大读者的价值取向。特别是舞台剧目日渐萧条，“宫廷”文化的精品意识异常强烈的今天，二位尊师的人格魅力、文学贡献及文学创作的经验，在和谐文化建设中仍值得探索、研究、总结和发扬光大。如今，杨老师已走过了 79 个春秋的漫漫人生心路历程，画上了 80 岁的人生句号，经历了 60 多年的文坛生涯，就这样悄悄地离开了我们！他的离世是我县文学艺术界的一大损失。但是，他那慈祥、和蔼、亲切的笑容永远印在我们的脑海里，铭记在我们的心中……

解宗来

2017 年 9 月

忆父亲

杨　云

父亲走了，匆匆地，没有告别。那是2017年6月7日凌晨。

冥冥中，我们一直在寻觅，在长长的巷道，在简陋的卧室，在透析的病房……真想抓住他的手，紧紧地，不再放开。然而，父亲的生命再也无法挽回。痛苦中，我不停地回放着过去的点点滴滴；自责中，重复着无济于事的不舍与无奈。只要触及到与他相关的人或事，那感情的潮水就会刹那间涌上心头，一个个画面如影像般浮现在我的眼前。泪光中，我仿佛又看到了父亲，他依然在微笑，依然在书房静静地看书，依然在创作的道路上不断求索。

父亲的微笑

对于父亲，我不止一次地思考用怎样一句话来概括他的一生，想以“父爱如山”来说说他的气度与威严，也想以他的为人来说说他的谦和与温厚，更想选取他文革时期的委屈和病重时的痛苦来说说他的挫折与刚强，但又觉得这会疏略得太多，反而冲淡了他对家庭对孩子最仁慈最温和的一面。应该说，我们是在温暖的气息中度过并享受着美好的童年时光的。

在我们的眼中，父亲首先是威严的。这除了与他从小所受的家庭教育有关外，还掺杂着他个人对生活对社会的体会和感悟。特别是在为人和学习方面，倘若谁冒犯了家长，违反了学校的规章，那肯定会受到严厉的批评和惩罚的。稍有不同的是，他生气时言语不多，一二句但分量很重，足使你反思很久。当然啦，只要我们不犯错，更多的时间他是宽厚的、慈祥的，我们的日子也是阳光灿烂、自由自在的。

那时候，我们家并不富裕，但过得却有滋有味。这除了父母的吃苦耐劳外，更重要的是他们爱这个家、爱孩子。家里再困难，父亲也会给我们带来惊喜和快乐。

印象最深的是听说父亲出差回来了。每当这个时候，我和两个哥哥就早早等在巷子口，只要看见他的身影，就飞奔过去，叫着、嚷着，拽他的手，拎他的包——那窄窄的巷子啊，顿时充满了欢声笑语。那个时候，我们不管他的小说和剧本，在我们的心里，只要爸爸回来了，再冷的冬天也不会寒凉了。

要过年了，父亲写春联，我们牵春联。虽然满屋的春联都是为别人而写，但我们非常高兴，总是轻手轻脚，生怕弄坏了一张拐角。我们喜欢看他裱条幅、贴中堂，见他用面粉调制浆糊，我们就会抢先用筷子沾上一口，父亲也总会哈哈地笑着说：“要把点糖就甜了！”我们知道他是说笑，便喜滋滋地舔着嘴唇跑开了——回想起来，仿佛就在昨天。

父亲热爱生活，即使退休了，也会把家庭安排得井井有条。在与柴米油盐打交道的日子里，还练就了一手好厨艺。遇到孙儿们放假回来，他会早早准备肉末、豆腐和锅巴，为孩子们烧上热气腾腾的“春雷一声响”和“麻辣豆腐”。他喜欢和孩子们在一起，喜欢听他们谈论外面的世界，哪怕身体不好也要抬高声量，露出喜色。

在我的记忆里，父亲是一个很要强的人，似乎家里简单的木活、泥瓦活都不用雇工，虽然工具简陋，工艺也不是那么精巧，但对一个不富裕的家庭来说非常实用。母亲得病后，父亲的手艺活发挥到了极致：改装木板床、改造轮椅，还给三个房门装上横杠扶手，便于母亲锻炼。为了不让我的母亲忧伤，父亲教她打字，先用小灵通，后用电脑。父亲在评上“最美广德人”时，总感到自己做的不过是平常之事，他在日记中写道：“困难时期，是妻子挑起了重任，现在她病了，我应该照顾她……”（《杨跃庭日记集》）

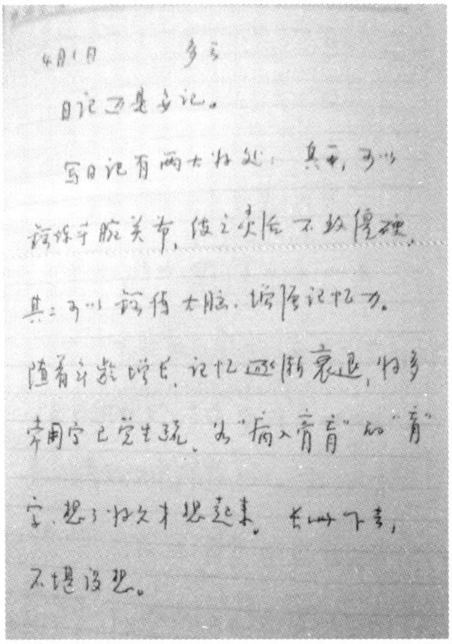
4月1日　多云
日记还是要记。
写日记有两大好处：其一，可以锻炼手腕关节，使之灵活不致僵硬。其二可以锻炼大脑，增强记忆力。随着年龄增长，记忆逐渐衰退，许多常用字已觉生疏，如“病入膏肓”的“肓”字，想了好久才想起来。长此下去，不堪设想。

父亲一生饱经风霜，历尽艰辛。在最近的十年中，身体每况愈下，常拘一室之内看书写作，静静地上楼，静静地下楼。只要看见我们的到来，他就会眼眸一亮，憔悴的面容顿时舒展开来。他一生不愿麻烦别人，即使在透析的日子里。按理说，子女陪护他上医院治疗是应尽的义务，他却视之为自己的不是，对我们总有一种歉意，生怕拖累了我们。每次送他，还未到透析厅，他就极力赶我和哥嫂们离开，说他现在好好的不要紧，不能影响我们的工作。我们知道这是借口，但有时争辩不得，只好搀扶他换上拖鞋，无奈地看着他强作笑容和我们告别。每当看见他虚弱的背影渐行渐远，最后消失在走廊深处时，我的眼泪就止不住流了下来，是心痛、是无奈、更是自责——在亲爱的父亲遭受病痛的折磨时，为儿女的竟无能为力！

在生活的舞台上，我的父亲不是一个叱咤风云的人物，但他谦和、温厚、刚强，热爱生活，无论遇到多大困难，总是微笑着面对一切。

微笑着面对生活，这是父亲的人生态度，更是他留给我们的最宝贵的精神财富。

父亲的书房

回忆父亲，我们总会与他的书和书房联系在一起。

父亲的书房很特别。只要熟悉他的朋友一定会有这样的印象：走进小院，向右，沿着窄窄的楼梯上去，有一间不大的陋室，这陋室就是父亲的书房，父亲的大部分时间就是在那里度过的。

拾阶而上，第一道门进去，是一角由封闭走廊隔成的斗室，这是父亲练书法的地方。一桌一椅，封闭的每一块玻璃上贴有他的书法作品。左边一幅是李鸿章的名联“汲水浇花求於物，埽牕拂几行此心”，中间一副取自戏剧家汤显祖名曲《牡丹亭·惊梦》，右边的是谢眺初来宣城的诗句，即著名的《晚登三山还望京邑》。内容不同，字体也随之变化，或沉稳刚健，或俊逸含蓄，或遒健洒脱，看着看着，人就会安静下来，忘记楼外的一切。画室中间是一长桌，文房四宝靠墙排开，背后是窗台，养有文竹和水仙。父亲在广德中学读书时就有一手好字，到了文化站以及后来的文化馆，便有更多的机会摹练。早期学以“颜柳”为主，后兼学各家，在学习前人书法的基础上，逐渐形成自己俊朗自然、雄健洒脱的风格。父亲喜欢书法，即便是旅途中见到木枋或石碑上的文字，他也要停下来看个究竟。值得一提的是，广德桂门关的岩壁古诗词，这是父亲在1973年爬上岩壁抢抄的，如今石山不在，留存的古诗已成为研究广德历史文化的宝贵资料之一。

画室向右拐，打开老式的红漆木门，就会看到一间兼卧室的书房。除了书桌上的电脑和门头上的空调外，室内一切都很简单。不过，有两张肖像画倒很打眼：一张是俄国著名短篇小说大师契诃夫，另一张是人民艺术家老舍。契诃夫的那副是半张报纸大小的水粉画，主人公戴着眼镜，眼睛正视着前方，嘴角微微翘起，似乎在微笑。画下有几行字："真正的作品不是豪言壮语的堆砌，不是琢磨不透的哲学论文，而是把深刻的哲理寓于轻松的画面之中。"这是父亲亲手用毛笔题写的文字，内容取之于契诃夫原话。联系父亲的文学作品，我们由衷地感到，父亲对现实的体悟和细节的捕捉多少受这位大师的影响。

床头柜上方挂的是老舍的肖像画，半侧面，叼着黑色的烟斗，若有所思。这幅图是父亲从杂志上剪下并用黑色的吹塑纸装裱起来的，远看极像一幅摄影图片——古朴素雅。父亲非常喜欢老舍的作品，曾经在自己的一篇随笔中引用过他的话——"没有一位语言艺术大师是脱离群众的，也没有一位这样的大师是记录人民语言，而不给它加工的。"

应该说，父亲生活在平凡的琐碎中，但精神世界是丰富的有高度的，艺术追求是有品位的不间断的。所以，读着他的文稿，看看他的书房，就像沐着一缕阳光，感到无比的亲切和温暖。

陋室最奢侈的要算那排书柜了。它足足占满最长的一方墙，而且除了书柜里摆满的各类词典及古今中外的文学作品外，在书柜的顶部还高高地竖起一排装订好的书卷。为了保护好它们，父亲费了很多的心思：短的就加隔板，破损的就修补，甚至自己动手重新装帧。因此，每每看到书柜顶上一本本又厚又大的书卷时，很多朋友都好奇，以为是什么典籍，其实那都是父亲用茶叶盒装订起来的。仔细观察，那书脊上分别写有《古今中外戏剧理论拾遗》《剧本集》《小说月报精品集》《安徽戏剧集》《范仲淹研究资料汇编》《为了忘却的纪念》《敝帚集》等等，和书柜里的大字典一样，整整齐齐排放。你若打开，不仅能看到装订的痕迹，还能看到父亲阅读时的圈点批注。

父亲藏的书并不都是名著，也没有藏书家那么多，但他几乎每本都看过，有的还有旁批。在清点他的遗物时，我们发现，他的日记和读

书笔记有整整一箱，而且都是按年代记录，整整齐齐放在一起。我们在感叹父亲严谨治学态度的同时，更多的是悲伤与不舍。

这里是书房，又是简单的接待室。接待的大多是志同道合的朋友，有的是远道而来看望他，有的是周末切磋新作交流意见。他们不讲究茶烟，多谈书籍、见闻和创作。这里来过省内外著名的作家，来过关心他的领导和同事，有“宣城戏派”好友们的身影，也有文学青年们的欢声笑语。

这里是安静的，是热闹的，然而也是我们不忍回忆的。

记得父亲离开前的那个三月，也是在这间陋室，我问正在整理《杂存》的父亲，为什么不把《桐川第一官》放进《杂存》里，我说范仲淹在广德是您最想写的一段佳话，也是您倾注心力研究最多的一个文官。他说：“再修改修改，万一手抖动不能修改时，就不要随便公布于众，如果改好了，我会放到电脑桌面上……”我知道他说手抖动的深意，就忍着哽咽宽慰他说行，说现在您恢复得很好，说等放暑假了我来帮您！其实那时我更多的是希望和相信他还有很多时间。

可是，还未等到暑假……

现在，当我看到他电脑桌面上的《桐川第一官》，看到那鼠标触及所显示的时间时，我更是泣不成声，泪流满面。因为那分明是“2017.5.29.”，这个时间正是我敬爱的父亲离开人世的前 9 天啊！

父亲走了，带着他的微笑，带着他喜欢的书籍，带着他热爱的事业……然而，他对书籍的热爱和严谨的治学态度将永远留驻在我们的心里！

父亲的创作

父亲是国家一级编剧，是中国戏剧家协会会员和作家协会会员，2008 年获得“安徽省老年作家贡献奖”。一路走来，经历是曲折而又艰难的。

父亲出生于竹山环绕的张复浪水湾，少年时代就聪明好学，在广德中学读书时，其文学才华就已显露，虽然家庭的出生限制了他登上更高的学府，但他一直坚持阅读和业余写作，直到他的一篇诗歌在《江淮文学》上发表，才调到大区文化站，从此便成为一个真正的文艺工作者。

走上工作岗位，父亲如同获得了新生，因为他可以自食其力并能做自己感兴趣的事：看书、写作。然而接到手的任务不是写散文或诗歌或小说，也不仅仅是群众文艺宣传工作，有时要当编剧，给剧团写剧本，并且写出来马上就得演。好在他有创作的灵性和刻苦钻研的精神，再加上周围老师的指点和同事们的帮助，使他在最初的工作中并没有多大的困难。因为写剧本，他逐步了解舞台表演的特点，接触了很多有经验的老师和朋友。在剧团的日子里，他担当编剧，做过剧务、导演，帮助点汽灯，搬道具，拉胡琴，这使他进一步熟悉了舞台，懂得了调度，还学会了不少传统戏。虽然工作繁忙、家庭困难，但也很充实。这也为以后的戏剧创作打下了坚实的基础。

父亲被调到文化馆后，除了继续为皖南花鼓戏创作剧本外，还兼有培养业余作者的任务。有时，还要完成上级部门交给的任务，创作表演唱、对口词、三句半、相声等等。县举办大型文艺演出时，撰写串台词和歌词。为了写出更好的作品，他潜心阅读了大量的书籍，特别是戏剧类的著作，从西方的“三一律”到中国的元曲，由莎士比亚的悲喜剧到李渔的戏剧理论。凡是所爱的书，尽量借来或买来及时阅读，同时不放弃任何出外学习的机会。一九八三年他参加了文化部、中国剧协在山东烟台举办的“全国中青年戏曲作家读书会”，聆听了著名戏剧专家的辅导报告，比较系统地研读了《中国戏曲史资料》《李笠翁曲话》《中国古典戏曲简论》和一些外国名著，开阔了视野，激发了创作热情。1989 年，51 岁的他又主动参加了国家汉语言文学函授大专班的学习，为今后的创作打下了基础。经过几年的奋斗，再加上各级领导的支持和鼓励，佳作连连，逐渐成为省内外颇有名气的作家，成为“宣城戏派”成员之一。

在父亲的创作生涯中，他的的剧本写得最为成功。特别是十一届三中全会后，父亲的一系列作品都在省级以上的刊物陆续发表或上演，其中反映十一届三中全会后农民生活变化的《春嫂》在省内外反响很大。1982 年 9 月，该剧作为省优秀剧目之一，参加了全国调演，并为党的十二大代表献演。之后，他的创作以戏剧为主，期间也写小说。90 年代中期，在坚持戏剧创作的同时，开始创作小品。也许是戏剧创作的功底和熟悉舞台表演的特点，他的小品屡次获得大奖。1992 年创作的小品《一杯碧螺春》获省大赛一等奖，1996 年小品《钱哪里去了》获省大赛一等奖，中央电视台 134 期综艺大观播出。戏剧创作仍不减当年，2008 年，皖南花鼓戏《送瓜苗》获得第 11 届中国曹禺戏剧奖全国小戏小品大赛一等奖。

父亲生在竹乡，长在竹乡，是竹乡赋予它正直善良的品格和坚忍不拔的气节。他与时俱进，推陈出新，成功地塑造了一系列的典型人物，如春嫂、水香、红枣，还有《送瓜苗》里的吕东民等等。他观察敏锐，角度新颖，善于在平凡的生活选取材料、提炼主题。如《综艺大观》中的小品《钱哪里去了》，应该说这是“扶不扶”话题在中央电视台的第一次呈现。它比 2014 年的春晚小品《扶不扶》早 18 年。助人者应该是快乐的，可换来的却是麻烦和担忧。对于这种老百姓难以道破的苦衷，父亲以小品的形式反映出来，不是指责社会，而是以幽默诙谐的语言说出老百姓的心里话，同时以皆大欢喜的结局告诉人们“世上还是好人多“的道理。让人反思，给人与社会以温暖和希望，这是父亲一贯的创作风格。这应该也是笑星潘长江喜欢并主演的原因吧。

父亲是一个踏实的创作者，也是一个勇敢的冒险者，因为文化工作需要他歌咏新时代的形象，又要揭露丑恶的灵魂，所以也会被误解遭非议，但他敢于面对工作中的困难，善于在尖锐的矛盾冲突中凸显人物形象。他曾经说过：“所谓“风险”人物，既有一腔正气又有超前意识的人物。这种人物在社会发展的某一阶段，往往被人误解、曲解，甚至陷害，所以，每前进一步都伴随着极大风险。而写这种“风险”人物的作家也将经受着同样的风险。”（见《独特的创作品格》），每次读到这段文字，我的心为之一颤，是担忧更是敬佩，为父亲和为像父亲一样的作家们冒着风险去创作感到担忧，为他们的歌颂真善美感到欣慰和振奋。

什么是艺术家？席慕容认为，真正的艺术家是要持续不断地有水准以上的作品出现，这样的人才称得上艺术家。艺术家是人们对从事艺术研究的工作者的最高的评价，也是艺术界的最高荣誉，这种荣誉绝不是通过偶然或侥幸的机会得来的，他需要艺术家的一生的奉献，不被荣誉左右，不被不公平的评论吓倒。我想，父亲应该属于这样的人，或者说离他们的距离不远吧。

我不擅长写作，但我敬重那些像父亲一样踏实写作的人；我不熟悉群众文化工作，但我从父亲的言谈中得知，他们的工作充实、美好而又有价值；我不可能认识父亲所有的领导、同事和朋友，但我知道，他们对父亲的关心和帮助值得我们永远的感激和珍惜！

父亲归去，万唤不回，肝肠断绝，无以言表，谨以此篇告慰父亲的在天之灵！

杨云

2019 年 6 月 7 日

后　　记

又到了树叶飘零的季节，挥之不去的是无尽的思念！父亲的书斋，人去室寂，凝视案头闲置的《杂存》，不由肃然起敬。父亲一生，致力创作，涉猎广泛，在戏剧、小说、散文各领域均有建树，《杂存》就是他生前用近三年的时间精挑细选、亲自勘定的作品集。这摞文稿，对父亲而言，收集的意义或许是敝帚自珍；对子女而言，它是父亲一生心血之结晶，惟愿把它付梓成书，代代相传，才是对父亲的最大尊重和最好的祭奠；同时，也好向多年来一直关心支持他的领导、师长和朋友有个交待，藉以表达我们诚挚的谢意。

今天，父亲的这本作品集就要与读者见面了，这是在尽量保留原作内容和章节的基础上，将父亲部分较有影响的作品充实其中，整理谓之《杨跃庭戏剧文学集》(下称《剧文集》)。

《剧文集》主要分为三大部分。第一部分为序言和照片资料。第二部分为剧作集，即《杂存》内容。这是全书的主体部分，也是经省级以上刊物发表或大型舞台演出过的作品，细分为小戏曲、大型戏曲、戏曲小品三类，共收录了从1979年到2017年不同时期的优秀作品16部（篇），各类作品均按发表的时间顺序排列；为了帮助读者更好地理解作品的思想内容和艺术特点，我们收录了相关的评论、文论共9篇；此外，我们还挑选了《两张电影票》等5篇已发表过的文学作品加刊在剧文集的后面，以飨散文、小说读者，尝试从不同视角感悟作者的创作风格。第三部分是作者个人简介及纪念性的文章。

此书在形成过程中，有幸得到著名艺术家国家一级导演凌树声先生、国家一级编剧王世能先生、国家一级编剧张亚先生的关心和帮助；有幸得到中国文字学会会长、清华大学人文学院教授、中国文字博物馆馆长、原安徽大学校长黄德宽先生拨冗倾情为本书作序；有幸得到国家一级作曲家和文艺评论家孔令培先生的建议和指导；有幸得到宣城市文联副主席、国家一级编剧黄廷洪先生和广德市作家解宗来先生的倾情撰文；有幸得到广德市耿崇喜老师的关心和指导；有幸得到中国戏剧出版社的大力支持以及杨娟和齐钰等老师的帮助和指导。《剧文集》得以顺利出版，还得到了父亲生前的老领导王照国先生、胡发兴先生以及老朋友倪宗瓘先生等业内外朋友的关心与支持。在此，我们和母亲向你们表示衷心的感谢！同时，也将此书献给所有关心、帮助过父亲和我们的人！

父亲走时仓促，丧事期间，广德市委宣传部部长刘群女士、市文联主席光生荣先生、市作协主席李庭武先生和时任县文广新局局长陈晓明先生等领导，以及父亲生前的同事和亲朋好友前来吊唁，特别是宣城市文联领导和《春嫂》剧组人员还专程从宣城赶来作最后的告别，值此一并表示诚挚的谢意！

由于我们在创作和出书方面没有经验，且因能力和精力所限，纰漏难免，敬请各位领导、师长和亲朋好友谅解！

杨建　杨挺　杨云

二〇一九年九月